全民阅读精品文库

九七九年的爱情

杨晓升／主编

中国言实出版社

图书在版编目（CIP）数据

一九七九年的爱情 / 杨晓升主编 . —北京：中国
言实出版社，2015.4
ISBN 978-7-5171-1144-3

Ⅰ.①一… Ⅱ.①杨… Ⅲ.①中篇小说—小说集—中
国—当代②短篇小说—小说集—中国—当代 Ⅳ.
① I247.7

中国版本图书馆 CIP 数据核字（2015）第 042773 号

责任编辑：史会美

出版发行 中国言实出版社

地　址：北京市朝阳区北苑路 180 号加利大厦 5 号楼 105 室
邮　编：100101
编辑部：北京市西城区百万庄大街甲 16 号五层
邮　编：100037
电　话：64924853（总编室）64924716（发行部）
网　址：www.zgyscbs.cn
E-mail：zgyscbs@263.net

经　销　新华书店
印　刷　北京温林源印刷有限公司
版　次　2015 年 8 月第 1 版　　2015 年 8 月第 1 次印刷
规　格　710 毫米 ×1000 毫米　1/16　15.75 印张
字　数　249 千字
定　价　35.00 元　ISBN 978-7-5171-1144-3

目　录

　　一九七九年的王团乡，大年初二的这一天，两个耍社火的队遇上了。结果，苏堡子村的杨秀女爱上了嵝岘村的周武生，两人约定：山里开始种麦的时候，周武生来娶杨秀女。由此引发的故事，一波三折。这是一篇精彩的爱情小说，30 年前的爱情，30 年后人物命运的不同变化，读来令人如痴如醉又唏嘘感慨。李唯的小说作品不多，但每篇都视角别致色彩斑斓，无论是小说语言还是细节描写和情节设置，处处藏着智慧和玄机，充满艺术感染力。

　　回故乡为母亲扫墓的时候，他邂逅了旧时恋人董守明的妹妹董守芳。当年董守明送他一双精心制作的布鞋，他后来退亲的时候将布鞋退还了她。董守明出嫁时却把那双布鞋带着，压在箱子里一直保存了三十多年。获知此事，他心一沉，心像被人用鞋底抽了一下……

　　一场意外事故让他失语，却也让他与妻子患难与共。风平浪静后，他们却面临人生真正的"失语"。这是官场加婚恋的故事，这也是关于我们脆弱灵魂的寓言。

方悦是富人，在北京西南郊有别墅，某日她终于捉到丈夫的奸，离了婚，嫁到日本，最后又回到了中国。她的人生经历告诉她，"男人可以爱着一个人而去和别人睡觉，但女人不行。当她想用同样的方式去报复对方的时候，她的爱情就已经不存在了。"她的人生经历还告诉她：有的人有房子没家，有的人有家没房子。读者诸君你认为是这样吗？

和一个人结婚，就是和他的一家子结婚了，无尽关系如藤蔓衍生。只是这关系不仅仅是由婚姻而交织的人跟家庭的关系，还有人跟故乡、过去的关系，人跟眼前、现实的关系，人跟梦想、远方的关系。

电梯突然停了，一男一女被关在电梯里，惊慌之后平静下来，这两个人之间会发生什么故事呢？恰巧这两个人在多年以前是一对情人，他们为什么分手？又为什么同时进了这一部电梯？

一个是三十多岁仍未婚的妇科女医生，一个是患上妇科病的著名女主播，她们之间的微妙情感令人动容。剩女、婚外恋、侵袭了身体的病毒，都在困扰着女性的身心。

一九七九年的王团乡，大年初二的这一天，两个耍社火的队遇上了。结果，苏堡子村的杨秀女爱上了崾岘村的周武生，两人约定：山里开始种麦的时候，周武生来娶杨秀女。由此引发的故事，一波三折。这是一篇精彩的爱情小说，30年前的爱情，30年后人物命运的不同变化，读来令人如痴如醉又唏嘘感慨。李唯的小说作品不多，但每篇都视角别致色彩斑斓，无论是小说语言还是细节描写和情节设置，处处藏着智慧和玄机，充满艺术感染力。

一九七九年的爱情

李 唯

周武生站在麦地里对杨秀女说："秀女子，你比特务都好看！"这称赞是周武生从中国电影里看来的美感，在一九七九年以及之前的中国银幕上，最好看的女人就是特务。只有特务才有乳房，把美式军装顶起来，周身线条凸凹有致，而女革命者们则一律是平板的……

——摘自第六章

一

一九七九年的王团乡还只有一条黄土垫的街道，道两旁有一座乡政府，一家邮政所，一家大车店，一间杂货铺和一间铁匠铺，东头有一家面馆，西头还有一家面馆，这算是镇上全部的餐饮业。此外还有一家劁猪的也开了一间门脸儿，就在乡政府的旁边，乡领导在办公的时候常能听到猪被计划生育时惨绝人寰地叫，然后镇上就再没有什么了。过年的时候，镇上的商家们，包括杂货铺，铁匠铺，面馆，以及劁猪的，都会在店门前摆一个条案出来，条案上放着用细白面蒸好的馍馍，用石头压着一些钱，多的五元，少的也有三元，召得王团乡辖下四邻八村的社火队上门来献艺，献艺的报酬就是这些馍馍和钱。王团乡的人把这种耍社火的方式叫作"说议程"，字面上不知怎么解释，有点类似北京城里早年间打着羊胛骨上门去说些吉利话儿讨钱的行当，所不同的是，这些山民是穿着戏装画着脸谱敲锣打鼓地去说唱，想象力

比北京人丰富多了。

一九七九年大年初二这一天，嵝岘村周武生的社火队先一步到了杂货铺门前，拉开了说议程的场子。周武生扮的是三国名相诸葛亮，他当时还一点皱褶都没有的脸上粘着胡子，摇着羽毛扇，踏着锣鼓点儿，朝店家一揖，唱念道：

"诸葛先生我叫孔明，

卧龙岗上我早扬名，

众将官，朝前站，

咱给掌柜的拜大年！"

"众将官"也都是嵝岘村的，也都把脸蛋儿勾描得五眉三道，精神抖擞地高声唱和。

店家是个豁嘴，被周武生的拜年话儿招逗得露出牙龈而笑，眉开眼笑之下，便拿起压在石头底下的钱要给周武生。这时候"哐唥唥"又一阵锣鼓响，另一彪人马抢进了场子里来。这是苏堡子村杨方利的社火队，也全部都勾描得红腔黑面。唯一没有画脸的是杨方利的闺女杨秀女，她在社火队里负责敲鼓。那年她二十了，属狗。杨方利扮的也是诸葛亮，也是摇着羽毛扇，在女儿敲出的锣鼓点儿中，走圆场，迈方步，也对店家一揖，唱念道：

"诸葛亮，我也叫孔明，

三国四方我也有大名，

张飞，关羽，赵子龙——"

杨方利的班底们齐齐吼一声"有"，站班出列。

"咱给掌柜的来磕头！"

杨方利率众给店家叩首行了大礼，在礼仪的厚重和虔诚上压过了周武生一头去。

这便是斗议程了。说议程是可以争斗的。两支社火队，两彪人马，狭路相逢，可以争，可以抢，可以叫骂，可以涉及双方的八辈儿祖宗十辈儿先人，但决不可以动手，只能凭词语的机智和锋利硬硬盖过了对手去，最后赢得胜利。店家于是把钱又压回了石头底下，以豁露着牙床的嘴宣布让两个诸葛亮比赛着说，谁说得美，钱，还有馍馍，是谁的。

杨秀女便开始激越地擂鼓。而对方嵝岘村的鼓手也开始拼命地敲鼓。这是宣战，也是双方打响的前奏。周武生和杨方利，一老一小两个社火头儿，在各自鼓手的助阵下，彼此盯视，在琢磨着如何一出口就把对方说得屁滚尿流，败下阵去。

杨方利琢磨了一阵后抢先朗朗开口道：

"叫后生，你没高低，

诸葛亮也是你叫的？

昨黑你还尿炕哩，

你妈给你晒被哩！"

苏堡子村的"众将官"们齐声唱和：

"你妈给你晒被哩！"

先笑起来的是杨秀女，她认为她爹说得很精彩。她尤其认为她爹说周武生尿炕说得好，这会让周武生当众很臊毛，让他后面的话儿就没法接了。杨秀女因此有了胜利的感觉，战斗的紧绷有一点松懈下来。她轻松地去看周武生，看他如何应答。她一下就想到眼前这个男人要是真的尿炕会是什么样的。杨秀女见过她的小弟弟尿炕，小鸡鸡小小的，像半截毛毛虫，那么小的一块肉却能把炕尿湿了一大片，周武生的当然不会是半截毛毛虫，他会是……杨秀女忽然觉得自己死不要个脸，怎么能想那个！她羞臊地赶紧低下头去继续敲鼓。杨秀女后来回忆周武生当时看了她一眼，目光炯炯如贼。杨秀女后来还问过周武生当时是不是看过她，是不是看见她脸红得像抹了鸡血一样？而周武生后来对于看杨秀女这一眼的回忆则完全是个空白。他后来对杨秀女说他当时完全没有看她，或者说根本不记得看过她，更不记得她脸是红是白，他完全都在盯着她爹看，在紧张地琢磨怎么反击这个老柴棒子，他必须要把钱和馍馍赢来。

周武生略一琢磨便开始反击，他在庄稼人里脑子是很快的：

"叫老叔，你骂人，

一股臭气从嘴里喷，

怪我尿炕没看清，

错把你的嘴当成尿盆！"

崾岘村的"众将官"也是齐声唱和：

"——当成尿盆！"

王团乡镇上围观的乡民哈哈大笑，为周武生齐声喝彩。杨方利严重地被噎堵住，完全不知道怎么接了，愣怔在当场。周武生这时有了胜利的感觉，松弛下来，他这时倒是轻松地看了一眼杨秀女，他当时看到这个小丫头一张脸红扑扑的，怪好看，但那是急的，急得大冬天冒汗，她着急地边敲鼓边催促她爹赶紧往下说，而她爹却始终愣怔地傻站着。豁嘴店家这时候认定周武生这个诸葛亮说得美，让周武生过来拿钱和馍馍。周武生于是得意洋洋地过来用一条发黑的面口袋把条案上的细面馍全都装了，又去拿石头底下的五元钱——

杨秀女大喝一声："你等等！"

杨秀女把还发愣的杨方利身上的戏袍、蟒带、髯口都扒了下来，自己穿戴上，又拿过羽毛扇，匆忙间也扮成了一个诸葛亮，跳上场来，对周武生叫板道："来来，咱俩再来比过！——爹，你给我敲鼓！"

围观的王团乡民顿时为猛然间蹦出来个女诸葛而集体沸腾，高声啸叫，这是这片山坳里多少年都没有出现过的事儿。豁嘴的店家也急忙按住周武生要拿钱的手，告诉他这钱先不忙动，馍馍也先放下，他必须要跟女诸葛再比过。周武生得意洋洋的笑僵在了脸上。杨方利在众人的啸叫中醒转过来，拿过闺女的鼓槌，一煞腰，鼓声激越而起。

杨秀女随着锣鼓点儿走圆场，有板有式地唱念道：

"我诸葛，字孔明，

统领天下百万兵。

左有关公一把刀，

右有张飞十丈矛！"

苏堡子村的"关公"和"张飞"们手持苞谷秸秆做的刀和矛踩鼓点走着圆场，嘴里"嚯嚯"有声，为杨秀女站阵呐喊，煞是威猛。乡民们为杨秀女跺着脚喊好，场上一片尘土飞扬。

周武生在尘土飞扬的逆势中反击道：

"叫众人，你看稀奇，

两个诸葛有高低，

她这个诸葛本事高，

就是胡子挂不牢！"

杨秀女的髯口是戴杨方利的，太大，老是滑落，她赶紧用手捂住，这引得乡民们一阵的哄笑，让周武生又高了杨秀女一头去。杨秀女迅即在哄笑声中反击道：

"叫众人，你也看稀奇，

他这个诸葛是个假的，

脸上的胡子是猪鬃的，

脚上的官靴是纸糊的！"

周武生的髯口确是猪鬃的，毛扎扎地一团堆在嘴边。他脚上的"官靴"也确是纸糊的，在破棉鞋帮子上糊了一圈儿白纸，用彩笔勾画出云朵和鸟雀，便算是古时朝官的靴子，那勾画着图案的白纸已经破散了，在地上拖着。杨秀女的揶揄戳到了周武生的尴尬处，让乡民们更加大声地哄笑，还有叫好的，这让杨秀女很是得意，她斜着眼儿，有点小牛逼地瞅着周武生，看他还怎样的说。周武生尴尬地讪讪地笑，随即反击道：

"叫众人，你再看稀奇，

她这个诸葛是个女的，

走个路，俏俏的，

两个奶子高高的，

叫声妹子你快回去，

你娃要找你吃奶哩！"

全场笑炸了锅。那些男性的乡民又开始使劲跺脚、高声啸叫，而女人们则抿着嘴乐，无论男人和女人都为这性的反击而乐不可支。在山里，性总是快乐的源泉，周武生因此大获全胜，而二十岁的杨秀女则彻底失败。她下意识地捂着还从未被男人触碰过的胸，那里并不像周武生所说是"高高的"，只是一般地起伏着，但温润而绵软。她捂着胸在男男女女的大笑声中脸憋涨得通红，一句话都再说不出来。她唯一能做的就是瞪着周武生，使劲地咬牙切齿地瞪着。她只能以这种表情予以反击。而这却让周武生更加得意和开怀。

接下来就是周武生的一路风光。按照说议程的规矩，斗败的社火队必须要退出去，对余下各家的贡物都不得再取，全部归于胜家。周武生便领了嵝岷村的队伍取了杂货铺的馍馍和钱，又取了邮政所和面馆的，连劁猪骟驴的也顺道拿了，最后一路敲敲打打地往乡政府而来。王团镇上的乡民呼啦啦地全跟着周武生涌去，挟裹着杨秀女也一路跟着走。杨秀女也说不清楚为什么还要跟着周武生来，周武生仿佛是有一根线扯动着她，让她不由自主地跟着走。杨秀女对自己的解释是，她必须要跟着周武生，她必须要继续拿眼瞪着

周武生，必须要让他知道她恨他，她不能就这么便宜了他！于是杨秀女就横眉瞪眼跟着周武生走。

周武生来到了乡政府，高声地唱念道：

"前面来到了乡政府，

给乡长大人道个万福！

乡长大人很牛逼，

兜兜里很多的人民币！

花不完，你给几个，

老百姓喊你青天！"

周武生把乡长从乡政府里唱了出来。一九七九年的王团乡乡长穿着蓝布中山装裤子，戴着也是蓝布的扁舌帽，帽子和裤子上都有尘土，是山里的风刮上去的，他叼着两毛九一盒的飞马烟晃晃地出来，骂道："周武生，你耍社火的好大胆子，要钱要到政府来了！"但他还是无奈地掏兜，心疼地给了周武生两块钱。过年时节，任何士绅官吏，都不能撅了耍社火说议程的面子，这也是这片山里自古以来的规矩。

周武生接过钱，又唱念道：

"乡长大人你好好干，

明年就升到国务院，

国务院里当大官，

顿顿都吃羊肉面！"

围观的男女老少都咧了嘴呵呵呵呵地笑。

乡长又骂道："妈的土包子！国务院的才吃羊肉面？那顿顿吃的都是羊肉串！啥好吃人家吃啥！屁都不懂。走走走，前头耍去！"

当时乡里来了一个搜集民间艺术的省群艺馆的干部叫吴颖，她蹲在地上，笑得要岔气。

被挤在人群里看的杨秀女，她的横眉瞪眼绷不住了，她也笑了起来，望着在乡长面前手舞足蹈口吐莲花的周武生，低声骂道："不要脸的货……"

二

随后便是晚上发生的事。

晚上，没挣上钱也没挣上馍馍的社火队就跟着杨方利住在乡上的大车店里。苏堡子村离乡上还有好远，中间要翻一架山，走到天亮也到不了村，杨方利作为社火头儿只有把兜里最后的几角钱掏出来包了一间屋，让男男女女都挤在一盘通屋大炕上睡。晚饭只有洋芋，在炕洞里煨烤得焦黑焦黑的，扔在小炕桌上，谁吃谁拿。外面过年的鞭炮声和别人家喝酒猜拳的喧闹不断地传进屋里来。扮演关公的班底受不了了，先骂起来："真是跟着狼吃肉，跟着狗吃屎！"关公，关二爷，把手里的洋芋使劲摔出去，那洋芋蛋儿在土墙上被摔成了一摊烂泥。蹲在炕头上闷头抽旱烟的杨方利也被摔得震颤了一下，但他没有吭气。是他把人带出来挣钱挣馍馍的，现在屁都没有挣上，别人骂什么他都得忍受着。爹的窝囊和忍气吞声让杨秀女心里堵堵的，她当时坐在炕洞前还在给大伙儿煨烤着洋芋，越想越是憋火，腾地一下蹿起来，扔了手里的洋芋蛋儿就朝门外走。杨方利紧着问闺女："你上哪去？"杨秀女不理，冷寒着脸，像一只气憋的山涧里的跳蛙三蹦两蹿就出了门去。

就是让这一股子气催的，杨秀女在那个晚上要去找周武生算账。

周武生就在隔壁。那些喝酒猜拳的喧闹就是从隔壁的屋连绵不绝地传过来的，周武生正带着崾岘村的"众将官"喝酒，吃肉，耍高兴。当杨秀女踢开门走进去的时候，脸喝得红扑扑的周武生，正脱着光膀，嗓儿细细地，学女腔，扮阿庆嫂，唱篡改了的《沙家浜》。一九七九年的中国人胆子已经有一点点大了，也敢和样板戏玩笑一下了。周武生唱道：

"阿庆嫂的丈夫把家还，
阿庆嫂我喜笑又颜欢。
问阿庆——
你是想先吃还是先耍？
为妻我全都听你言。
先吃我就给你下面条，
先耍我就给你解衣衫。
吃饱耍好干劲添，
春来茶馆斗敌顽……"

杨秀女骂道："死不要个脸！"但糟糕的是，周武生的"死不要脸"让杨秀女那一刻在心底里却想笑，一股被撩拨得痒酥酥想笑的感觉把她扑进门来时的气恨软化了。周武生赖叽叽的说学逗唱或者说是厚颜无耻，常常就能让杨秀女柔软了起来。杨秀女顿时警告自己决不能笑，她决不能给周武生一

个好脸，因此杨秀女再一次横眉冷对地瞪着周武生。

周武生被杨秀女突然踹门而入和横眉怒视而收住了身段和唱，又还原成了一个男人。他急忙抓起炕上的棉袄遮住上身，因为胸脯那儿，他作女状，用两个馍馍扣着，做成了一对儿奶子。尴尬仓皇间，他问秀女："啥，啥事啊？"

杨秀女瞪着眼说："周武生，我找你！"

杨秀女说完瞪着眼转身就走，仿佛气恨难平。其实杨秀女是怕自己忍不住笑出来。

杨秀女随后一直把周武生引到马厩前才站下。大车店的马厩在一个半坡上，四周是高高低低黑黝黝的山。山梁上，月光照着一棵孤树。周武生说："你把我叫到这儿来干啥呀？"杨秀女瞪着他不言语。这时候杨秀女又有点恨周武生了，她又开始想起上午在杂货铺他当众说她奶子的事。她在想她应该怎样好好地骂他一顿。周武生见杨秀女光瞪他不说话，便猜测说："你是不是替你爹来找我算账啊？那这账你算不成，这要怨你们本事不高。要不服，明年说议程咱俩家再来比过。"杨秀女依旧瞪着他不言语，她还是没有想好要如何骂他。周武生说："你要干啥你说呀！你不说我走呀！"杨秀女开口道："你这个诸葛是个女的，两个奶子高高的——"她学的是周武生上午说的词儿。周武生"咻"一声喷笑了，一看杨秀女冷寒的脸，又把笑憋了回去，若无其事地去看远处，看那山梁上被月亮照着的孤树，说："那是我说着耍哩。耍社火说议程的自古以来就没轻没重没大没小。"杨秀女却继续逼视着他，学着他的话儿道："'叫声妹子你快回去，你娃找你吃奶哩！'我今天就是要找我娃来吃奶，你来吃奶呀！"杨秀女说着，边挺着并不高耸但也温润柔软的胸朝周武生逼过去，一直逼到他的眼前。

周武生很窘。他没有想到，一时间手足无措地慌乱了起来。

杨秀女继续挺胸朝周武生逼近，说："你来吃呀！你咋是个货，敢说不敢干？"

周武生只能窘迫地扭脸缩头躲避着杨秀女抵过来的峰峦。

杨秀女冷笑道："真是货一个，谅你娃也不敢！真给你口奶吃还把你吓死！"

周武生被撩拨了起来，说："你当我真不敢啊？！"

杨秀女说："你娃敢！"

周武生一下就伸臂捉住了杨秀女，接着另一只手便去抓她的奶子。轮到杨秀女慌张了，她慌张地去掰周武生有力的手，同时恶狠狠地骂他。周武生牢牢捉定杨秀女不放，同时另一只手就悬在她的胸部的一寸上方，晃着，也不落实下去，脸上挂着恶作剧的微笑。杨秀女恐慌地使劲挣扎，一会儿便气喘和出汗了，她的一张脸因汗津津的浸染在月下散发着油亮，显得尤其俏丽。周武生看得一阵心跳，笑容僵在了脸上，呼吸也急促了，他不再恶作剧了，而是来了真的，他两臂一伸抱紧了杨秀女，嘴唇朝杨秀女的唇上强行地印去。杨秀女竭力地挣扎，头波浪鼓般地甩动，躲着周武生的嘴，又推他，搡他，拿拳头砸他。周武生任凭捶打死不撒手，同时更加努力，终于一张唇捉住了杨秀女的唇，重重地叠印上去。杨秀女又强挣了一阵，但挣不脱，就软软地不动了。周武生连连地唷着杨秀女，马厩里的驴马被他猛烈的动作而惊扰，高高低低地叫起来。他也不管，一直地唷，直到他感到嘴里有一点点凉意。接着他尝到了水，微咸的水在他的舌头上荡漾开去，是他的舌头先感觉到了杨秀女在哭，然后他撒开了手。

接着周武生便看见杨秀女挂着眼泪幽怨地望着他。

周武生醒转过来，他开始语无伦次想解释一点什么："我，我这个，我……"

杨秀女在一瞬间爆发了。她像小母狼似的扑过去，这一扑便把周武生扑倒在马厩的草垛里，然后她跳跃上去，在周武生脸上，唇上，脖子上咬一般地亲着。她把麦草搅动得纷纷扬扬漫天飘舞，她把驴马更加惊扰得嘶叫不休，她比周武生更一概不管，在周武生身上所有露着肉的地方狠命地亲，她后来对周武生说她要把他当手抓羊肉给吃了。周武生最初还有些惊愕，他最初的反应是杨秀女扑过来要打他，他还本能地推搡了杨秀女一下，接着他就被这团滚过来的火焰吞噬了，跳进去一起燃烧。

最后的结果便是两个人的腮帮，因为长时间不停歇地又亲又唷，而累得疼痛起来。两个人都同意暂时先休息一下，于是两人一起盖着周武生的大棉袄，倒在了草料垛上。

周武生的腮帮上有一排牙印，那是被杨秀女咬的，他摸着腮帮说："秀女子，你看你把我咬的。"杨秀女头扎在周武生怀里，说："就咬。咬死你。咬个疤，让你啥时候看见啥时候都忘不了我！"周武生感慨而又疑惑，说："你咋就把我给看上了呢？咱两家年年抢社火斗议程弄得都跟仇人似的，我

以为你把我恨死了！"杨秀女说："我脸上恨心里头不恨。你别看我不给你个好脸，其实我是装样哩。尤其晚上黑了睡下了，我……我不说了！"她羞得越发往周武生怀里扎。周武生一阵激动，便说："秀女子，我要娶你！"杨秀女马上说："行，你娶我！你就把我娶了！"周武生亲昵地又说："娶了你，我天天黑了让你咬。"杨秀女也亲昵地摸着周武生的腮帮说："哥，我不狠咬，我轻轻的。"然后两人又使劲地啃。啃到中间休息时，两人商量娶亲的具体事宜。杨秀女说："哥，那过罢了年，你就上我家来提亲，跟我爹说。"周武生说："过罢年不成。过罢年我得挣钱去呀，没钱我咋娶你呢？你爹又咋能同意把你给我？等种麦的时候吧。"杨秀女说："行，那就种麦的时候你来。哥，你一准来呀！"周武生发誓说："我一准来！我不来我是个驴毬！"两人商定后，于是又啃。

周武生啃着啃着就十分地激动，他的手就伸到了杨秀女的棉袄里去，真的要去摸她的胸，嘴里说："秀女子，你让我摸个羔羔！""羔羔"是山里人对奶子的昵称。杨秀女用手挡住，说："不行，不让你摸。"周武生央求地说："秀女子你把我照顾一下嘛！"杨秀女还是不同意，说："不行。我把你照顾了，你还要往下弄哩。"周武生说："我保证不往下再弄！"杨秀女坚持说："你肯定要往下再弄！我妈说，男人都猴急得很！"周武生着急地说："秀女子，你来嘛，你来嘛，你来嘛——"杨秀女坚决不同意，委婉但坚决地说："哥，我今天要让你弄了，你就把我看轻了。人家都说，馍馍不吃，在笼里放着哩，你急啥吗？我这个馍馍在这儿给你放着哩！到俺俩结婚那天，我这囫囵身子全都给你！哥呀，你快拿凉水冰个头！"周武生就拿马厩里的冰凉井水浇了头，又擦了身上，冷静了下来。

于是在一九七九年的那个年夜开始，杨秀女就把自己给周武生留着。

三

到山里开始种麦的时候，周武生却没有上门来提亲，自始至终没有登过门，而且连人影儿都不见了。杨秀女急得悄悄去过几趟崾岘村，都是翻山越岭走着去的，但周家门上始终都是一把铜锁锁死了的。村里没人知道光棍一条的周武生去了哪里。村里人说周武生常常就是这样神龙不见首尾地就消失了，一年半年地见不到人，忽然又一道金光地蹦了回来。村里还有人说周武生是去了越南，当然这是猜测，因为周武生哪儿都敢去，有一年他经四川走西藏竟然去了尼泊尔，差一点就死在了尼泊尔，难保他这一回不死在越南？杨秀女恨恨地说："死了才好！"回家走在没人的山道上，她一阵笑一阵又啼哭。她笑的是自己那天晚上幸亏没让周武生弄，要让弄了，她现在就不是姑娘了，往后还能嫁给谁呀？岂不是冤都冤死了！啼哭的是周武生把她的嘴亲了，又不娶她了，像商店里买东西，掰了一块尝了又说不买了，真是个王八的蛋儿！她酸楚而伤心地在山道上放声啼哭。

峧岘村的周家不来提亲，南碌村的刘家却来了。刘家上门来提亲的人竟然是个十九岁的女娃儿，她叫雪，是给哥哥刘长庆来向杨家提亲的。刘家大人都亡了，哥哥木讷胆怯，不会说话，因此刘家就由妹妹主事，连上门提亲也只能妹妹来。这引得苏堡子村的人那天都涌到杨家来稀罕地看雪。当着村里众人的面，雪的嗓门细细的，挂着女儿家抛头露面的羞涩，但说的话全在条理上。她说杨家借了刘家的钱，却不是一年借下的，借的也不是现钱，而是一片树林子。那树林子是父母在世时好多年前就种下的，想的就是日后家里儿子大了，树也大了，把树砍了给儿子娶婆姨成家。这些年，杨家连连遭难，大人病，家里种了几亩核桃树也让天牛虫钻了树心枯死了，连到乡上卫生院买四环素都得赊，王团乡卫生院拢共只有一样药，就是四环素，治感冒用四环素，秀女子的妈治肠癌也是用这四环素，刘家这些年便把那树一棵一棵地砍了换了钱给杨家送来。现在，刘家的树是一棵都没有了，要想有，还得再种，还得好多年，但家里哥哥却老大不小了再也等不及。雪说，情况都摆了。我哪里摆得不对请杨家叔叔指出来。请杨家叔叔把亲事答应了，当初砍树的时候两家就说好是换亲的。面对雪的柔柔弱弱细声细语，粗粗大大的杨方利完全没有话可说。杨秀女在一旁万般地不情愿也是完全地没有话说。围观的苏堡子村的乡民也认为是刘家妹子说得在理，杨家必须答应。这账是不能赖的，要赖，山里就没有规矩了，山里就会有人在夜里点了你家的房子，把牲畜全下了药毒死，或是把成群的羊，要么是驴，赶进地里啃光你的青苗，让你在山里就活不成。自古这山里就用自己剽悍的乡风来维护着自己的乡规民约，不让坏了规矩。山里人家敢借钱给旁人，不怕赖账不还，依仗的就是这个规矩。

小姑子雪就说说通了杨家把杨秀女迎娶进了门，做了她的嫂子。

娶亲的那天，雪把家里的羊杀了，又到地窖里去背了一筐洋芋，和头天去乡上供销社买的一捆粉条，统统切了剁了，下到一口大铁锅里去煮，又蒸

了馍，尔后把村里人都请了来，每人一碗菜两个馍，没那么多桌子凳子，让都蹲在院子里吃，算是替哥哥操办了婚礼。晚上，席散人走，院子里一地的残渣，狗在捡吃着骨头。雪让哥哥长庆到新房跟杨秀女去睡，而刘长庆却紧张地抖颤着，蹲在院里磨磨叽叽地不去，任凭雪怎样地说也不动窝。

雪只好自己硬把长庆拽到新房门口，硬要让他进去。

长庆站在新房门口，手愈发地抖，回头问妹妹，说："雪，我进去，我，我咋弄呢？"

雪臊得跺脚，说："哥呀，这事，我一个做妹子的，咋好跟你说呢！"

长庆嚅嚅地说："那我弄不来。我还回我那屋去睡呀。"他扭头要回他住的柴屋去。

雪又急忙拽住他，望着木讷胆怯的哥哥，又臊又急，尔后，她心一横，抹去了所有女儿家的羞臊，说："哥，这事，本来家里应该是有个老人给你说的，可咱家老人都没了……哥，你进屋，你……你先自个儿脱了衣服，你都脱了，完了，你上炕，你先跟她说，你就说：'你别怕，天冷，我来给你掖掖被子。'你就去给她掖被子。完了，你……你就进她的被窝。哥，你好好待人家，手脚你都……你都慢着点，人家是头一回……这事，本来是家里应该有个老人给你说的。"雪又羞臊又很有些委屈伤心，一阵酸楚，不由得眼眶泅湿了。她忽然想到她不能哭，哥在家里是靠她的，她要一哭，哥就更加紧张了。雪又急忙抹了眼里的潮湿，对长庆浮起轻松的笑来，说："哥，你记下了没？没事，简单得很，你只管进去。"

长庆鼓足了全部的勇气，推开新房的门进去了。

雪又凑到门上去听，她不放心。雪听到一阵窸窸窣窣的响动后，刘长庆果然清晰地说："天冷，我来给你掖被子。"雪偷偷地笑，随后耳热心跳，自己先羞红了脸，赶紧逃也似的到灶房去洗碗。那借来的盛菜的硕大老碗，在灶台，在地上，到处都是，一摞一摞的，摞得老高。雪洗着碗，看着新房窗棂上的红喜字儿在月色下泛着银白的光，而房里则黑黢黢的，都睡了，寂静无声，她心满意足地笑。十九岁的雪像个妈妈。

寂静中，新房里突然爆发出石破天惊般的敲钟声响。

稍后，刘长庆光着身子抱着袄裤像个兔子似的蹿出来。那新房里的钟还在敲着，急促清脆连绵不绝的钟声如子弹一般地追撵着他。

雪顿时傻了，呆看着，手里的碗掉在地上"咣当"一声。这碎响惊醒了她。她朝哥哥奔去，奔到跟前，顾不得哥哥还裸着，急切地问："咋了？！咋敲钟啊？哪来的钟啊？"刘长庆用裤衩遮着身子，大喘着气，他吓坏了，惊魂未定，对妹妹的问询一概顾不上说。

钟还不停地敲。山里只有山洪下来了或者狼群进了羊圈才会这样地敲。钟声从新房里敲出来，越过院子，在村庄广泛地弥漫着。村里的狗先被敲醒了，高高低低地狂吠。接着村巷里的门一家一家地开启了。最后的结果就是把南碌村的男男女女都敲到了刘家，拥挤了一院子。这些人也是刚刚在刘家吃了菜和馍回去睡的。众人七嘴八舌地向雪询问为啥敲钟；而钟依旧在响。雪依然是不知道，因为长庆依然没说话，他刚刚顾得上把裤衩穿上。

钟声停了，新房的门推开，杨秀女抱个小学校里上课敲的铁钟走出来。

杨秀女朝众人鞠了一躬，说：

"大爷，大妈，叔叔，婶子，钟是我敲的。我嫁到刘家来就带了个钟，在衩里藏着。把大家敲了来，也是为了说个明白。我嫁到刘家来是不情愿的。我家使了刘家的钱，还不上。我到刘家来，往后，家里地里，做牛做马我报答刘家，三年五年，十年八年，我拿我自个儿来干活抵债。但是我不让刘长庆沾我的身子。我夜夜都抱着钟睡。刘长庆夜里要还上我的炕，我还敲！大家……都不能安生。"

杨秀女说完便反身走进屋去，关上了门。

雪傻了。一院子南碌村的人都听傻了。院里好长时间一片静默，狗都不叫。

杨秀女从此在这方圆几十里出名了。山里自古以来，哭着喊着嫁到婆家来的女人，有穿四五条裤子缝在一起不让男人沾身子的，也有怀里揣着刀子剪子的，但夜里敲钟的，杨秀女是头一个。那晚之后，有南碌村的爷们儿气不过，说婆姨不让汉子睡那是个啥毬婆姨，就不信杨秀女夜夜都是这么硬，于是都撺掇刘长庆硬闯进去睡，把刘长庆灌了白酒，让他在那一刻杀人都敢。当刘长庆一身酒气扑上炕去的时候，杨秀女果然抓过钟来又敲，敲得愈发地铿锵激越，又把南碌村的人，还有狗，都敲到了院子里来，把刘长庆身上借着酒气硬起来的地方又敲软耷了下去，又把雪敲得心里苦不堪言。杨秀女声名更加震响。山里平常日子过得寂寞，这桩稀罕的事就让四邻八村的乡民们传得很远。杨秀女就是要敲得让天下人都知道。她那钟，其实是敲给周武生听的，她要传到周武生的耳朵里去，她要让如今不知在哪里的周武生知道：她说过为他留着身子，她就会为他留着！她现在夜夜为他警钟长鸣，守卫着自己身子的清白。

但周武生还是影子都不见。而山里种下去的麦子开始灌浆了。

四

山里麦子开始灌浆的时候，杨秀女嫁到刘家已是仨月有余。她夜里敲钟，白天则使劲地为刘家干活，那种拼命的劲儿让雪和长庆看得都吓了。她犁地、点种、间苗、除草、浇麦、上粪，样样都是要干的。她不让刘长庆来插手帮她，譬如犁地，两头硕大的犍牛拉着犁杖拖着她趔趔趄趄，让她的头发汗浸得像被水泼了，她吼着，喊着，吆喝着牛，来回地犁，刘长庆端个簸箕跟在后面点麦种，几次要上来替她，均被她坚决地拨拉到一边。她也不让雪来插手帮她，譬如浇麦，她踩水车，挽着裤管，有鲜红的血顺小腿淌下来——她来月经了，但仍不停地踩水车，血汇入水中，黄黄的渠水上漂着一缕细长的血线，这让来地里送饭的雪看得心惊肉跳，急忙要上来替换她，又被她坚决地拨拉到边上去。她在地里忙，收了工回家，她必定是到灶房去做饭，雪必定又是插不上手的，她擀面，蒸馍，烙饼，焖饭，一样一样地给长庆和雪端上来，服侍他们吃了。吃了饭，刷了锅，她必定是又要给牲口去铡草，铡夜草。她经常是铡着就睡了，立在那里睡，一惊醒，又铡，直到把草料铡到堆成一座小山，让牲口夜里足够吃的。而后她才拖着快要散架的身子挪回屋去，在炕上躺下。她还要留着最后一口力气，以防刘长庆要是又扑到她的炕上来，她好敲钟。

到了第三个月的头上，这一日，杨秀女从地里回来，撩起衣襟草草擦了一把脸上热出来的油汗，便又匆忙到灶房里去做饭。她要赶在雪之前，不然雪就会抢着把饭做了。她刚坐在灶前点着了柴火，却见那架在灶上的锅里已经在向外腾着热气，她诧异地掀开锅盖，锅里贴着苞谷面饼，中间蒸着一大老碗红烧鸡块，这是菜。雪已经把饭做了。杨秀女奇怪的是雪为啥烧这么好的菜？平时的菜就是酸菜擦洋芋丝，荤腥是绝对没有的。

雪端着洗脸水进灶房来了，说："嫂子，你来擦把脸吃饭。今儿我把鸡也给你杀了。"

杨秀女的反应是冷淡着脸。她猜到雪的用心：雪这样是想巴结讨好她。杨秀女心里想：你把鸡杀了给我吃我也不会和你哥睡的。你就是把牛宰了，让我天天炖着吃，煎着吃，炒着吃，我和你哥这辈子不睡还是个不睡！

杨秀女冷淡地说："我不吃，不饿。"

杨秀女从雪身边走出灶房去，也不去理会雪手里一直端着的洗脸水。

杨秀女回屋去躺下了。她也没有去铡草——她发现雪把草料也早早地铡好了，于是她只有去炕上躺下。那个她敲了仨月的铁钟就放在炕头，在她一伸手就能够着的地方。杨秀女望着铁钟，又想到周武生，想到那个死不要脸的货，那天晚上亲她的嘴，他不是亲，他是嘬，他把秀女子的嘴含到他的嘴里，使劲地嘬，像嘬吸骨髓一样地嘬，嘬得秀女子觉得自己的丝丝缕缕都要被他吸光了去。这个死不要脸的……杨秀女的眼泪又扑簌簌地落下来。

雪推门进来了，她拿着两个面饼和那碗红烧鸡。

雪说："嫂子，你吃点饭。"

杨秀女背过身子去揩了泪，依旧冷淡地说："我说了我不吃。"

雪说："你吃吧。吃了饭，有事给你说。"她又朝门外招呼："哥，你进来吧。"

长庆从门外迟迟疑疑地挪进屋里来。

杨秀女的身子顿时警戒地向炕里边挪着："你俩要干啥？！"她伸手去抓那钟，要敲。

长庆急忙慌乱地摆手道："别，别，别敲，天还没黑哩！"

雪把面饼和鸡给杨秀女放在小炕桌上，自己在炕沿坐下，说："嫂子，你别敲了。往后也不用敲了。哥，你说吧。"

长庆却又蹲到墙角去，嗫嚅地说："我说不来，你说。"

雪只好又自己说。接着，雪便对杨秀女说了从此改变了她一生命运的事儿。雪首先改口叫杨秀女"姐"，不再叫她嫂子，说："姐——我叫你姐吧——我家没老人，我哥又不会说话，啥事，那我就说了。姐，你吃了饭，住一宿，明天，你就走吧。好几个月了，看你也真是不情愿，你天天下苦，你熬煎，我们也熬煎。我哥的意思是，离婚手续啥时候办都行，看你。还有，你们杨家往日借的钱，知道你家也还不上，那钱，就算了。"

长庆从地上站起来，头一回说了句硬气的话："钱不要了，就是这话！"

懦弱的刘长庆直着背走出他还没有睡过一夜的新房去。

杨秀女愣怔之后是震撼，尔后，哇哇地哭，这幸福来得太突然，让她一时间承受不了。倒是十九岁的雪来安慰比她大一岁的杨秀女，用袖子给她揩着泪，说，姐呀，快不敢哭了，趁热乎着，你快把这鸡吃了吧，这几个月你光吃洋芋擦酸菜了，一点荤腥没有，你明天还回家哩，肚里没油水你咋走这六七十里山道呀？杨秀女还是不停地哭，说，雪呀，你人不大咋这会疼人呀，你人咋这好呀，你哥也是好人，想想我也是不应该呀，你哥夜里进屋来，我不光敲钟，我还挠他，那天我还在他脸上挠了一道印子！雪叹了一口气，说，也不怨你，我哥也是有些猴急。你也别怨他，他都三十一了他能不急呀？杨秀女不哭了，她想起现实的问题，开始为雪和长庆焦虑，说，雪呀，那我要走了，你哥婆姨的事咋办呀？雪却又安慰她，说，姐，不当紧，又托人给我哥说了刘洼村一个女的，明天就过来两家相亲。姐你放心走你的，总之咋样也不能误了你一辈子！杨秀女这才释然，而后，就净是感激了，她抱住雪又哭，想到这么好的一个妹子，这仨月来，家里地里，她净给人家冷脸看了，人家却还口口声声地喊她姐，把家里唯一的一只鸡杀了给姐吃，于是更加哭得稀里哗啦的。杨秀女当时就想，日后这个妹子要是有事找到她的门上，就是要她割肉去卖，她也割！

　　杨秀女在第二日的清晨离开刘家向村头走去，从那里踏上山路回家。雪没来送她，她和长庆要忙着招呼来家相亲的人。杨秀女还挎着她嫁过来时的那个蓝布包袱，包袱里放着那个铁钟。铁钟随着杨秀女身子的摆动而发出叮当的微响，这使杨秀女百感交集。她抱着钟来的时候，认定至少要敲上个几年的，直到把这钟敲得烂烂的再敲不出声响了，刘家才可能放了她回家，可现在她就要回家了，而钟声依旧清脆！杨秀女百感交集又恍恍惚惚，不敢相信这是真的，好像一扭脸刘长庆就会撵上来把她又拽回去。直到杨秀女在村头看见李信来了，才真切地相信刘家真的是又在相亲了，刘长庆真的是又要娶新婆姨了，刘家真的是重新又还给了她一个天高地阔！

　　李信是走村串户照相的。王团乡不管谁家办红喜白丧，都会请了李信来照相。李信也是这片山里的农民，不安心种地，买个破海鸥135相机挨村地串，照相收钱。有钱收个三元二元，没钱给鸡蛋也行。同时李信还利用到城里照相馆洗印相片的机会，从城里听得一鳞半爪的新闻来，给闭塞的山村带来一点外面的新鲜。李信到哪个村都是哪个村的热闹，大人娃娃，还有村狗们，都远接高迎，一路追撵着他，想听外头的稀罕。

　　南碌村的麻子队长是李信的忠实听众，他把李信从村头一路迎到长庆家的院子里坐下，洋溢着笑脸问："李信，你狗日的这阵子又把国家的啥新闻听来了？给咱说说！"

李信牛逼哄哄地给他的破海鸥相机装着胶卷，说："我睡你妹子！国家的新闻，说了你麻子也不逯懂！"

麻子队长愈发灿烂地笑。他和李信关系好，李信又是他崇拜的人，因此李信骂他，说要睡他的妹子，他也不生气。麻子递给李信一支纸烟，央求道："说说，说说嘛！"

李信点着了烟，看在烟的份儿上，他继续装着胶卷，说："国家的新闻嘛，这一阵子，就是让都改革哩！城里都改了，吃饭都改了，以后吃饭不让慢慢地吃了，让都快快地吃，叫个啥，'快餐'！叫都快快地吃了赶紧去劳动！这是主要的一条改革。"

乡民们顿时嘈嘈切切起来，说：

"咦，咋国家啥都管呀？咋吃饭快慢都管？"

"李信，你问问政府，那要喝糊糊咋快快地喝？快快地喝把人不烫毯死了？"

"李信，那我要是没吃的国家管不？要发我个烧鸡，我就快快地吃！"

李信装好胶卷站起来，指点着众人说："我睡你们的妹子！毛主席，毛爷爷，早就说了，说国家的啥事都不当紧，当紧的就是要教育农民，说的就是要教育你们这伙子人，屁都不懂！我跟你们不是一个水平，我不跟你们说了——刘二！"他扭脸朝长庆家的正屋里喊，"刘二，你狗日的说成了吗？说成了我照呀！上马村李汉祥的爹死了还等着我去照哩！"

正屋里传来媒人刘二的回应："李信你急毯啥呢？等着！正说哩。"

正屋里，刘二的说媒已到了尾声，长庆低头坐在板凳上，手里拿着一捆自家地里种的烟叶，这是给刘二预备的，媒人说媒说成了要给谢媒礼。刘二正把两家商定的意见跟雪再最后核对一遍，完了，就可以拿长庆家的烟叶了。刘二说："雪，那咱是不是就这么说定了：你和张成先结婚，完了，张成的妹子就嫁过来，嫁给你哥，两家换亲，钱财一概不算，是这话不？你要反悔就现在说。"

刘二领过来相亲的男人腼腆地坐在正屋的暗影里，使门口围观的人看不清头脸，只觉得这个叫张成的显老，背也有些佝偻，一双露在阳光下的手皮皱着，很不年轻新鲜了。

雪眼里翻滚着泪。但那泪始终在眼眶里裹着，不流出来。雪知道自己这个时候决不能哭。雪说："是这话。不反悔。"

刘二又问长庆："长庆，你是个啥话？"

长庆头一直垂在裆里，他抬头看了一眼雪，眼睛里满是涩苦，憋红了脸说："我——"

雪阻断了长庆想开口说的话，说："刘二叔，我家没老人了，我哥不会说话，我家我做主，我说的，就算。"她又转向那个缩在暗影里的男人，说："张成，等收了麦，咱两家就换亲。再补充一条：我哥头几个月才成过亲，家里的被子都是新缝下的，你妹子嫁过来就不用带被子了。我嫁过去，我也就不带被子了，我家也没钱再缝新被了，你家还得再预备两条被子，你要觉得行，咱就定。"雪冷静得就像在说别人的事儿。

刘二兴高采烈地说："行，行，那咱就这么定。张成，你再掏点钱，再缝几床被子，本来被子呀脚盆呀啥的都是女方的陪嫁，你妹子不用带被了，那雪也免了，公平。"他朝门外的院子里喊："李信，你还在那胡吹个毬呀，都说成了，快来照吧！"

李信颠儿颠儿地跑进来，说："快快，男左女右，往一块儿站！往亮处站！"

雪起身站到了正屋的亮处。那个张成也拘拘谨谨地过来站到了雪的身边，把原来隐在暗影里的头脸显了出来。堵在门口围看的南碛村的乡民齐齐"哦"了一声，不禁发出无限的感叹。张成实在是显老，不光手上的皮皴，脸上的皮也皴着，皱巴巴的，完全没有一点的年轻新鲜。张成四十一了。

李信端着相机瞄着，他嫌镜头里的雪表情不好，说："长庆妹子，你笑一笑！"

雪又一次想哭。但雪知道这个时候是更不能哭的，于是她竭力咬着嘴唇，不让眼泪滚出来，这尽了她最大的力气，她还想按照李信的要求笑一下的，但无论如何再做不到了。李信只好作罢，准备就这样照，反正在他照过的婚照里，这种悲悲切切的样儿也不是少数。但悲切也好，寻死觅活也好，山里人，一辈子也都这么过了。山里人首先是活着不易，婚姻也就是那么回事儿。在李信要按下快门的时候，一个声音从他身后高亢地蹿出来，喝止了他：

"这相不能照！"

随着喝止声，杨秀女从人群中冲出来，从李信的镜头前拉开了雪。杨秀女很激动地对雪说："雪，你咋这傻呀？你咋能答应嫁给个老汉呢？雪，这相咱不照！这亲事不能成！"

南碌村的乡民，包括雪和长庆，又像看到这女人在夜里敲钟一样，被走了又来而且又是猛冲猛打的杨秀女弄得一时全蒙了。雪发怔地望着突然从天而降的杨秀女，一时间不知该怎样回答她。媒人刘二先从发愣中醒悟过来。他想起了他马上就好拿的烟叶，于是大声地喝斥杨秀女："咦，你说不照就不照了？你算个干毬啥的？"

杨秀女把张成拉到了更亮堂处，让众人更看清他的头脸，说："看，雪咋能嫁给他呢？两人往跟前一站，大家看，雪把他叫个老叔都成！"

雪被捅到了最疼处，她再也控不住，抽抽噎噎地哭了起来。

刘二却骂杨秀女："你就是个嘴上的功夫！刘长庆想再娶婆姨没钱，他妹子要不嫁张成，张成妹子又咋嫁过来？张成妹子不嫁，你让刘长庆这一辈子上哪儿抢婆姨去？你倒是说毬的好，你咋不给刘长庆当婆姨呢？你咋都娶来了还要跑呢？你把人家刘长庆娶婆姨的钱都花了用了，你现在来说漂亮话，你算毬个啥东西！"

杨秀女顿时被刘二说得哑口无言，灰头土脸地立在那里。

雪哭着过来扯杨秀女："姐，你咋走了又来了？姐你别管了，这事只能这样，你走吧！"

李信催促道："哎，还照不照了？不照我走呀！"

雪抹了泪，又恢复了与她十九岁的年龄不相符的冷静，对李信说："叔，俺照。"她伸手去扯站着发愣的张成，说："你来呀，咱两个照！"而后她主动把脸靠在张成佝偻的肩上，让李信重新来照过。

杨秀女看得红头涨脸血脉贲张。在李信又一次端起相机来，她心一横，一把又将雪从李信的镜头前扯了过来，说："说死都不能照！这亲事说死都不能成！刘长庆他有婆姨，刘家就用不着换亲，他妹子就用不着嫁这个张成，刘长庆的婆姨，他婆姨今天就在这儿站着哩！要照相也行，长庆，你过来，今天咱们婆姨汉子就照一张！"

雪惊愕住。长庆更惊愕住了，迟迟疑疑地扭着身子，却是不动窝，不知怎么办好。

杨秀女也将长庆扯了过来，也将脸靠在他的肩上，让李信来照。

李信笑了，说："给谁照都是个照，都是一个壶配一个盖！来，长庆，你和婆姨笑一个！"

当李信果然要照的时候，杨秀女有一点后悔。她后悔她已经走出了村子就为了想看看热闹又返回来；她后悔她即便回来就偷偷地躲在人群后面看，然后就走，不要这样出头；她有一点后悔她二十岁的年轻、好奇和冲动。而后杨秀女就想到这或许就是她的命了罢，命里注定她就要在南碌村和刘长庆和雪过一辈子。杨秀女也想对着李信的镜头笑一下，她一咧嘴，却委委屈屈地哭了，她赶紧背过身子去揩泪。李信就在这时"咔嚓"一声照了。

杨秀女又住回了南碌村刘家，又住回了她嫁过来时的新房里去。她进屋，把挎的包袱取下，又取出那钟来，再次又放在了炕头上。铁钟在窗外透进来的月色的映照下又幽幽地闪着冷光。临睡前，杨秀女端了洗脚水出门来倒，她看见长庆闷着头夹着条被子从新房门前走过，朝自己住的柴屋走去要睡。本来秀女走了他是要回新房来睡的，现在却是又睡不成了。杨秀女望着长庆，心里有些不忍，但她依然没说什么，拎了脚盆转身回屋子去，就在她一转脸的时候，她看到了雪——

雪正站在她自己的屋门前，期待地充满哀恳地望着杨秀女。

雪的目光碰疼了杨秀女。她垂下头苦涩地沉默了一会儿，开口叫长庆："哎，你——"

刘长庆闻声站下，不解地望着杨秀女。

杨秀女说："你……你来屋睡吧。"

杨秀女说完便走进屋去，但她没有关门，就让那木门为长庆敞着。

雪一阵惊喜，低声催促哥哥："哥，你快去呀！"

长庆战战兢兢地走过来，他站在新房门口，望着没有点油灯而黑漆漆的屋内，站了许久都不敢进去，最后还是雪又一次抹了女儿家的羞臊过来，硬将哥哥推进了门里去。

杨秀女已经在黑漆漆的屋里炕上躺下了，身上盖个被。长庆进来，按照雪先前教给他的程序，自己先脱了衣服，尔后爬上炕去，再尔后一只手去掖秀女的被子，哆哆嗦嗦地说："天，天，天冷，我，我来给你掖掖被子，我，我……"

杨秀女说："都五月天了，还冷啥。啥都别说了，你来吧。"

杨秀女自己掀开了被子，像怕打针似的皱眉闭上了眼睛。

雪又一直站在门外听，她还是害怕哥哥说不定又被那钟敲了出来。雪听到在一团黑暗中，先是猛烈的动作声和粗重的喘息声，那是长庆的，声音持续良久，给人一种在撕裂着什么揉碎着什么的疼感。声音渐渐平复。而后是死寂。而后，"吱"地轻轻一声，犹如从水底浮出来的一个气泡，杨秀女开始小声抽泣。抽泣声愈来愈响，继而痛哭起来，最后，哭声大作，悲号像母狼般的凄厉。

第二日早上，雪看见秀女子从新房里出来，眼有些肿着，她怀里抱着那钟。她在门口立了一会儿，一使劲，把那钟扔了出去。那钟在院子的地上骨碌碌地滚着，最后撞在一个石凳上，发出在雪听来石破天惊的"当"的一声。

杨秀女从此不再敲钟，使这寂寞的山里又少了一份儿热闹。那铁钟，最后被刘长庆拿到王团乡上的铁匠铺子里去，熔化了，打成了一把镰刀。

又一晃，山里的麦子黄了，该割了。

五

南碛村的麦子黄了要割的时候，周武生来了。

周武生来的时候，杨秀女正在割麦。跟杨秀女一块儿在地里割麦的是省里群艺馆的干部吴颖，她来南碛村采风，被麻子队长安排在了长庆家，和长庆家人一起吃住，还参加劳动。一九七九年时的干部下乡还劳动，像一九七九年时的火柴还卖二分钱一盒。当时杨秀女和吴颖蹲在麦垄里，天空炎阳如火，麦海一望无际，光着脊梁的男人们散落在麦海中割着麦，光脊梁在麦浪中起起伏伏着，像海上沉沉浮浮的漂流物。吴颖喘着气说："热死了！秀女子，咱们也把衣服脱了吧，也脱个光膀！"杨秀女吓一跳，说："女人家，这咋敢？！"吴颖说："咋不敢！"就脱了外衣，只戴个鲜红的乳罩，说："秀女子，你也脱了，脱了凉快！"杨秀女还是不敢脱，说："那边不是有个男人么！"吴颖说："你只当那长了棵树！"杨秀女不禁笑了，觉得这个城里来的女政府很有意思，而后她叛逆的天性被吴颖激发了出来，也豪迈地说："脱就脱！管他妈嫁给谁呢！"于是几下便把衣服也扒了。吴颖也哈哈地笑，觉得这个乡下的小媳妇儿也很有意思。杨秀女扒得只剩个蓝布肚兜，她却又瞅上了吴颖的红乳罩，羡慕且央求地说："吴干部，你这才好看哩！我还是头一回见这东西！咱俩换了穿行不？你就让我在地里穿一小会儿！"吴颖说："那我送你了！"她当下就解了乳罩，和杨秀女换了穿上。第一次戴乳罩的杨秀女从麦垄里钻出来，迎着风，站在天地间，在天地一片

金灿灿的黄中，她的这一点鲜红，格外地耀眼。杨秀女心情大好，她本来就疯，扯了嗓子就开始唱，唱山花儿：

"上去（者）高山望平川，

平川里（嘛）开了一朵牡丹！

牡丹（者）开花实在是艳，

艳艳的（嘛）花开你来看——"

不远处割麦的男人被这唱引得直起腰望过来，一望之下，惊愕地大眼瞪小眼。

吴颖倒紧张了，去扯杨秀女，说："你还敢唱！快蹲下！那男人真看你呐！"

杨秀女不蹲下，她眼睁睁地去看那男人，愈发高亢地唱道：

"叫一声（者）大哥你朝这看，

你看我这牡丹（嘛）艳不艳？"

那男人半晌才大张着嘴吐出惊呼来："啊哟哟哟哟哟，现在的婆姨真是要造反了！"倒是他羞臊得把头埋到麦垄里去。

杨秀女哈哈大笑。吴颖也笑。杨秀女在吴颖笑过之后还笑，她不停地笑，她许久都不笑了，她嫁到刘家来就没有笑过，她不停地宣泄般地笑着，把自己笑哭了，眼泪滚出来，她还在笑。当杨秀女流着泪笑着一扭脸时，笑声嘎然而止，像一柄刀劈过，把声音齐齐砍断在了嗓子里，她惊愕地僵硬住，顿时不会动了。她本来应该把丢在麦垄里的外衣赶紧捡起来裹住上身的，但就这么一动不动地立着，让自己袒露着。

杨秀女在一扭脸的时候看见了周武生。

周武生和刘长庆一起站在前方的麦田埂上。一早的时候，杨秀女叫长庆去王团乡镇上找个麦客来家帮忙割麦，山里都是这样，怕麦子黄了割不过来，一下雨，麦子就倒伏了，一季的收成就糟践了，因此麦黄时节家家都去乡镇上请个麦客来帮着抢收，山里把这叫作抢黄。王团乡镇上，每天也都有一帮一伙的麦客们蹲在那里，等着主家来请。杨秀女万没想到自己男人请来的麦客竟然是周武生！她在一瞬间就被击穿了，脑子一片盲空地呆愣着。

周武生看见了杨秀女的奶子。杨秀女的奶子放在吴颖小小的乳罩里，一多半都争先恐后地游出来，翘着。这是周武生先前调侃地唱过的，是他魂牵梦绕的，是他没有见过的。周武生也万没想到竟然是在这种场合陡然地撞见了，他真切地看到了他魂牵梦绕的。周武生想起了杨秀女说过的要把自己给他留着，说馍馍不吃先在蒸笼里放着，她胸前的这两个"馍馍"她答应过是要给他留着的。周武生心潮翻卷地望着在这里陡然相见的杨秀女，一时也忘了应该先过去把衣服给他的女人穿上。

最先醒转过来的是刘长庆。他开始也被他从未见过的杨秀女胸前的乳罩惊愣住了。须臾，醒转过来，他对杨秀女的袒胸露乳极为生气，像豹子一样地扑来，这和平时木讷的他判若两人。他甚至想打杨秀女一下，但他还是不敢。他在杨秀女面前是怯懦惯了的。他扑过来后所做的动作是捡起杨秀女的衣衫赶紧给她裹上。他不能让旁人把他婆姨的肉看了去。而后他嘟嘟囔囔地埋怨杨秀女，说，你看哪家的婆姨像你这样？简直把你疯死了！

周武生心里狠狠酸了一下。刘长庆对杨秀女的举动把他打回到了现实里，他酸酸地清醒过来：他的馍馍已经让人吃了。

杨秀女脑子一直是懵懵的。之后长庆领周武生走，说先把麦客领回家去安顿下，再之后是她和吴颖继续割麦，之后太阳就落了，她和吴颖收工回家去。雪把晚饭端了上来，她大概记得她好像说了她不吃，之后她就回自己屋躺下了，这样她就避免了和周武生在饭桌上见面，这一切她都是在恍恍惚惚中度过的。杨秀女在炕上一直大睁着眼躺到了黑夜。刘长庆进屋来把油灯点上了，在油灯亮起的时候杨秀女清醒了，眼里开始湿润，这说明她开始对现实有了感觉。现实像猎隼的爪开始抓挠她的神经，然后那湿润一团一团地扩大，一股一股汹涌地从里向外翻卷。她赶紧起身下炕。她怕长庆看见她哭出来。她对长庆说她要去喂牲口，家里的牲口在夜里是要添一遍料的，然后她低头匆匆地出门去。

杨秀女在牲口棚里才开始无声地哭。她手里端个笸箩，里面盛着草料，那泪就扑簌扑簌地落在草上，和草混搅着，一起被倒进食槽里喂着牲口。

陡然从食槽后面蹿起个人来，是周武生！他叫她："秀女子——"

杨秀女泪也顿时吓了回去，甫定之余，她冷下脸来，扭身就走。

周武生迅疾绕过来捉住了杨秀女，说："你总得听我说句话吧！"

杨秀女挣脱着，说："你啥也别说了！"

周武生说："你不想知道我为啥这时才来？我干啥来了？"

杨秀女骂了句粗话："我不想听！你的事跟我有个毬的关系！"女子一结婚，经过了男女之道，人就变粗了，说粗口。

周武生却嘿嘿地笑，这一笑又像那个赖叽叽说议程的周武生了，他说："你骂我说明你心里头稀罕我，你稀罕我你才骂我哩，嘿嘿嘿，你再骂。"

杨秀女冷着脸说："我还骂驴骂猪骂狗哩！我就那么稀罕那些畜生？"

周武生被噎得僵硬了笑容，说："你是不是怨我没早过来提亲？"

杨秀女说："我怨你干啥！幸亏你没来才让我遇上个好男人。我男人老实也会疼人，从里到外我都知足得很！我不会再跟你好的，我求你赶紧走吧！"

周武生说："你没说实话吧？"

杨秀女说："我向政府保证我说的是实话！你赶紧回你的屋去睡，睡醒了，你就走。你也不是真心来当麦客的。"她说着，捡起地上的笞笼抬脚就走。

周武生又一把捉住了杨秀女，不让她走，他承认他不是真心来当麦客的，他说他在王团乡的街面上蹲了四天，他就专门等着南碌村刘家来招麦客，只有这个理由他才能住到刘家来，他来就是要瞅机会带她走。接着周武生情火迸发地抱紧了杨秀女，又要去亲她的嘴。杨秀女坚决不让他再亲嘴，她挣扎着，却又不敢高声喊——长庆和雪都在屋里睡着，情急之下，她捡起搅食棍就朝牲畜们使劲打去——

驴和牛高高低低地嘶叫起来。

长庆被叫得从屋里推门探出头来，朝牲口棚这里问："咋了？"

周武生松开了手，但他倔强地站着，并不躲，他不怕被长庆看见。杨秀女心慌慌地跳，她赶紧把周武生压到食槽后面去，对那边的长庆说："窜进来个狗，把牲口惊了！"

长庆说："把狗撵出去，回来睡吧！"

杨秀女答应着："我这就回去睡！"她"去、去"几声，装作是撵狗，尔后她朝食槽后面投去一眼，见周武生缩着身子眼睁睁地看着她，满眼都是对她的央求，她头一低，脸也扭了过去，她是怕周武生看见她眼里有泪涌出来，而后她匆匆走出牲口棚，回屋去和长庆睡了。

周武生从食槽后面站起来，朝着杨秀女和长庆的住房这边，悲伤地望了许久。

翌日清晨，杨秀女从屋里出来，不禁倒吸一口冷气，她看见周武生在院里磨刀，磨镰刀，那刀已经被他磨得十分地锋利，但他还在磨，透着一股狠劲，把那铁刀在石上磨得"咔咔"地响。杨秀女左右看看院中无人，赶紧走过去，低声地说："你咋还不走？别磨了，赶紧走吧。"周武生却继续磨刀，不停手，说："我不走。我要走就带上你走。这辈子，你该是我的婆姨！"杨秀女又羞又急又恨，爆发道："你——"她一掉脸，又把话硬硬地掐断：她看见雪走了过来。

雪换了新衣衫，头发也用碱水仔细地淘洗过了，蓬蓬地，从里到外都透着鲜亮。这在雪是少有的，平时她操持家，里外地忙，衫也不换，早上用凉水蘸一把脸就算梳洗了，使十九岁的雪看上去像三十多岁样的苍老。雪端了早饭鲜鲜亮亮地过来，将新烙的面饼和绿豆稀粥放在石桌上，害羞地招呼周武生："麦客大哥，吃饭吧。"

周武生却不抬头去看雪，继续发狠地磨刀，说："不忙，把刀磨了再吃。"

长庆这时也从屋里出来了，他看看那镰刀，说："兄弟，刀够快的了。"

周武生抬头看一眼长庆，眼里异常地阴冷，说："刀还得磨。麦客嘛，要的就是个刀快！这刀，不光要能割麦，必要时——"他抡起那镰刀凌空劈下，一道白光在众人眼前掠过。

杨秀女不禁打了个冷战，心一下揪紧了。

照相的李信恰恰这时一脚踏进了院子。李信的来，使刘家院里似乎要发生的剑拔弩张一下子喜洋洋了起来。李信是来送上回照的照片的。他去城里已经洗印出来了。围着李信一起涌进刘家院子的，照例又是村人和村狗们，麻子队长照例又在其中。麻子队长又蹲在李信跟前，讨好地问李信："李信，这一阵子国家又有啥新闻？还号召快快地吃饭不？"

李信在他那一包的零七八碎里翻找着照片，照例又骂麻子："我睡你妹子！那叫快餐，说了多少遍都记不下！毛主席真是说得对对的，农民就是要教育！"

麻子队长又并不生气地嘿嘿惭笑，说："农民嘛，就是傻嘛。李信，那国家这一阵子还号召吃那啥'快餐'不？"

李信先说："烟。"待麻子赶忙又巴结地递过一颗纸烟来并且为他点燃后，李信才说："国家这一阵子嘛，快餐嘛，不咋号召吃了，这阵子，主要号召都让抓鸡哩！"

村民们顿觉新鲜，又嘈嘈切切起来：

"咦，咋又号召让抓鸡呢？"

"李信，咋城里还养那多鸡？"

李信说："不是养的鸡，说的是人！说是现在南方那边，有些不要脸的女子，夜里拽了男人进屋，脱了裤子就卖大炕，那就叫鸡！国家号召都让抓哩，报上的名词叫扫黄。"

麻子队长十分地不解了，说："李信，那不是过去窑子里的婊子么，咋又叫个鸡？"

李信又很不屑地说他："真是个农民，啥都不懂！那些女子，拉男人进屋来睡了，收了男人的钱，完了，就送你一只母鸡让带上走，让男人吃了补补身子下回好再来，这就是鸡！这是外国那边的臭规矩，传过来的，资本主义的臭规矩！懂了不？"

麻子队长说懂了，而后，又感叹道："啊哟，那要当个婊子，一月得预备多少鸡送啊，开个养鸡场怕是都不得够！资本主义的婊子也不好当啊！"

吴颖正蹲在她住的西厢房门槛上刷牙，笑得把漱口水都喝了进去。

李信终于找到了照片，交给长庆，说："长庆，咱两清了啊。"长庆喜滋滋地接过照片来，一看，却沮丧下脸来，说："十个鸡蛋哩，咋就照了个这？"他为花费了十个鸡蛋却照成这样而感到很亏。杨秀女凑过来一看，忙说："挺好的，挺好的，照得好哩！"周武生从两人的样子中感觉到了异样，也凑过来想看看照片。杨秀女却把照片迅速地收起，走回屋里去放下了。这让周武生疑惑大生。他提着磨得雪亮的镰刀，刀锋上闪着让人胆战心惊的寒光，眼睛眯缝成一条，瞄着杨秀女走进屋去，在想着这是一张什么照片啊，为啥藏着掖着的？

到了中午时分，照片就露了底。

中午时分，杨秀女独自一人在地里割麦。雪回去做饭，长庆则牵着牲口到河里去饮了。在密不透风的麦垄里，杨秀女独自汗流浃背地挥镰向前一路割去。四周静静地，只有夏虫的鸣叫。杨秀女闷头割完一丛，又惯性地伸手去揽下一丛麦子来割，一揽，却揽了个空：前面竟然没有麦子了，露出一块方空来。她诧异地抬头望去，顿时被惊吓住——

周武生在前面蹲着！

周武生把麦子地割出一块方空来，他就蹲在方空里，让四周密密匝匝的麦丛遮掩着他，他在麦丛中光着脊梁挂着镰刀，目光炯炯地望着杨秀女。

杨秀女清醒过来，转身就往回逃窜。

周武生豹似的蹿过来捉住了杨秀女。

杨秀女厉声说道："你丢手！我说了，我现在心里只有我男人！你再不丢手，小心我把我男人喊来砍了你！我男人就在那边饮驴哩！"

周武生并不惧怕，胸有成竹地说："那你喊，你喊呀！"

杨秀女噎住了，她果然是没有喊，只是在周武生手里无声地挣扎着。

周武生又牢牢地捉定了她不放，说："你不喜欢你男人，你不情愿嫁给他，对不？"

杨秀女急了，去咬周武生钳着她的手，说："那是你说的！我就喜欢我男人！我就情愿嫁给他！你放手！"她使劲地咬，想用牙齿撬开周武生的手指头。

周武生任凭杨秀女狠狠咬他也不放手，坚定地说："我不放！你骗不了我！早上我到你们屋里去偷偷把照片拿来看了！"他腾出一只手来从兜里摸出那照片，拍在杨秀女面前。

杨秀女又一次被击穿了，她哑口无言。照片上的杨秀女正在哭泣，李信恰恰把她当时的那一瞬间进行了定格。杨秀女哑口无言地望着照片，气馁了，挣扎也软耷了下来。

周武生心酸地望着他的女人，去摸她鼓起的眼圈，"秀女子，"他轻轻唤她，"你肯定过得不好，你肯定天天哭哩吧？"

杨秀女心底已经要结疤的痛又被周武生一点点地撕开来，眼圈泛红，嘴角也开始抖颤，无限怨恨地说："那我也不会再跟你好！"她怨恨地挡开周武生抚摸她眼圈的手。

周武生的手又搭了上来，他坚持去摸杨秀女的眼睑下面，那是一种绵绵细细的会让女人心里暖洋洋的温柔。周武生抚摸着，一边竭力试图化解杨秀女的怨恨，一边辩解道："秀女子，我知道你怨恨我，怨我说话不算话，可我，我当初就跟你说好了的呀，我得先去挣钱呀，我没钱咋娶你呢？我挣钱去了呀！"

杨秀女依旧怨恨着，冷冷地说："那你挣下的钱呢？拿来给我看看呀！"

周武生脸憋得通红，说："我没挣下钱。"

杨秀女更加不相信他，愈发冷嘲地说："哦，那你挣下金子了！金子也行，拿来我看呀！"

周武生却豪迈地说："金子银子没有，可我挣下了个这！"

周武生于是从挎包里拿出了那个从此将改变杨秀女一生的物件来。杨秀女初看是个薄皮铁器。电镀的。有键，手能按下。比砌猪圈的砖要大一些，比村边古长城的古城砖要小一些，形状像砖。她听周武生说，过完年后他就去了广东陆丰县，在一个香港人开的饭馆里打工，当白案，说好干满半年工钱六百元。他想挣了这六百就回来娶杨秀女的。干到日子头上，饭馆倒了，香港人欠了一河滩的债，他去要他的工钱，香港人没钱，给不了，就给了他这东西，是从香港那里偷偷带过来的，算是抵了工钱。周武生说这在香港那边八百元都买不来，那香港人说的。然后周武生告诉杨秀女这砖头一样的薄皮铁器就叫作录音机！

杨秀女从未听说过"录音机"这个词儿。南碌村的人几百年里也从未听过这个词儿。在一九七九年的中国，五千年都走过来了，也没有几个国人能叫得出和认得这物件。杨秀女当时瞅着这铁器，看着是个铁盒子，感觉着它的体积，去王团乡供销社买盐，最多也就能装个两斤，就算是铁做的，比家里装盐的瓷罐儿贵，但又能值钱到哪里去呢？周武生居然说这要抵六百元！六百元要买盐，能腌一南碌村人过冬的菜了！杨秀女愈发认定周武生是在撒谎，他就是亲了她的嘴，谎说要去挣钱娶她，不知野到哪儿去了，钱也没挣来，现在人回来了，脸上臊得挂不住，就胡编出了这一大套，真是张说议程的嘴！杨秀女伤心地且撕开脸来对周武生说："你就好好编瞎话来哄我吧！你是不是上回想弄我没弄成你还惦着？所以你又找我来了是不？你要想弄我你就明说呀，大不了我不要脸了就在这地里让你弄一回，你干啥要编这一套来哄我呀？周武生你真没良心啊，你连我都哄骗！"

周武生让骂急了，他索性不再解释，先按下了铁器上的一个键，说了一句粗话："我要是哄秀女子我就是驴日下的！"尔后他又按下一个键，把机器捧到杨秀女脸前，让她听。

杨秀女于是听到了奇迹！她分明看见周武生的嘴并没有再动，但那薄皮铁器里却清楚地蹿出来他的声音："我要是哄秀女子我就是驴日下的！"杨秀女顿时惊愕得目瞪口呆。

周武生又按下了录音键，鼓动杨秀女说："秀女子，你也来说上句话要一耍。"

杨秀女惊愣着，半晌，而后，哆哆嗦嗦地开口道："喂——"

周武生按下放音键，薄皮铁器里传出抖抖颤颤的一声："喂！"

杨秀女猛然听见自己的声音，惊吓得一把捂住自己的嘴——自己把自己吓着了。

周武生哈哈地笑，又鼓励她："你再说！"

杨秀女于是再提起了胆，又对着这薄皮铁器说，她这回说得流畅了些，但神情依然惊愕不已："你，你，你是个神仙么？咋你还会学人说话呀？咋你说得还跟我一样一样的？你，你，你莫不成真是个神仙？"

周武生再次把杨秀女的声音放给她自己听。杨秀女又听到了她那声音依旧抖抖颤颤地问："……你莫不成真是个神仙？"杨秀女惊奇不已稀罕不已地笑了起来。她相信这要值六百元了，最重要的是，周武生没有骗她，她相信了，这让她很高兴，没有什么比周武生对她依旧真挚而让她心里暗暗高兴的。杨秀女抚摸着那薄皮铁器，现在她知道那叫录音机了，惊叹地说："这还真是个稀罕宝贝！"

周武生把录音机连同提包一并都交到杨秀女手里，说："给你了！"

杨秀女一下又惊住了，说不出话来。

周武生又说："我来就是想把它给你的。以后，我挣下啥好东西都给你！"

杨秀女心里暖暖的，眼角眉梢都不禁浮起笑来。但她依旧不说话，不表露她的意思，就让那笑浅浅地矜持地挂住，决不洋溢出来。

周武生却情绪激动地又捉住了杨秀女，带着央求道："秀女子，跟我走吧！现在日子慢慢开始要变好了，你看，我都能把这好东西挣来，以后，啥好日子咱挣不来？走吧！"

杨秀女心里又被狠狠割了一下。周武生这次冒出来，总是一下又一下地割裂她。杨秀女脸上浮起的笑褪了下去，心里激荡翻卷着，捧着那录音机悲伤酸楚地立着。

长庆远远地过来了。他饮完了驴，牵在手里，远远地沿着田埂朝这边走过来。

杨秀女把录音机放回到周武生脚边的地上，对他说："我不要你的东西。我有男人了，我不会再跟你好的，我更不会跟你走。你还是走吧，明天说啥都得走！"

而后杨秀女沿着田埂朝自己的男人迎过去。

轮到周武生悲伤而酸楚地望着。那扔在脚边的录音机还在响，录下的话已经放完了，只有磁带还空转着，和麦穗儿被风吹动一样沙沙的声响，在麦浪上飘啊飘。

六

周武生不走。

第二日周武生依旧住在刘家的东厢房里，依旧早早地起来在院子里磨刀，依旧去吃雪端来的早饭，而后依旧夹了镰刀下地去割麦，第三日、第四日、第五日……天天这样。他天天还要把那录音机拿出来，放在杨秀女看得见的地方，譬如饭桌上，牲口棚，院里的水井边，以此提醒杨秀女他对她的央求。杨秀女一概视而不见。这倒愈发把雪撩拨了起来。雪天天用碱水洗了头，衫也是穿那件新的，红着脸凑在周武生身边，把那录音机稀罕地捧在手里看来看去，央告周武生："麦客大哥，这东西能学人说话哩，你让它学学我说话行不？"周武生敷衍着她，说："行，行，等闲了，我让它学你。"他跟雪说话的时候眼睛却瞭着一旁干活的杨秀女。杨秀女冷着脸干自己的活，看也不看他。

在地里，周武生也是千方百计地想趁没人的时候和杨秀女在一起，但无奈长庆天天都在地里和他一起割麦，这让周武生沮丧而又焦急。到第六日的时候，来了一个机会。长庆正割着麦，突然想起，说："秀女子，我回哩！我才想起来，早上出门走得急，我牲口拴在圈里还没喂哩，我回去赶紧把牲口喂了。"说着就要走。这让周武生一阵欣喜，他低头遮掩着，不让长庆看到笑意正从他的眉眼口鼻各个地方钻出来。杨秀女却一把拉住长庆，说："你别回。到晚上再喂，牲口饿不死。"长庆心疼那些驴啊牛的，还想走，说："我去了就来——"杨秀女硬硬把他拽了回来，厉声地说："我让你别回你就别回！这些天，你就跟我在一块儿，我在哪儿，你在哪儿，我不走，你也不能走，记下了没？"长庆惧怕秀女子，从她敲钟的那天就怕，所以也不敢问她什么，就老实地应诺了，留下来继续割麦。周武生原本洋溢着笑的脸顷刻变得铁青，他一挥镰，只一下，把好大一丛麦子齐齐地割断，说是试刀，然后恨恨地，跳到另一块地里去割麦了。杨秀女用眼瞭着他离开，不无得意地偷笑。

杨秀女就紧傍着长庆在这边地里割麦，让周武生无机可乘。割到地头的时候，两人听到麻子队长在不远处喊起来，那沙哑的公鸭嗓急急喊着长庆："长庆，长庆，你狗日的钻到哪儿去了？你们家牲口圈没关严，驴都跑了，跑到河里去了！你还不赶紧回去弄驴！"

长庆急忙从麦垄里跳起来，左右看看，一片麦浪，不见麻子，想是在近旁哪块地里割麦哩。长庆说："驴跑河里去了！我赶紧回呀！"扔下镰刀就蹿出去了，向村里跑去。

杨秀女这回没有拦他，让他去。一是驴跳河了是大事，二是队长就在跟前，不怕。

杨秀女放心地又顺着麦垄从地头往回割着。麦垄密密实实地，遮没着她，使她隐蔽在其间。这隐蔽也让她有一种放心的感觉。但麦垄里闷热，她就把外面的布衫脱了，只戴着吴颖给她的红乳罩，在胸前兜着小小的一抹，好在隐在里面也没人看得见她。她就这么光滑地像一条鱼在麦海里一路游去。

突然从麦丛里传来窸窸窣窣的一阵响动，像有另一条鱼破浪朝这边游了过来，等杨秀女刚反应过来，去抓地上的衣衫想裹住身子的时候，周武生就从麦丛中钻了出来，拦在了她的前方。这让杨秀女在惊吓之后又羞又恨：她又一次让周武生看见了光洁溜溜的她。

周武生笑嘻嘻地看着杨秀女，说："秀女子，你比特务都好看！"这称赞是周武生从中国电影里看来的美感，在一九七九年包括之前的中国银幕上，最好看的女人就是特务。只有特务才有乳房，把美式军装顶起来，周身线条凸凹有致，而女革命者们则一律是平板板的。周武生嘻笑着，朝比特务都要好看的秀女子凑过来。

杨秀女用衣衫裹紧了身子朝后退，警告说："我告诉你，队长就在跟前哩！我喊队长了！"

周武生又不惧怕，继续赖赖地笑，说："你喊，你喊呀。"

杨秀女果真就喊起来："队长！队长！队长——"她一声比一声喊得紧迫而高亢。

没有人应答她，四周静静地还是只有夏虫的鸣叫。

最奇怪的是周武生依旧不怕，他一点都不在乎杨秀女喊得地动山摇的，依旧在笑，笑着从他一直不离手的破提包里拿出那个小录音机来，对杨秀女说："你的队长在这哩！"然后他按下一个键，让杨秀女听。于是杨秀女又听到了麻子队长在那薄皮铁器里沙哑地喊："长庆，长庆，你狗日的……"末了，她还听见"噗"地一声。那分明是麻子抽了纸烟后朝地上吐痰，一模一样的声音。

杨秀女愣怔住了，一时脑子懵懵的，不能明白。

周武生特别的得意，说："我学麻子的。我可是唱戏说议程的。我是头牌好手！"

杨秀女醒悟过来了，沉下脸骂道："不要脸的货！"

周武生不生气，又赖赖地笑。"不要脸就不要脸，"他说，边继续往杨秀女跟前凑，"秀女子，现在地里就剩咱俩了，该咱俩好好说说话了。"

杨秀女又朝后躲避，说："你别过来！你赶紧走！"

周武生笑着，但却是坚决地朝杨秀女靠拢过来："我就不走！我就要过来——"

杨秀女一把抓起脚下的镰刀将刀锋抵在自己的脖子上："你过来我就抹脖子！"

周武生一下呆了，不敢动了，蹲在原地。

杨秀女用刀锋死抵着脖子，死死盯着周武生，她死也要将他逼退了去。

周武生软了，说："好，好，我不招你了。"接着，他眼里滚出泪来。杨秀女的举动让他十分悲伤。他凄凉地说："秀女子，你现在宁可死，都不愿跟我说句话了？"

杨秀女斩钉截铁地说："对！我跟你说了，我现在心里只有我男人！"

杨秀女说完站起来就走，镰刀也扔下不要了。

杨秀女一直走，走过一块麦地，又走过一块麦地，来到一条溪，连鞋都不脱就蹚过去，而后在一道水渠边坐下。这才开始哭。四周依旧无人，风燥热着，远远的山梁上，那棵孤树依旧站在燥热里，杨秀女放声地哭，她把所有的伤心委屈怨恨思念渴望都倾倒出来，翻江倒海地哭着。她哭了很久，又开始诉说，拿根柳条使劲抽打着渠水，像在抽打着人，泄着心中的怨，泣诉道："周武生，你这个货！我那阵儿白天盼夜里盼盼着你来提亲，你咋不来？我嫁到刘家来，我夜夜敲钟，你咋不来？晚上，我跟长庆睡，我一点都不喜欢他，我稀罕的是你！我夜夜想的是你！想着我炕上睡的男人就是个你！那阵儿你咋不来呀？你这个货！你这个货！你这个货……"

杨秀女就这样哭哭打打说了好久，直到累得周身都疼，才止了。

杨秀女哭够了又回去割麦，闷着头割，一直割到夕阳西下倦鸟归林，一直割到长庆和雪远远地在地头上喊她回家，才汗淋淋地住了手，提着镰刀朝地头走去。周武生又顺着麦垄一路窸窸窣窣地跟过来。杨秀女站下了，眼一瞪他，周武生忙说："别别别，你手里有刀，我不招你！"而后凑近杨秀女说："秀女子，我现在知道了，其实你心里全是我没有你男人！"杨秀女冷嘲地说："你以为你是钱，世界人民都爱你？"周武生不说话，直接从提包又拿出那个录音机来，按下键，让杨秀女听，于是杨秀女又听到了她刚刚在渠水边哭诉过的话："周武生，你这个货……"周武生连她最后擤鼻涕的声音都录了进去，一切都清清楚楚的。杨秀女怔住了。

"我刚才偷偷跟着你，我开始是怕你出啥事。"周武生这次没有得意，话里面却含着酸楚，说："我也没想到你会这么说。我实在是该早点来的。"

杨秀女清醒过来，不禁紧张地朝地头树下的长庆和雪望过去，她实在怕那两人听见。

周武生说："你放心，离得远，听不清。不过，我准备回家就放给你男人听。"

杨秀女吓一跳："你敢！"

周武生神情悲凉，发着狠，斩钉截铁地说："我咋不敢！我的女人，让别人搂着睡哩，我都到这一步了，我还有啥不敢的？我就要让你男人知道，你是我的女人！我啥都不管了，头掉了有血身子在哩。砂锅子捣蒜，我死活就这么干了！"

周武生拎起录音机顺着麦垄就大步走去，他自己回刘家去了。

杨秀女呆呆地望着他，心都揪紧了。

杨秀女从傍晚到天黑心一直揪着。吃晚饭的时候，家里连同吴颖五口人一起围着小桌喝绿豆稀饭。杨秀女以为周武生要当众放她的话了，因为那录音机就放在他脚边。她的心蹦蹦地剧烈地跳。但周武生没有，他阴沉着脸喝完稀饭，拿着录音机起身回他的屋去。倒是雪又羞涩地跟在他后头，缠着他问这问那的，跟着他去了。杨秀女洗了碗回屋。长庆假在炕头抽着旱烟。她脱了鞋上炕去，从褥子底下拿出昨天没缝完的褂子来缝补，心绪更加不宁，心依旧蹦蹦地跳，她怕周武生会随时破门进来放给长庆听。直到天黑透了，长庆下炕去将房门上了门闩，准备和秀女子两个睡了，周武生也没有来。杨秀女确定周武生不会再来了，才慢慢长长地吁出一口气来，想着周武生这个

货，也就是个嘴上的劲儿。这时候她的手和脚都极度冰凉——她紧张过度手脚就会像腊月里的冻柿子，六月天，也要拿棉被来捂，才能慢慢缓过来。于是杨秀女就从炕上的躺柜里取出冬天的大棉被来捂。

第二日清早，雪又把稀饭和馍馍端到了院中的石桌上。杨秀女看着周武生走过来吃早饭，恨恨地瞪了他一眼，在心里恨这个耍嘴的货害得她大夏天拿棉被捂手捂脚。她别过脸去不理他。周武生过来在小桌边坐下，待长庆和吴颖也围过来坐定后，周武生咳嗽一声，就像乡里的乡长在发言之前都要先咳嗽一声，他也装模作样地咳一下，然后他说话了。

周武生说："大家先别忙着吃，我让你们先听听这个。"

周武生然后把录音机拿出来放在石桌上，同时按下了放音键。

杨秀女脑子轰然一声，心脏顿时像被细细的钢丝勒紧了。她闭上眼睛，等着那细钢丝将她勒死。杨秀女想到了法场上被枪毙的人，想那些人在要死之前大概就是这样了。

录音机里响起的却是一个女子清亮的唱：

"十九的阿哥好心肠，

羊肚子手巾包冰糖，

包上块冰糖骑上匹马，

夜里头来找妹妹耍，

半夜来敲妹妹的门，

狗就叫得弄不成，

耍了个心眼走后门——"

杨秀女惊愣住了，她睁开眼懵懵地听，一时不能明白这是咋回事。

倒是雪惊奇地叫了起来："咦，这不是我唱的嘛！"

果然从录音机里又传来雪羞臊的声音："底下还有词儿哩，都是姑娘家不能唱的，骚得唱不成，我不唱了，臊死我了……"

雪惊奇且满心欢喜地叫道："哎呦呦，麦客大哥，你把我唱的酸曲儿都放进这盒盒里去了！这盒子还学我说话哩！你是咋弄进去的呀？"

周武生说："昨晚，你来我屋，你在那儿唱，我给你弄的。你不是要让学你说话吗？"

周武生边对雪说，边对杨秀女偷偷地挤着眼笑，又是赖叽叽的样子。

杨秀女周身都软软的，那是从绷紧到极点又猛然松懈下来的虚脱。而后，她冷着脸站起来就走，跟谁也不说，拿着镰刀就出门下地去了，弄得雪、长庆和吴颖都奇怪地看着她。唯有周武生心里明白她是恼了。他不笑了，有一点懊悔。他本来是想逗弄她一下的，没想到她真的恼怒了。周武生也想起身跟着杨秀女去，但碍着雪、长庆，还有省里的吴干部都在，他不好这样明目张胆的。周武生熬到了吃完早饭，才拎了提包和镰刀慢悠悠地出门去。刚出得门来，他便拔腿一路狂奔，奔到麦地里，四下张望，寻杨秀女。四下是各家的麦地汇成的麦海，摇摇曳曳延展到天边，杨秀女的踪影一点都不见，不知隐在哪里了。周武生又不能喊，山里空旷，喊声会传得很远让长庆和雪听到，即便是喊了，他想秀女子也是不会应的。周武生只好沮丧地猫下腰来割麦，又像一条窸窸窣窣游动的鱼，向前而去。

陡然从麦丛里蹿起个人来，扑到他身上，用拳头狠狠地砸他。杨秀女狠狠地打周武生，骂他："周武生你不要脸！你耍戏我啊！我今天就把你这个货捶死哩！"

周武生抱着头嘿嘿地笑，也不躲，就让杨秀女来捶死他。

杨秀女打够了，又瞪着他，说："你不是说你啥都不管了，你就那么干了么？"

周武生又不笑了，看着杨秀女，真心地说："我开始是真想放给你男人听的，我真是憋得不行。我后来又一想，我要是放了，你男人烧了心，半夜里往死里打你，受罪的不是你吗？我哪能不管你呢？我宁可去死也不能让你受罪！"

杨秀女又拿眼瞪他，但眼神里透出来的多是温柔了。随后一股暖暖的湿湿的汁液涌到眼窝里，以至于她克制不住地要溢出来。她忙躲避地别过脸去，转移了话题，看着扔在周武生脚边包里的录音机，又想起来刚才的一幕，不由得惊叹道："你这盒子真是不孬，还能学人唱曲儿哩！"

"不光是唱曲儿，"周武生又把录音机从包里拿出来，让杨秀女看个仔细，"你现在说句话，我给你存到里头，过上个几十年我再放给你听，你的话还在里头哩！你现在说句话。"

杨秀女不信："我不说。过上个几十年你又在哪儿呢？你早一道金光跑得不见了！"

周武生发誓地说："哪怕过一百年哩！我哪怕爬也要爬着去寻你！我要是一道金光不见了就让我们家灶塌了！"让灶塌了是山里人最重的毒誓，家

里灶塌了就生不了火做不了饭，意味着家就灭了，山里人家以吃饭为最大的事儿，周武生就捡最大最毒的说。

杨秀女心里又暖暖的，她望着那录音机，想到果真要是几十年后还和这个冤家腻在一块儿说话，她脸上已经尽是沟沟壑壑了，他会不会还亲她呢？会不会还稀罕她的奶子？她红了脸，跃跃欲试，想说一句几十年后还记得的话，话到嘴边又羞了，扭捏半天，对周武生说："你，你先说。"

于是周武生就先说。他按下了录音键，道："秀女子，我整天都想你，我想你想得牙齿疼，馍馍有哩我吃不成！"

杨秀女不禁眼角眉梢又要溢出笑来，她赶紧绷住，冷着脸说："嘴巧，你不要个脸。"

周武生又说："我想你想得头发疼，梳子有哩我梳不成！"

杨秀女使劲绷住不笑，骂他："你不要个脸。"

周武生再说："我想你想得眼珠疼，眼泪有哩我哭不成！"

杨秀女还绷着："你死不要个脸！"

周武生又再一次说："我想你想得浑身疼，心肝有哩我却活不成！"

杨秀女再绷不住，咯咯咯地笑起来，再骂他："你不要脸，你不要脸，你死不要脸……"

周武生一把捉住了笑得乱颤的杨秀女。"秀女子，"他凑近到她的耳边，脸也贴住了她的脸，"我说的虽然都是酸曲儿上的词儿，可都是我的心里话，这些日子，我在外头就是天天想你，没有你我就是活不成！"

杨秀女低头憋着，使劲地憋，终于憋不住哇地一声哭了，转身像只蛾子飞扑到周武生的怀里。"哥！"她哭着叫他，眼泪像河一样地淌，"哥你咋才来呀！我等你都等死了！我夜夜都为你敲钟你知道不知道呀……"她哇哇地号哭着，原本静静的麦地里炸炸地响。

周武生抱着杨秀女也哭，说："我听人说了。秀女子，"他又哭着去堵杨秀女的嘴，"咱俩快不敢再这么哭了，小心让人听见。"

杨秀女收敛一些哭声，但仍腻在周武生的怀里，说："哥，我还想再听你说！"

周武生又像使劲嘬似的亲着她说："你想让我说啥呀？"

杨秀女让嘬得酥软的眼都合上了，呢喃地说："就是你刚才说的，说你想我。我就欢喜听你说你想我……"

周武生于是又按下了录音机的放音键，让那薄皮铁器说给她听，他自己的嘴另有任务，忙不过来。尔后他抱紧杨秀女朝麦垄里伏倒下去，继续去嗫她。麦丛像床接住了他们。

那录音机就躺在麦丛里，响着刚才录下的话："秀女子，我想你，我想你想得牙齿疼，馍馍有哩我吃不成／嘴巧，你不要个脸……"

声音在两人身边萦绕着，像翩翩飞舞的蝶。

若是站在山顶，从山的视角很高远地看下来，就看见了被麦垄遮掩住的杨秀女和周武生。麦海如毯铺向天际。杨秀女和周武生，两个小小的、紧紧缠抱在一起的身影在其间翻滚着、碾压着，使硕大无朋的麦毯被压出一个不断被扩大开来的裂口来。在裂口的四面，是天风卷着麦浪一波一波地涌动。

那录音机也能隐约看见。小小的，像一粒泥巴搁在那里。但声音却大，在静静的天地间，唯有那声音在响，于是被寂静烘托放大了，带着回声响着："我想你想得头发疼，梳子有哩我梳不成／你不要个脸／我想你想得眼珠疼，眼泪有哩我哭不成／你死不要个脸／我想你想得浑身疼，心肝有哩我却活不成／你不要个脸，你不要脸，你死不要脸……"

天炎炎地热烧着，地表一层雾般蒸腾着白汽。山上的狼都热得蹲在山梁上喘。这山里还有一首酸曲儿就是唱这热的，说：六十度的烧酒烟袋锅，正午的太阳热蒸馍，都热不过妹妹的俩酒窝，妹妹和哥哥亲了个嘴，热得那太阳往下落……

七

周武生抱着杨秀女在麦地翻滚着，他激动万分，伸手就去解杨秀女的衣衫，嘴里哆嗦地说："秀女子，我得病了，我活不成了！"杨秀女明白他的意思，她也激动，但她抗拒地推搡着周武生，不让周武生的意思实现，说："哥，这不行！"周武生却扯开了杨秀女的衣衫，他又看到了那一抹妩媚的红在杨秀女的胸前闪耀，这让周武生更加热血沸腾。他急切地要去解下那红红的胸衣，说："我不管！天王老子在这儿我也不管了！"杨秀女竭力地抗拒，她死死揪住那护卫着她的最后一道屏障，不让周武生将它解下来，嘴里央告着："哥呀，哥呀，这真的不成呀哥！"周武生不再说话了，他激动得已经不能抑制，不管杨秀女怎样抗拒和央告，他都锐猛无比，坚决地要将那窄窄的一条布扯下，直到杨秀女尖厉地喊起来，像一个雷陡然地炸开。

杨秀女尖厉地喊道："哥！刘长庆他是个老实人，我不能欺负他呀！你也不能欺负他！"

周武生被这尖厉的炸雷炸中了，惊愕住，随即松开了攥住杨秀女的手。

杨秀女看着呆愣的周武生，她心疼地过来捧起他的脸，将自己的脸挨上去，眼泪扑簌簌地掉出来。"哥，哥呀，"她泪水飞溅地说，"我不是不想让你弄啊，我自己也想啊，可我实在是已经答应了要给刘长庆当婆姨，他一家都是老实人，是好人，我就不能欺负人家啊！还有，哥呀，我，我已经怀了人家的娃了！我就更不能……哥，这些天，家里地里，没人的时候，我就想好好地跟你说说话，我有好些好些个话想跟你说！我把你在的这些天当成一辈子来过。等到割罢了麦，你走，我这一辈子，就算过完了。"

周武生的眼泪也扑簌簌地掉出来，从沾满麦秸和土的脸颊上一颗颗地淌下。

杨秀女用嘴给他一颗颗地嗑去眼泪，说："哥，你快去喝些凉水冰冰身子，别难受坏了！"

周武生木然地站起来，木然地向河走去，去喝水冰凉身子。

到收工的时候，割下的麦子要往家背，不然搁在地里会让别人背了去。杨秀女不去背麦子，她让来送饭的雪和周武生去背，自己拿着雪拎来的饭篮和碗筷先回家去了，她怕和周武生单独在一块儿，他又会火烧火燎地难受。雪很乐意地和周武生背了麦子回家，两人走在盘山道上，远远地看过去，只看见麦子看不见人，只看见两架扎得高高的麦捆像两座小山似的慢慢移过来。

雪走着，不住地偷眼看周武生，挑起话头跟他说话。"武生哥，"她直接就唤他的名字，不再叫麦客大哥，"上回你让那盒盒学我唱酸曲儿，我都不相信是我唱的，我都赶上城里头剧团唱戏的了！"周武生情绪不高，闷头走着，敷衍着她说："你唱得好嘛。"雪又说："武生哥，上回我只唱了一半，我跟你说，底下的词都是姑娘家唱不成的，我就没唱，你还记得不？"周武生依旧敷衍地说："啊，那天晚上你是那么说的，你说底下的词都骚得很。"雪不语，羞了，垂下头去红着脸走路。须臾，她抬起头来，鼓足了勇气说道："武生哥，那我现在把底下的也唱给你听，好不？"周武生一惊，愣愣地看着雪，一时有些发蒙。雪的脸更红了，她掉过脸去，不敢看周武生，只看那远处的山峁和树，唱起来：

"打开了后门就迎进个人，

擦了根洋火就点上盏灯，

小妹妹我就解开了怀，

胸脯子上——

一对白鸽儿就飞出来！"

周武生更加惊愕地看着雪，像看一只变成了蓝色的羊。

雪大腺，脸绯红，背着麦捆就朝山脚下跑去，飞快得倒像受惊的羊了。

周武生惊愕之后不由得笑了起来，嘀咕道："这女娃，人大了，想要男人了。"他背着麦子一边继续朝前走，一边想着有空的时候要给秀女子说一下，也该给雪找个婆家了。

周武生一直没有机会跟杨秀女说雪的事儿，他很快就陷入了自己巨大的悲伤中而根本顾不上其他。抢黄几天后就结束了，刘家只剩下不多的几块地自家人就能割了，刘长庆就跟周武生算了工钱，又买了酒，晚上全家人在一起喝了，算是送行，说定明日一早就借麻子家的马车来送他走。周武生真的要走了，在饭桌上，他喝着酒，眼泪汪汪地直看杨秀女。杨秀女心里慌慌地跳，不敢看周武生，她匆忙间喝了一杯，说累了一天，晚上还要起夜来喂牲口，就先回屋里去躺下了。躺在炕上，她眼泪一直汹涌地无声地流着。

杨秀女直到起夜去牲口棚里喂牲口，眼窝还是潮润的。她拿根棍给驴和骡子搅着草料，心潮又给搅动了起来，眼泪又扑簌簌地掉进食槽里。陡然有一双手从后面伸过来环抱住了她，她惊了一下却没有失声喊叫，她想也不用想就知道是周武生，他要是安然地去睡了他就不是周武生了。杨秀女没有喊叫，也不挣扎，只是低声地说："周武生，你放手。"

周武生不放手，他死死地抱住她，说："我不放！明天我也不走！"

杨秀女让他抱。她最后再让他抱抱，但她低声地提醒他："我跟你说了，等割罢了麦子，我跟你的这一辈子就算过完了。你放手，走吧。"

周武生坚决地说："我不会走！我也不放手！"

"周武生，"杨秀女于是警告他，"你不放手我可喊我男人了！"

周武生根本不相信她会喊，他甚至还有趣地笑了，笑着说："那你喊呀。"

杨秀女果真就放声地喊起来："长庆！长庆！长庆——"她的喊声在静静的夜里又像个雷似的尖厉地炸开，引得食槽里的驴、牛和骡子又都高高低

低地嘶叫起来。

周武生顿时傻了，松开了环抱着杨秀女的手。

刘长庆睡眼惺忪地从屋里探头出来，问："咋了？人喊驴叫的？"

杨秀女远远地还朝他招手："你过来！"

长庆果然就披了衣服朝这边走过来。

周武生更傻了，慌乱地赶紧贴着墙根溜出牲口棚，抹黑溜回他的厢房去。

长庆走进牲口棚，问整着衣衫的杨秀女："衣服咋皱皱的？啥事啊？"

杨秀女支支吾吾，说衣衫下午就皱了，背麦子背的，而后没话找话地说："我才想起来，你明天不是要套车送麦客去乡上吗，咱家那几根木头打结婚就放在院里了，老说要找个木匠来打房家具，你明天顺便在乡上就找个木匠来家把家具打了吧，我就想跟你说一声。"

长庆不满且狐疑地嘟囔道："就这事也失急慌忙地半夜里喊？明天一早说也行嘛。走，回屋里去睡吧，别把牲口再惊出病来。"他扯了杨秀女就走。

杨秀女就跟长庆走回屋去睡。她走着，回头看周武生住的厢房，那屋里的灯刚刚亮起来，周武生的头投在窗棂纸上，一个圆圆的剪影。她想着这个偌大的汉子，这个像喝一样亲她嘴的孔武有力的汉子，刚才让她吓得像个老鼠般地窜溜跑了，她想笑的，却没有能笑出来，她的心正一点一点冰冷地沉下去。

回到屋里，长庆想跟杨秀女做性事，怯怯地去扯动杨秀女的衣袖，说："来。"他从来不喊杨秀女的名字，也不知道该怎样亲昵地喊她，想做事了，他就说"来"。他扯动了一下杨秀女的衣袖，又扯了一下，再次怯怯地说："来，来，咱来。"

"你今天晚上要再跟我说咱来，"杨秀女看着长庆说，"我就死！！"

尔后，她凄厉地哭。

天亮时分，周武生走了。

杨秀女这一整天没有下地去割麦，就在炕上躺着。等到雪下地回来，已是傍晚了，夜蝙蝠都出来了，悬挂在刘家的屋檐下蠢蠢欲动开始准备夜间的飞翔，杨秀女还在炕上躺着。雪进屋来问杨秀女是不是打葵了？这一片山里的土语把中暑叫作打葵。杨秀女不想让雪看出来什么，就顺势说是的，是打葵了。雪就去灶房烧了一大铁锅热水，又硬把杨秀女拽进灶房去，脱了衣服让她洗身子。山里把这叫作刮葵，把身上的暑气刮了去。雪自己脱了衣服也一道来洗，天热，她在地里蒸烤了一天，也要刮刮葵。

灶房里水汽弥漫着，屋外残存的夕阳余晖从窗棂透进来，在弥漫的水汽中刺出道道金线。杨秀女给雪搓着后背。雪的白身子在金光的映照下让杨秀女看得连连感慨，"雪，你像个棉花！"她禁不住在雪的光胳膊上咬了一口，爱死了那水灵的白，"你小心让男人看见，把你当白馍吃了！"

雪却情绪黯然，忧伤地说："我倒是想有个男人来吃了我。"

杨秀女闻听雪话里有话，停下给她刮葵，问她："雪，你是不是看上谁了？"

雪黯然不语，眼眶开始慢慢地泛红。

杨秀女陡然想到了，恍然大悟，说："雪，你是不是——你是看上那个麦客了？"

雪还是黯然不语，神情更加地忧伤了，眼泪也滚落了出来，滴在她白馍一样的身子上。

杨秀女傻愣住，不禁脱口而出："冤家，真是冤家！"

"嫂子，"雪不禁狐疑地望着杨秀女，那泪珠还在她的眼睑处悬垂着，她就这样睁大着泪眼去审视杨秀女的神色，"嫂子你是咋了？"

杨秀女连忙掩饰她的失态，说："我没咋。我，我是为你可惜得慌。你早跟嫂子说啊，现在他，他人也走了。不过，雪呀，你是该寻个婆家了，这些年，为了你哥，这个家啥苦啥委屈你都受着，把你自己都耽搁了，赶明，嫂子一定给你寻个好男人！"

雪却幽幽地说："我就看着他好。"

杨秀女尴尬地涩笑："他就是好他也不在了呀……"

院里这时传来了响动，这响动及时地救了杨秀女。院里传来的是大车被赶进来的动静：挂在骡子脖颈下铃铛的摇曳作响，以及胶皮轮胎碾过地面石子的嚓嚓声，还有长庆咳嗽的声音。这让杨秀女解脱了尴尬，她趁机转移了话题，对雪说："是你哥送那麦客从乡上回来了。说不准他把木匠也从乡上找来了。"她推开木窗棂，探出头去看，果然就看到了她的男人，一身山道上带来的尘土。她问长庆："你是一个人回来的？让你找的木匠呢？"

长庆在院里卸车拴着骡子，说："咳，咱还到乡上去寻的啥木匠，木匠都是现成的，你看我又把谁拉回来了——"他朝自己身后指，让杨秀女看。

浑身披挂着斧、锛、凿、锯等木匠工具的周武生从后面闪出来，撞进了杨秀女的眼睛里。

杨秀女像雷击似的呆住了。

长庆还喜滋滋地向杨秀女解释："武生大兄弟他就会木匠活儿。大兄弟还说了，这些天在咱家，处得不错，也算是认下个亲戚吧，人家说这回不要工钱，就算再来亲戚家帮几天忙。大兄弟在乡上他舅家借了这些斧啊锯啊啥的就又跟我回来了。"

周武生望着杨秀女，冲她偷偷地挤眼笑。

杨秀女呆若木鸡。

雪也从窗棂里探头出来了，一眼看见了周武生，喜出望外，喜不自禁地大喊一声："嗨！"喊出口，才觉得失态，不像个姑娘家，不禁羞红了脸，臊了，放柔了声音，"哥，"她笼统而亲昵地叫着武生和长庆，"你们还没吃饭呢吧？我给咱做！"反身回来，匆忙地擦身子，穿衣裳，烧水，和面，捞酸菜，把个腌萝卜用刀在案板上欢快地剁得当当响。

杨秀女呆呆地看着她忙碌，觉得那刀的每一下起落，刀刀都剁在她的心上。

院中的牲口棚第二日就兼做了木工坊。周武生早上起来在食槽的旁边搭起一个案子，在上面开始解木头剖成板子。院里没人，刘家的人早早都下地去了。雪临走时细致地把稀粥和馍给他摆在石桌上，还把一碟咸菜也用香油拌了，也一并给他摆着。周武生却无心去吃，就让那早饭一直在那儿放凉。他用刨子机械地刨着板子，让刨花连绵不断地从他的手底下流泻出来，神情焦虑着，在想怎样才能跟秀女子单独说上话？他还想再有麦子地里那种天高地阔尽情挥洒让人血脉贲张的机会。

陡然一把斧子"当"地一声剁在案子上，周武生手里正向前推着的刨子一下便撞到这斧子上，溅出几粒火星来，他愕然地抬头望去，不禁喜出望外地笑了。

不知何时独自返回家来的杨秀女一脸冷霜地瞪着他。"下午你就走！"她说，同时把已经捆好的周武生的铺盖卷儿扔在他面前，"这回没啥可说的！"

周武生被杨秀女的冷视收敛起了笑。"我不走。"他坚决地说，"要走，你跟我一道走！"

"我跟你说了我怀了人家的娃了！"杨秀女急出了眼泪来，"我不会跟你走的！你赶紧走！"

周武生却绕过木案子朝杨秀女凑近过来。"这回就是天雷把我劈了我也不一个人走——"他一把抱住杨秀女，随即唇就压实了上去，又像嗑似的狠狠去亲她。杨秀女死命挣扎着，挣扎不脱，周武生的双臂像焊死了一样地箍着她，唇也像长在了她的唇上。杨秀女大急，张大嘴一口咬住周武生亲过来的下唇，狠狠地咬，她要咬得他松开。

周武生钻心地疼，但他不松开杨秀女，忍着，就让她咬。

杨秀女便狠命地咬，她要一直咬烂了他。

周武生依旧箍紧着杨秀女，嘴嘘着，他就让她咬烂。果然就咬烂了，一缕鲜血从周武生的唇上淌下，然后是更多的血涌出来，涌到杨秀女的嘴里，使她像吃了满嘴的草莓。

杨秀女哇地一下哭了，倒是她撑不住先松开了她的牙。她哭着，去抚摸周武生嘴唇上的溃烂处。"周武生你这个货，你咋不知道松手呢？你不疼呀？"她哭着说，无力地催促他，"你赶紧走，你走，你走，你走……"

"我不走。"周武生依旧坚决地说，随后他还淌着鲜血的嘴又朝杨秀女的唇上压下来，再一次想含住杨秀女的唇。杨秀女酥软了，唇有一点迎合地凑上去，就让他含住了。

十几米远的地方正站着雪。

雪站在牲口棚外的阴暗处，没人看见她。她手里捧着她的草帽，草帽里是几根从地里摘的黄瓜，还有一捧桑葚，黄瓜和桑葚她都在河里洗净了，她是想着周武生干活要是口渴了可以当水喝，她是回家来给他送"水"的。雪捧着黄瓜和桑葚，直勾勾地看着牲口棚里翻江倒海的杨秀女和周武生。风儿卷起棚里满地的刨花飘过来，飘落在雪的头上，脸上。

雪就顶着满头的刨花一动不动地站着。

八

雪在傍晚的时候想去跟哥哥刘长庆说破这件事情。

雪冲动地一脚踏进房间。刘长庆正盘腿坐在炕上，抽着旱烟锅，喜滋滋地欣赏着摆在炕桌上的一双婴儿鞋。那鞋小小的，小得让人不觉得那是鞋，

小得让人感动，仿佛是从人心尖上摘下来的一小瓣肉。长庆看见雪进来，笑逐颜开地把鞋拿给雪看，说："雪，你看这好看不？我前天到王团乡上买的。你嫂子冬天就生了，我把咱娃的鞋先买下。"

雪迟疑了。这双小小的鞋让她把要说破的事儿又酸涩地挡了回去。

长庆迟钝地根本没有看出雪脸上的变化，他沉浸在自己的憧憬里。"要是你嫂子能生个男娃，"他小心地吹去落在小鞋面上的一丁点儿烟灰，怕把他儿子的鞋污了，"那我这一辈子就啥都不想了。你哥嘛，我人窝囊，嘴也笨得像个棉裤腰，以后我就好好带咱娃，让咱娃念书，让咱娃有出息。雪，以后咱娃大了，会说个话了，他把你叫个姑姑哩！"

雪想哭。雪看着长庆幸福满满的样子，不禁心里扎扎地想哭，她不敢想，要把哥哥这可怜的一丁点儿幸福猛然间剥夺了去，又会怎么样。但雪不能哭。雪从十四岁起就知道遇到事她是不能哭的。雪十四岁娘过世以来由她当这个家，她就知道，家里遇到大大小小的事，她要是没了主意，只会啼哭，那这个家的天，就塌了。

迟钝的长庆依旧没有看出雪情绪的变化，他还沉浸在自己幸福的小小盘算里，絮絮叨叨地说："我还想给咱娃买个长命锁，给咱娃挂上，让咱娃命长长的。王团乡上没有卖的。等过上几天，那麦客打完了家具回去，我让他路过城里买上一个，给咱娃寄来。"

雪儿不禁脱口道："那麦客，怕是拿棒打他他都不会走了！"

长庆不明白，懵懵地问："咋？他还在咱家住下不成？"

雪不回答他，她已经彻底决定不向长庆说破，而要由她自己来解决这件事情，就像这么些年来家里那些大大小小的事情一样。雪抚摸着那双婴儿的小鞋，又思忖了许久，下了决心，对长庆开口道："哥，我也大了，我想……也该给我自己寻个婆家了。"

"该。"长庆把思绪从儿子的鞋上收回来，放在了妹妹身上。他又问雪："雪，你看上谁了？不行再让刘二给上门说亲去，咱家再搭上些烟叶和鸡蛋。"

雪说："不用搭鸡蛋和烟叶。"而后她告诉哥哥："我就看上那个麦客了。"

长庆觉得有些突然，想想也好，称赞说："行哩。那人做活倒是不孬！"

雪冷静地像是在说旁人的事情："哥，你去给他提个亲，他要是真不想走，你问他愿不愿意给咱家做个上门女婿？我打听过，他在崾岘村，爹和妈都没了，一个妹子，也嫁到甘肃庆阳县去了。等成了亲，我守着他，都在一个大屋里住着，大家都是亲戚了，他也不好再干啥。我再好好地对他，好好地伺候他，日子久了，兴许他就能收了心，你和我嫂子也能好好地过日子，等娃生了，女人么，有了娃，我嫂子也就没别的念想了。"

长庆依旧迟钝懵懂地听不出什么来，说："行，上门好！一家人，住得热闹。"

雪果决地说："哥，那你明天就跟他去提亲。"

长庆为难了。"哎呀，"他搔着头皮说，"我又不会说个话么，事又是这么大的事……雪，你让你嫂子跟他去说吧。你嫂子会说话。"

"我嫂子？"雪失控地愤怒地叫起来，少有地爆发了，"哥，你咋就这么窝囊呢？人前你咋就不能说句硬话呢？啥事你都让外人做你的主，猫儿狗儿的都敢欺负你！你让我这个当妹子的——"她哽咽住，伤心地掩面抽泣。

长庆却对雪的突然伤心发怒懵懂不解，怔怔地说："雪，你是咋了？我，我就是在人前不会说个话么。再说了，你嫂子，她也不是外人呀。"

雪眯缝着泪眼长久地望着这个哥哥，最后，无奈地深深地叹了口气。

第二日，周武生在家里继续做木活儿，雪和杨秀女下地去割麦。雪就挨着杨秀女割，身子和她的身子紧傍着。杨秀女心里藏着虚，不自在了，手里的镰刀飞快地舞动，麦子像雪崩似的被割倒下，一路向前蹿去，想甩开雪。雪看出了杨秀女的心机来，也将一柄镰刀舞动得飞快，麦子也一如砖垛塌了似的纷纷倒下，她也一路蹿去，不让杨秀女甩下她。

"嫂子，"雪紧跟着杨秀女，开口道，"那个麦客他又回来了。"

杨秀女躲闪着雪，支吾着："啊，回来了。"

雪不让她躲闪，把话紧贴上去："我跟你说过我看上他了！"

杨秀女一震，还是支吾着："啊，看上……看上好啊。"

雪更加紧地将话贴上去："嫂子，你去替我向他提个亲行不？我想嫁给他！"

杨秀女更加剧烈地一震，支吾不了了，惊愕地脱口而出："你让我……向他去提亲？"

雪紧紧逼视着她："嫂子，你不是说你要给我找个好男人吗？"

杨秀女尴尬地涩笑，道："那，那是说的个话，真要给人做媒，我，我也不会。"她极力掩饰着慌乱，又快速向前割去，想再次甩开雪。

雪不能让她逃窜，她飞舞镰刀紧紧黏上去，说："嫂子，你不想帮我这个忙啊？"

杨秀女掩饰地搪塞道："不，不是，我，我是真不会给人做媒。"

雪紧逼着她："又不是给外人做媒，你是我亲嫂子呀！嫂子给小姑子去提亲，嫂子，你有啥张不开口的？"

杨秀女一时语塞了，她无法反驳雪的话。

雪进一步紧逼着她："嫂子，你莫非是有啥说不清道不明的，不想帮我这个忙？"

杨秀女慌乱地连忙摆手："不，不是……"

"那好！"雪更进一步地紧逼她，"嫂子，你今黑了就去跟他提亲行吗？"

杨秀女大为慌乱："不，不行！我说不来。要说，让你哥去跟他说。"

雪说："我哥他在人前就说不成一句囫囵话。嫂子，还是你去说！"

杨秀女躲避地将脸扭过去，道："我，我不说。让你哥去说。"

雪把她的身子又扳过来，脸看着她，央求道："嫂子，还是你去说好！"

杨秀女又将她的脸别过去，道："我不说！你让你哥去说。"

雪绕过去又脸对脸地仰望着杨秀女，再次央求她："嫂子，你去吧，我哥他说不成话！"

杨秀女让雪纠缠得烦躁了，高声大腔地说："你就让你哥去说！他是你哥嘛——"

雪"扑通"一声给杨秀女双膝跪下，迸发地叫道：

"嫂子，我哥他是个老实人啊！"

杨秀女惊愣住，所有的烦躁慌乱和心悸在一瞬间都凝固了，化作一团突兀显在脸上。

十九岁的雪哭了起来，她开始以她这个年纪应有的倍感委屈而放声大哭，好些年的积郁都团在了哭声里。她心酸地哭着，说："嫂子，我哥，他确实是个老实人。他从小就老实，猫儿狗儿的都能欺负他。我妈临死的时候，跟我说：'雪呀，你可千万不能撇下你哥不管。你撇下他，他自个儿怕是连个热乎饭都吃不上。再咋难，你也得给你哥娶上婆姨，成个家！'好容易，家有了，眼看，娃也快有了。这些年，为了我哥，我……嫂子，你要不帮我，不帮咱这个家，这个家就散了！"

秀女惊慌地要去搀扶雪："雪，你，你，你起来，你先起来！"

雪儿不起来，她就跪着，连连给杨秀女磕头，头使劲地一下一下磕在刚割下的麦子上，皮破了，麦秸秆上洇了一层淡淡的红。

杨秀女的心脏缩成了一团，她别无选择地说：

"好，今黑了，我就给你去说亲。"

天漆黑的时候，雪把晚饭摆在了院中的石桌上。她炒了鸡蛋，用油煎了河里下网捕来的两条鲇鱼，又到隔壁刘义家里去借了一瓶白酒来，开了盖，让哥哥长庆给周武生倒上。周武生捏着酒杯疑惑不解，问雪："我家具还没打完呢，我又不走，你们这是——"

雪不说话，回头央求地望着杨秀女，让她说。

杨秀女于是开始笑。她竭力让自己对周武生微笑起来，因为太过用力，她的笑在脸上一跳一跳地颤抖着。"武，武生兄弟，"她颤抖地笑着说，"你来咱家，也有些个日子了，都觉得吧，你，你人怪不错，就想……就想给你说门亲，看你愿意呀不？"

周武生先是不可思议地愣住："你给我提亲？"继而，他问："提的谁呀？"

"就是——"杨秀女手抖抖地指着雪："我妹子，雪。"

一旁的刘长庆如释重负地说："对，就是这话！"

雪红着脸勾头坐着，羞涩而又万分紧张。

周武生震撼地愣住了。随即，一股被戏弄的愤怒涌起来，他眼睛直勾勾地盯着杨秀女，像两个锥子朝她刺过去："这是——是你的主意？"

杨秀女本能地扭过脸去，避开情人目光的盯视，她需要缓冲一下才能承接这锥刺一样的锐利，她做不到一下就坦然地迎上去。等杨秀女再扭过脸来的时候，她眼里已经是准备毅然割舍什么的坚定，道："是我的主意。我想把我妹子说给你，看你愿意呀不？"

雪飞快地偷瞥了周武生一眼，她想看他是什么反应。她看到的是周武生死死攥着酒杯不吭气，尽管一滴酒都还未喝，脸却赤红。雪知道她想要的这个男人，血正朝上翻涌着。

杨秀女接着说："你要是愿意，家里房子都是现成的，家具嘛，木头还有，你再多费点日子，再打几件，想添点啥，你和雪，你俩商量去。咱选日子就把亲事办了。你看行呀不？"

周武生还是死攥着酒杯不说话，他沉默地看着杨秀女，眼睛里却全是他想要向她说的：愕然，疑问，伤楚，哀惋。到最后，这个男人竟像个女人了，眼中竟有几星泪花闪动。

杨秀女撑不住了，她无论如何再说不下去，她又躲避开周武生的目光向旁侧扭过脸去，不想再说什么了。她一掉脸，却看见了雪——

雪正哀楚央求地望着她。

雪的目光又把杨秀女硬硬挡了回来。她的心脏又让雪缩弄成了一团，冰凉地向下坠。终于，她一横心，对周武生冷下脸来，说："你要是不愿意，那我家，也不留你了，你家具也不用打了，明后天，你就走吧。"

长庆懵懂不解："咋家具也不打了？木头都锯了，家具还得打。"

杨秀女决然地提高嗓门说："家具不打了！你走！这也是我最后要说的话。"

周武生周身都震颤地抖了一下，不认识似的看着杨秀女，像看一棵陡然结出西瓜来的柳树。

杨秀女却又笑了。她命令自己对周武生微笑。她硬着心肠微笑着，搂过羞眉垂目的雪来，对周武生笑得更灿烂了些，说："我妹子，这么水灵个大闺女，白给你当婆姨，你还不愿意呀？你还不……还不叫我嫂子呀？"

周武生实在克制不住，将手中的酒杯重重地摔在石桌上，那薄薄的瓷片随着就碎裂了。这让杨秀女、雪和长庆都吓了一跳，惊恐地望着周武生。周武生没有让这惊恐持续太久，他将粗暴转为凄凉的一笑，说："让我走？我嵝岘村家里的人都没了，我一个人走，你让我往哪儿走……"他凄凉地顿住，又粗暴起来，说："行啊，你们能收留我，把个大闺女白给我，天大的好事，我穷光棍一条我还能不愿意！但是，雪妹子，有些话我得先说到头里，我这个人野惯了，没啥本事毛病可不少，往后一块儿过日子，两句话不对，没准就会摔锅砸碗，急了，保不住还会对婆姨动手动脚，你跟了我，是福是祸，你自己可得掂量清楚。"

杨秀女闻言不由得脸色一紧，担忧地望着雪。长庆在一旁脸也黑了下来。

雪却依旧低头坐着，不愠不躁不恼，柔静地说：

"我愿意。男人嘛，还能没个脾气。"

第二日，接着又过了半日，到第三日的晚上，婚礼就举办了。雪坚持要快办，谁劝她从容一些都没有用，她就像抢黄一样，要快快地把麦子收回来才彻底安心。雪彻夜不眠地缝制了新被新褥，又杀了一头羊，又和洋芋粉条一起下到锅里煮了一大铁锅羊腥汤，又用红纸剪了喜字覆盖在一只只菜碗上，又把村邻们请了过来吃席。村邻们又都揭了菜碗上的红喜字朝天上扬去，漫天的喜字又在刘家的院里纷纷扬扬、纷纷扬扬地飘落。

雪在那天就成了周武生的婆姨，两人当晚睡在了一个炕上。

九

杨秀女从雪成亲的那天晚上起，自己屋里的窗户就用黑纸糊严实了，她不能看见雪和周武生屋里的灯光从那边折透过来，也不能听见那边的动静。她对长庆说她害眼，怕光。尔后灯也不让长庆点，好多天都这么黑沉沉地过。好多天临睡前，她都把脸浸泡在脸盆里，让眼泪流在洗脸水里，尽情地流，流干净，抬起头来，长庆只能看见她一脸的水珠，分不清是泪水还是井水，而后她用手巾揩了去睡觉，她不想让长庆看见她躺在炕上流眼泪。到了第七日的晚上，她刚把脸从水盆里抬起来，有人叩门，轻轻地敲但持续不断，非要把门敲开了。她一脸湿淋淋地去开了门，看见雪站在门口。雪脸上也是湿的，刚哭过，额上还有一块青紫，被人打的。杨秀女吓了一跳，自己的泪倒先止住了。

长庆急急地披衣服下炕过来，问雪："雪，咋了？"

雪不看长庆，只看着杨秀女，说："嫂子，他不和我睡。都好几天了，他一直打地铺睡在地上，衣服也不脱，他碰也不碰我……嫂子，你去跟他说说，让他跟我睡吧。"

"我？"杨秀女震撼地呆了。

雪强调地说："嫂子，这只有你去跟他说才行。"

长庆听不懂。"啥事啊？"他懵懂地问雪，"咋还非要你嫂子去说？"

雪看了一眼哥哥，依旧只看着杨秀女，只对她道："他不和我睡，是他……心里一直有另一个人。嫂子，只有你去跟他说，他才能死了这份心思。嫂子，你去说说，让他今晚就跟我睡吧。"

杨秀女简直不知说什么好，她只有木木地呆愣着。

长庆依旧是迟钝和懵懂地听不明白，又问雪："啥他还有一个人啊？有谁呀？"

雪一切都不说破，她还是只看着杨秀女，不说话，苦楚地、央求地、哀惋地看着。一瞬间，少年老成的雪又是十九岁了，又成了一个小姑娘，一个妹妹，在哀求地看着嫂子。

杨秀女再次被雪的目光击倒了，她声音抖抖的，再次别无选择地说："好，我去说。"

杨秀女跟着雪踏进她住的东厢房的时候，屋里黑漆一团，油灯是有的，但不点，雪的日子也是黑沉沉地过。杨秀女一时间什么也看不见，看不见桌椅，看不见炕，也看不见周武生在哪里。"嚓"地一下，一根火柴在屋子的角落里红亮了起来，接着油灯也燃着了，昏黄的光在屋里弥漫地铺开来，杨秀女看见了周武生，他坐在角落的地铺上，靠着因年久和潮湿泛起一层白碱来的墙壁，像一尾土拨鼠，正目光炯炯地望着她。

"你咋……"杨秀女硬着头皮问他，"你咋不跟雪睡呢？"

周武生不说话，只是看着她，目光从负着气的炯炯逼视，渐渐柔软，迷蒙，模糊，有水汽蒙住了瞳仁，然后他眯缝起了眼睛，把男人软弱的一面遮藏了起来。

雪走过去坐在了炕上，她的被子已经在炕上铺好，有两个荞麦皮枕头，一个被睡下去一个窝，是雪自己的，另一个鼓鼓饱饱的，没人睡过。雪的枕头边是一块白布，是新婚之夜用来验红的，王团乡在一九七九年的时候依然还有这个乡俗，那布依旧雪白无瑕，没有被使用。雪说："嫂子，你去把他的被褥抱过来，你让他上炕来睡吧。"

杨秀女只有走过去拿。她从地铺上抱起周武生的被褥，低着头，不敢去触碰他的目光。暗中，在油灯照不到亮的地方，周武生突然伸手过来一把攥住她的手，死死攥住。杨秀女浑身一颤，想抽回自己的手。周武生死死攥着不放。秀女哆嗦起来，她竭力咬住唇不让自己叫出声，使劲抽出手，抱起被子和枕头走过去，她依然低着头，她也不敢去触碰雪的目光，将周武生的被子在雪的被筒旁铺好，又将一对鸳鸯枕摆在一块儿。她的目光落在那块白布上，心里锥刺似的疼了一下，手伸出去又收了回来，她觉得如果这也要替雪在炕上铺好，她会死。

雪脱了小褂，只穿件肚兜，她背过身去，说："嫂子，我这系了个死疙瘩，不好解，你帮我解开吧。"她说的是她贴身肚兜背后的系绳疙瘩。杨秀女于是又替雪去解那绳子疙瘩。薄薄的一件肚兜从雪身上除下，她丰腴的身子光光洁洁地袒露出来，左肩膀上有一粒痣，像白白的面上落了一粒蝇子。

周武生依旧蹲在地铺上不过来，他最后哀惋地看着杨秀女，希望她能说点什么。

雪从眼角的余光里看见了。雪光着身子低头说："嫂子，天不早了，你再说说他。"

杨秀女于是让自己的声音坚硬如铁，说："你过来跟雪睡吧。你啥也别想了，想也没用！"

周武生在地铺上怪异地笑了起来，笑声像夜枭的叫在黑黢黢的屋内回荡。他鸟叫般地笑着说："你放心，我睡！白给我个女人让我睡，我再不睡我是……"他恶狠狠地说了句粗话，很粗的话，直戳人的心窝。

杨秀女逃似的走了。

杨秀女逃似的回到了自己的屋里。长庆问她咋样了？两人在一起睡了吗？她不说，躺在炕上，大睁着眼望着房梁。长庆只好自己趴在窗上侧起耳朵去听雪那屋的动静，果然那屋就有些动静传过来，是周武生粗重的喘息声，夹杂着哼儿哈儿的呻叫。周武生成心要把声音搞得很大。长庆欣喜地让杨秀女也来听，说："你听，你听！"杨秀女听见了，她浑身的汗毛都一根根地直立起，凶恶地对长庆道："听啥呀，咱俩也来弄！"她一把扯过长庆来，三下两下扒了他和自己的衣服，跨上去，就凶猛地弄。长庆惊呆了，杨秀女在炕上从来都是木木地躺着，一如死了的胡杨林倒卧在沙滩上。长庆惊愕地呆望着杨秀女在他的上面插秧一样地动，万般不可思议，旁的感觉他倒是一点都没有了。杨秀女不管长庆的感觉，她也放声地叫，她要让自己的声音盖过了那边的声音去，她要用自己的声音筑起一道屏围来，把自己藏在里面，从而听不见那边的响动。突然一声女人的呻叫刺破她的屏障穿透进来，这是雪在呻叫。雪决不是在快乐地叫。继而雪的呻叫声越来越响，连绵不断地穿透进来，似乎是正在被人厮打。雪的叫声中还夹杂着武生含糊不清的骂声和砸碎什么物件的乒乓作响。杨秀女和长庆赶忙停止了运动，双双套上衣服，下炕向雪那屋跑去。

杨秀女和长庆跑进屋来，看见雪坐在炕上，低头强抑制着泣声，披头散发着，一头的乱发垂盖到脸上，在遮挡着什么。而周武生则仰躺在炕上，一副浑不论的样子。杨秀女走过去，欲撩开雪脸上的垂发去看，雪极力地阻拦，但被杨秀女强行撩开，她看到了雪额上的青紫未褪，脸颊上又新淤了一块。

杨秀女不禁愤然地将目光砸向周武生："雪到底咋了？你刚打了她，现在又打她！"

雪却抢着说："没啥，都是我不好，是我……不小心，把错事做下了，惹得他不高兴。怨不着他。没啥事。"

杨秀女缓和了下来，问雪："那总得因为点啥吧？为啥打你呀？"

雪支吾着："啥，啥，啥也不为……"

"我来说为啥吧，"周武生尖锐地开口说道，"刚才，你们让我和她睡，我也和她睡了，我也抱了她，我也亲了她，我也……可我嘴里喊的是另一个女人的名字！我想着我抱着的亲着的是另一个女人！她不乐意了，眼泪水子流得没完没了，哭得我烦了，就为这我打她。我说了我脾气不好。"

杨秀女不禁怔立当场，傻了。而雪再掩饰不下去，她掩面哭了起来。她的哭声像一把刀，把还遮掩着的一层薄壳劈开，将底下的苦涩悲凄都剧烈地翻搅起来。

长庆却还懵懂着，他听懂了一些，但更多的还是听不明白，"咋你还有个相好啊？"他问双眼赤红的周武生，"是谁呀？"

周武生不看他，也不说，他也只看着杨秀女，更尖锐地问她："你让我说吗？"

杨秀女脸色苍白，一句话都说不出来。雪看到了杨秀女的语塞，语塞就说明她顾忌，顾忌就说明她心里还有，这使雪更加伤楚，愈发地恸哭不已。

"嚎！嚎！嚎！"周武生暴怒地对雪吼叫，他从荞麦皮枕头底下拿出那个小录音机来，对雪晃，对长庆晃，最主要的是对杨秀女晃着，道："总有一天，我憋不住了，我就把这放出来，我全都放给你们听！"

杨秀女的心再一次被这薄皮铁器窒息似的缩紧成了一坨。

又到了第二日，早上，周武生说他今天不打家具了，他说他今天不在家里待，说老待在家里他会憋死，他说他要下地去割麦，于是他又重新拎了镰刀出门去了。在地里，周武生发泄地割着刘家最后的两亩麦子。四周的麦田许多已经割空，大片的土地都裸赤了出来，割麦的乡民都背了麦捆回家，在远处的田埂和更远处的村道上，走成了逶迤的一条线。唯有周武生在剩余的麦海里游弋，他身后割空的麦垄像船划过拖出的长长一道水痕，他不断延长着水痕向前推进。突然周武生伸向前面麦丛的镰刀扑了一个空，前面没有麦子了，被人割空了，割空出来一个圆，周武生讶然地抬头望去，怔住。

杨秀女拄着镰刀蹲在圆空里正等着他，像他上次蹲在麦地里等着杨秀女一样。

杨秀女冷视着周武生，她扔了镰刀，脱去了小褂，身上又只剩那个艳红的胸罩，她一狠心，把胸罩的一侧带子也从一条胳膊上褪了下来，隐约地露出半边奶，说："周武生，你抱着我妹子睡觉你嘴里喊的是我！你倒是会欺负人啊！你抱着她你想着我，你不是老惦着我的身子吗，好啊，我让你耍，我这阵儿就让你要个够！"

周武生"扑通"一声坐在地上，他手抖抖地摸出烟卷来吸。

杨秀女说："你来要我呀，你来弄呀！"

周武生一下扔掉刚吸了两口的烟卷，手捂住了脸。

杨秀女喊起来："周武生你来要我呀！"

周武生捂着脸竭力克制着发出了抽泣。稍后，他哽哽咽咽的抽泣变成了低哭。再稍后，他完全地痛哭起来。这是一个男人绝望的哭，和风掠过麦梢刮起的声音混在一起，发出哗啦哗啦的啸响。

杨秀女不想对周武生心软，她对他的哭依旧报以冷视，她想跟他彻底斩断一切。但那哗啦哗啦男人的哭像一只手拽着她向很深的地方陷进去，她无法摆脱和自拔。渐渐地，她让周武生哭得眼也潮了。再渐渐地，她的泪水涌出眼眶，流过脸颊，她也想放声地哭。但她竭力忍着，她还是不想跟周武生一起哭，她觉得要不然她想和他彻底断了的努力就全都白费了。

周武生却不哭了，他泪眼婆娑地看着杨秀女的脚，说："秀女子，你的鞋烂了。"他看到杨秀女脚上的布鞋磨破了一个洞，而地里割下来的麦茬很硬，这使他暂时忘记了自己在号，他怕把杨秀女的脚戳烂了。

杨秀女大哭起来，她以为周武生傻了，这时候他还看见她的鞋！脑子整个傻掉了。杨秀女认为是她把周武生害了，她大哭着扑过去抱住周武生，一切的遮遮盖盖都丢了，哭喊着说："哥呀，我以前跟你说的都不是真的，我心里有你哩！我啥也不管了！天崩地裂，天雷把我劈死我也不管了！我要跟你好！我就要跟你好！这往后，地里，塬上，山沟沟，崖畔下，没人的地方，我就是你的婆姨，你就是我的男人，咱俩就好！咱俩就往死里好！我啥都不管了！"

周武生又疯了一样地抱紧杨秀女，又像嗫似的去啃她。而杨秀女就让他嗫。周武生把杨秀女的一副嘴唇像皮筋一样地嗫起来，又像粉条一样地吸进嘴里，这使杨秀女两腮的肉都牵扯着疼，但她心里滋润着，她就让那疼一直长长地疼着。

陡然旁边的麦丛里传来哗哗啦啦的一阵响动，一个人蹿起来，奔跑出麦子地去，走了。

杨秀女惊得从地上坐起来，她看见了那个人，脱口叫道："是雪！"

周武生也愣了一会儿，随即他把杨秀女又放到了地上去仰躺着，接着去亲她，说："不管！她看见就让她看见去！你刚不是说了吗，往后，地里，塬上，山沟沟里，没人的地方，逮个空儿，咱俩就好，咱啥都不管了！"

杨秀女横了心说："对，不管了！"

背麦子的村邻们又返了回来，来背第二趟，四周割空的麦地里又渐渐弥漫起了人。杨秀女和周武生分开了，一个接着割麦，一个则又牵了牲口去河里饮，避开众人的眼目。两人说好，明天一早，说是上山去砍柴火，两人都到山里去，那里从早到晚都没有人，两人就在那里好！杨秀女红着脸跟周武生说，让他把牲口棚里装麸子的那条麻袋也悄悄拿上，山里地上尽是蒺藜棵子，扎人，铺上条麻袋就不扎了。杨秀女想明天在山里把自己给周武生，她说过有一天要把自己给他，到现在还没给哩。

周武生一直在麦地里磨蹭到很晚，到天黑尽了，夜蝙蝠都出来了，成群地沿着小河边低低地飞，他才顶着星星回家去。他还是有点儿心虚，怕和雪碰面，尽管他知道这应该是不怕的，吵开了才好。周武生回到家，雪已经睡了，灶房里给他留着饭。他有些惭意地吃了那饭——雪给他做的饭，灯也不敢点，也摸黑上炕去睡了，裹着被子缩在一个角落里窝下，远远地躲着雪。待周武生一觉醒来，天已灰亮了，没有亮透彻，还早，他想起和杨秀女的约定，赶忙蹑手蹑脚地起来，穿了衣服下炕去，他想先去牲口棚里拿麻袋。雪却从门外进来了。她更早地就起来了，她做好了早饭用木托盘端着，又给周武生端来了。周武生一时愣愣地看着。雪过来把托盘放在小炕桌上。早饭很丰盛，烙饼，咸菜，一盆粥，还有几个煮鸡蛋。雪取了碗给周武生盛粥，说："你吃了饭再下地去吧。我磨了新麦，早起烙的饼。"

周武生心有些慌慌乱乱的，有一种羞愧的感觉。他索性发狠地把话挑明了说，让自己显得凶恶和无耻一些，好把心慌压下去："我今天不下地，我进山哩！"

雪继续盛着粥，只是淡淡地说："哦，你进山呀。"

周武生进一步挑明了说："我不是一个人进山，你……你知道我跟谁一道进山吗？"

雪顿了一下，说："知道。"然后雪把盛好的粥端到武生面前，把筷子给他摆好，又坐下来，给他剥白水鸡蛋。

周武生倒顿住了。"那你，你——"他有些结巴起来，"那你咋还要对我这样？还这么来伺候我？"

雪幽幽地说："我就是不高兴，能挡住你不和她去吗？"然后雪把剥好的一颗白水鸡蛋放在小碟里又摆到周武生面前，鸡蛋旁边她还精细地放了一小撮盐，让他蘸着盐吃，说："你快吃吧。吃了你走。我知道这时她在门口等你哩。"

周武生心更有些慌慌乱乱的了，像被人在抓挠。"你别对我这样！没毬用！"他凶恶地瞪着眼睛说，"你就是对我这样，我……我也要跟她好！"

"行，你就跟她好去。"雪说。她的眼泪同时也蹿了出来，她很痛恨自己这时候掉泪，她使劲地挤和眨巴着眼睛，把泪水逼了回去，又说："我想过了，我现在就是哭啊闹的，也挡不住你跟她好，只能让你更见不得我。我想好了，你要实在想跟她好，明里暗里，你俩亲热去，你亲热够了回家，我……我还给你做吃喝。反正我啥都顺着你，我好好伺候你，我不惹你不高兴。我想，人心都是肉长的，日子久了，你俩新鲜劲儿过去了，你就会稀罕我，好好跟我过日子的。"

周武生埋头大口地喝粥，大口地吃饼和吞咽鸡蛋，他心里不光是慌乱而是发毛，有些受不了了。他使劲地吞咽食物，仿佛是顾不上听，也仿佛是漫不经心满不在乎地听，继续保持他的冷漠和恬不知耻。

雪接着给他剥余下的煮鸡蛋，央求地说："我就有一条，算我求你们俩了，你们俩好，千万别让我哥知道。我哥太老实了，他太可怜了。我一个人知道就行了。女人嘛，天生就是受苦的，啥苦，让我这个当妹子的一个人受着就行了。"

周武生心里剜刺般疼了一下，他再也吃不下去了，一口鸡蛋含在嘴里像含了一嘴锯末。

雪见周武生的脸沉了下来，以为她的凄婉惹得他火了，忙把剥好的鸡蛋都放进了他的碟里，说："你赶紧都吃了。吃了你跟她去。我没不高兴。"她含泪的脸上努力对武生浮起一个笑容来，以证明自己正在快乐着。她笑得近于谄媚。

周武生心里被雪的笑狠狠撕扯了一下，不再只是剜刺地疼一下，面上一直绷着的故作冷漠、凶恶和恬不知耻都扫荡一空，他第一次久久地望着朝他哭着笑的雪，说："说真的，雪，你是个好女子娃，咱俩是没缘啊，我要是没有秀女子，我……"他说不下去了，不知道还该怎么说，逃也似的走了。

周武生跨出门来，又一下有些意外和愕然地站住。

杨秀女就站在门口。她果真就像雪判断的那样在门口等着了。她也换了新衫，仔细地洗了脸，脸上搽了"万紫千红"牌的雪花膏，这是一九七九年中国城乡女人们共同的美容品，有一股甜腻的香飘过来。她手里拿着的，是那条麻袋。

周武生低声说："你早早就把麻袋拿来在这儿等着了？"

杨秀女不说话，她木然地站着，痴呆了一般。她显然这样已经站了很久了。

周武生心沉了下去，说："你……刚才都听见了？"

杨秀女还是不说话，还是木然地站着，把自己站成了一棵树。

周武生小心翼翼地催促她："那咱……咱快走吧，啊？"

"树"动了起来，杨秀女把手里的麻袋扔了，扔到院子里，狗溜过来，以为是个什么物件，叼上走了。杨秀女告诉周武生她不去了，而后走回自己的屋去，关上了门，整整一天没有再出来。

晚上，杨秀女去了吴颖的厢房，当晚她就住在了那里。她把什么都告诉了吴颖，还借了周武生的录音机来，把那段录音也放给了吴颖听，而后她就呜呜地哭。

吴颖听完了，很长一段时间都沉默着。"秀女子，"她最后替杨秀女揩拭着不停涌出的眼泪问她，"那你……那你现在准备咋办呢？"

"姐呀，"杨秀女哭着说，"我又能咋办呀？我想，不行，就跟雪把家分了，让她跟武生两个搬出去另过，我跟长庆就在这儿这么过吧，我把娃给他生了，啥心思往后我也不再有了。好也罢，坏也罢，人嘛，咋还不都是一辈子？农民，人老几辈子，不都是这么过的。"

吴颖断然地反对，坚决地反对，她激动地拿起那个小录音机来，像拿着一个号角，激动地说："秀女子，现在都啥年代了，现在中国都开始用上这东西了！毛主席都没见过这东西！是啊，农民，人老几辈子都是这么过的，可你奶奶你妈你七姑八婆能那么过，你不能再这么过了！你不能这么就把你的一辈子打发了！"

杨秀女不说话，望着那薄皮铁器，不停地哭，哭了一夜。

一个多月后，杨秀女走了。之前她去王团乡卫生院把孩子打了，和刘长庆离了婚，而后她去了广东。那是周武生拿回那薄皮铁器来的地方。临走，杨秀女把周武生又约到了麦子地里来，麦子全割空了，地里正在灌水，山里又准备开始种洋芋了。杨秀女和周武生站在变得空荡荡广阔无垠的麦地里。周武生激动地要跟杨秀女说什么，杨秀女却不让他说，说你啥都不用说，我就跟你说一句话，我要走了，再不回来了，临走，我想跟你要个东西，留个念想。周武生说行，说你要我的肉，我现在都给你割！

杨秀女就要了那个砖头样儿的录音机，带上走了。

十

二零零九年，又是农历新年的时候，杨秀女在三十年后回到王团乡来。

王团乡的党委、政府、人大、政协四套班子一起出动迎接杨秀女、杨总。杨总是从上海回来的。杨总打工创业在广东，发展在江苏，奠定基业在上海。王团乡也颠覆性地变了，大约十多年前，这里发现了稀有金属钽，钽矿的开发在十余年的时间里将王团乡进行了天崩地裂般的重新塑造，旧有的几乎都抹光了，抹得像汶川地震，但"说议程"还有。乡里的领导为了欢迎杨秀女，特地为她组织了一场，就在乡政府大厦前演出给她看，并且在咚咚锵锵的锣鼓声中告诉杨秀女，王团乡已经决定将"说议程"申报世界非物质文化遗产。这讨钱的"说议程"如今也要和世界接轨了！杨秀女听着那久违的唱念敲打，想着那一年为了三五块钱和几个细面馍馍，和周武生在这里争斗得剑拔弩张，之后两人忽然又春风化雨……她不禁感慨万千，思路延伸到久久远远去，看得痴痴迷迷。渐渐地，杨秀女的激动一点一点冷却下去，她看出那里面的刻板和假来了。现在的"说议程"，因为不再需要讨钱了，没有了生存的驱动，那种为了吃饭的拼争，那种缠斗，那种变化，那种机巧，那种随时的智慧闪现，统统都没有了，变成了仅仅只是在表演，一如塑料花一样刻板的华丽。现在林林总总的申请文化遗产的项目，都没有了创建它时那种原始生命力的灵动，都仅仅只是在表演了。表演结束后，王团乡的领导们一再殷勤地对杨秀女说，欢迎杨总回来，欢迎杨总投资家乡，欢迎杨总报效故里，欢迎杨总点菜，杨总的午饭今天由乡里安排。而杨秀女则一律地说好好好，好的呀，这末一句"好的呀"已经带一点上海话的尾音了——杨秀女用偶尔也带一点上海话尾音的语调对她故乡的父母官们说，好的呀，投资和报效故里，我一定会考虑的呀。但饭她就不吃了，她中午必须要赶到南碌村去，有个孩子要结婚，她就是为这个三十年后回来的。

是周武生和雪的儿子结婚，中午在村里举行婚宴。

南碌村的形状已经没有了。南碌村现在是王团乡南碌经济开发区，放眼看去，戳起了一堆的楼和正要戳起又一堆的楼。周武生和雪把儿子的婚宴订在了夜巴黎大酒楼，那是过去村头打麦场的地方。从杨秀女的车队驶抵旧貌已逝的故地，她的司机打开车门躬身迎她下来，她就一直激动着。杨秀女先看见了站在酒楼门前的吴颖，吴颖是接到了她的通知特地赶来跟她相见的。杨秀女欢快地抱着吴颖说：吴姐姐呀，当年我拿了你一只胸罩，现在我要送还你一车的胸罩呀，全是香奈儿的，我要让你上午戴一个，下午戴一个，晚上再戴一个，我让你转着圈儿地戴呀！咱俩再到麦地里去唱去！吴颖却没有跟着杨秀女像当年一样说笑，有些凄冷地笑笑，说："我的两个乳房都割掉了。"杨秀女顿时哑然。接着杨秀女看见了长庆，又看见了长庆后来娶的婆姨——一个温顺敦厚的甘肃女人。两个农村的小老头和小老太太，怯生生地挨在一起站着，像山里崖畔上并排长着的两棵老酸枣树，倒也十分和谐。杨秀女想跟长庆说几句话的，这是她的前夫啊，这个酸枣树一样的农村老汉是和她在一个炕上睡过的，她想起来简直恍若隔世。但长庆见了如今的杨秀女，他更加地拘谨和怯懦了，愈发地手足无措。他的甘肃婆姨也是低眉垂目不敢看杨秀女。杨秀女笑笑，便什么都不说了。这世上的很多事是不能说也是不需要说的。然后杨秀女看见了雪。杨秀女和雪的眼泪是同时涌出来的。杨秀女眼泪涌出来的一刹那，她想起的是那个晚上，雪让她帮着脱了肚兜，然后让她去叫周武生上炕来睡。杨秀女看着泪水盈盈的雪，她肯定雪此刻想起来的也是那一幕。就是那个晚上改变了一切。杨秀女和雪唏嘘地交谈，她把眼泪又压了回去，告诫自己要平静，否则一会儿见了周武生，她更会哭得稀里哗啦的。等到周武生大步朝她走了过来，杨秀女发现自己并没有想象中的激动，而是猛然间有一点陌生，这陌生把许多的激动都遮盖和淡化了去。三十年的岁月把周武生雕成了一个半大老头，他的门牙也缺了一颗，正是这缺失的门牙让杨秀女尤其感到陌生，她陌生地想：这是像嗑一样亲过我的那张嘴吗？

真正让杨秀女开始激动不已的是她看见了周武生的儿子，那活脱脱是当年的周武生啊！他摇晃着身子朝杨秀女走过来，那完全是周武生在一九七九年的夏天朝她赖叽叽地走过来，手里捧着那个小录音机。他的身材修长，他的胳膊粗壮，他的牙齿像玉一样地闪着光，一颗都不缺，那完全是周武生当年的牙啊！杨秀女又感到了自己的牙齿在轻微地磕响，那是周武生的牙齿磕碰的，三十年来她一直都没有忘记那磕碰，像是核桃在牙上轻轻地敲过。

"大姨。"周武生和雪让儿子喊杨秀女大姨。儿子喊着大姨，并且把新娘也叫过来一起亲昵地喊，向杨秀女敬酒，那敬酒的样子又活脱是周武生当年在麦地里递给她水喝。

杨秀女克制着激动，她把那杯酒喝了，然后她乘机咳嗽起来，以剧烈的咳嗽来遮掩慌乱，再然后又开始东拉西扯，把激动岔开去："你们，结婚，东西都备齐了吗？房子有了吗？"

儿子告诉杨秀女房子倒是有了，家里就在开发区给他买了一套商品房。那新娘，周武生和雪的儿媳，话里有些委屈地跟杨秀女说：也没花多少钱啦，算上家具，也就才四十来万。

"才四十来万！"杨秀女克制不住激动地叫起来，她想说我跟你们的爸爸当年只要有四千块！不，两千块！！……她看了一眼旁边的周武生和雪，又把话咽了回去。她只有万千感慨地对吴颖说："吴姐姐啊，现在日子真是好了呀！"

吴颖也感慨地说："是啊，现在是想爱就能爱了，就像春晚那个小品，不差钱。"

和当年的周武生像一个模子刻出来的儿子亲昵地搂着杨秀女，这让杨秀女有些晕眩。儿子热络地说："大姨，我们结婚，你给我们送的啥呀？没说的，大姨肯定是大手笔啊！"他的新娘也亲昵地靠过来，也偎依着杨秀女，也热络地说："那当然！大姨是我们家的大功臣！当年大舅娶大舅妈，就是大姨寄来的钱。大舅家现在那一院子的房子都是大姨拿钱给盖的，是不是大舅？"被唤作"大舅"的长庆憨厚地感激地嘿嘿笑，表示千真万确。他的老实厚道的婆姨也对杨秀女感激涕零地笑着。儿子接着又说："我爸办饲料厂，也是大姨汇来的钱，一把就是五十万！要不我们家哪有今天？"周武生和雪都不看杨秀女，都低头喝着杯中的水，浅浅地笑，感激之情溢于言表。儿子更亲昵地搂紧了杨秀女，把诌媚进行到底："所以说大姨只要一出手那就不能是一般的水平！"他的新娘又接着帮腔道："所以说大姨要不是大手笔那还有谁是大手笔——"

"行了行了，你们两个小人别给我灌药了。"杨秀女笑着喝止了两个小人的曲意逢迎，她把这看作是小辈们向长辈撒娇讨要礼物，何况还有点当年周武生赖了吧唧的风格，她倒并不讨厌。而后她正色地对两个小人说："你们结婚，你们喊我大姨，礼物我当然是有的——小洪，你去把车里的东西拿来。"她吩咐邻桌的一个女子去拿礼物。待那秀丽清爽的白领女子起身离去后，杨秀女对吴颖介绍她："我的秘书，洪太阳——听，她叫这么个名！这女子娃是个海归。"

洪太阳取了礼物来放在杨秀女面前，是个锦缎的匣子，显出贵重的样子来。两个结婚的小人都兴奋不已，眼睛炯炯放光。杨秀女打开匣子，在同样是锦缎的衬底上，放着那个小录音机。三十年的岁月流淌而过，那薄皮铁器有一些镀的漆皮掉了，露出些许的斑斑点点来，像人脸上长出的老人斑。

周武生的儿子和儿媳愣住了，连周武生和雪都愣住了，甚至连长庆都惊异得很。三十年前他是见过这个东西的，连他都禁不住伸手去抚摸那薄皮铁器，像抚摸一个久不见面的老友意外归来。

"秀女子！"周武生开口叫杨秀女，声音不正常。这是这次碰面后他第一次情不自禁唤杨秀女，像当年他唤她一样。他一直不知道该怎么叫如今的杨秀女，一直支支吾吾躲躲闪闪的，透着拘谨和生分。周武生情不自禁地去了拘谨和躲闪，激动地脱口说："秀女子，这么些年了，你……你一直留着这个呀？"

雪没有说话。白发已经苍苍的雪看着那三十年前的物件，心里也是万千的感慨。

杨秀女看了一眼周武生，又看了一眼雪，而后将目光落在了他们的孩子身上。那一对小辈还在愣怔地看着杨秀女。杨秀女就对着那愣怔不解的目光说："我想我还是不送给你们钱了，因为送钱其实是最让人记不住的，有多少钱最后都花了，然后就忘了，谁能记住他十年前花的那一百块是啥样儿的？我就送你们这个吧。这东西旧了，是个老物件，但没坏，听个磁带啥的，声音还很清楚。虽说现在不兴听磁带都听碟了，但在上海，好多人还花大钱淘换留声机来听哩，那更是个老物件，物件老到一定的年月那就是宝了。我送你们这个，主要是想让你们看着它，听着它，好好珍惜今天的好日子！大姨是真心希望你们能珍惜现在，好好相爱，能白头偕老啊。"

现场一片静谧。

雪在一片寂静中对两个孩子说："还不快谢谢你们大姨！"

周武生则什么都不说，直接伸手把儿子的脑袋朝杨秀女按下去，给她磕了一个头。

杨秀女忙揽起那儿子来："不用这样，不用这样！"她停停，把酸涩的情绪沉淀了下去，又欢快地对两个小辈说："这里面还有当年的录音哩，要不要大姨放给你们听听？"

周武生慌忙双手按在那录音机上，喊道："别放！别放！别当着娃放！"

杨秀女哈哈地笑，不放录音了。

婚宴后，杨秀女谢绝了一切人的邀请和安排，她让洪太阳开车，拉上吴颖，到她们俩当年交换着穿肚兜和胸罩的麦子地去，那也是周武生像嗑一样亲过她的土地，三十年了，她要去看看。那地埂边的一棵白杨树还在吗？那树下永远流淌不息的渠水还是漂着一层细粒的羊粪蛋吗？那羊儿还在喝水吗？待车子开到记忆中的地方，杨秀女看着这面目全非了的故地唏嘘不已：没有麦地了！渠水，羊，白杨树，都没有了。在原先是一片金灿灿的黄，那金黄原先一直翻卷涌动到天边去，现在已是一座城镇。这城镇和上海、广东的城镇别无二样，一切大同小异的现代元素也都粘贴在了这里，一样是密布着摄像探头的街，也是彩色地砖铺就的人行道，道旁的商铺和陈设你在中国任何一个城市都能看到：上岛咖啡，加州牛肉面，国美电器……以及被偷了电话机的街头电话亭。那间洗头房是她头一回戴胸罩的地方吗？能确定是她光着身子唱酸曲儿的地方吗？那家必胜客比萨店应该就是周武生抱着她啃的地方了吧？那些密密匝匝遮掩过她的麦穗儿是长在那个玻璃转门的脚下吗？

洪太阳从司机座上把一个食品袋递向后座的杨秀女，将食品袋里的东西掏出来：是那个刚送出去的录音机。洪太阳说："杨总，这您还是自己留着吧。"

杨秀女一时有些发蒙："这——这怎么在你这里？"

洪太阳说："你侄子刚才把它扔了。我看见了，又替您捡回来了。"

杨秀女彻底蒙了，口吃起来："他，他，他，他为啥要扔啊？"

洪太阳说："人家以为你这个大姨，这回怎么也得给个十万二十万的，

没想到给了个这！我听见你侄子扔的时候说：'这老太太，现在精子都随便捐了，她还玩这情调！'"

杨秀女更加唏嘘不已，天爷呀，那像极了周武生的人，那简直就是周武生又晃着二十岁的一头卷发回来了，他有一口周武生二十岁时的好牙啊，他居然能把这扔了，还轻蔑它！杨秀女伤心不已地对吴颖说："你看，你看，他给我扔了！"

"还有事儿呐！"洪太阳慢慢开着车，在街上慢慢地转，接着说，"我还听见您侄子和他的新娘两人为这在酒楼大堂就吵起来了。我听见新娘子讽刺您侄子，说我还以为你大姨能把半拉银行给你搬来哩！说要知道是这样，我根本就不跟你过！您侄子就骂她，说你他妈的贱，不过咱就离！两人这就要开始离婚了。"

杨秀女惊愕地说："这就要离婚了？现在的人，感情基础是这样的脆弱吗？"

"杨总啊！"洪太阳咯咯地笑，笑杨秀女幼稚的认真，"现在能举行婚礼的那感情基础就算是牢固的了，还能撑到举办婚礼的那一天。现在哪还有你们当年那种刻骨铭心的爱情呀，现在谁还相信有爱情呀，现在很多人根本就不结婚，像我，我就不结婚。"

杨秀女说："小洪你今年有三十了吧？"

洪太阳依旧满不在乎地笑："小生今年三十有四了。"

杨秀女不知再说什么好，她捧着那被丢弃的录音机，对吴颖唏嘘道："吴姐姐啊，你说，这算啥事呢，啊，这算个啥事呢！"

吴颖劝慰她："算了，算了，不说他们了，咱们还是拉咱们的话吧。哎，秀女子，你这里面真是三十年前的录音啊？就是那一年你让我听的那段？你今天真要放给大家听啊？"

杨秀女苦笑一声，说："不是的。我逗周武生哩，三十年前他老威胁我要放给大家听。我哪能真当着孩子们的面放呢。这里面，是那一年我去广东，临走那天早上，在村口，树底下，我录的。我当时是不准备再回来了，我想，在外面我要是实在太想家乡了，就放来听听。"她按下了已经陈旧的键盘，把储藏在那薄皮铁器里的声音放了出来。

是鸟叫。吴颖听到的是画眉的声音，随后又听到了斑鸠，贺兰山蜂鸟的叫声也夹杂在里面，短促的细细尖尖的。鸟们清脆地叫着，能想象到清晨树梢的露水晶莹剔透。

"这是三十年前的鸟叫啊！"吴颖不禁感慨万千，"这也算纪念品了吧！"

车缓缓行进着，杨秀女望着车窗外缓缓向后移去的城镇，说："现在日子变富了，麦地都变成城市了，可是，鸟也没有了。"

吴颖探出头去仔细听了一会儿，也苦笑起来："真是的呀，真是再听不见鸟叫了！"

杨秀女说："再想听鸟叫，就得听这纪念中的了。"

那纪念中的鸟叫婉转低徊着，从车里飘出去，在喧嚣的城镇上空飘飞。

吴颖听着鸟叫看着杨秀女。"秀女子，"她忍不住开口说道，"都这么多年了，我一直想问问你，你现在依然是一个人呢，还是——"

杨秀女不说话，她依在车窗口，听着那像露水一样清澈透明的鸟叫，看着外面车鸣人喊狗吠的新兴城镇，眼角已经密布网纹的眼窝里有水色在一闪一闪着，她在默默地哭。

吴颖于是什么都不再问了。

鸟叫继续着。两个女人都泪眼迷蒙地听着这些三十年前的鸟儿在三十年后还在叫着。这些鸟儿应该是看到过三十年前麦子地里那一幕一幕的啊。于是两个女人都觉得它们叫得仿佛在召唤，在声声啼唤着那逝去的以往。吴颖想，如果此刻这是一部电影最后的镜头，那画面一定是这样的：鸟儿叫着，鸟叫和城的喧杂一起混响着，笼罩着城中的人来车往。渐渐地，那声声啼叫的呼唤脱颖而出，逐步明亮，城的喧嚣慢慢褪去，变得寂静无声和黑白，所有的人车都在黑白中默默地移动，仿佛被那呼唤所感染，都屏住了声息，只剩下清脆的鸟鸣像一根丝弦在城的上空飘啊飘，飘啊飘。再渐渐地，城隐去了，没有了，土地再次原始地赤裸着，沧海又作桑田，鸟的鸣叫开始汇成宏大的合唱，风也开始吹了，那是夏日的风，给谷物催熟的风，于是那金灿灿的黄在旷野上显现了，先是一点，后是一线，再而后一片……

那无边无际好稠好密的麦子地啊。

作者简介

　　李唯，男，复旦大学中文系毕业，一级作家。中国电影文学创作委员会委员，中国作家协会会员，天津市电影家协会副主席。曾创作《黑炮事件》《美丽的大脚》《谁说我不在乎》《坐庄》《跟我的前妻谈恋爱》等多部影视剧本，荣获五个一工程奖、电影金鸡奖、夏衍电影文学将等。创作小说《中华民谣》《腐败分子潘长水》《看着我的眼睛》等百余万字，获庄重文文学奖、《小说月报》百花奖、上海市中长篇小说优秀作品奖等。

回故乡为母亲扫墓的时候，他邂逅了旧时恋人董守明的妹妹董守芳。当年董守明送他一双精心制作的布鞋，他后来退亲的时候将布鞋退还了她。董守明出嫁时却把那双布鞋带着，压在箱子里一直保存了三十多年。获知此事，他心一沉，心像被人用鞋底抽了一下……

西 风 芦 花

刘庆邦

母亲活着时，他常常梦见母亲死了，以致痛哭失声，把自己哭醒。母亲死了，他却老是梦见母亲还活着，母亲头顶一块黑毛巾，还是忙里忙外的样子。梦见母亲活着时，他没有惊喜，好像一切都很平常。只是醒来后，意识到母亲已经远去，他的眼角在黑暗中湿了一阵，再也不能入睡。

现在他能做的，就是春秋两季回到老家给母亲烧纸。春季一次，是清明节之前；秋季一次，是农历十月初一之后。也就是人们所说的早清明晚十月一。烧纸起什么作用呢？他到母亲坟前烧纸，是给母亲送钱。据说纸在阳间是纸，一经点燃，就算送到了阴间，就变成了可以买东西的钱。母亲在世时，逢年过节，他都要通过邮局给母亲寄些钱。母亲下世了，他只能通过这种传统的办法给母亲送钱。无论如何，他不能让母亲缺钱花。其实在母亲生前，他给母亲寄的钱，母亲并不舍得花。大部分钱，母亲托人存进储蓄所，只把一小部分钱卷成一卷儿，塞进一只袜筒子里，放在身边。母亲弥留之际对他说过一句话，让他一想起来就痛心不已，至死都不会忘记。母亲说：你别把钱都拿走，给我留一点儿。一个大活人，手里没有一点儿钱哪行呢！他理解，母亲这样说至少有三层意思：一是表明母亲不知自己死之将至，还要一如既往地活下去；二是表明母亲对生的留恋；三是母亲认为，钱是很重要的，人离开钱是不行的。母亲这话是在昏迷状态下说的，却说得异常清晰。母亲大概以为他像往年一样回家探亲，回来还会走，走了还要回。而不论他什么时候回家，母亲都会在家里等他。他立即含着眼泪答应母亲：好，好，我都记住了，您放心吧！

他不是一个信神信鬼的人。他心里明白，他给母亲送钱是假的，是一种虚构的行为。用麦草做成的纸烧得再多，也不会变成钱。长眠地下的母亲，再也花不着钱了。但他不是欺骗母亲，主要是欺骗自己。在这个事情上，欺骗一下自己是必要的。不欺骗自己心里不好受，欺骗一下自己才好受些。他也很清楚，死人是相对活人而言的，死人是为活人而死，没有活人，哪里有什么死人呢！所以，活着的人活着本身，就为死人的存在担着一份证明的责任。

老家是和母亲连在一起的，母亲去世后，不仅老家的房子空下来了，好像连老家也没有了。这年秋天，他回去到坟地里为母亲烧完纸后，在大姐的邀请下，随大姐到外村的大姐家去了。大姐也是一个不幸的人，大姐夫还不到六十岁就生病死了。大姐夫新死不久，大姐还陷在悲痛中没能出来。大姐跪在母亲坟前的地上向母亲哭诉：娘啊，你咋不管管我们家的闲事啊！这漫漫长夜，我啥时候才能熬到尽头啊！大姐哭得哀怨欲绝，痛彻心肺。他没有劝大姐别哭，大姐压抑的痛苦需要释放一下。一个出嫁的闺女，不到母亲的坟前去哭，她能到哪里哭呢！

大姐的女儿出嫁了，大姐的儿子在外地求学，一个四合院里只有大姐一个人在家里守着。大姐自己不喝酒，中午吃饭时，大姐却给他倒了酒。他这人是有毛病的，他的毛病是泪水子多，泪窝子浅。不喝酒还好些，一喝酒毛病就犯了，酒到高处，情到深处，泪到浅处。几盅酒喝下去，他对大姐说：娘不在了，还有大姐呢！话一出口，他就哽咽得不成样子，眼泪也流了下来。他痛恨自己泪窝子太浅，盛不住眼泪，但到时候就是管不住自己。眼泪受情感支配，不受意志支配。他的意志再坚强，他的眼泪也不会随着他的意志而转移。

下午，他跟大姐说到地里走走。地里的秋庄稼几乎收完了，普遍种上了冬小麦。小麦刚刚冒芽儿，一根根细得像绣花针一样。"绣花针"牵引的丝线一定是嫩绿的，不然的话，田野里怎么到处都是嫩绿一片呢！田间土路两侧栽有一些高高的杨树，杨树的叶子还没有落尽。叶子是明黄色，跟夏季里的丝瓜花的颜色差不多。一阵风吹来，叶子又落下好几片。下落的叶子随风飘摇，最后落到麦子地里去了。由绿丝毯一样的麦地托底，杨树叶子光彩烁烁，格外显眼，真像盛开的花朵一样呢！麦地北边的尽头，是一道高高拱起的河堤。河堤下面有一个静静的水塘，水塘周围的水边生有不少芦苇。

芦穗还没有完全成熟，被风梳理得向一侧流垂着。芦穗是麻灰色，像斑鸠的翅膀。现在的样子像单翅，一旦芦穗成熟，就如同变成了双翅，就会乘风而去。

一个老头，在麦地一角布网，准备捉斑鸠。耩麦时会撒落一些麦粒，那些麦粒没有埋进土里，没有发芽儿。成群的斑鸠到地里捡麦粒吃，正是捕捉斑鸠的好时机。老头布置好罗网，就弯腰爬上河堤，俯身在河堤内侧隐蔽起来。他也攀上河堤，走近老头，给老头递了一颗烟。老头点上烟，示意他也隐蔽起来。他看见老头的眼睛很亮，亮得像孩子的眼睛一样。他问老头：能捉到老斑鸠吗？老头的眼睛往布网的方向看着，说能捉到。他说：老斑鸠的叫声挺好听的。言外之意，他并不赞成老头捉斑鸠。老头说：不好听，老斑鸠的叫声发闷，嗓子放不开。要说好听，鹌鹑的叫声比老斑鸠强多了。老头跟他说话时，眼睛并不看他，一直朝麦地里望着。老头专注的神情也像是一个孩子。老头又说：老斑鸠繁得太多了，光糟蹋粮食。二人正说着话，几只斑鸠不知从什么地方飞了过来，翩然落在麦地里。老头兴奋得眼睛放光，说来啦来啦。又等了一会儿，重新起飞的斑鸠果然有两只投进网里去了，它们一投进网里，翅膀就被网住了，再挣扎也无济于事。

从地里回来，他看见一个年轻妇女在打一个男孩子。妇女一手抓着男孩子的胳膊，一手用玉米秆子抽男孩子的屁股，一边抽，一边教训道：我叫你逃学，我叫你不争气，我打死你，打死你！男孩子哭着辩解，说他没有逃学，是老师不让他进教室。妇女说：他不让你进教室，你就不进了，教室是国家的，又不是他自家的，他凭啥不让你进！我看还是你自己不爱学习。说着又抽了男孩子好几下。他放慢脚步听了听，没听明白老师为何不让男孩子进教室，也没听明白这个妇女为什么打孩子。他自己不打孩子，也不愿看见别人打孩子。他有心上前，劝妇女别打孩子了，怕妇女嫌他多管闲事，还是走开了。

回到大姐家，他把看到一个妇女打孩子的事对大姐讲了，妇女家住得离大姐家不远，对于那个妇女家的情况，大姐是知道的。大姐说，学校让男孩子交三十九块钱的订报费，男孩子的娘嫌多，拖着不给男孩子钱。班里别的同学都交了，男孩子不交，班主任就让男孩子回家取钱，取不到钱就别回教室听课。男孩子知道跟娘要钱要不到，又不敢进教室面对老师，只好在学校外面瞎转悠。他娘知道了，就打孩子，说孩子逃学。弄清原委后，他说这样

不好，男孩子两头为难，会对男孩子的心理造成伤害。他问：现在全国的中小学学费不是都免了吗，学校怎么还向小学生收钱？大姐说：你不知道，现在学费是不收了，别的费还不少。除了订报费，还有打防疫针费、绿化费、复习资料费、考试卷子费，这费那费，哪一样费用都得几十块钱，一个学期没有几百块钱下不来。学校要搞创收，创收的钱从哪里来，还不是得分到学生头上去！大姐问他：你知道那个年轻妇女是谁吗？他摇头，说不知道。大姐说：我一说你就知道了，她娘家是小董庄的，大名叫董守芳。他像是想了一下，说：董守芳，是董守明的妹妹吧？大姐说：哎，一点儿也不错，董守芳就是董守明的妹妹，董守芳嫁到这村儿来了。他说：我没看出来，董守芳长得跟她姐好像一点儿都不像。大姐说：是的，董守芳没有她姐董守明长得好看，个头儿也没有她姐高。他问董守芳家的日子过得怎样。大姐说：董守芳很会过，一双袜子能穿好几年。董守芳家里不一定没有钱，只是她舍不得花，攒下来留着将来给她儿子盖房子呢！他认为董守芳没分清哪头轻哪头重，把事情弄颠倒了，盖房子有什么要紧，集中力量供孩子上学才是最重要的。

　　他不会忘记董守明。在老家当农民时，那年他十九岁，有人给他介绍了一个对象，就是董守明。他和董守明见了面，说了话，双方都没什么意见，亲事就算定了下来。按照他们这里的规矩，亲事确定之后，男方要给女方送一些彩礼，而女方要给男方做一双鞋。空口无凭，通过互换礼品，仿佛交换了信物，二人各执信物为凭，这桩亲事才算真正确定。一个偶然的机会，他到城里工作去了，成了吃商品粮的工人。他的工作和生活环境起了变化，思想也随之起了变化，也就是人们常说的变了心。他觉得董守明识字太少，与他形不成交流，不是他理想中的妻子。一年之后，第一次回家探亲，他就向董守明退了亲。他采用的退亲方式，是把董守明精心制作的那双布鞋还给了董守明。那双鞋他试过，却没有正式穿过。他把鞋带到了城里，又从城里带了回去。以退鞋的方式退亲，他曾自以为得计。他把鞋退给董守明，不必多说什么，董守明就会明白他的意思。果然，他把那双没有沾土的鞋退给董守明时，董守明接过鞋，只低了一会儿头，什么话都没说，便转身走了。他向董守明表示感谢，董守明都没有停下来，也没有回头。后来想想，他所构思的退亲方式也有不合适的地方。那双鞋是董守明根据他的鞋样子做的，只有他才能穿，董守明把鞋拿回去还有什么用呢？对鞋应该作怎样的处理呢？是扔还是存呢？不管是扔还是存，对董守明来说恐怕是一个两难的选择。

他设想了一下，如果当初他和董守明结了婚，他就是董守芳的姐夫，董守芳就理所当然的成了他的小姨子。那样的话，他和董守芳的关系就是一种亲戚关系，也是责任关系。有了责任关系，他到大姐家走亲戚时，就得顺便到董守芳家看看。看到董守芳为交订报费的事打孩子，他就不能不管。他记得清清楚楚，临到城里参加工作的前夕，他和董守明在桥头有过一次约会。那是一个夏夜，天很黑，庄稼很深，遍地都是虫鸣。就是那次见面，董守明把那双鞋亲手交给了他。也是在那次交谈中，董守明对他说：以后我们家的人就指望你了。董守明说的"我们家的人"当然也包括董守明的弟弟和妹妹。结果，他辜负了董守明对他的指望。三十多年过去了，他再也没有见过董守明，更谈不上帮董守明什么忙。

他拿出钱夹子，从里面抽出二百块钱，递给大姐说：您把这二百块钱给董守芳吧，让他赶快为儿子把订报费交上，别为那点钱耽误孩子上学。大姐能够理解他的心情，知道他对董守明心怀一份愧疚，通过帮董守明的妹妹一点忙，想把自己愧疚的心情稍稍缓解一下。但大姐说：二百块钱太多了，给她五十块钱就够了。他说：还是给她二百吧，五十块钱太少，我拿不出手。这次交订报费用不完，让她把钱留着，孩子还需要交什么费的时候，就用剩下的钱交。大姐这才把钱接过，给董守芳送去了。

不一会儿，大姐回来了。大姐对他说：一开始，董守芳不好意思接受，说花你的钱，她心里很不是滋味。我对她说，这不是为她，是为了她的儿子好好上学，她才把钱收下了。他说大姐说得很对。

天快黑的时候，董守芳到大姐家来了。董守芳喊他大姐喊嫂子，董守芳站在院子门口喊：嫂子，嫂子！大姐答应着，从堂屋里出来打招呼：董守芳来啦！董守芳说：我也没啥可拿的，今年种了一小片儿红薯，我刚才下地刨了几个，给那个哥送来一点儿，也不知道那个哥喜欢吃不喜欢吃。大姐替他回答：喜欢吃，现在红薯可是稀罕东西。你看你，来就来了，还带东西干什么！大姐冲堂屋向他知会：董守芳看你来了，给你拿的红薯。说着把董守芳引到堂屋里去。他从椅子上起身站起，说哦，董守芳。董守芳问大姐：这就是那个哥吧？大姐说是的。他指着一张椅子让董守芳坐。董守芳没有坐椅子，在一条矮脚板凳上坐下了。董守芳是用一只竹篮子提来的红薯，红薯盛了多半篮子。那些红薯有大有小，都鲜红鲜红。有的拖着须子，有的沾着湿土，还有的与秧根的摘开处冒着一珠乳白色的汁液。董守芳的样子有些拘谨，双脚落到了地上，双眼像是找不到适当的落脚处，把"没有什么可拿"的话又重复了一遍。他说：谢谢你，红薯挺好吃的，我在城里也经常买红薯吃。董守芳的到来，让他稍稍感到有一点意外，一时间，他多多少少也有些不自然。董守芳毕竟是董守明的妹妹，虽说姐妹俩长得不是很像，但眉眼处还是有一些相像的地方，他看见董守芳，难免把董守芳和董守明联系起来。董守明毕竟差一点就成了他的妻子，他和董守明毕竟有过那么一段情缘。而情，是不会陈旧的。衣服会旧，银子会旧，金子也会旧，但情不会旧。也许相反，经历的时间越长，情越是深厚绵长，越能散发出绚丽的光芒。正是情感的波澜所及，看到董守芳，听到董守芳喊他哥，他的心情便不知不觉有些微妙，仿佛有一种亲情维系，他几乎把董守芳看成是一个妹妹。

董守芳提到她的二百元钱，说：哥给的钱太多了，我都不知道说啥好了。他说：不多，不值得一说，你啥都不要说了。你儿子学习怎么样，成绩还可以吧？董守芳说：学习不行，那孩子脑子笨。大姐插话说：你可别说你儿子脑子笨，我听说你儿子学习好着呢！他说：别管你儿子学习怎样，你们都要好好供他上学。现在这个社会，没文化没知识可不行。有一句话，我不知道你听说过没有，穷什么不能穷教育。这句话我是赞成的。董守芳说：好，好，哥的话我都记住了。又聊了几句，他知道董守芳的丈夫到外地打工去了，只有董守芳一个人在家里种地，带孩子。董守芳有两个孩子，一个女儿，一个儿子。他想问问董守明的情况，犹豫了一下，没有问出口。董守芳也没有主动说起她姐姐。

这时，别人家的一只羊跑到大姐家院子里来了。大姐站起来赶羊，董守芳也站了起来。董守芳对大姐说：明天上午，我想请这个哥到我们家吃顿饭。大姐说：不用了，你一说，意思到了就行了。董守芳说：我也不会做啥菜，就请这个哥到我们家吃顿便饭吧。他推辞说：不去了，你的心意我领了。守芳你太客气了！今后你遇到什么困难，只管跟我大姐说，我大姐会转告我的。能帮助你的，我一定帮助你。董守芳说：家里没啥困难，还能过得去。大姐从灶屋拿过一只空篮子，董守芳把红薯尽数倒进空篮子里，才提着自己的空篮子走了。

第二天镇上逢集，大姐到镇上赶集去了。他没有随大姐去赶集，留在大姐家看一本自己带回的书。前些年回老家，他还愿意去赶赶集，到镇上走一走，看一看。有镇政府的干部拉他去喝酒，他一般也不拒绝。他在省文化厅的人事处当处长，镇政府的干部认为他是省政府的干部，对他回老家还是很欢迎的。受到家乡干部的欢迎和热情接待，他心里也很受用。这些年他腿脚懒了，对好多事情都没有了兴趣，也不愿意再和镇里的干部一块儿喝酒。他不知道自己的心态是一个什么样的状态，是把这个世界看透了呢？还是自己老了呢？按说他才五十出头，还不能算老吧！他看书是坐在院子里的小椅子上，看一会儿就愣愣神。阳光照进院子里，也照在他身上，他好久没有这样晒太阳了。隔墙的邻居家有一只母鸡在咯咯地叫，母鸡叫得有些悠长，不像是在寻找下蛋的地方，像是在独自练习歌唱。母鸡的歌唱不仅没有打破村子的宁静，反而提高了宁静的质量，使宁静变得旷古而幽远。

大姐赶集还没有回来，董守芳提着一条鲤鱼进院子里来了。鲤鱼个头不小，看样子有五六斤重，一二尺长。董守芳提溜着拴鱼头的绳子，鱼尾几乎拖在地上。董守芳进院时还是先叫嫂子。他站起来说：我大姐赶集去了，还没回来。董守芳说：我也刚从集上回来，怎么没碰见嫂子呢！他问：守芳，你这是干什么？董守芳说：我请哥去我们家吃饭，哥不去，我就给哥买了一条鱼。他几乎拿出了当哥的样子，说：守芳，不是我说你，你跟我太见外了。你快把鱼拿回去，做给孩子吃。董守芳说：哥要是不把鱼收下，我就把哥给我的钱给哥送回来。他说：嗨，你这个妹妹呀，叫我怎么说你才好呢！好好，这条鱼我收下。他伸手接鱼，董守芳却不把鱼交给他，说：你不用沾手了，别沾一手腥。灶屋的墙上有一根挂晒辣椒的木橛，董守芳把大鱼挂在木橛上了。他估计了一下，买这条大鱼恐怕要花二三十块钱。董守芳真是一个实在人。

他没请董守芳到堂屋里去，说：在院子里坐一会儿吧，院子里暖和。他从堂屋里又拿出一把小椅子来。董守芳说：不坐了吧，我该回去了。他挽留说：坐一会儿吧，我还想问问你姐姐的情况呢！一切都是因董守芳的姐姐所起，躲避着躲避着，到底还是没躲开董守芳的姐姐。董守芳听他说要问姐姐的情况，就在小椅子上坐下了。董守芳今天穿了一件花方格的新衣服，新衣服的折痕处还没有完全撑开。董守芳像是新洗了头，头发梳得光溜溜的。董守芳的神情还是不太自然，眼睛看看院子里的柿树，又看看天，两只手也像是没地方放。他还没开始问，董守芳就主动说起来了。她说：我姐过得挺好的。我姐两个儿子，一个闺女。我姐的两个儿子都结了婚，闺女也出门子

了。我姐连孙子都有了。她的两个儿子儿媳都外出打工，两个孙子都在家里跟着我姐。他说：你姐真够能干的，把自己的儿子带大了，又帮儿子带儿子的儿子。等儿子的儿子再有了儿子，不知是不是还是你姐帮着带呢。说着笑了一下。他故意绕口令似的说了一大串儿，是想给谈话的内容添一点儿笑意，使他和董守芳的交谈变得轻松些。听他这样说话，董守芳果然笑了。董守芳的笑，让他想起董守明的笑，姐妹俩的笑法一模一样。

他说：你姐还给我做过一双鞋呢，不知你有没有印象？董守芳说：咋没有印象呢，有印象。我姐做那双鞋精心得很，一针一线都是先从心里过，再从手上过。我姐把鞋看得比宝贝还宝贝，谁都不让摸，不让碰。我姐把鞋做好后，我想看看，她都不让看。他说：回想起来，是我做得不对，我不该把那双鞋还给你姐。董守芳说：事情都过去那么长时间了，不用再提了。是我姐配不上你，我姐没福。他说：也不是这样。我那时年轻，做事欠考虑。有什么想法，给你姐写封信就是了，何必把那双鞋还给你姐呢。那双鞋别人又不能穿，我还给你姐，不是在你姐心里添堵嘛！董守芳说：我姐出嫁时，把那双鞋放在箱子里带走了。后来听说，被我姐夫看见了，姐夫就把鞋给她扔了。他听了心里一沉，他的心像是被人用鞋底抽了一下。此时他突然明白，原来三十多年来，他一直没有把那双鞋放下来，一直关心着那双鞋的命运，现在他终于把那双鞋的命运打听出来了。他说：听你这么一说，我觉得我更对不起你姐了。说着，他的眼睛差点湿了。

董守芳问他，还要在这里住几天。他说，他请了五天假，再住一两天就回去了。因为大姐夫死了，大姐心里难过，他陪大姐说说话。董守芳说：嫂子是个好人，我就喜欢跟嫂子说话。董守芳又说：哥这两天要是不走，我去跟我姐说一声，让我姐来跟哥说说话吧。我姐家在西南洼，离这里只有七八里路，我骑上自行车，一会儿就到了。这话怎么说，恐怕没法说，谁看见谁都会觉得尴尬。他说：万万使不得，你千万不要让你姐来。你姐的日子过得很平静，也很幸福，我不能对她的平静和幸福造成干扰。董守芳问：你不想见见我姐吗？你把鞋还给我姐后，我姐回家还痛哭了一场呢！他说：不是我不想见你姐，我估计你姐不想见我，说不定你姐还在生我的气呢！董守芳说：我只管跟她说一声，她愿来就来，不愿来，也别埋怨我没跟她说。他说：守芳，你要听话。我看见你，就算看见你姐了。你不但不要让你姐来，连你看见我回来的事，都不要对你姐提起。有些事情只适合放在心里，不适合说出来，一说出来就不好了，对谁都不好。我的意思你明白吧？

董守芳还没说明白不明白，他的大姐赶集回来了。他把刚才的话题打住，赶紧对大姐说，董守芳送来了一条大鱼。大姐把挂在墙上的大鱼看到了，对董守芳有所埋怨，说守芳你看你，又花那么多钱，买这么大的鱼干什么！我这里有炸好的鱼，还有鸡，都还没怎么吃呢！大姐从篮子里拿出一块鲜红的羊肉，说这不，我又买了一块羊肉回来。董守芳说：我请哥吃饭，哥不去，我不买点什么，心里总有点儿过意不去。大姐说：要不然这样吧，晌午你别做饭了，就在这儿吃。让你儿子也过来一块儿吃。董守芳站起来了，说：那可不行，我不在这儿吃。董守芳的脸有些红，她没说出不在这儿吃的理由，还是说我不在这儿吃。说着，就向院子门口走去。大姐看出了董守芳的窘迫，跟董守芳开玩笑：那你不能走，要走，就把你的鱼提走。董守芳的脸红得更厉害，说：俺不哩，那不能提走。董守芳加快了脚步，还是出门去了。

大姐在灶屋里做午饭，他接着看书。他的精力像是不大能够集中，看第一行，字还是字，看第二行时，字就散了，散成了一片。董守芳有两句话让他吃到心里去了，那两句话如两列长长的海浪，正翻滚着，一浪接一浪向他涌来。一句是，他把鞋还给董守明时，董守明回到家里痛哭了一场；另一句是，董守明的丈夫把那双鞋给扔掉了。这两句话同时又是两个细节，而每个细节都很具体，有时间，有地点，有氛围，有场景，动作性也很强，可供想象的余地很大，足够他想象一阵子的。想象的结果，他快被滚滚而来的海浪吞没了。

在下一个集日，董守芳在镇上碰见了姐姐董守明。好几个月不见姐姐了，看见姐姐，她有些欣喜，喊着姐，你也来赶集了！董守明说：我来买点化肥。董守芳说：姐，你怎么老也不来看我！她的样子像是有点撒娇。董守明笑笑说：你也没去看我呀！董守芳说：你今天就到我家去，我给你做好吃的。董守明看着妹妹，说：你这闺女，不是遇到什么喜事儿了吧？董守芳说：我哪里会遇到什么喜事，我就是有点想你，你要是不去，我该生气了。董守明说：我什么都没给你买，总不能空着手去吧。董守芳说：你什么都不要买，我邻居家的嫂子送给我的有炸好的鱼块儿，回家我给你熬鱼吃。董守明是骑自行车来的，半袋子化肥已买好，在自行车的后座上放着。她像是想了一下，坚持给妹妹买了十几枚红红的烘柿，放在妹妹提着的篮子里，才跟着妹妹，向妹妹所在的村庄走去。土路的两边，一边是一条河，另一边是麦

地。河坡里也有野生的芦苇，芦苇的穗子在西风吹拂下闪着微光。几只斑鸠从芦苇丛里起飞，集体飞到麦子地里去了。麦子地里的坟前还有人烧纸，零星的小炮向坟中人，也向坟外人报告着黄纸化钱的消息。一群大雁在空中鸣叫着，向远方飞去。董守芳对董守明说：姐，你到我们家，我领你去一个嫂子家看一个人。董守明站下了，问：谁？她的样子顿时有些警觉。董守芳说：我先不告诉你是谁，等你一见就知道了。走嘛！董守明不走，说：你不告诉我是谁，我就不去了。其实，董守明已经猜出妹妹要带她见的人是谁，以前妹妹跟她说起过，那个人的大姐和她的妹妹同在一个庄。世上的人千千万，一些人来了，一些人走了；一些人生了，一些人死了，每个人认识的人都很有限。而一个人一辈子所能记起的人能有几个呢！其中，不说名字她就能猜出是谁的人更是少而又少。她的脸色有些发黄，扶着自行车把的手也微微有些抖。董守芳说：我跟你说了是谁，你一定跟我去吗？董守明说：那不一定。守芳，你跟我搞的是什么名堂哟！不行，我今天不能跟你去，我该回去了。说罢，只管把自行车掉转车头，朝相反的方向骑去，而不顾董守芳还在说：姐，姐，你干吗，人家还想着你呢。

回到省城，他给大姐打了一个电话，说他顺利到家了。大姐说：董守芳到她姐家去了，从她姐董守明那里捎回了一双布鞋，送到我这里来了。鞋还是董守明原来给你做的那一双，黑冲呢的鞋帮，枣花针纳的千层底，鞋还是新的，用一块蓝格子手绢包得很精样。

他沉默了一会儿，对大姐说：您把鞋先收起来吧，到明年清明节前，我回去把鞋取回来。

作者简介

刘庆邦，男，1951年生于河南沈丘，当过农民和矿工。1990年加入中国作家协会，1996年当选中国作协全委会委员，现为北京作协驻会作家。主要作品有《走窑汉》《鞋》《梅妞放羊》。短篇小说《鞋》获第二届鲁迅文学奖。

一场意外事故让他失语，却也让他与妻子患难与共。风平浪静后，他们却面临人生真正的"失语"。这是官场加婚恋的故事，这也是关于我们脆弱灵魂的寓言。

失　语　症

乔　叶

一

离婚的念头像一只越长越大的鸟，早就展开了两个翅膀，在尤优心里盘旋，可是它飞不出去。尤优开不了这个口。无法开口往往有两种情况：一是没理由；二是理由太多。起初，尤优不清楚自己是哪个，后来她才明白：自己是二者兼有。而之所以既没有理由又理由太多，是因为她没有大理由，有的都是无数斑驳混杂的小理由。这些小理由虽然琐屑，却很壮实，而且四处蔓延爬动，咬噬得她浑身痛痒，让她越来越不堪忍受。

如虱子。

虱子的萌生是从李确踏入仕途之后。

当年，她和程意决然分手选择李确，与其说是迫于母亲的高压威逼，不如说是对母亲的隐蔽投诚。她的理智在母亲反对程意的同时其实也早已开始悄悄背叛着程意：程意虽然浪漫，但是过日子就不太靠谱了。天天厮缠又怎么样？海誓山盟又怎么样？至情至性至真至纯又怎么样？拥抱着她吼叫着说决不罢休又怎么样？仅仅是个被聘用的朝不保夕的健身教练而已。殷实的家业和优裕的工作是一幅厚锦，所谓的爱情不过是花。父亲去世之后，备受溺爱的哥哥尤良紧接着倾尽家里的积蓄成了家，她守着寡母过着孤女的日子，越来越看重的，就再也不是锦上的花，而是花下的锦。

相比于程意，李确的优势就是有锦。工作稳妥——云城市人事局公务员，性格稳妥——不苟言笑端庄平和，家世也稳妥——李确父亲生前曾任地方高官。稳妥乘以三，就是一幅三层的厚锦。程意的花她享用够了。现在，

她需要的就是这锦。

"优优，这不是最后的晚餐。"吃分手饭时，程意手握筷子，如握一把刀，脸上的神情坚若磐石，"我绝不会放弃。"

"我们有缘无分，"尤优压抑着程意的痴情在她心头泛起的甜蜜虚荣，尽量让自己显得沉静成熟，"你还是把我忘了吧。"

后来，李确从人事局调到政府办秘书科，又从副科长、科长、副主任到镇长、镇党委书记，两年前又回城当上了水利局长。一路走来，步步着锦，直至在云城这个百万人口的县级市成为一个举足轻重的官场新贵。尤优才发现：她的锦已经让她越来越窒息。

李确对她是好的，但那种好是有棱有角有边有沿有分有寸的那种好。他觉得该让她知道的事——人情礼事、眉高眼低，他会不厌其烦地对她谆谆教诲。在这种教诲中，李确对她说的最常用的词就是两个：要和不要。要从猫眼里看清来客，不要随便开门。要仔细甄别一下来电显示上的号码，不要随便接电话。接了电话之后要过过脑子，不要随便说。如果送东西，除非他事先有叮嘱，否则不要随便接纳。有人朝她打听他，不要说得太多，最好能含糊过去。在任何场合都不要打听闲事，也不要传闲话。他觉得她不该知道的，就会对她严丝合缝闭口不谈，不让任何信息越出嘴唇半步。有时候尤优在外面听到什么风声回家问他，即使是路人皆知，李确也是那四个字："我不知道。"

"是人都知道！"尤优气愤至极。

"随你怎么说，反正我是不知道，反正你知道的途径不是从我这里来的。"

尤优静默片刻。

"我们是夫妻么？"

"怎么了？"李确问。

"我们是不是最亲的人？"

"当然。"李确笑。

"那你为什么对我还藏着掖着？"

"就是因为我们是最亲的夫妻，我才不想让你知道那么多。这才是真的对你好。"李确说，"好奇心不要太强。这不是个优点。"

"在你的那些要和不要条约之外，我能做主的事情是什么？"尤优道。

"做好你的工作，当好一个家庭主妇，相夫教子，这就够了。"李确说。

"对你来说是够了，对我来说，还不够。"

"没办法，委屈一下你吧，谁让你是我的老婆呢。所作所为对我前途影响最大的那个人，只有你。"李确安慰地抱着尤优，"我知道你还记恨我停了你的那个舞蹈培训班，等退休了，我们好好办一个。"

"到那时候，恐怕我只能去练太极拳了。"尤优说。

在调进统战部工作之前，从师专艺术系毕业的尤优是云城市第一实验小学的老师，教两个年级的音乐，全校学生的体操，另外还在课外办了一个自己的小小实体——"优优舞蹈培训班"，专门培训小女生们的舞蹈。也就是在办舞蹈班的时候，尤优认识了同一个楼层的健身俱乐部教练程意。音乐和舞蹈都是尤优的特长，相比之下，舞蹈是特长中的特长。师专毕业时，全系汇报演出的舞蹈类节目都是她编排的。培训班一开班就招了四十多个学生，经过尤优的细心调教，孩子们表现都很出色，年终和文化局联办了一场专题汇报演出，震动全城。尤优的事业顿时风风火火，名声大噪。和程意分手跟李确结婚后，李确通过关系将尤优调到了市委统战部，尤优本以为可以有更多的时间来办舞蹈班，不料却麻烦重重：李确介绍了不少领导的子女、外甥和侄女进来，学费全免不说，还都争强好胜。年终汇报演出，几乎每个领导的关系学员都要求上独舞，群舞里也要求站到最前排的"舞尖"位置。按李确的意思，是泥都上墙，抹匀便罢。可那些孩子的水平高低不齐，尤优实在无法一一照顾到。于是她不管不顾，按自己的意思排了节目。没过几天，李确郑重地和尤优谈心，说："优优，停了吧。"

"为什么？"

"为了我。"李确说。他说尤优办舞蹈班太累了，他很心疼，这会让他在工作中分心；他说惹人容易为人难，本来是送人情的事反而成了欠人情，不划算；他说领导们的心都很骄傲，哪个他都得罪不起，整天为此提心吊胆，不如不做；他说有领导和他聊天时谈到政府官员家属做生意会影响官员的升迁，他如果还想进步就不能给人留把柄……

"我办班和你进步有什么关系？"尤优诧异极了，"怎么会成为你的把柄？"

"我们不结婚，就什么关系都没有。一结婚，就什么都有关系了。"李确说，"你难道不清楚么，你不是和我一个人结婚，你是和我的一切结婚。"

"既然这样，我们离婚吧。我不想和你的什么都有关系。"这句话突然从尤优的心头跃出，直奔向她的喉头。就要冲出去的一刹那，她起身跑到卫生间，吐了。

她怀孕了。

往往如此。每当她想要出口的时候，总有什么东西会把这句话给压下去，或者有什么东西会代替这句话顶出来：哥哥尤良的工作，同学想要一个额外的职称名额，朋友想要从银行贷款，同事买房想多压下几个点……都需要关系，都需要李确。李确不是她一个人的，渐渐以他为圆心，形成了一个无形的利益集团。无论情愿不情愿，她都被裹挟在了这个利益集团里面。这个集团的很多部分都和她丝丝缕缕粘粘连连，如果没有一把足够锋利的快刀，她就无法下手去斩断这团乱麻。有时候，尤优甚至暗暗期望李确能花心一些，能在外面有一个女人。为此她特意让自己神经过敏了很久。可是，没有。李确身上从来都没有特别的香水味，连一根长点儿的头发丝都没有。李确这个稳妥的人，稳妥得使她找不到任何充足破绽能让她有力量提出离婚——李确除了工作忙之外，对她确实也还不错。再说，还有儿子。

尤优不知道自己什么时候能说出口。或许，永远都不会说出口了。

无聊至极的时候，尤优也会想：如果当年选择了吴可非，恐怕做个官太太也会比较有趣吧？吴可非是她的师专同学，个子高挑，性情机敏，言语诙谐。在学校时追过她。她对他毫无感觉，立马拒绝。毕业后两人都回到了云城，吴可非直接分到了市政府，和李确做过一段时间的同事，现在已经成了机关事务管理局局长。前些时和李确一起被提名成副处级干部后备人选。他左右逢源，八面玲珑，谈笑之中处理事情游刃有余，贪污受贿的笑话常挂嘴边，给人的感觉却是清爽无辜。他不像李确那样周吴郑王，如果和他结婚，或许会既不古板又不夸张，既疼她又懂她，既有原则又有情调……当然，也只是想想罢了。每当真的碰到吴可非，尤优表面上不动声色，心里却知道：作为同一年龄段和同一级别的地方官员，他是李确潜在的政敌，而她是李确的妻子，她对他，一定要撇清，再撇清。警惕，再警惕。

二

又下雪了。尤优坐在 80 路公共汽车上，拎着大大小小一堆袋子，看起来像个服装批发商。每年年末的这个时候她都要趁个双休日来省城黄河路服装市场大逛两天。一般是周五下午到，周日下午返回，住在姨妈家，正好顺便看看姨妈。

"真是搞不懂，怎么说都是一官太太了，出门还坐大公交，还来这种批发市场采购打折货。"表姐笑她，"是装穷还是会过？还是在我们这里也搞形象工程？"

尤优笑笑，不解释。有什么好解释的呢？她在省城打车，花的是自己的钱，那干吗要打？至于打折货，质量花色都不比大商场里的差，价格却要低得多，那她干吗要和自己的钱袋过不去？要她主动去跟李确说报销的票和购物发票，那等于在用刀子割她的嘴。她绝不沾李确这种光。至于官太太这个词嘛，她从来就都不觉得和自己有什么关系。什么是官太太？她忽然想起自己陪市委陈书记的太太吃的那一顿饭来。那是陈书记刚到任不久，请手下的要员们简餐。因书记携带太太，要员们便也都带了家属。说是简餐，怎么可能会简？自是美酒溢杯，佳肴满目。但气氛是简的——和一把手吃饭，谁都不敢乱说，谁也不敢乱动。除了书记两口子，所有人的手机都自觉调成了振动。男人一桌，女人一桌。尤优冷眼看去：男人们围着陈书记，女人们围着书记太太。书记如同皇上，书记太太如同皇后。相比之下，女人这一桌要好些，不时有人说些家长里短、胭脂绸缎，还不至于太过冷清。忽然，书记太太伸手去拿水果的时候把手边的果汁碰洒了，坐在她左侧的财政局长太太连忙去扶杯子，坐在她右边的人事局长太太则连忙去擦桌上的果汁。眼看着果汁就要滴到书记太太身上了，坐在尤优身边的城建主任太太噌的一下到了书记太太身边，把自己的袖子按了上去。而书记太太任由人们忙碌着，淡淡的面色里还隐约流露出些微不悦，连个谢字都没有。

那才是官太太啊。

而自己呢，尤优想起不久前自己去逛商场，水利局的一个副局长也和老婆在逛。和尤优邂逅后，副局长连忙支使老婆跟着尤优，但凡尤优在哪个衣服前稍稍一站，那个察言观色的副局长老婆就立即拿出钱包，摆出一副要付账的架势。尤优实在是忍无可忍，只逛了一会儿便借口有事匆匆而逃。

不喜欢巴结别人，也不喜欢被别人巴结。尤优承认：官太太这个身份放到自己身上，实在是一种不折不扣的浪费。

当然，就是再没有官太太的意识，有一些身为官太太的光她也是不得不沾的：她常常免费坐李确的专车，时不时还会有超市的储值消费卡供她买油盐酱醋，过年过节的时候总有人送牛奶、饮料、水果、蛋糕和鲜花之类的东西上门。

"都不能久放，坏得快。"尤优看着这些东西就发愁，"还不如送个板凳呢，能多使两年。"

"哧。"李确笑她，"收礼就已经过分了，还挑剔人家送得好不好。你可得在脑子里给自己绷根儿弦，别学那些官太太，自己被惯坏了，还连累老公犯错误。"

"你有成绩就是党给的，有错误就是我连累的？"尤优没好气，"我不敢当。"

但这些东西确实是尤优的负担。礼品数随着李确职务的升迁水涨船高，在李确当镇长的那一年就让尤优的心理容量抵达了饱和——家里的储藏间和二十平米的地下室全满了。起初她仔细查看着保质期，挨个儿送了朋友和哥哥尤良。后来尤良直接开车来她家拉，说是帮他们腾仓减压。李确知道后大为光火，说东西倒是无所谓，如此张扬的效果似乎是他收了无数礼似的，影响实在恶劣，以后统统内部消化。尤优说可以低价卖给小卖部和超市，李确更严厉地警告说早就有媒体报道过这种事，一旦被人发现，就是丑闻。于是尤优就只有更仔细地查看着保质期，把牛奶当白水，把果汁当茶水，有计划分步骤地慢慢享用。而其实她最习惯喝的还是白水。实在喝得恶心的时候，她也会趁着黑夜把饮料一点一点地丢在小区里的垃圾箱中，像做贼一样。

和尤优的心态截然不同的是婆婆。老太太当惯了老太君，对收礼很有心得。过年过节，从不急着买礼物。一次，老太太带孙子逛超市回来，儿子向她学舌："我想吃火龙果，奶奶不让买，说过两天就有送的了。"——一周之后就是中秋节。母子俩对待礼品的态度非常一致：自己吃，除了大儿子李正家，绝不外送。实在吃不了的，老太太就会毫不犹豫地把它们扔掉。尤优曾和老太太聊过，期望她能提供个比较好的渠道把东西送出去一些，老太太当即说："有些善心发不得，有些福气得留着。"尤优郁郁道："我姥姥说过，福气太多了也是罪过。"老太太向李确告状，说尤优咒家。尤优从此沉默。她知道如果自己再说这种话，在这个家里面临的将是更多的敌人。

眼看又是一个新年来到，牛羊猪肉自不必说，鸡鸭鱼兔肯定也是应有尽有。卤肉和炸丸子各一大筐，各种荤素饺子馅也必是色色齐全，蔬菜们一定会群英荟萃，水果们更是七彩缤纷：西瓜是红瓤黄瓤有籽无籽若干种，苹果是青的黄的绵的脆的若干种，梨是酥的蜜的新疆的砀山的若干种……储藏间和地下室里的中秋礼品经过四个多月的艰苦服用刚刚腾出的位置，很快就又得满满当当了。前面的座位上有人在看报纸，报纸举得很高，大标题映入尤优的眼帘：市民政局给福利院老人送来"大红包"。如果可以的话，尤优想：我也真想把那些"礼"都送给那些老人啊。

旧雪不净，新雪又蒙，路面很滑，公交车开得很慢。将近下午四点，尤优终于磨蹭到姨妈家的小区。李确说车下午三点就过来接她。果然，一进小区门口尤优就看见小董在车边抽烟。小董原来给局党委马书记开车，后来李确调任局长，马书记力荐小董，说小董的技术好，在水利局快十年了也没轮到给局长开车，该给解决解决了——给局长开车不仅是车好的问题，作为局长的贴身亲信，各种各样的好处也是很可观的，因此是一个紧俏的差事。李确看着马书记的面子，不好意思拒绝，也就用了。看见尤优，小董连忙迎上来接东西。从车里出来了一个人，作势去接尤优的坤包，尤优定神一看：戴着黑边眼镜，微微笑着的那个男人，不是吴可非又是谁？

"你怎么来了？"尤优诧异。

"接你啊。"吴可非说。

"那岂不是折煞我？"尤优笑，"到底是怎么回事？"

"我来办事，车坏了，蹭李确的车过来，顺便接你。"他笑，"俺们乡下人，好久没进过省城了，想过过眼瘾。"

说话间已经上了车，出了城。吴可非和尤优寒暄了两句，便陷入了沉默。尤优也不再说什么。同学数年，他们是很熟的熟人，一向懒得多说废话。而那些不是废话的话，有司机在一边听着，也还是免了为好。

视线逐渐开朗起来。城外的雪意更浓。路面上的雪虽然已经被清扫干净，但都堆到了两旁，如厚厚的羊毛滚边。两边的田野由近及远，全都是一片皑皑白色。路边隔离带的树木枝杈上，雪在任何一个平处和凹处都白白胖胖地安卧着。都是雪。哪里都是雪。雪在这个冬天下疯了。为什么会有这么大的雪？想不通。这是老天爷的事。可尤优还是忍不住要想。她不由得想起那些关于雪的词句：千里冰封，万里雪飘。玉宇琼枝。粉妆玉砌。忽如一夜春风来，千树万树梨花开。晚来天欲雪，能饮一杯无……还有另类一些的：雪，你这虚假的纯洁。大地穿着孝衣，在和什么永别？

尤优摇摇头，仿佛要把最后一个句子从脑海中摇去。这是个凛冽的晦气

的句子。车正在高速路上飞奔，还是不要想了吧。

有短信进来，是一个房地产广告，尤优删掉。接着又是一个号码陌生的来电，尤优不接。铃声又起，是程意的电话，尤优再次挂断。她不能当着吴可非的面儿接程意的电话，她怕自己的声音会露出破绽。短信铃声再次响起，是程意："雪大路滑，注意安全。"

尤优微笑。昨天，她刚刚和程意见过面。

"谁的短信？谁的电话？"吴可非的语调有些敏感。

"要你管。"尤优道。暗笑他的紧张。他有什么可紧张的？自己又不是他的什么人——但是，且慢，尤优的心突然一揪。他今天的出现还是有些蹊跷。到底是怎么回事儿？机关事务管理局那么多车，他到底为什么要单单蹭李确的车？

她马上给李确拨电话。李确关机。

"李确干什么呢？"她问小董。小董不语，回头看了吴可非一眼。

尤优冰寒。把目光转向吴可非："怎么了？"

"没什么。"吴可非迅疾地说。因为过于迅疾，反而显得心虚。他显然也意识到了这一点，口气犹豫起来，似乎这是个让话出口的契机，但这话又实在让他难以出口："……有一点点儿事。"

"什么事？李确怎么了？"

"你要镇静。"吴可非的眼睛在镜片后闪烁着软弱的光，"你要镇静。"

"李确怎么了？"

片刻静默。

"出车祸了。"

尤优觉得自己仿佛被什么猛击了一下，向后靠去。停顿瞬间，又坐起来。

"他现在哪里？"

"梅新市二院。"梅新市是一个地级市，辖管云城。

"情况怎么样？"

"处理得很及时。"

"我问的是他的情况！"

"因为用了镇静药物，他现在……在睡觉。"

尤优沉默。

"医生说，"吴可非说，"应该没有生命危险。"

然后吴可非自顾自地介绍：就是今天上午，李确准备到各乡镇水利所拜年，小董母亲突然打了个很急的电话让小董回去，说他父亲突然滑了一跤，可能是骨折了，得马上送医院。李确就给小董放了假，坐着局里的一辆破面包下了乡。返回途中，一个小货车迎面而来，躲雪堆打方向时因为冻雪而失去了控制，车横到了路中央，李确坐的面包车也因为雪滑刹车无效，便撞了上去。司机撞断了鼻梁，头部外伤。李确的外伤不碍事，内伤却很关键：左脑外囊受伤出血，也就是脑外伤引起了脑出血。

尤优听着，似乎又没听。她的脑子里没有了清晰的意识。她把脸转向窗外，突然觉得白色就是刀刃上的寒光。再也没有比白色更狰狞的颜色了，她想。

"没事。你不用太担心。"面对尤优的寂静，吴可非仍旧空空地安慰着。

尤优持续沉默。吴可非今天的角色显然是工作角色，话语也都是工作话语。她知道自己和吴可非无话好说。她忽然想起，那年一个同事的丈夫车祸去世，李确的大哥李正因为在市交警队工作，第一时间知道了消息，就通知了她。她赶到医院时——也是梅新市第二人民医院，同事还没有到，她就在大门口候着，远远看到同事匆匆忙忙走来，她就开始颤抖。同事走到她面前，还慌慌地笑了笑，问她："怎么样了？"尤优一把抱住她，说着："没事。没事。"然后两个人便相拥痛哭起来。

没事。没事。她知道这是谎言，但她却还是不由自主地要这样说。用这样的词语来安慰对方，安慰自己，安慰那个巨大的事实。仿佛用一层轻纱来遮掩一个裸奔的人。那时候的她，人都死了也还可以对当事者说"没事"，吴可非的"没事"又能解析出多少真相？

电话和短信接二连三地进来，尤优都没有看，也没有接。她只想赶快飞到医院，看见李确。她知道这个时候吴可非的话不可信，任何人的话都不可信，最可信的，是自己的眼睛。

三

到了住院部楼下，李正已经在那里等着了。他的眼睛虽然红肿着，但是表情只是凝重和肃穆，并没有想象中可怕的悲怆，尤优稍稍放了些心。李正告诉她：老娘和儿子都已接到他家。他对他们撒谎说李确夫妇去外地出差开会了。怕外人向家里打听情况，把家里电话拔了，说坏了。又派他女儿在家装病，他老婆陪着老太太带着两个孩子。"老太太一忙活，就顾不上寻思了……"

"李确呢？"尤优打断李正的话。李正说他住在神经外科 308 房，一会儿上去之后她得先到医生办公室一趟，和领导们见个面。

"他们见我干什么？"

"你是家属啊。慰问家属是例行规矩。"李正说，"他们等了很久了。有的领导还跑来了两趟。"

尤优无语。云城不过是个县级市，但是越到小地方，领导就越像领导。到了三楼，吴可非抢先一步出了电梯，喊道："来了来了。"走廊里聚的都是人。凭感觉尤优知道都是认识的人，可她谁也不看，只是从人群中目不斜视地穿过，走进医生办公室，一股浓烈的烟味儿，领导们都站了起来，礼貌地、节制地朝尤优笑着。尤优走过去，一一机械地握手：副市长，副书记，副主任，副主席……两个大院的正职陈书记和范市长端然立于众人中间。陈书记高瘦白，范市长矮胖黑，两个人站在一起，就像是说相声的搭档。

"李确是我们的好干部。"陈书记严肃地说，"我已经和院方打过招呼了，叫他们不惜一切代价救治李确。"

"现在运用的是这个医院最好的技术力量，措施很得当，你不要太担心。"范市长语调温和地补充。

"尤优，李确的抢救很及时，多亏了领导们的关心和爱护。"李正说着，几乎是恳求地看了尤优一眼。尤优知道：自己的沉默已经给他造成了极度的不安。

"谢谢。"尤优生硬地吐出两个字，"我现在去病房。"

走出门口的时候，一个短发女人抓住了尤优的手。

"尤优，事情已经发生了，只有面对。"她说，"你一定要坚强。"

她个子不高，穿着黑呢子短大衣，很精干。尤优知道她是常务副市长苗青。苗青原来是梅新市教委的副主任，调到云城有三年多了，她刚来的时候，李确还在一个乡镇当党委书记，她不摸基层的行情，闹了几出笑话，被那些乡镇干部们到处传诵。最出名的一个典故是：几个镇长接二连三地去找她批经费，她叫苦道："没钱啊，早就吃了明年的米啦。你们谁也不体谅我，只会一个一个来折腾我，都不知道我这儿的窟窿有多大。"这话被荤意双关之后，引为笑谈。李确看不过去，推心置腹地向她谏言，她先是大怒，反省过后便悉数采纳，并从此对李确另眼相看。

尤优朝苗青点了点头。

"谢谢各位领导，领导们都辛苦了，请回去好好休息吧。有什么情况我们及时向领导们汇报……"不用回头尤优都能判断出李正说话时的样子。他说出的每个字都和他的腰一样谦恭地弯着。

尤优一直走到308，推开了门。李确的呼噜声马上进入耳膜。他果然一副正在睡觉的样子。白色的被单盖着他的身体，只露出脸，头发已经剃光了，脑袋左边插着一根管子，管子连着一个软袋，里面都是猩红的血水。鼻子上是氧气管。手脚上全扎着针，挂着输液管。

病房里坐着马书记和小董，两人一起站起来。尤优俯身看着李确的脸。

"李确。"她喊。

李确的回答是一声声呼噜。看着李确仿佛酣睡的面容，尤优的心头突然涌起一个词组：我的男人。李确是我的男人。这个躺在病床上的男人，是我的男人，是和我结婚生孩子和我做过爱的男人。她这么想着，忍不住又喊：

"李确。"

"睡呢。"马书记说，"你先喝点水。"

"我不渴。"尤优说，"我要见医生。"

医生说出血部位不是很关键——大脑里没有不关键的部位，所谓的不关键只是相对而言。出血量也不能算少，目前是通过打引流管正在往外排里面的淤血，下一步治疗要等过几天再做过CT之后才能确定。现在只能这样了。

"最重要的是出血要止住。"医生说。

"他什么时候能醒？"

"他现在是昏迷，"医生更正，"昏迷期一般都得三四天。"

尤优默坐至深夜一点，李正要尤优去睡觉，说马书记派四个人来轮班，加上他和她，一个家人配单位的两个人组成一班，每天分成两班轮值。因此尤优现在的任务是休息。他们已经在医院旁边的小旅馆订了房间。尤优执意不走，李正沉默良久，道："去吧。以后的日子还长着呢。"

尤优起身，不再争执。

黑漆漆的天空，雪地却那么白。尤优小心翼翼地踩到雪上，每走一步她都对自己说："不能滑倒，不能滑倒。李确还在病床上，我要是滑倒就不能好好照顾他了。"

走进小旅馆。她一进房间就扑倒在床上，泪水滂沱。畅快的哭泣中，她一遍遍地低声骂自己："都是你，都是你。都是你害的李确。"她也知道这事其实和自己没关系，可她就是想骂自己。泪水里，无边无际的愧疚汹涌而来，离婚的念头再次显露，却已是尸横遍野。她知道，如果李确不出事离婚还有指望的话，此时她如果再想离婚，不但万夫所指，自己都得把自己杀死。

短信铃声响起，仍是程意："是否安全抵达？睡了吗？"

程意在省城定居已经一年了，她和程意的偷偷见面也已经进行了一年。当年他们分手之后，程意失魂落魄地辞去了健身教练的工作，南下闯荡。程意告诉她：为了有一天能在给她爱情的同时也有能力给她足够的安全感，他这些年摸索了不少路，吃了不少苦，终于有了丰厚的积蓄，也有了足够的人脉，这些人脉里最重要的关系就是一个重要领导的公子。于是他衣锦还乡，和该公子在省城合开了一家高档健身俱乐部。俱乐部非常奢华，全是德国原装的进口设备。有很多高干子弟都是专属会员，某种意义上，他这里几乎成了一个变相的高级社交场所。

"那你就在里面找个公主或者格格，结婚吧。"

"曾经沧海难为水。"

"还是，让那水干了吧。"尤优笑。

"水自己不干，我也没办法。"程意的眼神执着。

尤优低头看着杯子："对不起。"

"孝字当头，我知道你当初也是不得已。其实，伯母也是对的。如果那时我们结婚，以我的状态，肯定不能给你幸福。"

尤优心头荡起一阵暖流。多年过去，激烈的程意也变得如此豁达，这是岁月的礼物。

"但是，现在我能。"程意又说。

"可是，我已经……"

"你知道么，"程意打断尤优，"没见面的时候，我很怕你会变成一个肥头大耳珠光宝气的官太太。一见面我就放心了，你还是以前的那个优优。"

"我不是……"

"我认为是。"

尤优微笑。不像个官太太。她喜欢这种赞美。

他们基本上每月见一次，尤优去省城的少，程意来梅新市的多——云城太小，梅新的安全系数要大很多。起初相见时也非常君子，无非是说说话，聊聊天，吃个饭，程意半真半假地和尤优开开玩笑。他从不急着让尤优表态。

"离婚是件大事，你又有了孩子。你一定要想好了再决定。我等你。"他说。

"谁说我要离婚？我和李确很好，不会离婚。"感动之余，尤优又为他的判断莫名其妙地赌气。

"你知道么，这根手指用来遮眼睛最方便，"程意举起食指道，"因此有哲学家曾经说：自欺就是食指，是我们用得最多也最顺手的食指。"程意突然郑重道："你和他之间，真的还有爱情吗？"

尤优沉默。这种问话通常都是女人的台词，被程意这么一字一字地问出来，总有些怪异。但也是沉甸甸的怪异。仿佛是秤砣在压着稻草。尤优意识的刻度在李确的名字里摇晃。还有爱情吗？这话多么残酷。但更残酷的还不是这句，而是：你和他之间，曾经有过爱情吗？

冰冻的记忆还是被一次次的见面焐热起来了。他们去唱过歌，去野餐过，也进行过几次当日即返的短途旅行。昨天，他们在程意的办公室喝着咖啡，程意忽然聊起了一些极细节的往事："那时候，你喜欢用手拢头发，一拢，一拢，手指头像个小梳子似的。有一次，你有一个黑发卡没戴好，甩头发的时候落在了地上，我像宝贝一样把它藏了起来，现在还放着呢。是最普通的那种黑发卡，一面是平的，一面是波浪线，上面的漆都有些掉了……"

尤优听着听着，有些毛骨悚然，却又心旌摇荡。她窝在沙发上，神经渐渐松弛，感觉到程意的气息越来越近。然后，他握住了她的手。他的手很大，一根根棕黄色的指头，硬糙得像风干的柴火。尤优的手衬在他的手里就像白玉一样，只是这玉是软的，绵的，暖的，润的。尤优突然发现，已经很久没觉得自己的手是这么好看了。已经有很久，李确没有这么握过她的手了。仿佛在程意的手里，她重新生长了一遍自己的手。

然后，程意的吻就来了。在近乎麻木和迟钝的表情掩护下，尤优任由自己的唇舌开始了疯狂的漫游和奔跑：那里面有一座森林正被长风吹起，那里

面有一个乐队正在琴鼓合鸣，那里面有一片繁花正开得七色缤纷，那里面有一条大江正吼得如狮如虎……

"优优，"程意耳语呢喃，"我们悠悠吧。""悠悠"曾经是他们之间的密语。

"不，"尤优断然拒绝，"不好。"

——那是昨天。

尤优擦拭一下泪水，将程意的短信删去。想了想，又将程意的手机号从手机的电话簿里删去。如果可能，她恨不得也将昨天的记忆从大脑里删去。在这个房间里只有自己，即使如此，她也无比羞耻地觉得：哪怕只有一吻，自己昨天放纵的快感，也对不起李确今天的灾难。

四

已经是腊月二十三。二十三，祭灶官。年气越来越重了，来看李确的人从早上八点钟开始，川流不息。尤优知道，这些人都是来梅新市置办年货的。一向如此，村里的人去镇上办年货，镇上的人去县城办年货，县里的人来市里办年货。人们趁着办年货的时节过来看李确，公私兼顾。

李确仍然在昏迷中。医生叮嘱说不要让人随便进病房，免得太多细菌交杂引起李确感染。病房有前后两条走廊，前廊供正常出入，后廊供洗晒采光。尤优和李正商量了一下，前后门都锁上，前门只对护士医生开放，后门只供自己人出入，对于所有探望病人的人，只让他们在后窗玻璃看一下。

"谁都不让进？"来人往往会问。

"是的。医生说的，怕感染。对不起。"尤优机械地重复着语言和表情。

"怎么一直在睡？"

"用了大量的镇静药，医生说这样会强迫他多休息，对恢复脑伤有好处。"尤优说。李正同她商量过，不能再用昏迷这个词了。说昏迷听起来很严重，造成的影响不好。

一天十九瓶液体。只要有片刻闲暇，尤优就会坐在床前，盯着输液管里的液体，一滴，一滴，又一滴。小小药水的河在李确体内冲刷着，它们长着小小的牙齿吗？它们会吞噬掉那些可恶的病菌吗？事实上它们自己也是病菌，病菌和病菌打架，以毒攻毒，看谁凶得过谁……透亮的清水一样的液体在体内循环了一遭，成为尿液汇集在储尿袋里。尿袋鼓胀，鼓胀，快满了，尤优轻快迅捷地拔去下面的塞子，哗——温热的液体排进了便盆。只要尤优在，她绝不让别人碰尿袋和便盆。李确最污秽的东西只应该和她有关。她就是这么想的。

有人送东西，也有人送钱。送钱的人都是李确素日提过的比较亲密体己的人。他们将信封塞在尤优的包里，尤优没有点也没有看，更没有记名字。信封上肯定有送者的亲笔签名，没有人会愿意当个无名的送礼者。她知道。相比于送钱的，送东西的人要多一些——置年货顺便给他们夹带一份。给现金还得找发票补账，不如东西来得利落，好交代。更多的人则是什么都不带。"听说还不能吃什么，等他醒了，看看他想吃什么再买。"有人这么解释。还有人说："听说出了事，我们就慌了，先想着跑来看看再说，没顾上买东西。"

尤优一律表示感谢，然后将他们送走。也许这些理由是真的，但尤优知道要全去相信的话也未免天真得配不上自己的年龄。更大的可能是他们不想浪费自己的钱物。如果李确不再醒来，他们在丧仪上付一笔礼金就可一了百了。曾经，李确的一个领导车祸重伤，在医院里只熬了一夜。李确本来打算去买礼品的，第二天早上听说那人已经死了便直接用白信封包了礼金去了火葬场——当然，如果李确……他们也甚或根本不来。来慰问她这个没有用的遗孀干什么呢？

病房和前廊都不让放东西，尤优将东西归整在了后廊上。看着这些东西，尤优忽然想：如果李确不是伤了脑子，而是伤了胳膊腿儿的话，东西肯定会比现在多吧？伤重了收的东西少，伤轻了收的东西多——这一点儿也不奇怪。明摆着的：伤轻的话这个人还有用，伤重了这个人很可能就没用了。

尤优闷闷地看着这些东西。以前收的东西比自己想象中的多，尤优看着闷。现在收的东西比自己想象中的少，尤优看着也闷。为什么自己总是感觉这么闷？想了想，尤优明白了：以前李确当官，她是以老百姓的态度看待李确。现在，李确躺在病床上了，也许以后就不是官了，她又开始以官太太的态度来看待那些送礼的人。她的态度，总是那么不合适。和李确不合适，和送礼的人不合适，和官里官外的人都不合适。

不少看客的眼神里有忍不住的兴奋和好奇，有的甚至是幸灾乐祸。尤优的眼睛像雷达一样灵敏，她将这些眼神的成分一一分辨，储存在自己的内心。我要记住。她对自己说。可是，记住是为了什么呢？她不知道。她知道

的只是：我要记住。我要记住。我要记住。

李正经常过来和她探讨病情。他们俩说话的时候，李正一定要把李确单位的人差遣出去。李正说："谁知道谁操着什么心，正是关键时候。"

"什么关键时候？"

"年后就要动李确他们这个级别的干部了。他还是副处级的后备人选。对了，吴可非也是。本来他们俩还有一拼……"

尤优沉默。动干部是常事。只要是个有点儿能耐的干部，就会不断地被人动。有时动得好，有时动得坏，有时动得一般，有时动得惊人。有时从平地登了天，有时从天上摔到了平地，甚至会直接摔到谷底里去。一般来说都是年后动干部。于是每到那时候，云城大大小小的机关就会雷隐隐，雾蒙蒙。

很快，尤优就发现李正往病房里带人了。她问李正，李正说都是领导，还有的是他最要好的熟人。

"遵守原则也得看情况。"李正说，"你说是不是？"

"只要是对李确好就得坚决遵守。"尤优说，"都什么时候了，还看人情！"

李正一语不响地离开，尤优听出了这沉默中的愤怒。李正在交警队的领导岗位工作多年，虽然在家里收敛了很多，但说话做事还是不自觉地会带出人民警察的强悍作风。但尤优也很决绝。为了李确，她决不退让。哪怕是李确的同胞哥哥。

手机响了，是尤良，打电话问李确的情况。这两天他没少打电话给尤优，询问得很仔细，不厌其烦，似乎他是个出差在外的主治医生。尤良说自己工作很忙，过不来，只好在电话里了解一下情况，解解心焦。尤良在邻县一所乡卫生院当医生，一直想当院长，曾经跟尤优提过几次，要她和李确好好说说。尤良的业务水平不是普通的一般，一下班就知道推牌九，多多少少总要欠些赌债，为此夫妻两个时不时就会闹得鸡飞狗跳，实在是让人不省心也说不得嘴。因此尤优只是敷衍地提了提，李确便也含糊地应了应。后来尤良又提出想调回县局里去当个中层，李确也一直拖延着，对尤优说人要是不争气，安排的地方越好将来丢的人就会越大。空空期待了很久尤良才算是彻底明白了李确的态度，对李确连带尤优都心生罅隙，两家就此有些不睦。

"我也很忙。"尤优心烦着这种电话的负担，"你要是实在想知道，就在百忙之中抽出点儿时间亲自过来看看吧。"

下午的时候，尤良夫妇两手空空地来到。尤良问了情况，看了片子，说："其实很严重。"尤优心里一沉，说医生说过不会那么严重。尤良哂笑道："他当然不会说严重。那是为了给你心理安慰。"

尤良毕竟是医生。他说的应该是真的。尤优觉得自己的心直直地朝深渊里掉去。忽然想：他真是愚蠢。如果我是他，即使真的比较严重我也不会这么对妹妹说。我会用食指，用程意说过的那根善良的食指来遮盖妹妹的眼睛……尤优正懵懂着，尤良又问尤优需要他帮什么忙，是客套的语气，尤优又突然萌生希望，道："你在这里待一晚上，教我一下护理知识吧。"尤良却又犹豫了，说单位还有事情没有处理完，必须得走。再说他老婆儿子都怕放炮，今天晚上祭灶，他得负责放炮。

"那你走吧。"尤优再也不看他一眼，转身欲进病房。

"优优，那些东西……"尤良有些讪讪道，"我有车。"

尤优用后背顿了一顿，关上了病房的门。手机一直在响，尤优挂断所有的来电，关机。心非常冷。尤优却简直想笑起来了。当然，尤良的无耻有他的道理：她不能把他怎么着。而李确单位的那些人之所以乖乖地听从马书记的指派在这里值班，就是因为李确是个能把他们怎么着的领导——是个可能醒来也可能醒不来不过到底有可能醒来的领导。

手机如死亡一般平静着。尤优的心却闷得一截一截到了喉咙。她又打开手机：她想在此刻找个人依靠。哪怕仅仅是语言上的。她查看着手机里储存的号码，一页一页翻下去。同事，领导，邻居，会议上认识的会友，飞机上认识的飞友，翻到姓程的一列时，她又想到了被删去的程意……不，都不能说，不能说。说了又怎么样？即使是自己的亲哥哥，也连一个晚上都不肯调剂出来——因为他除了很忙之外，还要负责放炮。

尤优再次关机。她突然意识到：自己已经没有了朋友。以前，曾经，她有那么多朋友，有那么多可爱的、有趣的、生机勃勃的朋友，但是，不知从什么时候起——也许就是从和李确结婚起，李确似乎是一方网眼绝小的筛子，用他的缜密和严谨一遍遍地筛着她的朋友。在他功力非凡的筛选下，渐渐地，她的朋友越来越少，直至全无。

不久，李正赶到，批评她说这个时候关机极为不妥，会被人猜测李确很

严重，这种猜测引起的影响也会很严重。尤优又打开手机，开始接电话。按照李正的吩咐，只说越来越好。当然口气要有所区分。对待高于李确的领导，是感谢的，恭敬的；对于平于李确的领导，是亲切的，松弛的；对于李确的下级，则是节制的，简约的；对于亲戚们，则是温暖的，宽慰的。一遍又一遍，不同的声音，不同的语调，微妙的谨慎的措辞……李正的手机也是一样。此起彼伏。看着李正憔悴的脸，尤优忽然想起那句最平常不过的俗话："打虎还是亲兄弟。"可这亲兄弟，打的是什么虎呢？

"哥。"尤优喊。她想说声谢谢，话出口的一刹那又消退了这个念头。对于李正，谢谢这两个字过于轻浮了。于是她道："那些东西，你看怎么办？"

"家里是没地方。"李正沉吟片刻，"处理给医院附近的超市吧。"

"李确以前说过……"

"是，我知道这么做影响不好。但是放在这里，影响更不好。"李正又想了想，"两弊相比，取其轻吧。"

第二天，尤优拿到了小董交来的第一笔款：三千六百二十七元。她拿着这沓钞票，走进了医院对面的邮局。

五

因为插了导尿管，尿道口很容易感染，需要及时清洗。尤优按照护士教的，用棉签蘸着温水，慢慢地、轻轻地擦拭。尿道口分泌出的黏液却越来越多，越来越多。"怎么办呢？"尤优问。护士说："可以冲一下。"

李确仍在睡着。睡得那样沉，连给他最敏感的地方冲洗他都不知道。塑料布铺在他的臀下，护士用针管抽了温水，尤优扶着李确的阴茎，护士一遍遍给李确冲着。有水珠落到了尤优的手上和李确的大腿上，护士给尤优递去毛巾，尤优把水珠擦干净，然后护士继续冲。尤优的脑海里控制不住地闪现出她和李确一幕幕做爱时的情景。这是男人的命根子，这是男人的标志，男人以此成为男人，女人以此成为女人。初历时尤优以为它是丑的，后来才感觉到它的美。而现在，它柔软，无助，暗淡，清洗过后甚至还有些肮脏。它还可以吗？尤优的心一阵深痛。也许对于李确这个奇妙的器官来说，性爱已经成为难以企及的高端游戏，它主要的功能就是排泄出黄澄澄的尿液，让李确能够膀胱舒适，安然入睡。尤优又不合时宜地想起有一次在歌厅唱歌，一个男同事点了《把根留住》，一个看不惯他的女同事马上叫服务生："我要

《一剪梅》。"——没有比这更刁钻的接曲了吧？

"你笑什么？"护士问。

"没什么。"尤优诧异。自己笑了吗？她想了想，又说："李确要是醒过来的话，肯定觉得你在身边挺不好意思的。"

"病人在我们眼里从来都不分男女。"护士说。

清洗完毕，护士上卫生间洗手，尤优把被子给李确盖上，掖左边被角的时候，突然，李确伸出左手，轻轻地握了握尤优的手。尤优几乎是惊喜地去看李确的脸，他已经睁开了眼睛。他的眼神很亮，却是有些滞的那种亮。

尤优连忙俯到他的脸上。

"李确。"尤优喊。

李确点点头，从喉咙里吐出了气息："优优。"

尤优的眼泪一下子涌出了眼眶。在心上最悬的那点儿东西，眼看时时都会把自己的心砸得一团模糊的那点儿东西，终于放下了。她知道，哪怕李确将来残废，将来要坐一辈子轮椅，她最想要的那点儿东西，保住了：她的李确神志还清楚，还有记忆，还记得她的名字，这是最重要的。这不至于让他以前所有生命的影像成为空白，而只要以前的不成为空白，以后的也不会成为空白。"记忆没有任何力量"——这是谁说的话？有时候，记忆就是全部的力量。

然后李确不再说话，他左看右看，最后他只看着尤优，非常认真地看着，探询地看着，很明显地在等着尤优说着什么。尤优明白了：李确在等她解释，解释自己为什么躺在这里。他还记得出事之前的事吗？他除了自己的名字之外还记得多少？

"我们哪一年结的婚？"

"一九九五年。"

尤优落着泪笑了。

"你，有病了。"尤优说，她轻轻地抚着李确的额头，"咱们啊，有病了。"

她一五一十地给李确讲了起来，讲了积雪，讲了车祸。李确摇摇头，笑着，听着。很快，李正和局里值班的人也过来了，大家你一言我一语地和李确讲着。可以看出，李确还接受不了这么多的信息，他看看这个，看看那个，听了一会儿，似乎很累，然后双眸一闭，接着睡去。

尤优只觉得自己浑身的骨头都松了。是微松，松了一节。就这也好。然

后她也倒在另一张床上睡去。三天了，她一直没有真正地睡着。

她是被李正的电话吵醒的。李正告诉她："马上收拾一下病房。苗市长和两个老一都要来看他了。"尤优马上明白他说的是陈书记和范市长。等她打仗似的将病房收拾齐整，两位领导已经各自带着秘书和司机到了。院长和副院长也闻声过来，顿时浩浩荡荡站了满屋子人。尤优将矿泉水一瓶瓶打开递过去，陈书记和范市长一边接水一边分别和尤优握手，陈书记问尤优："醒过没有？"

"醒过来两次。"李正马上说。尤优看了李正一眼，明白了，补充道："刚刚半小时前还醒了一次，说了几句话，又睡了。"

"哦？"陈市长饶有兴味，"说了什么？"

"他问自己是怎么回事，我告诉了他。我还特意考了考他我们是哪一年结的婚，他的答案非常标准。"

陈书记和范市长朗声大笑，满室皆欢。

"他还提到了工作，说恐怕要耽误一段时间工作了。"

"什么工作！"范市长大手一挥，"他出事就是为了工作，现在么，把病养好就是他最重要的工作。只是这段时间要辛苦你了，好好照顾我们李确。治疗费不用担心，我和马书记说了，水利局下属这么多单位，还供不起一个局长看病？李确的身体你也不用担心，他年轻，肯定扛得过去，是不是陈书记？"

"当然，"陈书记说，"我也出过两次车祸，比他的还要严重。结果出一次就被提拔一次。我看，李确也是到时候了。"

众人知趣地又笑。

他们走后，李正表扬尤优，说她悟性很好，很知道该怎么应付场面。尤优自己也惊奇自己，仿佛是无师自通似的，就替李确说了谎。也许，这算不上说谎。如果李确正好醒来，他一定会这样表态的。尤优确信。

六

有时候醒来，李确的眼睛亮晶晶的，像个孩子。有时候醒来，李确的眼神又非常空茫，像个老人。可以肯定的是，李确清醒的次数越来越多，清醒的时间也越来越长了。他一段时间一段时间地清醒着。慢慢地，也能坐起来了。清醒的时候，他基本不说话。坐起来后的第一个动作就是去找自己的右臂。他的右臂因为脑部淤血压迫的缘故不能动。完全不能动。李确就捏着自己的右臂摸着自己的右手，一个手指一个手指地反复数着，反复看着。医生过来查房，从口袋里拿出一个尖利的叉子一样的东西使劲儿挖他的右手心，他"吱吱"地叫着，下意识地将右手臂蜷缩起来。也只是在这种强刺激的情况下，他的右腿才会蜷动。平时就那么一动不动地在那里呆着。对于右侧的肢体，护士统统称之为患肢。她们嘱咐尤优：多按摩他的患肢。睡觉的时候，不要压迫患肢这一侧。在给他扎液体的时候，也尽量不要扎在患肢上。

"只要会动，不就能证明将来没问题么？"尤优问。

"不一定。这只是强刺激下的反应，不是自主运动。"医生回答。又朝李正和尤优笑笑，"你们不是说要保命么？现在，我肯定他没有生命危险了。"

第六天，李确头部的引流管和血袋终于被撤掉，看起来没有那么吓人了。李正也才把老太太接来，告诉了她真相——老太太在家里早就急得跳脚，已然是瞒不住了。看到母亲，李确清晰地叫了一声："妈。"

老太太落了泪。

儿子也过来了，怔怔地看着李确，仿佛不认识了一样，又仿佛吓傻了一样。尤优把他推到李确跟前，李确伸出左手，摸摸儿子的头，笑了笑。他的右面部肌肉像石头一样僵硬，嘴角看起来明显歪斜，笑过片刻，一丝清亮的口水从他的嘴角缓缓流出。

时满一周，李确的输液量由十九瓶减至十一瓶。医生说李确该插胃管了。插上胃管给他输送流质，用食物补送营养要比用药物补送好得多。

尤优没想到胃管的下法那样直接，看着医生将一根长长的管子朝他的鼻子里插去，他挣扎着，仿佛被电击着了似的，但他挣扎得是那么无力，无效，无用。管子还是斩钉截铁地插下去。插下去。插下去。插下去。插下去。插管的速度很快，在尤优眼里却漫长无比。李确终于安静下来，尤优却早已经偏过了头，大口大口地喘着气，泪水从眼眶里憋了出来。她抬起胳膊蹭掉，不让任何人看见。在李确昏迷的时候，这些折磨都不算什么吧，但是现在李确醒了，这些小小的折磨也醒了。

接着尤优就学会了用胃管给李确打饭，医生说会有胃出血，叮嘱尤优，每次在给李确打水和打饭之前，都要先抽一下胃液，如果有咖啡色的絮状物出现，那就是胃出血了。尤优问为什么会胃出血？医生说：一，脑部出血之后，胃部很容易就会出现应激性出血；二，下胃管给胃造成的创伤一般会让胃稍有出血。

于是就先用温水抽胃液。胃液是透明的，尤优放了心，开始给李确打小米粥，大米粥，加上芹菜汁，果汁，有时候是鸡蛋花，牛奶。有时候是面条。每次给李确打饭的时候，他都不说话，只是睁眼看着。尤优说："吃饭了。"然后便用针管打给他。不经过味蕾的研磨，食物在这个过程中没有任何可以享受和品味的因素，只是充饥，但吃还得吃，打还得打。尤优还特意买了特粗的针管给他打面条。打过之后，将胃管用纱布扎好，对他说："扎好咱的大象鼻子啦。"——都是笑着做的，也是笑着说的。

天仍然不时下着小雪，尤优打发李确吃了饭，自己再去外面吃。在医院西侧的一个小巷里，卖着各种各样的吃食：米线，烩面，炒凉粉，炒面，包子，烧饼夹肉，饺子，胡辣汤……尤优踩着积雪，一步一步地朝那些小摊走去，小贩们都热情地招呼着尤优："来点儿什么？""进来坐吧。"

走在这里，谁知道我有一个病人呢？谁知道我的丈夫正重病在床呢？谁知道我这样一个笑着的女人在想着什么呢？马上就是春节了，这些为了赚钱而在街上做着生意的人，这些笑着招呼我的人又都在想着什么呢？尤优慢慢地走着，朝他们笑着，无边无垠的寂寞在心里铺开晕染。

尤优的笑确实多了起来。尤其是在人前。尤其是人多的时候。也不知道为什么要笑，就只是一种强烈的意识：必须笑，一定要笑。只有笑才最合适。她笑着接人待物，笑着和医生护士寒暄，笑着跟相邻病房的人打招呼……她也越来越能吃了，那天，李正去吃早饭的时候，问尤优给她带点儿什么。

"一屉包子，两份小米粥，一份豆芽菜，一份腌萝卜条。"尤优说。

"哦。"李正看了尤优一眼，"是得多吃点儿。"

尤优笑笑。李正一定在心里骂她没心没肺吧？这个女人，丈夫重病在床，她早饭还有心情吃这么多。可我就要吃。尤优对自己说：我就要吃。我要多多地吃。我决不能让自己在照顾李确的时候倒下。粮食会通过我的肠胃化成力气，支撑着我。我再去支撑我的李确。我的李确。我的李确。她在内心重复。是的，是我的李确。她从没有如此真切地感受到：李确此刻不属于工作，不属于职位，只属于她。这个最弱最弱的李确，这个破绽百出的李确，此刻，只属于她。

按照习俗，大年初一之前都得洗个澡，用来除去一年来的积尘。大年三十上午，尤优抽时间回了趟家，洗了个澡，换了换自己的贴身衣服，简单看了看儿子的功课，又搜拣出儿子近期要穿的衣服，说："你过年穿不上新衣服了，没时间给你买。"

"没关系。爸爸生病了，要花钱的。"儿子懂事地说，"总共要花多少钱？"

尤优想解释一下不是自己家拿的医疗费，想了想，还是觉得不解释为好："不知道，要爸爸出院的时候才知道。"

"那已经花了多少钱了？"

"大概三四万吧。你打听这些干吗？别管那么多。"

"报销吗？"

"你爸爸是在工作岗位上负的伤，当然应该报。"

"应该报？那就是说，还没有报？"

"你刨根问底的干什么？"尤优真是奇怪这个九岁的孩子，"你不用操心。"

"妈妈，"儿子沉默片刻，又说，"我不太喜欢吃肉。"

"怎么了？"

"你以前老是给我买鸡腿，其实我不太喜欢吃。我也不太喜欢吃排骨。你往后少给我买吧。一星期吃一次就行。"他顿顿，"最多两次。"

尤优抱紧儿子。

"还有，金针菇又贵又不好吃，我也不想吃了，以后也不要给我买了。"

尤优痛哭起来。

"妈妈，别哭。"

尤优将满是泪水的脸贴近儿子，狠狠地亲吻着。

婆婆说要她上街买些鞭炮和春联。鞭炮要买一万头的，"去去晦气"。

尤优怔了怔。已经有很多年，她没有买过这些东西了，都是李确的司机或者办公室的人买好送到家里来的。她环顾了一下冷冷清清的家，往年这个时候，即使只有一个老人在家，家里也有一种丰足和忙乱，现在，只是一个老人而已。

她带着儿子上了街，刚买了一对春联就发现儿子不见了，想去找又不敢找，只好站在原地等着，儿子终于姗姗出现。她狠狠地打了一下儿子的头，

问他哪里去了，儿子噙着眼泪道："妈妈，我去问了问别人买的价，你的春联买贵了。你买五块，人家三块五都买了。你得跟人家搞搞价。"

除夕之夜，短信爆满，尤优不回复，统统删去。程意的短信她多看了一会儿，也删了。但那几个字还是深深地印在了她的记忆里：

"春天如爱，爱如春天。春节快乐！"

仿佛确实如此。因此，爱和春天是一样的短暂啊。尤优想。

零点钟敲过，全城鞭炮骤响。尤优独自站在医院空旷的花园里，和着震耳欲聋的炮声，冲着深蓝的夜空声嘶力竭地长啸了一声："啊——"

七

李确能朝窗外的探望者们挥手致意了，来看李确的人也越来越多。有的是第二次来，第三次来，几乎都拎着东西，也都表示想跟李确说说话。但这不过是十天时间，还需要格外小心。尤优便不同意。然而还是有特别强势的人硬闯进来。一次，有个人几乎是挤进了门，到床边大声地和李确寒暄。尤优怒视着他，直到他讪讪离去。李确点着尤优的额头，说："凶。"

"生怕你不知道他们来看过你似的。"尤优道，"真正为你好的人，不会进来。"

李确笑笑。

大年初五那天，梅新市的百货大楼所有商品打三到五折，来看李确的人也多到了顶峰。正赶上医生给李确下了张 CT 单，去拍 CT 的时候，李确躺在推拉床上，帮忙的前呼后拥，如同伺候皇上出巡。有一些人只能勉强搭上一只手。上电梯，下电梯，从这个床移到那个床上……走廊上的行人纷纷驻足，议论："是谁家的亲戚，怎么这么多人啊？"

谁家的亲戚呢？尤优自问。她跟在队伍的后面，茫然地，微笑地走着。

做梦一样，和尤优早已毫无联系的一些人都过来看李确：小学同学，初中同学，高中同学……曾经的班花同桌已经彻底成了黄脸婆，离了一次婚又结了一次婚，做了后母。让尤优曾经动过一点小春心的数学课代表也成了一个大腹便便的中年男人。最让尤优意外的是高一时的班主任也来了，他说他多年前也遭遇过一次车祸：他骑摩托车被一辆卡车撞倒，他后座上载着的人死了。

对他们的到来尽管感到意外，尤优还是客客气气，礼数周全。心里虽然也不时泛起微薄的感动，但最强烈的还是厌恶：她厌恶这种不着边际的安慰。她打心底里不希望他们来。一来无用，二来要应酬，再就是她不愿意欠他们无谓的人情。她在处世经营方面一向疏淡，不相信自己会有这么好的人缘。那么这些人到底为什么来？想来想去，最主要的由头或许就是：这件事的主角是李确——堂堂的水利局局长，车祸受到重创，这种本埠新闻的后续报道多少都会令人有些好奇。另外一些由头就是借此积累一些交情：万一他将来好了呢？万一他好了之后还是局长呢？万一以后用得着他呢？是这样吧？所以她厌恶。当然，她知道精明、势利、算计等等中也有厚道和善良，但是厚道和善良夹杂在这些东西里，也让她一起厌恶。

没多久，姨妈又打电话说要和表姐一起过来，尤优不让。姨妈已经年过七旬，再这么过来，她还得担心她。姨妈却执意要来，尤优终于崩溃，滔滔不绝地斥责道："你们来干吗？来干吗？我知道你们想要尽尽你们的心，可是你们只想尽你们的心，想过我吗？你们要来了我还得接待你们，我多累你们知道吗？你们就想尽你们的人情，没有想到我的感受！人怎么都这么自私啊？怎么什么时候都想的是自己啊？"

姨妈被吓住了一样，说那就不去了。尤优道："你好好的，让我放心就行了。"

姨妈乖乖地说："知道了。"

放下电话，尤优眼睛一阵酸涩。但她没有哭。

很奇异的，李确在关键的时候总是表现得很好。一次是苗市长过来。

"最近怎么样？"她问。

"可以。"李确说。

"要安心养病，不要担心工作。"

"好。"

李确的话不多，但字字都答得有劲道。最后苗市长走的时候，他的口齿格外清晰地说："慢走。"

"我看你快好了！"苗市长惊喜地说，"好好养着，再见！"

"谢谢！再见！"

苗市长走了，李确久久地沉默着，终于问尤优，"谁？"

"苗市长。"

"哦。"李确恍然。

"不认识了？"

"认识。名字，不行。还有，谁？"

尤优明白他是在问其他来过的人，于是尽力搜刮自己记得的：赵局长，秦局长，武局长，薛局长，金局长……

"陈？范？"

"来了。"

李确点点头："半个月，上班。"

"什么？"尤优瞪大眼睛。

"上，班。"

"不行！"

"你不懂。"李确的眼神突然变得鲁直起来，如同湖水干涸，露出了凄厉的湖底。他白了尤优一眼，想说什么却说不出来，就指了指自己的头。

"头发？"尤优愣住，"会长出来的。"

李确摇头。

"想戴帽子？觉得冷？"

李确依然摇头。

尤优似乎明白了什么："怕自己的位置保不住？"

李确满意地点头："要占。"

这样坦白，这样赤裸。如果不是他的神志还没有完全恢复，以他素日的低调和内敛，他是无论如何也说不出这样的词的。尤优既难过又震惊。

"别想着这个了。"尤优终于说，"身体是个一，其他都是零。你先把身体养好再说。"

"那，就，迟了。"李确吃力地说，"傻！"

然后他要过自己的手机，用左手熟练地开机——尤优都要怀疑自己的眼睛了，这么重的病，几乎没有妨碍他使用手机的流畅性。手机仿佛是他的另一只手。然后李确拨通了手机，对着手机响亮地叫道："陈书记，你好，我是李确！"那声音如此明晰，如此正常，仿佛他以往的病态都是一种假象。

尤优看着他，如同看着一个奇迹。

"……我很好……谢谢领导关心……我半个月……能上班……对……对……好……好……谢谢领导……再见……"

放下电话之后，李确的额头满是汗水。

李正过来，李确已经睡了，尤优马上把李确刚才的表现告诉了李正。李正道："胡闹！还不会下床走路，就想去上班！"寻思了一会儿，道："这样也好，让领导知道李确没有那么严重。等我和主治李确的副院长说一声，他和陈书记是党校同学，说不定陈书记会问他李确的情况，让他只能朝好处说。没办法，必须得全力以赴，好歹熬过了动干部，李确就能松了劲儿好好治疗了。"

又垂了半天头，道："李确努力了这么多年，这个节骨眼儿倒了霉，咱只能尽力，不能让他功亏一篑。"抬头看着尤优，突然笑了，"他在领导们面前表现得这么好，也算争气，是不是？"

尤优无语。

"还有，我明天开始给医生们送过年礼，院长就不送了，主治的副院长，科主任，主治医生，护士长，一共四个，分别是四千，三千，两千，一千，一共一万。你觉得怎么样？"

"好，我明天就取钱给你。"尤优说。

沉吟片刻，李正要尤优去超市给李确买拖鞋和袜子。

"医生说要穿了吗？"尤优惊喜，又有些疑惑。李确不是还不会下床走路么？

"肯定要穿的。"李正说，"肯定。"

尤优明白了。李正这是在用鞋子给李确"冲喜"。他要让鞋子和袜子给李确带来一个确凿的盼头。

"好。我现在就去。"尤优勉强笑笑，走到卫生间。看着镜子里的自己。她看到自己的眼睛里满是陌生的东西，让她觉出隐隐的恐怖。

偌大的超市里，这边是五块九的七匹狼棉袜，那边是十三块八的洁婷卫生巾，这边螺旋楼梯式的衣架上是色彩缤纷的花雨伞牌内衣，那边化妆品展示台上是玉兰油琳琅满目的赠品……尤优在人潮中站立着，觉得自己离周围的人是那么远，离这个超市是那么远，离这个世界是那么远。她握着一双深灰色后包跟的男棉拖，终于泪如雨下。

八

李确的语言越来越显示出了问题。最主要的问题是两个。一是用词错

误。要电视机的遥控器，他说是要电脑。要碗，他说是筷子。要枕头，他说是被子。大方向是对的，就是精准程度不行。叫最熟悉的人的名字，也得要想半天。常常看着尤优叫"妈"，过后马上自己明白过来，但下次叫的时候，还是脱口而出。二是逻辑混乱。哪怕再短的句子，等他说出口也都变成了无序倒装句：纸，给我，优优。水，优优，我要。

"脑外伤并发症。"尤优去问医生，医生回答得很干脆，"他脑出血的点儿恰好在语言中枢上，肯定损伤了一些语言神经。"

"多长时间能好？"

医生笑笑，沉默。

"能好吗？"尤优自觉退步。

"一般来说，随着时间的推移应该会好转一些，但是好转到什么程度很难预料。听说如果进行那种专业的语言康复训练，把握可能会大一些。"医生看着尤优的脸色，"术业有专攻，这方面我是外行。网上有相关信息，你可以查查。"

果然是术业有专攻。网上资料显示：做语言康复训练最好的地方是中国康复研究中心，在北京。尤优上网查出电话号码，打电话过去咨询，一位姓李的教授告诉她：他们在全国各地培训了很多语言康复训练师，梅新市第一人民医院康复分院有一个姓杜的女医生就在他们那里培训过，做得很出色。他们直接去找杜医生即可。尤优马上又查得杜医生的资料：毕业于省医科大学，除了曾在北京进修过语言康复之外，还曾经在日本专修过言语和听力康复，现在市第一人民医院康复分院任听力语言科副主任，副主任医师，带有研究生。

尤优很快和李正商量了一下，立马带着李确的片子去找杜医生。他们到的时候，杜医生正在给病人进行训练。他们等在训练室门外，清晰地听到了整个训练的过程。听来无奇，就像妈妈在教小孩子说话。杜医生语调安详，耐心地数落她的病人："鸡蛋碰石头的后半句是什么？是什么？自——不——量——力！下次问你的时候，别再说跟我说：一——碰——就——碎——好吗？"

尤优忍不住笑起来。

"有那么好笑吗？"李正不满地看了尤优一眼。尤优顿时明白了他的弦外之音：真是个没心没肺的女人啊。

和她的资历比起来，杜医生显得很年轻，三十五六岁的样子。鼻子略带些鹰钩，有些异域风情。头发烫的是不大不小的卷儿，看起来更像个外国女人了。她的神情非常自信，很喜欢笑。也许是职业的关系，她很爱说话，都显得有些饶舌了。病人结束训练，她跟人朗声道着再见，道完再见又道拜拜，然后将那人叫住，纠正他的发音。再重复告别的过程。送走了病人，她一转脸就训旁边的实习生："你们怎么老问一些没有质量的问题？我们的语言训练是说废话吗？"

看了李确的片子，仔细询问了李确的语言情况，她马上起身："我跟你们去二院看看病人，他现在的情况应当马上介入语言治疗。越早效果越好。"

"可是我们那边的治疗还没有结束啊。"李正说。

"没关系，我可以天天去。"

"太好了，我们车接。"

"没车的话我可以打车，"她笑，"不过你们得报销车费。"

"杜医生，他会说简单的话，为什么还是叫失语症？"在车上，尤优问。

"失语症是指由于神经中枢病损导致抽象信号思维障碍，从而丧失了一部分或者是大部分口语、文字的表达和领悟能力的临床症候群。他们虽然失去了一部分或者是大部分的语言能力，但并没有完全丧失，所以叫失语症。"杜医生认真地向她解释，"如果完全不会说话，那就不叫失语症了。"她有些天真地笑起来，"那叫无语症，也就是哑巴。"然后她又告诉尤优，失语症分很多种：运动性失语，感觉性失语，失读症，失写症，还有命名性失语症。从李确的情况看，命名性失语症这一款基本可以肯定了。

到了医院，和李确聊了一会儿之后，杜医生当即下了诊断，说李确是运动性失语症和命名性失语症并存。前者的症状是损伤了表达的逻辑性、流畅性和丰富性，后者的症状是损伤了对事物命名的准确度、精微度和记忆力。幸运的是受损程度比较轻，应该能康复得比较理想。她告诉尤优，从明天起就开始正式治疗。

"按你说的，如果康复得比较理想的话，会是什么情形？"送杜医生出门，李正在走廊上叫住她，"会不会影响他的工作？"

"要看个体情况而定。"杜医生的眼神非常坦白，"我的病人康复之后，几乎都换了工作岗位。能胜任原职的人，只有百分之五。"

尤良又打电话问李确的情况，尤优回答冷淡。尤良无视她的冷淡，顽强地又提出了要李确帮他调动的事，意思是李确很可能出院之后就保不住职务，不如就趁现在，一来别人会格外看重一个病人的面子，另外是有权不用过期作废，赶紧给他解决了算了。尤优的太阳穴嘭嘭地跳着，脱口而出道："你虽然这么想，别人却保不住会那么想：他这个样子，很可能也干不长了，干吗还要给他人情？何况现在李确的语言状态很不好，恐怕词不达意，反而会误了你的大事。你还是另想高招吧。"尤良顿时暴怒道："你夹枪带棒的，是什么态度？别人家里有个官，不知道能捞多少好处。我是早就该得的，却得不到，用李确的面子不过是给我一个公平，就这么难吗？我要是提拔了，日子好过了，能不想着你们吗？我是你哥哥啊，你懂不懂什么叫亲情？"

尤优把电话挂断。是，我是不懂你所谓的亲情——亲情这时候过来挑我的刺！亲情在我最需要的时候，让医生出身的你在医院陪我一天你都不肯，因为你很忙，因为你的老婆儿子不敢放炮！

尤优非常恶心。非常。

所谓的兄妹亲情，从来没有让尤优觉得安全，觉得温暖。在她还是个小孩子的时候，就很少能感觉到哥哥是个依靠。自从上了班，更是这样。从她开始赚第一个月工资起尤良就开始向她借钱，直到李确病前。她曾经还抱有幻想，幻想他总会长大，等到他长成长兄如父的时候，他总会主动代替父母的一部分职能来爱她——不，她会挣钱，她不需要他给她钱，只要他不向她借钱就属万幸。她只要他能偶尔关心关心她，打个电话问一下寒暖。但是，没有。他的电话从来都是因为有事，从来都是在提要求。尤优忽然明白自己原来是这么怨恨尤良。没错，就是怨恨：如果不是尤良的缘故，她或许不会觉得一个男人的稳妥那么重要——甚至如果不是尤良，她就不会和程意分手，和李确结婚。

九

程意发来短信，说他要过来。尤优算了算，也是，他是该过来了。已经有将近二十天，他们没有再见过面。除夕之后，他又发来几次短信，她也没有回复过。他后来的语气都有些焦虑了。

那就见面吧。了断，必须了断。已经一年了，享受了一年，也煎熬了一年，又碰上了李确这个坎儿，是该了断了。

程意预定的约会地点是在梅新市最好的英锐宾馆，房号是 606。以前他们在梅新市见面都是在咖啡馆或茶馆。这次为什么要定在宾馆？难道上次接吻之后，他以为会有什么进展？想到程意兴兴头头的样子，尤优突然觉得十分难过。他没想到自己是打着结束的牌吧？但她不想把李确的事情告诉他，不想。她非常清楚：这是自己的事情，这是自己的家事，和程意没有任何关系。

　　程意穿着一件银灰色的休闲毛衣，起着暗花，郑重中又带着一种活力。她进门之后，他就伸开胳膊抱住了她，然后想要亲吻，尤优不肯，说："我想喝水。"程意轻笑："先喝我的水。"唇便压下来，尤优想说不要，却挣不开。她抬眼看见程意火热的眼睛，那么健康，那么澎湃，突然就感到自己内心有什么东西在坍塌开来，于是任他吻。他一直把她吻到床上，开始解她的衣服。她才开始抗争。最后他终于停手，笑道："你的防御战争又取得了阶段性胜利。"

　　"程意，"尤优看着程意的眼睛，"我们分手吧。"

　　"这话你曾经对我说过一次。"程意敛住笑容，"我不想再听到第二次。"

　　"但是我必须说。"

　　"为什么？"

　　"不为什么。"

　　"你必须说。"程意抱住尤优，死死地，"别说你对我没感觉。我不傻。"

　　尤优沉默。

　　"说！"程意命令。

　　沉默。

　　"李确发现了？"

　　尤优继续沉默。忽然想：如果李确有能力发现，那倒好了。

　　"那也没关系。"程意以为尤优已经默认，"正好可以帮你斩立决。和他分开吧，你已经凑合得可以了。孩子不要担心，我会对他好的……"

　　"李确……在医院。"尤优理性决堤。艰难地说完，她靠在程意的胸前，号啕大哭。她知道程意是自己的初恋情人，现在又是自己的婚外情人，无论如何对他讲述李确的事情是最不合适的。可是，此刻，她别无选择。她不能选择。在这个世界上，他就是她最亲的亲人。当然，李确也是她最亲的亲人。她在一个最亲的亲人的怀抱里，为另一个最亲的亲人泪流成河，而这两个最亲的亲人又因为她而不共戴天。这是荒谬的，但她觉得又无比自然。

程意轻轻地拍着尤优的背。不知过了多久，尤优收住了泪。

"过去了。过去了。最坏的时刻，已经过去了。"程意像抚摸一只小猫一样抚摸着尤优的头，"他现在不是越来越好了么？"

"是。"尤优又想哭了，"可不知道将来会怎么样。"

"肯定也会越来越好。相信我。"

"我们之间，"尤优道，"还是到此为止吧。"

"尤优，不要因为他的意外而愧疚，这和你没关系。"程意缓缓地说，"你需要我，我也需要你。我们都是受苦的人，不过受的苦不太一样。让我们共苦吧。"

尤优忍不住再次啜泣起来。程意低头亲她的泪。"我爱你。"他说。然后，他又亲她的唇，亲她的耳朵，亲她的脖颈，亲她的手，手臂，再然后他站起来，把她抱到床边，掀起她的衣服，亲她的乳房。没有病的身体多么好，没有病的气息多么好，不在医院多么好，不守着病房多么好，在这清新温暖的房间里多么好……尤优一边知道自己要崩溃了，一边又觉得程意带来的一切是那么好，同时也知道自己该拒绝。程意想做爱。是的，他想做爱——那就做吧。尤优突然想。守什么呢？有什么好守的呢？她想起病床上李确的身体，那曾经和自己做过爱的身体。人活着是多么不容易，李确不容易，眼前这个男人不容易，自己也不容易。谁都不知道自己面前是什么。那就去做吧。她对自己说，既然都是在受苦，既然这是苦途中小小的欢乐。

但是，尤优停住。

"程意，"尤优说，"我真无耻。你不觉得我很无耻么？"

"不。"程意坚决答道。

尤优把脸贴在柔软的被罩上。

"尤优，你不想么？"程意替尤优把身体盖好，"没关系。"

尤优沉默。程意不说话，任由尤优沉默。

"这么多年过去了，我们都变了……"尤优终于说，"我不能相信你的爱。不知道为什么，我就是不能相信。"

"可你想相信，是吗？"程意受伤地沉默了一会儿，终于俯身贴着她的脸，"不然你不会一直和我见面。"

"……是的。"

"那就相信吧。"

尤优沉默。

"你呢？你相信我爱你吗？"她终于问。

"我相信。"程意不容置疑。

尤优看着程意："你也经历了那么多的事情，为什么还能相信？"

"就是因为经历了那么多事情，我才更要去相信。因为我知道，去相信，我的心可能会死。但不相信，我的心就一定会死。"程意的嘴角微微抽搐着，"我太想相信了，太想了。我一定要相信。尤优，就让我相信吧。"

尤优沉默。在她的沉默中，程意开始给尤优穿衣服，从里到外，一件又一件。

尤优默默地看着程意。程意笑了。

"别那么看我，我决不勉强你，也决不乘你之危。我给你叫点儿吃的。你泡个澡，垫垫肚子，回医院去吧。我不想让你身在曹营心在汉。"他贴贴尤优的脸，"我会经常过来的。有什么需要的地方，尽管说。"

尤优顿了顿，轻轻地抱住程意："谢谢你。"

十

大年初十这天，李确的身体表现让尤优亦喜亦忧。喜的是他在李正和小董的搀扶下下了床，走了三步。他的右腿明显发软，仅仅三步，他的额头大汗淋漓。忧的是这天中午抽他的胃液时，发现了咖啡色的絮状物：他的胃出血了。随之他排出的大便成了黑色，更证明了胃出血的症状。

尤优马上让人去叫医生，医生迅即带着一个护士过来给尤优示范如何进行胃冲洗。尤优正记着动作要领，手机响了，是吴可非。他说是问候李确的，李确手机关着，他就打到了尤优的手机上。聊了几句，尤优告诉他说李确胃出血了，自己正忙着给他冲洗，吴可非先是一惊，然后叹息说自己忙，没时间，不然就来看他了。尤优听着就不耐烦起来，语气僵硬道："谢谢，非常感谢。就这样吧。你那么忙，别耽误你的重要工作。"吴可非诧异起来，说："对我有情绪？"尤优道："哪敢有什么情绪？领导肯腾出时间打电话来问候就已经很好了，我不识趣点儿我说什么？"自己也觉得自己像只刺猬。吴可非无奈道："尤优，你还是那个脾气，真是被李确给惯坏了。那你让我说什么好？说我有得是时间，就是不想过去？"

尤优沉默片刻，挂断了电话。没错，她就是觉得那些客气话太假。和好听的客气假话相比，她更愿意听难听的真话，哪怕是吵架。"宁和聪明人吵一架，不和傻瓜说一句话。"她想起这句老俗话，忽然觉出了它的精辟。闷了这么多天，她多想和人吵一架啊，可是正因为聪明人太多，满世界都是聪明人，因此没人和她吵架！

第二天上午，苗市长给李正打了个电话，询问李确的情况，紧接着李正一五一十地向尤优转述了苗市长的电话。

苗市长道："听说李确的语言问题很严重？"

"不严重，正在进行针对性很强的语言训练，很快就会正常。"

"听说他的胃出血了？"

"您怎么知道？"李正看了尤优一眼，马上说，"已经不出了。好了。"

"好了就好。"苗市长说，"范市长都知道了。这种来得快去得快的无谓消息你们还是控制得严密一些，免得领导们跟着操心。"苗市长顿了顿，"你知道，马上就到关键时候了，不要让这些东西影响领导们的判断。"

"苗市长对李确真是好啊。"李正说，"尤优，你说话要注意一些。昨天我亲耳听见你对吴可非说李确胃出血了。"

"我是说了没错。"尤优涨红了脸，觉得自己委屈，"我怎么知道他会朝范市长说？"

"他们俩都是副处级后备干部人选，李确的状况越差，竞争力就越小，他就越有希望。这你都不明白？"

"那，万一要不是吴可非说的呢？小董也在。"

"不管是不是小董，吴可非都不能不防。"李正说。

尤优来到走廊上，不假思索地给吴可非打了个电话。她知道自己很可能冤枉了吴可非，可她就是想问个清楚。她克制不住自己的这个念头，什么警惕，什么防备，去他妈的吧！她就是要和这个聪明人吵一架，哪怕他把她看成一个傻瓜！

"不是我，尤优。"电话里，吴可非的声音里有着细小的疙瘩，却还尽量保持着整体语调的润滑。尤优知道，他在忍耐自己的诘难。"我知道你怎么想的。可我和李确再有利益之争，也不会趁他这个时候落井下石。一来不是我做人的原则，二来我也犯不上，三来也不见得有作用。"

"那你说是谁？"

"不知道。"吴可非说，沉默了一会儿，再次开口，"应该是那种认为这么做很有用的人，且对他有直接利益的人。"

"我不会猜谜。"尤优道，"直说吧。"

吴可非又沉默片刻。

"李确和苗市长很近。"

"这我知道。那范市长呢？"

"我不知道。应该是不远也不近。"吴可非说，"不过，我听说，马书记的爸爸和范市长的爸爸是老战友。我还听说，"吴可非顿了顿，"李确现在的司机原来给马书记开过车。"

晚上，小董过来值夜班，李正过来，说自己手机没电了，借小董手机一用。很快，李正回来了，阴沉着脸，把小董叫了出去。很久，小董脸色苍白地回到了病房。

"你对小董说了些什么？"尤优问。

"我对他说：你以后就铁定不指望李确了？要是李确还能干呢？你就不给自己留条后路？马书记给你什么好处，我都能让李确给你。我对你要求不高，只要你不再对任何人说李确的咸淡话。"他看着尤优，"我已经向医生请示了，他说明天就可以给李确拔掉胃管。"

"好。"尤优说。

李确的胃管去掉之后，慢慢地喝了第一口水。说："真舒服。"

这一天，李确第一次架着尤优的肩膀上了卫生间。

又过了三天，李确走到了走廊上。护士见了李确纷纷笑着打招呼。

"李确，可以啊。"

"李确，不要累着了，慢慢来！"

无论是多么年轻的护士，对李确都是直呼其名。李确都很乖地答应着。

第五天，医生下了做高压氧舱的通知单。李确坚持要走路去。高压氧舱室在病房口的后面，走过去大约有五百米远。李正不同意，要他坐轮椅，李确坚持不坐，最后尤优想了一个折中的办法：派人推着轮椅跟着李确，一旦他体力不支，就让他坐在轮椅上。

轮椅是从隔壁病房借来的。用了一次之后，小董讨好地说："干脆我们买一个吧，随时可以用，多方便。"

"什么意思？"李正怒目圆睁，"这个东西我们也就是现在偶尔用一下，谁会长远用它？犯得着买吗？"

小董吓得灰溜溜地躲了出去。背着李正，尤优和李确四目相对，做了个鬼脸。

十一

探望者太多。语言训练很难不受干扰地进行。能够行走之后，李确每天坐车去杜医生那里做训练，顺便也看看街景。语言训练的房间很小，也就是十平米左右，素白寡净。一桌三椅，杜医生和李确对坐，尤优打横旁听。最初只是认物。杜医生拿一个大大的本子，一页一页掀开。

"这是什么？"

李确挠着头，想了半天，只是抱歉地笑笑。

"蔬菜的一种。黄——"

"瓜。"

"对了。"杜医生合住书，"再给我说几种蔬菜可以吗？"

李确寻思良久，继续笑笑。

"没关系，我们一起再来说说这个。白——"

"菜。"

"茄——"

"子。"

"豆——"

"角。"

只是半个。不能完全想起，又没有完全忘记。这就是李确对事物名称掌握的现状。都说这样的病人会损伤身体的一半功能，从李确的情况来看似乎确实如此：右脸颊，右胳膊，右手，右腿……就连词语都是一半。尤优忽然又想：他的性能力呢？会不会也是一半？发病这么多天，她给他清洗了这么多次，没有见过一次勃起。难道……

尤优晃晃脑袋，摇走自己的浮想。继续倾听。

"这是什么？"

"轮船。"

"好极了。轮船在哪里航行？"

"水里。"

"哪些水里？"

"河。"

"只有河吗？还有哪些水？"

沉默。

"江，湖，海。可不可以？"

"可——以。"李确慢吞吞地答应着。

"当然可以了，是不是？水有很多种呢。比河水小的呢，有溪水，塘水，泉水，池水；比河大的呢，就是江水，湖水，海水。你喜欢比河小的水还是比河大的水？"

"大的。"

"当然，当然要喜欢比河大的。水面越来越宽阔，视线越来越宽阔，心胸也越来越宽阔，多好啊。"

是啊，多好啊。就像那么多人，那么多条路好走，为什么一定要做官？为什么？尤优听着，想着，记着，神思慢慢地晕染开来。

突然，尤优听见李确不以为然地笑了："这，有用？"

"哦？没有用吗？这都是你日常生活中经常要用的啊。"杜医生说，"我知道你们这些当惯了领导的人是怎么想的，你们会想，这和我的工作有什么关系啊？没错，这些训练看着是和你的工作没关系，可是你知道吗，和你作为一个平常人是有关系的。只有先做好了一个平常人，你才能做好一个领导。如果你觉得这些没什么，好，你顺顺溜溜全给我答好了，我就不跟你费这个事儿了。"

尤优停住笔，想起有一次她跟旅行团去韩国旅行，团里有一个秃头男人，据说是一个刚刚退休的厅级领导。大约是很不习惯没有下属伺候，他总是一副无所适从的模样，无论是买东西还是看景点都东张西望全无主意。最经典的是那天在一个地摊上，团里的人纷纷购买韩国的筷子，秃头男人突然从口袋里拿出一张银联卡，用浓重的方言对老板说："您这儿刷卡中不中？"成为全团人一路的笑料。

杜医生的课程看似安排得很随意，但过一段时间就能感觉得到她的训练程序非常严密：名词训练，动词训练，连词训练，词语逻辑训练，词语联想

训练，短句训练，句式变换训练……

"李确，随便给我说出十种水果的名字吧。"

"苹果。"李确说着回头看了尤优一眼，朝尤优一笑。尤优明白：他在说她的苹果脸。尤优的心一热。

"还有呢？"

李确摇头。

"那说说交通工具吧。说说我们日常的交通工具。"

"车。"

"对。什么车？"

"汽车。"

"什么汽车？"

"小，汽车。"

"还有呢？"

李确沉默。

"公交车，自行车，三轮车，是不是？"

"是。"李确道，"只坐，小汽车。"

杜医生笑了："是，你们这些领导啊，从来不摸三轮车，长年不坐公交车，早就丢掉了自行车，是不是啊？"

李确也笑。

有时候，看李确的语言状态不错，杜医生也会让李确来一段自由发言。

"说吧，说说你是怎么得病的？也就是你得病的过程。"

"我，我们的病……"

"不是我们的病，是我的病。"

"对，对，是我们的病……"

杜医生说过：比较轻的失语症患者就是这样，基本的词汇和语法虽然都有，但是因为缺失对虚词、代词和冠词的运用，说话的时候一来往往语言瘦干，构成电报式语言；二来会很容易陷入语言重复，即一个词或音节说出后，会强制地自动地进入下次语言产生的过程。

尤优静默，看着笔记本上的横格。

"是我的病。说：我，的。"

"我，的。"

十二

　　给医生们的过年礼由李正送出去之后，按照李正的计划，尤优负责送第二次的巩固礼，就是送超市卡。范围要比李正送的稍广一些，额度要比李正送的稍低一些，有的三千，有的两千，有的一千，有的五百。送的过程是难堪的。尤优从来没有给别人送过礼——这种有意识有目的的送礼。她没想到会是这样。她想起那些给自己送礼的人，不，准确地说，是给李确送礼的人。在李确的默许下，过年过节，她常收的就是这种超市卡。除了这些，她还会收到一些专门给她准备的女性礼品，比如首饰，香水，口红，丝巾，化妆品，美容卡。当那些人把这些东西硬塞给她的时候，尤优的第一反应当然是拒绝，但对方那么顽固地要给她，推让之中，仿佛尤优是他们的敌人，是他们必须要攻克的一个堡垒。推让了一会儿，尤优就甘拜了下风。她承认她受不了这种折磨：接受是一种羞辱，推让也是一种羞辱。为了让这个漫长的推让过程赶快停止，尤优就收下了礼品，于是尤优又感受到了一种更大的羞辱。她为对方难堪，也为自己难堪。一瞬间，尤优心里淤积了一堆肿块，难过极了。

　　现在，尤优也加入到这个行列里来了，她完全明白了当初给李确送礼的那些人的感受。她多么想对方赶快收下，赶快收下，赶快收下！

　　还好，基本都很顺利地送出去了。除了两个人。一个是针灸的胡医生，她说："我是借调。别这样。"意思是自己现在还经不起犯任何错误，必须小心行事。尤优也就罢了。另一个就是做语言训练的杜医生。杜医生挺着鼻子，躲着尤优的手，看也不看尤优一眼，特别高傲地说："我只看病，只收一节课三十块钱的训练费，其他的东西一概不收。这是我的职业道德。你放心，我一向对所有的病人都一视同仁。"

　　尤优又仔细观察了一下杜医生，她的神情确实是明朗而又骄傲的，有一种奇异的纯真和大气。这真是一个奇迹。尤优想。在这样的环境下，不收礼简直是一种勇气，而她居然做到了。尤优不由得对她肃然起敬。当然，她知道自己也没有资格鄙视那些收礼的医生。自己勾引人家在先，再去谴责人家，自己都觉得自己不厚道。不过她还是更喜欢杜医生。她知道，那些收礼的医生和自己一样都是人，而杜医生，她接近于神。

探病者送食品的高峰过去之后，送鲜花的就越来越多。护士说病房空间有限，而且花香会对空气造成影响，不允许在病房里摆放鲜花。尤优就把花都堆到了后廊上。有些非常漂亮的花篮，尤优直接就送到了护士站。这些漂亮的小护士，这些青春如玉的女孩子，整天呆在医院这样的地方，当着所谓的白衣天使，看着一茬一茬的人在眼前生老病死，伟大和勇敢这些词且不谈，最起码是一件残酷的事。尤优觉得，从某种意义上讲，她们的工作比殡仪馆更残酷。殡仪馆是一切都结束了，是安宁的余韵和收梢。而这里的一切都是正在进行时，是乱七八糟的现状，甚或说是高潮。即使是余韵也是余韵的高潮，即使是收梢也是收梢的高潮。尤优怀疑：这些阅尽世态的女孩子的心，比她们的面容不知道老了多少。

她们应该多看看花。

满是鲜花的后廊，成了这个病区的一道风景。经常有病人推着轮椅过来看花，惊喜地闻着那一股混合的并不新鲜的花香。尤优的事情便又多了一样：整理着这些花。她把那些枯萎的花都抽走，只剩下新鲜的。又把那些花少的花篮打并到一个花篮里去，或者合并同类项：将康乃馨和康乃馨插在一起，将百合和百合插在一起，将满天星和满天星插在一起。为此又买了两三个花瓶，天天换水。

"你这些花篮还要吗？"一天，邻房一个双鬓斑白的老太太走过来小心翼翼地问。

"不要。你要你就拿走。"尤优说。

"那就太感谢了。"老太太说，"你们家人是当官的吧？"

尤优笑笑，不知道该怎么回答。

"要不怎么会有这么多人送花。"老太太自顾自地说着，"往这花篮里衬一层塑料彩纸，用来放糖果可喜兴着呢。"

"阿姨，"尤优说，"你喝牛奶吗？我这里有，给你一箱。"

"我不喝牛奶。喝不惯。"老太太说，"一喝就拉肚子，消受不起呀。"

闲下来的时候，尤优就一个楼层一个楼层地逛着，只当散步。各个楼层有各个楼层的内容，有些像超市：蔬菜区，水果区，洗化区……而在这里，五官科，牙痛的人张开大嘴。妇产科，女人褪下裤子，展示隐秘。被命令接受打针的，露出臀部黄白的皮肤。做心电图的人，一张漫长的窄纸上显示出神秘的波峰曲线。眼科的患者将眼睛放在复杂的镜器下。小儿科里，孩子们在哭泣，玩耍，连伤痛的表情都是那么新鲜和生机勃勃。而在老干部病房里，一切都是肃穆的，沉寂的，洁净中也蕴藏着死亡的气息。或强或弱的心跳，或红或黑的肺叶，X光下白森森的骨骼，B超透视出腹腔里的山川沟谷。手术室，医生手握寒光凛凛的刀，无比冷酷，却又无比慈悲。此时，他是魔鬼，也是上帝。他是地狱，也是天堂。

304病房昨晚送来了一个病人，今天早上就抬了出去。尤优看着花格子被单裹着的那具身体，默默地被他的亲人们推送远去。走廊里不知不觉出来了很多人，大家目送着那个人。后来她知道，那是个年轻的男人，才二十七岁。有一个面颊粗红的农妇一样的女人拿着塑料的小便壶和脸盆，身边的男人让她把这些东西扔掉，她不肯："都是钱买来的呀。"

307病房经常传来"啪，啪"的声音，像是乡村女人在捶衣服。李正出去看了看，说："是三十二床在拍背。"

"哦。"尤优说，"拍得也太勤了吧？"

"可是我听说，这个病区所有的病号里就数那家护理得好。你该去学学。"

那是个很瘦的女孩，是从邻县的乡下来的。她说她妈妈身体一向很好，突然就犯了病，开始病情并不严重，他们在县医院治疗，妈妈恢复得很快，后来因为天气变化，妈妈感冒了，同时肺部粘连感染，发了高烧，病情迅速恶化。来到这里已经又住了三个月了。因为妈妈的病，她婚事暂停，在县棉纺厂的工作也丢了。

"你拍得是不是太频繁了？"

"我生怕她肺部再粘连。在县里住的时候，要是医生早告诉我这么拍拍就不会粘连的话，妈妈也不会再受这么长时间的罪。"女孩苦笑着说。

"就你一个人照顾吗？你爸爸呢？"

"他还得招呼家里呢。"女孩子说，又指指外面走廊上一个正抽烟的男孩子，"他可顶事了。婚事得往后拖，可一点儿也不埋怨我。他说，谁没有爹娘啊，谁的爹娘到老了不生病啊。"

"人家这么通情达理，你可得对人家好。"

"我跟他说了，等我妈稍微好些，就跟他结婚，啥彩礼也不要。"

在杜医生那里做训练的时候，尤优有时候也不旁听，她在医院里逛。康复医院里最多的就是轮椅。中心花园里，经常有一些人坐着轮椅在那里聊天。那天，尤优听到他们在比较各自的轮椅："海天"的材质比较轻，"新世界"的坐起来相当舒服，"康美"的脚踏板设计得不错，"迅驰"虽然笨些，却是很耐用的……一个身体胖胖的中年女人，说自己的轮椅才花了四百多块钱，仅仅是个进价，因为自己的侄子有门路，能买到便宜货。其他的人一片赞叹和羡慕。

尤优默默地看着这一切：能走路的人比的是鞋子，站不起来的人，坐在那里还要比轮椅。为什么要比呢？活着就要比吗？尤优不懂。本来她以为自己已经快老了，李确生病之后她才发现自己其实是个老婴儿，身体已经长满了皱纹，脑子里却还是那么恍惚，迷惘，虚弱，白痴，对这个世界一无所知。

十三

每天晚上，李确都要念几段课文。是儿子的旧语文课本，杜医生说小学生的旧课本最好：字号大，语言规范，内容健康，读起来朗朗上口。

开始是短的词语：绿色。邻居。田野。美好，丑恶。故意。经常。反正。永远。瞬间。

然后是长一些的，最多的是成语：合抱之木，生于毫末。信言不美，美言不信。千里之行，始于足下。

"祖宗。"李确念完，说。

尤优笑。她明白李确说的是老子。这些话都是老子说的。老子姓李，可不就是李确的祖宗么？

再长一些就是对联和诗句。

"松竹梅岁寒三友，桃李杏春风一家。"

"飞流直下三千尺，疑是银河落九天。"

再复杂一些的就是诗歌和课文了。

"曾是妈妈怀里，欢唱的黄鹂，曾是爸爸背上，盛开的野菊。捉一只蝴蝶，能编织美丽的故事，含一片草叶，能吹出动听的歌曲。挖一篮野菜，撑圆了小猪的肚皮。逮一串小鱼，乐坏了馋嘴的猫咪……哦，乡下孩子，生在阳光下，长在旷野里……"

"真好。"读完了，李确由衷地赞叹。

尤优起身给李确倒水。有人敲门，尤优打开，门口立着三个穿着黑棉袄蓝棉袄灰棉袄的老头，一个提着一只鱼鳞袋，一个提着一个塑料袋，里面装着杀好的鸡，还有一个提着一壶油。也不和尤优打招呼，看见李确就叫着："李书记！"夺门而入，坐在李确床边就说开了。说他们在山上，不知道信儿，是下山串亲戚才知道李确受了这么大的罪。鱼鳞袋里装的是上好的山核桃，鸡是山上地道的柴鸡，油是自家油坊出的小磨香油。"都是补身子的，让你媳妇好好给你做。"黑棉袄老头说。听着听着，尤优就明白了，这是李确原来当党委书记的那个镇上的几个村支书。那个镇有三分之一的地盘是在山区，这些支书都是从山上下来的。

"从山上下来挺快的。现在我们那里也通公共汽车了，票是贵了点，四块五，不过山货好卖了，也不在乎票钱了。要不是你在那里帮我们可劲儿修路，那还是老日子，不中呢。"

"去年我婶犯了急病，我小子三下五除二开着个小四轮就把她送到了镇医院，她得了条命，没少念叨你的好。"

"我一个人，哪修得出，路，还是大家，凑钱的，凑钱，出工的，出工……"

"咦，要不是你领头，谁能组织起恁大一个工程？为我们村修路，我们再不凑钱出工，那还算个人？"

热火朝天地说了将近一个小时，三个人才依依不舍地离去，临走前往尤优手里塞了一把钱："这是我们的一点儿心意，不多，你看着这大城市里有啥时兴的东西给我们李书记买些，我们不懂，也不敢乱买。"

尤优推辞着，李确也斥责着他们，他们却逃也似的跑了。尤优数了数，一共四百五十块钱。

"一人凑了一百五？"尤优笑，"有零有整的。"

"容易吗？自己家的，闺女，添了孩子，当姥姥姥爷的，去给外孙子，钱，最多，也不过才，五十。"李确说。沉默了半天，又说，"我都离开那里，四五年了，他们可以，不来的。"

尤优看见，李确的眼睛湿润了。

出了正月，李确已经恢复得有模有样了：双腿在楼梯里上下自如，胳膊已经能够平举，手部的力量也已经恢复到以前的三分之一，可以和来访者满洒握手了。不过，语言在各项机能里还是属于最落后的部分。书面阅读虽然进步不小，但口语表达状态却极不稳定。状态好时也不能顺如丝绸，状态坏时更是磕磕巴巴。

这一天，马书记走后，李确的脸色很难看。

"怎么了？"尤优小心翼翼地问。

"出院了，我得。"

"医生还没说呢。"

"市里，马上要开，水利工作大会。年度的。出席，发言。我必须得。"

尤优给李正打了电话，李正赶过来，三人商议。动干部的风声越来越紧，这个会开得真是要命。如果李确不参加，那就等于说默认自己目前还是没有正常的工作能力，只能把机会让给马书记，给范市长以口实，让自己处于劣势中，会很被动。而一旦参加就必须得发言，一年一度的大会，李确的语言又是如此不稳定的状态，怎么能够保证百发百中，万无一失？若有任何差池，都会功亏一篑。

"我，上。"李确道，"一定。"

还有十五天时间。而杜医生说，十五天时间里，要想让李确的语言水平飞快长进至行云流水，根本不可能。

"客观规律，不能违反。"她的神情斩钉截铁。

"就是读现成的发言稿，也不可能吗？"

"不可能。"

"你再想想，有没有其他办法？你肯定有的。"

尤优倔强地说，"肯定。"

杜医生笑了。

"稿子写好了吗？"

"还没有。"

"写好了马上拿给我看，我把句子处理一下。如果只是针对固定内容反复练习的话，读短句子对李确来说应该问题不大。"她看着尤优，"我建议，他只在会上读读稿子就行了。应该回避其他任何需要他脱稿发言的场合。"

"只要能把稿子读好就行了。"李正的声音十分动情，"谢谢你！"

一周之后，发言稿送到了医院，李确开始在杜医生的指导下读发言稿。

"在市委，市政府的正确领导下……"

"这一句要在'政府的'后面再停顿一下。"

"团结带领全局，广大，干部职工……"

"这句可以改成'团结带领，广大干部职工'，'全局'去掉，容易发音不清……"

"深入开展以'水利发展我光荣，我为水利献计谋'的活动……"

"这样调整一下：'水利发展，我光荣，我为水利，献计谋'，这是我们，深入开展的，一项活动……"

"我们，进一步，加大，对重点水利工程，的监管力度……"

"'对于重点水利工程，我们进一步'，停一下，再说：'加大监管力度'……"

事实证明，效果很好。

大会过后，李确正式出院，只上半天班，处理一些紧要事情，另半天去杜医生那里上语言课，风雨无阻，雷打不动。一个月后，李确换了司机。小董因服侍周到，劳苦功高，被提拔为某乡水利所的办公室副主任。新司机是李正内弟的一个拐弯亲戚，小伙子眉清目秀，二十多岁，名叫小白。

十四

动干部的风声越来越紧了。这一天，李正打电话给尤优，确认李确已经去梅新市上语言课之后，便让尤优立马回家。尤优前脚到，李正后脚到，进屋后连水都没有喝，掏出一张纸递给尤优。

纸是 A4 复印纸，上面是一串数字，数字后面是相应的日期。

"这是什么？"尤优纳闷。

"你该知道的。"李正语气沉痛。

"我不知道。"

"就是那些礼品换来的钱数。"

尤优大悟，之后大惊："你从哪里拿来的？"

"苗市长给的。"

李正几乎要哭出来，说是有人给纪委写了匿名信，状告李确趁着生病大量收受礼品，还将礼品送到附近超市，转换成了赃款。苗青神情严肃地和李正谈了话，要他和尤优两个商量解决。说这事不能告诉李确，他毕竟还没有

痊愈，脑部血管还很脆弱。以李确现在的情况，最怕的就是情绪激动再次引发脑出血。

"苗市长说，这种事情虽然不大，但影响十分恶劣。我就是大意了，大意了。"李正说着说着捶起了自己的头，"我怎么这么大意啊！"

"哥，别这样。"尤优把他的手抓住。眼前腾起一阵烟雾。

"优优，你快想想怎么办啊。"一向威武的李正此时无助得像个孩子。

"超市那边还可以再做工作么？"

"不能。"李正抬起发红的眼睛，"对方肯定是把超市的工作做好了才会出手的。我们已经迟了。要策反超市，难度太大了，几乎不可能。"

"那么，我们的致命点是什么？"

"我们收了钱。东西放坏了都不要紧，可我们把东西变成了钱，还拿在自己手里。这就是我们的死穴。"

尤优突然微笑。

"如果，如果我们没有把钱拿在自己手里呢？"

"这哪能说得清？"李正苦笑。

尤优起身来到卧室，拿出一沓单子，递给李正。李正看着看着，突然止不住地笑了起来，他拍了一下尤优的肩膀——如果自己不是他的兄弟媳妇，他肯定就要抱自己了，尤优想。

"优优，你简直是，简直是太，太……"一时间，李正找不到合适的形容词来赞美尤优，"太聪明了！"

"可以跟苗市长交代了么？"

"当然，而且是个再好不过的交代！"李正说着拨通了手机，"冯部长吗？是不是我们云城最杰出的笔杆子宣传部冯大部长啊？有没有时间赏光和我这个粗人一起坐坐？叫上老柳陪你。哪个老柳？就是民政局的柳局长啊……"

两天之后，《梅新日报》二版头条发了一篇通讯，题目是《大爱无声——身卧病榻的水利局局长心系福利院老人》。当晚，李确拿着报纸回家，一进门就给尤优一个大大的拥抱。

"谢谢你。"他贴着尤优的耳根说。他的气息让尤优觉得十分陌生。他们已经很久没有这么亲热过了。

"如果我没有把这些钱寄出去，你是不是就会杀了我？"尤优道。

"哪里。"李确笑。

"我寄出去的时候，根本没想到会派上这种用处。"

"我知道。瞎猫逮了，死耗子。你。"

"我看见那些东西，心里就堵……"

"我知道。"

"李确，你放弃吧。"尤优突然在李确的怀抱里抬起头，无论如何，她想努力一下，"就是再当几年局长又能怎么着？劳心费神，提心吊胆，战战兢兢，就是能坐不掏钱的车，吃不掏钱的饭，喝不掏钱的酒，沾说不得嘴的光，却亏着自己的身体，压抑着自己的本性，连个痛快话都不敢说……咱们好好过自己的日子吧。不当也罢。"

"尤优，你还记得，那，那几个去医院看，看我的支书么？"李确道，又强调："山里的。"

尤优看着李确的眼睛："记得。"

"尤优，我，不是说，太喜欢当官，非要当不可，不是。"李确的神情十分诚挚，"原因很多，一是到了，这个份上，不干，人家就说，你出，出问题了。二是确实能沾，沾那么一点儿光。三是有一点儿，个人的成就感，和虚荣心。再就是，还能做一点儿，事情，有用的。我不是说，我多有能耐，多有才，但是，扪心自问，和很多人，比起来，我还算，努力，也还算，称职。当这个官，我良心，不亏。不然，那些支书也不，不会来看我了，你说是，不是？"

尤优点头，沉默。尤优知道自己只能沉默。

晚饭过后，李正夫妇过来闲坐，又说起这件事情。听着他们回味着有惊无险的心路历程，尤优只是端茶倒水，不发一言。李确去上卫生间的时候，李正收起笑容，悄悄地叹了口气。

"不到那一天，这心里就是不能落底儿啊。"

尤优看着茶杯里袅袅升起的热气。这热气也就是一股青烟，它升着，升着，升得越来越高，然后，就散了。

"还会有什么事情吗？"尤优终于问。

"谁知道呢？"

"事情的关键是不是就在陈书记身上？"

"当然。"李正的口气让尤优觉得自己就是个白痴，"现在是苗市长帮李

确，范市长帮马书记，就像老师带着各自的学生。陈书记呢，就是考官。看哪个学生成绩好，就用哪个。相对来说，咱们目前的优势不大。一来苗市长是副职，顶不过范市长；二来李确又病着，顶不住马书记龙马精神能闹腾。要是陈书记站在我们这边，我们还费什么劲儿？整天睡大觉都成！"李正点燃了一根烟，"男人嘛，到了这一步，工作就是他的精气神儿。尤其对于李确来说，要是能保住，就再好没有了，可以说，能保住位置，对李确来说就是得到了一味最好的神仙药啊……"

卫生间传来一阵冲水声。李正停止了说话。

尤优静静地看着地板。

李正走后，尤优来到卫生间，拨通了程意的电话。

十五

他们的约会地点仍然是在英锐宾馆 606 房间。

"军令如山。"尤优一进门就被程意抱住，"已经办妥了。"

"是么？"

程意打开手机，一条短信赫然在目："已托人和陈打过招呼，放心。"

尤优沉默片刻："谢谢。"

"为李确谢我？"程意紧紧抱住尤优，"其实我是自私。如果这样能对李确的康复有好处，如果这样能让你的负罪感减轻，能让你将来顺利地离开李确，那么，也就是为了我自己好。"

"花了多少钱？我给你。"

"不过是几张年卡。下面的人看着难似登天的事，对那些人来说，也就是一个电话。"程意顿了顿，"我不稀罕钱，我要人。"

尤优再次沉默。不知道自己该说什么。

"我对你，真的那么重要么？"

"还不相信么？"程意道，"我爱你。"

程意深吻下去。这次，尤优没有抗拒，程意也没有中途停止。他压到尤优的身上，他急切地进入了她，然后疯狂地抽动起来，嘴里发出含混的声音。有一瞬间，尤优睁开眼睛，看到他几乎是痉挛的脸。到后来尤优不由自主地叫起来。她下意识地去捂自己的嘴巴。程意将她的手拿开，任她叫。尤优这才想起：起初和李确做爱的时候，她也这么叫过，被李确惊惶地捂住了嘴巴。后来每当想叫的时候，她就主动去捂自己的嘴巴，再也没有让叫声飞出自己的喉咙，直到今天。

尤优肆无忌惮地大叫起来。

"优优，我们一定要结婚。"结束后，程意躺在尤优的胸膛上，"你想要什么样的生活，我全力以赴给你。"

我想要什么样的生活？尤优默默地重复着这句话，自问自答：不用见不三不四的人，不用说不疼不痒的话。我想穿什么衣服就穿什么衣服，不必顾忌自己是谁的太太不必顾忌自己和自己的爱人在哪里上班。我想吃青菜就吃青菜，想吃鱼就吃鱼，而不是鱼肉等在冰箱里强迫我去吃——不，我没有那么贪婪，我没想让自己什么都如意，孩子会淘气，我会和老公吵架，我上班会迟到，会被领导委屈，会评不上先进工作者，会被扣奖金……会有烦恼，会有伤痛，但都是明明白白可以说的。即使不告诉别人，也都可以清清楚楚地告诉自己。我想要的，就是那种生活——真实的，不装的，可爱的生活，哪怕是卑微的但是是有趣的生活。我想要的，就是那种生活——生机勃勃的生活，水一样柔软和流动的生活，春天的树叶一样的生活。我想要的，就是那种生活——除了法律这条最基本的禁忌之外，以最大的可能和程度让自己去肆无忌惮生活的，那种生活。

"别的我都有信心，除了不能让你当官太太。"程意道，"你不介意吧？"

尤优含泪而笑："严重不介意。"

"尤优，你爱我，"程意的眼神忽然如孩子般无邪，"是么？"

尤优确凿地回答："是的。"

是的，亲爱的人，我爱你。我爱我用爱情的名义给你的伤害，我爱我们分手后你对我的思念，我爱你为我再次回来，我爱你带我来这宾馆和我做爱，我爱你你对我说我爱你，我爱你仍旧想和我结婚，我爱你面对一个已为人妻的女人也不退后的脚步，我爱你对我葆有的哪怕是兑了水的热情，甚或只是复仇之心……我爱你，我爱你，我爱你呈献给我的这些往昔的激情和纯真的狂想，我爱你你作为一个最平凡最普通的真正的人的那种最正常的生活，我爱你意味的这一切。

我爱你。我相信你的爱。我要相信。我要相信。你有什么不可信？你能骗我什么？我有什么值得你如此处心积虑地欺骗？我所有的，不过是一具并不年轻的身体，和一颗干瘪的心。

黄昏时分，尤优走出了宾馆。在一个商店里的橱窗前，尤优停下来，默默地注视了一会儿自己的脸。她看到自己的神情是那么平静。那种平静，是从里到外的平静，是哪怕知道程意对她不是真心哪怕知道程意是个演技高明的恶棍是个擅长感情游戏的浪子也不能改变的平静——是将一切都探到底的无比深切的平静。

忽然，尤优仿佛清晰如水地看到了自己的卑劣、阴险和狠毒：没错，她爱程意，但目前的她还是无法完全相信程意的爱情。她暂时还没有这个能力相信。而她对程意的爱和她对程意的不相信都并不妨碍她去利用程意的爱情。在更深的意识里，程意的爱情此时对她来说更像是一个不错的工具——她以和他做爱来回报他为自己做事，她也以和他做爱来逼迫自己，从而让自己有力量离开李确。她是在以自己对不起李确的形式来抵达自己想要抛弃李确的实质。如若不然，她没有力量来摧毁这一切，这和李确有关的一切。

这么多年，她看到的硬越来越多，自己的心也变得越来越硬。她看到的丑越来越多，自己的心也变得越来越丑。她看到的脏越来越多，自己的心也变得越来越脏。她看到的浑浊越来越多，自己的心也变得越来越浑浊。她看到的可疑越来越多，自己的心也变得越来越可疑。

对不起，李确。她默默地对李确说。

对不起，程意。她默默地对程意说。

对不起，尤优。她默默地对自己说。

看在我们都很可怜的份儿上，请原谅我吧。她默默地对所有的人说。

十六

动干部的那天下午，尤优陪着李确正在杜医生那里做语言训练。李确手机关机。尤优接的电话。电话里李正的声音有些喘。

"常委会刚刚开过了。"他说。

"是么？"尤优淡淡地问。

"李确没动。副处级后备人选的名额也没有取消。"

"哦。"尤优道，"好。"

训练结束，尤优把消息告诉了李确。

"按说呢，也不应该动我。"李确的神情也很笃定，"我是因为工作受的伤，到了这个坎儿，要是把我闪到一边儿，哪个干部不寒心？谁还会好好干活儿？"

无数话语奔涌到尤优嘴边：范市长，马书记，小董，李正，吴可非，苗市长，还有程意……尤优终于咽下。

有什么好说的呢？就让李确这么认为吧。

"你说得有道理。"尤优说。

"我是没什么好教的了。"最后一节训练课上完后，杜医生笑道，"从今以后，多找人聊聊天，找个话题议论议论，就都算是训练了。"

于是李确半天上班，半天找人聊天。随着时间的推移，李确的语言功能确实也越来越好了，主动请缨陪他聊天的人也越来越多。晚上也经常有人来家里找他聊。当然围绕的也都是李确喜欢的话题，于是李确常常是兴致盎然，滔滔不绝。尤优只是端茶倒水，万不得已才会提醒李确一句："再喝点水吧。"

李确摇摇头。继续说。

"你喝点儿水吧。"尤优说，"一会儿还得到下面走一圈，今天你走得太少了。不能偷懒。医生说了……"

"知道了。"

"知道了就得去做，不然……"

"你怎么这么啰嗦？我都这么大的人了，请你相信我的自觉性，不要像管小孩子那样管我，行不行？"李确不耐烦道，"我是哑巴吃饺子——心里有数。"

尤优沉默。静静地看着李确。

"你看你，真受不住话。"李确马上就明白了自己的错误，笑道："对不起啊。"

尤优笑起来。

尤优买了一台最新款的九阳豆浆机，每天早上打新鲜豆浆给李确喝。每天中午，她都要精心给李确做菜：两荤两素。晚饭也是她亲自熬的五谷杂米粥。饭后一定得散步。散步后必陪着影碟机唱歌半小时，锻炼音长和声力。早中晚监督他各做口舌操一遍，以便将面瘫的残余驱除干净……那天晚上，尤优照例帮助李确洗澡，给他打浴液的时候，李确突然抓住她的手，放到自

己的大腿间。尤优握住一炬坚实的灼热，然后尤优松开。

"优优，我没问题。"

"我知道。"尤优说，"现在不行。再等等吧。"

"也好，等我恢复得再好些。"李确湿漉漉的手揽住尤优，吻了吻尤优的脸。

他还好。他没问题。尤优出了浴室，松了口气。即使将来和李确离婚，她也希望李确在这方面没有任何问题。这个问题对于许多男人来说，太重要了——他好得越好，他好得越完全，她将来跟他提离婚的时候就会越没有心理负担。

常常地，尤优就会觉得自己似乎是个养猪的人，精精腻腻地养着一头白白胖胖的猪。而她之所以要把这头猪养得那么精腻，就是为了有一天能够干净利落地杀死它。

所有的人都把他们看成是情深伉俪。

我要离婚。在给李确做饭的时候，尤优对自己说。

我要离婚。在给李确洗衣服的时候，尤优对自己说。

我要离婚。在帮助李确做语言训练的时候，尤优对自己说。

我要离婚。

我要离婚。

我要离婚。

尤优一遍一遍地对自己说。

十七

夏天很快就来了。那天天气很好，很暖和，但是一点儿都不燥热。尤优和李确正在小区花园慢慢地散着步。手机铃响，来了短信。两条。尤优查看，一条是尤良，很简短：六一快乐！自从那次吵崩之后，这是他第一次和尤优联络。这是求和的前兆。准是又想说什么事了。尤优明白。另一条是程意：你身穿红色小肚兜，头戴黄色小菊花，嘴咬白色小奶嘴，双手抠着大脚丫，问你今天怎么了，你害羞地说："人家，人家今天也想过六一嘛！"小朋友，儿童节快乐！

"谁的短信？"李确问。

"尤良，今天儿童节。"

"哦。等会儿带儿子逛趟商场。"李确笑了,"这一段时间你辛苦了。今天也给你个机会,想要什么尽管讲,我全部无条件满足。"

"真的?"

"真的。"李确说,"说吧。"

尤优看着李确的脸,深深地吸了一口气。

作者简介

乔叶,女,河南省文学院专业作家,中国作协会员。著有《我是真的热爱你》等三部长篇小说及中短篇小说集《我承认我最怕天黑》。另有散文集《孤独的纸灯笼》《坐在我的左边》等多部。在《收获》《人民文学》《上海文学》《十月》等刊物发表小说五十余万字,多篇作品被刊物及年度小说选本转载。曾获第十二届庄重文文学奖,第一、三届河南省文学奖,第三、四、五届河南省文学艺术成果奖,第五届华语文学传媒大奖"最具潜力新人奖",第十二届《小说月报》百花奖,第八届《十月》文学奖,首届《人民文学》新浪潮小说奖,《上海文学》中篇小说大赛特等奖,《北京文学·中篇小说月报》奖以及"2006名家推荐中国原创小说年度大奖"。

方悦是富人，在北京西南郊有别墅，某日她终于捉到丈夫的奸，离了婚，嫁到日本，最后又回到了中国。她的人生经历告诉她，"男人可以爱着一个人而去和别人睡觉，但女人不行。当她想用同样的方式去报复对方的时候，她的爱情就已经不存在了。"她的人生经历还告诉她：有的人有房子没家，有的人有家没房子。读者诸君你认为是这样吗？

北京房东

荆永鸣

1

　　我的第二任房东是个酒腻子。他叫方长贵，四十多岁，体格健壮，喉音很重，说话有一种嗡嗡的回音。我总是想，这样宽洪的嗓子比较适合于唱美声，而他却偏偏选择了喝酒——四两的啤酒杯，一扬脖便干了个精光，好像没有经过喉咙而是直接倒进了肚里。那天晚上他来取房租，在我的餐馆里，我们先是滋润了四个"小二"，接着又灌了八瓶啤酒，他才梗着脖子，像是抑制不住，又像是很费劲地打了几个响亮的啤酒嗝说："兄弟……呃……差不多了，今儿就这么着吧……"

　　送走了方长贵，我和妻子赶紧往家走。一路上头重脚轻，走进胡同拐角的时候还差点没撞到墙，被妻子一把拉住了胳膊。她嗔怪地说："你就是逞能，最后那两瓶啤酒就不应该喝！""你别说酒的事啦行不行？"她一提到酒，我的胃里就有点条件反射往上涌。她挎着我的胳膊，绊绊拉拉往家走。好不容易撑到家，那种天旋地转、翻江倒海的劲儿就上来了，差点没把肠子吐出来。一通折腾之后，才酣然入睡，死了一般。

　　第二天，我妻子什么时候起的床，什么时候去的餐馆，我一概不知。在一种朦胧的状态中，我听见似乎有人闯进屋里，又跑了出去，再返回来，同时像是喊了句什么……我毛毛愣愣睁开眼睛，在一种"不知今宵酒醒何处"的失忆状态中，只见地上梦幻般地站着一个陌生的女人，正虎视眈眈地注视着我。

我疑惑地看着她："你是谁？"

"这正是我要问你的！"

女人的声音很大，甚至很愤怒。此时我已经彻底清醒过来，这不是在梦里，是真事儿！

是真事儿，反倒让我更加糊涂了。我不知道这个女人是谁，也不知道她是怎么进到屋来的……我已经来不及吃惊，只想把事情立刻搞个明白。

我问她有什么事。

"事儿大啦！是谁让你住到这里的？"

我刚想说方长贵，马上又改口说："我表哥……"

"你表哥是谁？"

我说："方长贵。"

"……什么？方长贵是你表哥？"

我说："是。"

她"嘿"了一声，不无讥讽盯着我："这么说，我还是你表妹呢？"

一句话，又让我坠到了云里雾里。我怔怔地趴在床上，一时间不知道该说什么。这时候对方近距离的形象越发清晰：她三十五六岁，一头深棕色的秀发散乱地披在肩上，风姿绰约，长得漂亮！同时我闻到了一种高级化妆品的幽香。这就越发加重了我的窘迫与难堪。更重要的是，趴在被窝里跟一个陌生人对话不得劲儿，方式不对。我建议她能不能回避一下，让我先起床再说话。对方也好像意识到了这一点，很配合，或者说很给我面子，她立刻转身出门，退到院子里。

我穿好衣服，首先把屋里的窗子和门全部打开。我知道，被一个酒鬼睡了一夜的屋子，空气中肯定有一种不太好的味道，同时也有点打开天窗说亮话的意思——对方毕竟是女人，而且是个不明来历的陌生女人。

之后，我把女人叫进屋里，开始我们的第二轮对话。毫无疑问，穿上衣服说话我就仗义多了。事实上，为了急于了解事情真相，在这个突如其来的漂亮女人面前，我已经忘了拘谨和自卑。

我问她到底是怎么回事。一经说开，事情还真有点复杂。原来，我们租的这间房子的主人不是方长贵，而是眼前这个女人，她叫方悦。方悦是方长贵的妹妹。方长贵往外租房子这件事，方悦全然不知。根据她的说法，她是想在雨季之前看看这房子有没有漏雨的地方，需要不需要维修一下，"哪想到，一进来，发现屋里竟睡着个大活人，差点没吓死"。

"这么说，我是被你哥给骗了呗？"我不解地看着她。

"你交了钱，也住了房子，他骗你什么了？他骗的是我！"

"既然是你的房子，你哥他怎么有钥匙？"

她说是她给他的。但马上又说成是"他肯定自己配的"。

听她这么一说，我马上想起一件事来。刚住进这间房子的时候，我妻子就有些担心，她说这房子也不知道多少人住过了，最好换一把新锁，安全。我看了看，门是铝合金的，锁是那种里外能开的长把锁，装得严丝合缝，就像是门上长出来似的。我研究了半天，又估计了一下自己的能力，觉得对付这件事肯定有相当大的难度，就没换。现在我终于意识到，如果当初换了门锁，就不会被一个漂亮的女人堵在被窝里。太难堪了。

接着，那个叫方悦的女人一项一项地问我，啥时候租的房子，哪地方的人，做什么工作的……我都一一作了回答。最后她又突然想起似的问我，那"表哥"又是怎么回事儿。

说起来这都是方长贵的主意。我们租房子那天，他告诉我，院里有两个邻居，老是爱管闲事儿，"您住进去之后，就说我们是亲戚"。

方长贵的意思我明白。当时有关部门在房屋出租方面管得很严，无论单位还是个人，出租房屋必须向几个部门申报，先办手续。不但麻烦，还得纳税。一般情况下，房主都是和出租人私下签订协议，前提是，租房的人必须遵纪守法、可靠，同时还不能让邻居们有什么说道，所谓民不举官不究吧。

我说："行，啥亲戚呢？"

方长贵想了想："您比我小吧？"

我说："我四十。"

他说："您瞧，小两岁呢……就说是我表弟吧。"

我说："行。"

不过，这个称呼我一次都没用上过。搬进这间房子之后，我们和院里的邻居都处得不错，彼此虽没什么实质性的交往，见了面都挺客气，啥事儿没有，我再对院子里的人去撒谎，说我是方长贵的表弟，有这个必要吗？

我简单讲了事情的经过。方悦无可奈何地叹了一口气："他可真有一套，我算是服了他了！"

至此，我已经觉察到方长贵和方悦在房子的问题上肯定有什么说道。但

无论如何，那是他们兄妹之间的事，我不管，也管不着。我只关心这房子我还能不能住下去。而且我已拿定主意，并相信我有足够的理由来维护我的权益。

我找出了和方长贵签订的租房协议。

方悦看了几眼，默然无语。她突然掏出手机，飞快地按出了一串号码。看样子，她是想立刻和方长贵讨个究竟。但是呼叫音一直响着，却没人接听。方悦生气地按掉手机。她告诉我，可以暂时保留我的居住权，事情究竟咋办，她要先问问方长贵，然后再说。

2

我们是半年前搬到这间房子里来的。在此之前，我和妻子一直住在我们餐馆附近的另一条胡同里。那也是个大杂院，我们租的那间房子很简陋，而且是个倒座房，光线很暗，即使白天也得用电灯照明。但就是这么一间房子，我们一住就是两年。作为外地人，我们知道眼前的一切都是临时的，不安定的，我们只是从一种相对的角度，希望生活能够安定一点，不愿意折腾。无奈的是，有一天，房东来告诉我们，说那条胡同要拆迁，让我们有个准备，最好提前找房。当时有两个居委会老太太常到我们餐馆来发鼠药，检查婚育证，或者组织集体杀蟑螂什么的，跟我妻子混得很熟。听说我们想在餐馆附近租一间住房，便热心地表示替我们去打听打听。结果没过两天，就打听到在我们餐馆前边的一条胡同里有一家的房子空着，并从院里的邻居那里抄来了房主的电话号码。

房主就是方长贵。

我第一次给他打电话，就觉得这是个既认真而又啰嗦的人。我问他是不是有房子要出租，他先说没有，接着又问我听谁说他有房子要出租。我告诉他是居委会的两个老太太。他警觉地说："居委会的？那院里也没有什么居委会的老太太呀。"

我想跟他解释一下，又觉得解释起来很麻烦，也没必要，便直奔主题地说："方师傅，咱长话短说，我只想是问一下，你的房子出租还是不出租？"他说："不租了。"

我心想，不租我还跟你磨叽个啥？我叭地放了电话。刚转过身去，电话响了。我以为是订盒饭的呢，却还是那个浑厚的京腔儿。

"丫怎么断线了呢……您贵姓？"

我告诉他。

他问："北京的'京'？"

我说："不是，是荆州的'荆'。"

他说："明白了，刘备大意失荆州啊……这姓儿好！"

接着，他又问我是哪里人，多大年龄，做什么工作的，租房子是一个人住还是夫妻两个人住等等，问得比人口普查还详细！但我还是不厌其烦地作了回答。从对方不断插话的口气上，我听出他对我的"自然情况"还是比较满意的。他告诉我，他再考虑一下，然后给我个信儿。

等了两天，一直没信儿。我妻子有些着急："出租个破房子都这么磨叽，好像往外嫁女似的……你再打个电话问问，他不租拉倒，总不能在他这一棵树上吊死！"我打了好几个电话，家里一直没人接听。到了中午，才终于打通了。这次对方倒是挺痛快，不再问这问那了，他让我定个时间地点，见了面再说。

下午，方长贵准时来到我们餐馆。

小平头，大个子，身材魁梧，长得随便，甚至有点粗糙。不过，倒是蛮和善的一个人，至少要比在电话里给我的感觉好得多。我们聊了一会儿家常，他又考察了一下我们的基本情况，才切入正题。他直言不讳地告诉我，那间房子原来出租过几次，都闹得挺不愉快，本来不想出租了，麻烦！但看我们是踏踏实实做生意的人，还成，靠谱儿，他可以把房子租给我们。问到租金，他说："这个不忙，先看了房子再说。"

房子还行。比我们原来住的那间要大一点，有十五六平米的样子。关键是房正，朝阳，窗子也大，一进屋便给人一种阳光明媚的感觉，和以前租的那间房作对比，我和妻子一眼就看中了。一问租金，对方开出的条件是每月六百元，两个月一付。我和妻子交换了一下意见，觉得还可以，没超出事先的预测，也就没还价。回到餐馆，我按照上次的租房合同，扒了一份协议，用复写纸誊好。双方签了字。我又预付了两个月的房租。方长贵点了点头说："没错，成，这就齐活了！"

我告诉厨师做几个菜。既然成了房东与房客的关系，总得喝点酒，聊聊天，这也是情理之中的事儿。第一次喝酒，我就看出方长贵是个喜欢喝酒的人，人往桌前一坐，便满脸快活。他原先在一个高低压开关厂工作，前几年

厂子破产时买断了工龄，现在是赋闲在家。平时养养鸽子，钓钓鱼，也是闲不着。有时候，还和一些鸽友参加一些赛鸽活动。他说："对啦，去年夏天我还去过你们赤峰。"

我问他感觉怎么样。

"一个干净的城市，挺凉快！草原上的达里湖也好，没污染，我们在那里吃过一次鱼宴，嘿，那叫一个鲜！"

酒席间，方长贵不断地夸奖我餐馆的菜做得棒，好吃。作为一种回报，他给我讲了许多艰苦创业的道理，说既然到北京来发展，就得多吃苦，踏踏实实地奋斗，往好了整，往大了干。他还试图引用拿破仑那句名言，但没有成功。最后说成了"不想当大老板的人，做小生意也绝对是马马虎虎，不灵"。

接着，他还举了个例子。说几年前他住的那条胡同来了一对温州夫妻，本来是拿着五千块钱想到北京来做生意的，可在火车上被人割了包，分文没剩。到了北京没地方落脚，就在他们那条胡同的一个墙角住了好几天。后来两口子给一家商店打工，卖皮鞋。方长贵停了停，说："现在怎么着？人家是自己开鞋店，哪是小啊，两层楼！"说到这里，他一动不动地看着我，似乎是想检验一下这个例子在我的脸上有没有产生一种"震惊"的效果。

我只好用"震惊"的表情看他："是吗？"

坦率地说，即使我对他的话题兴趣不大，也必须保持一种"兴味盎然"的样子，至少也是对这位老兄苦口婆心的一种尊重。只有他的话题告一段落的时候，我才赶紧端起酒杯说："方大哥，咱们再整一口？"

"什么叫整一口呀，干了它！"

说完，半两酒，一饮而尽。

当时，一瓶二锅头已经下去了，方长贵还依然沉浸在一种酒犹未尽、兴犹未尽、言犹未尽的状态之中……说实话，我真是有点陪不起了。但陪不起我也得陪着——毕竟，我是餐馆的主人，他是我的房东，我总不能说"行了行了，差不多了，别喝啦，我餐馆的伙计们该休息了"。初次见面，有这么说话的吗？

我妻子看出我有些支撑不住的样子，她几次凑过来，给方长贵敬上一杯酒，并就此搭讪几句，问他住在什么地方，回家坐几路车，末班车是几点……言外之意我都听出来了，而方长贵却浑然不觉，他说："爱他妈几点几点，我不坐丫的啦，我打车回去！"结果，一直熬到夜里十二点，方长贵终于觉得"差不多了"，他看着我说："兄弟，时候不早了，今儿就这么着吧。"

谢天谢地。送走了方长贵，我长长地松了口气。我妻子则唠唠叨叨地说："酒腻子！你还叫他有时间就过来喝点呢，烦死……"话未说完，她突然盯着窗子一怔："可毁了，他怎么又回来啦？"

我回头一看，方长贵果然摇摇晃晃地走进了餐馆。我赶紧迎过去，问他是不是忘掉了什么东西。方长贵呵呵一笑，嗔怪地说："我忘了，您怎么也不跟我要哇！"他举起手来——这时候，我发现他的手指上捏着一把光秃秃的钥匙。

3

方悦是怎么问的方长贵，方长贵又是怎么说的，我就不知道了。两天后，方悦来到我们餐馆。人还是那么漂亮，但说话的语气和态度却像是变了一个人似的，非常客气，甚至给人一种爱说爱笑的感觉。我觉得北京的女性就是这样，她们开朗、大气、热情、周到，同时源于一种天生般的优越感，又处处充满了自信。方悦看了看我们的餐馆，又聊了几句家常，她告诉我们说，她问了方长贵，也问了院里的邻居，都说我们两口子人不错，不惹事儿，这房子我们可以接着住下去。

我和妻子交换了一下眼神，都暗暗松了一口气。事先我和妻子已经探讨过，假如方悦执意要收回她的房子，我们当然会据理力争，只是纠缠起来，即使她退还我们两个月的房租，或者勉强允许我们再住上两个月再收回，其结果还是一个样，无非是我们再找房子，再搬家——总之是个麻烦。现在，既然我们所担心的事情并没有发生，我和妻子的心情便可想而知。

中午，我们留方悦吃饭。方悦挺爽快，没有推辞。当我妻子问她喜欢吃点什么的时候，她还主动接过菜谱，点了一道小炒牛蛙。从经验上说，大多数北京人都吃不了辣的，方悦是个例外，"我还就喜欢这个麻辣，越辣越想吃"。说到北京的传统菜和那些有名的传统小吃，她反倒没什么兴趣，像炒肝啦，卤煮啦，麻豆腐啦，感觉都一般。

"哎，对了，你们喝过老北京豆汁儿吗？"

我和妻子都说没有喝过。

她说:"有时间你们去喝一次试试,肯定喝不了,什么玩意儿,真不明白怎么会有人喜欢那么一种说不来的怪味儿!"

上菜了,我问她喝什么酒,啤的还是白的。

"无所谓,什么都成。"

据方悦自己说,她喝酒的潜能是被一个东北人给"开发"出来的。她老公是一家外企的部门经理,平时应酬多,偶尔也拉上她去凑个热闹。在一次酒桌上,她老公被一个东北人灌得一个劲拱手作揖,对方还是不依不饶,被逼无奈之下,只好由她替喝。她本以为一杯就醉,没想到喝了一杯没事儿,再喝一杯还没事儿,那就喝吧!结果碰了十多杯,眼瞅着那个东北人出溜到桌子底下去了,她愣是啥事儿没有……这才发现自己还有这么点长处。"可能是遗传,"方悦说,"我爸在世的时候就能喝,我哥也能喝……"

我妻子一听就笑了:"方大哥可不是一般的能喝。"

方悦说:"哎,对了,他是不是总到你们餐馆来蹭酒啊?"

我说:"没有没有。"

的确是没有。方长贵的家在前门,离我的餐馆很近,但他没像我告诉他那样"没事就过来坐一坐",只是到了我该预付房租的头一天,他才会准时打来一个电话,问我忙不忙,餐馆的生意怎么样,却闭口不提房租的事。这时候我会主动告诉他,我该交房租了,问他有没时间过来。方长贵还挺吃惊,说:"是吗?您瞧,我都忘了这码事儿了……这时间可真他妈快!怎么着?那我明晚儿过去,您方便吗?"我说:"方便。"他说:"得嘞!那明儿晚见。"多含蓄啊。

我说:"方大哥挺好的。"

"那是你不了解他。"方悦笑了一下:"当然了,我哥人倒是不坏,有时候我还觉得他怪可怜的。他没工作,儿子上大学,只靠老婆一个人上班。家里穷不说,一个大男人,整天被老婆管着,一点地位没有。话说回来,经济上不行,哪来的地位呀,是不是?说实在的,头两年我真是没少帮他,你倒是长个心眼呀,哎,他不!我给他钱,不管多少,他都会像表功一样,全都交给了老婆。可反过来呢?他想买一盒三块钱的烟,我嫂子都不给他钱……"

不知为什么,我妻子对于这样的家长里短最感兴趣了,特别是听到哪家女人刁蛮呀、男人受气之类的话题她就兴奋。她说:"是吗?我看方大哥挺拿得起放得下的，不像是受老婆管束的人呀？"

方悦说："这事也不能全怪我嫂子，关键是他不争气，没追求，整天游游逛逛，啥也不干，手里一分钱没有，还养了一些不三不四的鸽子。"

说到鸽子，我想起来了，记得有一次来取房租，他是和一个像瘦猴似的男人一起来的，介绍说他们是"鸽友"。酒席间，两个人一直聊着鸽子的话题，什么"李鸟"啊，"常州花"啊，"飞轮儿"啊……聊得津津有味，眉飞色舞。

我说："养养鸽子，这不挺热爱生活的吗？"

方悦说："不仅养鸽子，他还养女人呢。"

方悦一语惊人。然后，她又像失言似的转换语气："不过，也不能说'养'，说'养'就高抬他了，他没钱拿什么'养'？说白了，就是找了个傍家儿，在一起瞎作。"

方悦毫不避讳地抖搂她哥哥的隐私，让我感到惊讶。同时又让我有一种她没把我们当"外人儿"的感动。

我妻子就不同了，听说方长贵找了个女人，表情立刻变了。她说："是吗？真是看不出来，方大哥这么做可不对啦！"

方悦说："我哥是不对，我嫂子也有毛病，长得一点不好看，还啥啥都说了算……说实话，我要是个男人，也会反感的。"

我乐了。

接着，就说到了房子的事。据方悦讲，她爷爷是个商人，死的时候留下了八处房产，到了"文革"的时候只剩下了两处，其余的全都被政府代管了。父母过世后，剩下的两处房子她和方长贵每人一处。她结婚后住进了楼房，这间平房先后有四五个熟人和同事住过，都是借住。直到两年前才腾出来。当时正好赶上她哥哥方长贵下岗，为了帮他，她就把房子的钥匙给了方长贵，让他把房子租出去，租金归他。这本来是个好事儿，没想到这房子却被方长贵租得三起三落，磨磨叽叽。

"说起来，也怪那些租房子的人不争气。"方悦说。

头一次是一对夫妻，三十多岁，也是生意人，在东华门小吃街上卖酸辣粉。也不知道为啥，两口子净打架，没日没夜地打，还是女的打男的。女人竟追到院子里，拎小鸡似的把男子摔到地上，骑着揍，有时候竟把那个男人打得号啕大哭……

方悦笑了："你们说，这叫什么事儿呀！"

第二次，是个开发廊的女子。单身一个，倒是不吵架了。可没过多久，便开始往家里带一些不三不四的人，大白天就在屋子里鬼混。院里住的都是上了年纪的老人，哪瞧得惯这样的人！因此，像头次一样，房子租出去没多久，邻居们又打电话，告诉她那租房子的人怎么怎么不像话："大白天的就在屋子里折腾，什么玩意儿呀！"她只好告诉方长贵，赶紧撵人。

第二个住户被清出去之后，过了很长时间，没动静。她给方长贵打过几个电话，问他房子租出去没有，每一次问他，方长贵都说没碰到合适的主呢。那就碰吧，找吧。可是有一天她又接到了邻居的电话，告诉她，说方长贵自己搬到那房子去住了。她听出邻居的话里有话，到了那儿一看，这才发现了方长贵的出轨行为。有一次她还碰巧见到了那个女的。"又老又丑，看上去比方长贵还大呢。"讲到这里，方悦有点激动了，"当时我那个气呀！我都不知道他是咋想的！唉，就说图个乐吧，你倒是找个差不多的呀？还赶不上我嫂子好看呢！"

我妻子说："打个比方，那就是王八瞅绿豆——对上眼珠儿啦！"

方悦说："大姐比喻得太对了，当时我都想骂他一顿。"

我妻子鄙夷地说："要真是那号人，骂也没用，管不住。"

"没用也得管啊，"方悦说，"你们不知道，我哥身体不行，看着他五大三粗的，一身毛病！高血压，糖尿病……最关键的是他肾还不好，这么闹下去，不纯属作死么！一气之下，我干脆把钥匙要了回来，不让他租了。没想到，他竟偷着配了一把，趁我出国的时候，又偷着把房子租给你们了。"

原来有这么多的前因后果，难怪我租房子的时候方长贵那么犹豫不决。

我问方悦："我们住进来之后，邻居没给你打过电话？"

她说："没有，我在韩国呆了半年，刚回来。"

我问她去韩国是工作还是学习。

方悦解释说，她在一家旅游公司工作，主要是去进修一下韩语，充充电。

我突然想到了一桩正事，问她以后我的房租交给谁。

方悦说："交给我。"

我说："要不要给方大哥打个电话，说一声？"

方悦说："甭打，你打电话，说不定他会不好意思的。我跟他说好了，没零花钱我给他，但在房子这件事上，我不叫他瞎掺和了。"

我说："那好吧。"

打那之后，我再没见过方长贵。但在很长时间里，我会在某一个瞬间想起他。比如，天空中突然掠过一阵鸽哨，我就会抬起头来想：这许不是方长贵的鸽子啊？

4

此后方悦便成了我们餐馆里的常客。她的家住在安定门，距离王府井不是很远。据说她的单位很轻松，老公常出差，又没孩子，周末了，闲得没事，即使去逛百货大楼，也会顺便到我们餐馆坐一坐。有时候，我正闷在家里写我的小说呢，我妻子会突然打回电话说："你过来吧，方悦来了。"

自从见面之后，我妻子对方悦的印象一直很好，她说别看人家是城里人，长得又漂亮，一点没有瞧不起人的架势，有啥说啥，实实在在，比他哥可强多了。方悦喜欢吃我餐馆里做的小炒牛蛙儿，每次来，我妻子都会让她吃上一份，再带走一份。而方悦也有方悦的回报，有时候是一条漂亮的丝巾，还有一次是一套很高级的进口化妆品……如此一来，女人之间的那种感觉就出来了。隔一段时间不见，我妻子还会念念叨叨："方悦最近怎么没动静了呢？"

至于我，对方悦的印象当然也不错。坦率地说，她的漂亮是一方面，更主要的是她性格挺开朗。虽说是从老北京胡同里长大的，但她的"京味"不是很浓，没有那种过多的客套，不虚张声势，不一见面就喊"哎哟喂"，也基本上不使用"我他妈如何如何"那种让人反感的句式……不仅如此，她还把我们的餐馆称为"咱家的餐馆"，把我们住的房子说成"咱家的房子"，虽说一字之别，却给人一种亲情似的温暖。总之，我喜欢和方悦聊天。她的直言快语，让我从中获得了许多愉悦。而方悦到了餐馆，如果我不在，她也总是要问上我妻子一句："大哥不在啊？"

方悦对我的称呼不是很固定，有时候是"老板"，有时候是"大哥"，后来听说我发表过几篇小说，她又管我叫"作家"。有一回，她还突然想起似的盯着我说："哎，我哥不是让你叫他表哥么？那我也得叫你表哥啊。"

我赶紧说："那可不敢当。"

方悦笑着说："嗨，什么敢不敢的，这年头瞎叫呗。"

方悦的性格大大咧咧，对什么事都看得很开，甚至是一种没心没肺般的不在乎。说到她为什么没孩子时，她毫不避讳地告诉我们说不行，怀上过三次都流了，愣是坐不住。我妻子很同情，也很惆怅："那是咋回事儿呢，没想想办法啊？"方悦说："啥法都使了，没用。一来气，我还不要了呢！真是的，现在的年轻人都'丁克'了，我还为生不出个孩子犯愁，让作家说说，我不犯傻了吗？"

我妻子沉吟着说："事倒是这么回事，可你老公愿意吗？"

方悦笑着说："他不愿意有个屁用。我跟他说了，想要孩子，你想找谁生找谁生去！我是不受那个罪了。"说到这里，她像突然想起来似的说："对了，有时间我把我老公带过来，让你们认识一下，他挺好的。"

方悦的老公叫张弈胜，大个子，小平头，一表人才。实话实说，头次见面，他给我的印象不是很好。我觉得这个外企公司的销售部经理有点端架子，无论你说啥，他都是淡淡一笑，或微微点头，给人的感觉不仅是城里人，是外企的小头目，套用一位作家说过的话，好像他裤裆里的家伙都是玉的。直到方悦夸了半天我和妻子为人如何如何，又告诉他我还是个"作家"之后，他又故意矜持了一段时间，然后才把那副假模假式的墨镜摘下来。渐渐聊开——特别是几杯酒下肚之后，居然特别能侃！而且还不愧是个外企人，一张口都是一些国际性的话题。他说世界上最漂亮的不是男人，不是女人，是泰国的人妖；皮肤最细嫩的不是白种人，不是黄种人，是黑人；俄罗斯人爱喝北京二锅头；荷兰人最开放，男人出差，女人帮助收拾行李的时候，总忘不了在丈夫的行李包里塞上一盒安全套……他还说，在日本，不管在超市，还是在餐馆，只要你认准了，确定他是个日本人，啥也别说，上前"啪啪"抽丫两个嘴巴，转身走你的，啥事儿没有。

当时方悦都怔了，她审视着张弈胜说："快得了吧，那还不得人脑打出狗脑子来呀？"

张弈胜说："你这就外行了吧？我跟你说，丫站在那里，一动都不动。"

"那是咋回事儿，打愣了？"

张弈胜怔怔地看着我说："什么叫打愣了呀，日本人善于反思，你打了他耳光，人家不会像中国人那样立刻还手，而是得先想明白了：这人是谁？他为什么要打我？我在什么地方得罪过这个人吗？趁丫在那儿反思，你早就撒丫子没影了，知道吗？"

我哈哈大笑。

张弈胜到我餐馆来过几次，我记不清了。从后来的接触上看，我觉得这个人也不错。尽管能侃，没边没沿，云山雾罩，但为人却很仗义，很哥们儿。后来每次到餐馆来，他几乎都带一瓶酒，有一次还扔给我一条烟，而他自己却不会吸。还有一次，他曾指着鼻子告诉我："没钱你说话！"让我挺感动的。

最让人感动的还是方悦。

有一天下午，她打来电话，说她家里换下一张双人床，问我要不要，要的话，就到她家里取；不要，她就卖给收破烂的了。

说起来，这简直是雪中送炭。我们住进那间房子之后，睡的还是原来的一张双人床，铁的，不知被多少人用过了，很破了，我用铁丝绑过好几次，还是不行。睡在上面，只要你一动，它就会"咯吱"一声……尤其是在夜深人静的时候，特别烦人。我早就想换了它了，我妻子不同意。她说："住在别人的房子里，你买什么床！不住的时候你还想搬着走呀？快将就着用得啦。"因此听方悦那么一说，我叫上两个伙计，蹬上三轮车就去了。

方悦家住在十层楼。撤换下来的床放在门外的走廊里。我看了看，是那种组装式的，床头，床屉，包括厚厚的席梦丝床垫，几乎还是新的。我问方悦这么好的床怎么不要了。她告诉我，床是不错，就是窄了点，一米八，这次换了个两米二的。直到现在，我还记得当时的所思所想：只有特别热爱生活、讲究生活质量的人，才会如此把床当成一回事吧？

那天张弈胜没在家。就在两个伙计往楼下运床的时候，方悦还邀请我到他们家里看了看。那是一套两室一厅的房子，装修不错，欧式风格，本色的实木地板，面包似的沙发，厚厚的纯毛提花地毯，镶着金色相框的小油画……一切都给人一种高贵、豪华之感。卧室里，是那张刚刚安好的全包式大床，柔软，霸气。床头上方挂着主人的结婚照，男人神态潇洒，女人妩媚可爱。此外，房间里摆放有序的各种小物件，新奇，古怪，让人联想到主人生活情趣上的优雅与精致。

方悦陪着我在房间里走了一个来回。

"还行吧？"

"啥叫还行呀，用你们北京话说，太棒啦！"

方悦对我的评价很高兴，她说有时间再带我去他们别墅看看。

5

方悦家的别墅很远，在北京西南郊。那时候的郊区，对一些城里人来说已经很有吸引力了。在餐馆，我就常听一些人谈论着双休日要去哪哪郊区，那种兴冲冲的劲头，好像是工作了一周，就为了周末能到郊区去。是啊，郊区有山，有水，有野花野草，有城市里呼吸不到的新鲜空气，到那里去爬爬山，钓钓鱼，搞搞野餐什么的，的确别有一番情趣。不过，那时候有这种情趣的大都是一些优雅的穷人，而奔着自家别墅去的人还不是很多。

方悦和张弈胜算一个。他们是富人。

那年中秋节，我们就是在方悦家的别墅度过的。当时，我和妻子不想去，一是对餐馆放心不下，二是觉得去别人家过节不合适，太麻烦。方悦却好说歹说，非要拉上我们去玩玩，放松放松。她说："整天泡在餐馆里多腻呀，还是作家呢，不体验生活，整天闭门造车哪成啊！"恭敬不如从命，我们只好去了。

那天是方悦亲自驾车，车上只坐着我和妻子两个人。她老公则开着单位的车去接别的朋友。方悦的车技不错，两只手很随意地扶着方向盘，白玉似的手腕上吊着金色的饰链。出城之后，她打开了车内的音响，是卡朋特的《昨日重现》，那是我第一次听到这首歌，尽管是英文，我听不懂歌词，但是好听。直到现在，每当听到这首歌曲，我就会油然想起我们坐着方悦的车去她家别墅的情景，那是相当愉快。四十多公里的路程，感觉很快就到了。

那片别墅区叫"枫林小寨"，环境优美，非常漂亮。车驶进大门之后，只要见到的保安，就会"啪"地一个立正，同时行一个正规的军礼，不知道的，还以为车里坐的是首长呢。方悦把车开到一座两层小楼近处，停下。她先是带着我们在小区里转了转。真的不错。一座座独立的两层小楼，风格别致地散落在树丛中、草地上，像一片微型的小教堂。小区里有湖，湖中有曲桥，有凉亭，有成群结队的红色小鱼……湖边的假山啦，瀑布啦，都做得逼真。正是金秋时节，天气好得无可指摘，和人的心情一样清朗、欢畅。我们在小区里转了一圈儿，又回到了方悦的两层小楼，上上下下地参观。格局不错，大约有两百多平米，装修得没有市内的家豪华，用方悦的话说，他们只是偶尔来住一下，换个心情，就没怎么弄它。

紧接着，有五辆轿车相继到达。二十多个男女，有的是夫妻，有的是单挑儿。方悦告诉我们，都是她老公的朋友和同事。一到别墅，所有人的眼神儿都活跃起来，相互握手，寒暄，叽叽嘎嘎地说笑。我和妻子都不认识，只好垂手站在一边。方悦在人群里走来走去，快乐地和每个人打着招呼，并不时拉过一个来给我和妻子介绍。只是忙了一周遭，几乎和所有人握了手，到最后我连一个人的名字都没记住。接下来，活动照常进行。我妻子和一个胖女人协助方悦准备晚上的酒菜，其他人各取所乐。有搓麻将的，有打牌的，有吵吵嚷嚷着要去泡温泉的……张弈胜则兴致勃勃地怂恿大家："想怎么玩就怎么玩，随便作！"

　　一直"作"到夕阳西下，又开始喝酒。喝酒的场面就不用细说了。男女聚会的场面大体相当。无非是招招呼呼地喝酒，扭扭捏捏地唱歌，侃大山，吹牛皮，一个荤段子讲出来，便会引出一阵哄堂大笑……都这样。值得说明的是，在这帮城里人面前，尽管我和妻子的身份有点特殊，但酒桌上却没感觉到有什么让人不舒服的地方。相反，他们的一句问话、一杯敬酒，甚至一个温暖的眼神儿都让我们为之感动。后来，在方悦的怂恿下，我还大起胆子朗诵了苏轼的一首词《水调歌头·明月几时有》，并博得了满堂喝彩。事后我和妻子回忆，都觉得那个中秋节过得有意思，很难忘。

　　后来我知道，方悦一生的痛苦就是从那一天开始的。

6

　　中秋节之后不久，方悦来取房租。那天我妻子去了木樨园小商品批发市场。我留方悦吃饭，她说忙着，不吃饭。

　　"抽你支烟吧。"

　　我狐疑地看着她："你啥时候学会抽烟了？"

　　她笑了笑："无聊，抽着玩呗。"

　　我按着打火机，给她点上。

　　她深吸一口，然后慢慢吐出烟雾。

　　"我问作家个问题。"

　　我笑了："什么作家不作家的，你说。"

　　她看着我："你们男人是不是都好色？"

　　坦率地说，平时我和方悦说话是比较注意分寸的，只有我妻子不在场

的情况下才偶尔开个玩笑。记得有一回说起我们头次见面时的情景，方悦说当时她恨不得把我从被窝里拖出来。我说："那可惨啦。"她看着我："为什么呀？"我说："那天我连裤头都没穿……"方悦听了咯咯直笑："什么人这是！"

现在，我没想到方悦会提出这样的问题。这可是个拷问灵魂的问题。而方悦的神态分明是认真的，她用期待的目光看着我，这就让我更加不好意思了。

我躲开方悦的眼睛，笑着说："这事让我咋说呢……"

"直说。"

我沉吟了一下，嘿嘿儿地乐了。

至此才意识到，有时候直言不讳还真是一件很困难的事。

方悦放下目光，泄气般地一笑，没再追问。

时间很快到了年底。我给方悦打电话，让她来取房租。她回答说忙："过段时间再说吧，我都不急你急啥？"以往方悦说完这话的时候，肯定会托出一串银铃般的笑声，但这次没有，说完她就挂了电话。

我跟妻子说："方悦好像有什么事。"

我妻子不以为然："整天像装在蜜罐子里似的，她有啥事？"

半个月之后，方悦来到了我们餐馆。一见面，我和妻子都禁不住大吃一惊。过去的方悦总是那么整齐、干净、光彩照人，而眼前的方悦却憔悴得像个女巫。

我妻子问她咋这么瘦，是不是生病了。

方悦说："没有呀，怎么了？我这不挺好吗？"

我妻子说："……这么长时间没过来，你忙啥呢？"

方悦说："忙着离婚呗。"

一句话，让我和妻子全都怔住了。

按说，在当时，这样的话题已经很平常了。如果说谁谁离了婚，无异于听说谁谁丢了辆自行车一样，没什么可大惊小怪的了。相反，倒是那些没离婚的人，往往成了人们打趣的对象："还咬着牙坚持呐？差不多就行啦，离吧！"

但方悦的话我还是不信。在我眼里，她和张弈胜的感情非常好，每次来我们餐馆都是挽着胳膊来，挽着胳膊走。即使张弈胜没边没沿儿地吹牛皮，方悦都是用很温柔的表情瞧着他；而张弈胜对方悦也是彬彬有礼，有一回还亲自挟起一块小炒牛蛙送进方悦的嘴里……这样的夫妻怎么能说离就离了呢？

我妻子盯着方悦："你别瞎说了。"

方悦点上一支烟，吸着："真的，前几天办的手续，利索了。"方悦的声音平静、倦怠，近乎于冷漠。

我妻子问她怎么回事。

方悦吸了一口烟，又把烟灰往烟缸里弹了弹，说："小三儿插足。"

我妻子说："是吗？那女的是干啥的？"

方悦说："你们见过，就是上次在别墅唱英文歌儿的那个。"

我的记忆里立刻浮现出一个漂亮的女孩：高鼻梁，大眼睛，上身穿一件白色宽松 T 恤衫，下身一条深蓝色牛仔裤绷在腿上，优雅、笔直，吃饭时她就坐在张弈胜旁边，不说话，一双大眼睛看来看去，闪烁出一种浪漫主义的幻想……记得那天她唱的英语歌就是方悦在车上播放的《昨日重现》，嗓音浑厚，好听，特别是那句"沙啦啦……"给我留下了深刻的印象。

方悦告诉我们，她就是那次在别墅看出"事儿"来的。在酒桌上，她就发现两个人的眼神都不对劲儿，后来我朗诵"但愿人长久"的时候，别人都鼓掌，只有张弈胜坐在那里，光喊"好"，不鼓掌。她侧眼往桌下一看，才发现他一只手在抚摸那个女孩的大腿……当时她假装没看见。但这事她可记下了。回家后，她像平时一样，该怎么着还怎么着，只在心里观察张弈胜的一举一动。有段时间，她发现张弈胜回家后无精打采，两眼无神，但衬衣却一天一换，她觉得他肯定有事儿。果然，在后来三个多月的时间里，她就亲自抓住过他们两次！

"头一次，我说我带团去韩国，其实我哪儿也没去。第二天晚上我是十点钟回的家，嘿，两个人已经睡上了。说起来像做梦一样，但事情确实发生了。当时我没有大喊大叫，没像电视剧里似的去揪打那个女孩……我蒙了。就那么站在卧室门口，看着他们把衣服穿好。然后我只说了一句话，问他，是让我走还是让那个女孩走？结果当然是那个女孩滚蛋了。她走到门口的时候，我才觉得我有话要跟她说，我说'你丫给我站住'，那女孩吓了一哆嗦，但挺听话，她回过来看着我，脸都白了。我告诉她，'如果你再让我在这个屋子里见到你，我就让你在这个世界上消失'，话一出口，我才意识到我他妈挺傻的，这不等于告诉人家事情就这么过去了吗？

"其实没过去。女孩走后，我开始作他，摔手表，砸茶几，电视机也被我踢了一脚，没踢坏，那玩意儿还真他妈结实。张弈胜吓坏了，他抱住我，不让我动，一个劲儿地说他错了，给我下跪，妈都叫了，哭得还真像个孩子……他一直给我解释，他不可能跟那个女孩有什么结果，就是玩玩。其实他甭解释我也知道，一个外地的丫头片子，工作都是临时的，他不可能娶她。但即使这样，我还是作他，饭也不做，两个多月一次都没让他碰我。"

方悦又摸起一支烟，点上。

"两个多月之后我们才和好。感觉比原来还好。去年年底，他说要去河北出个短差，两天就回来。我说你去吧。第二天，我在单位老是心神不定，脑子里突然一闪，他是不是在骗我呀？哎，我跟你们说，我的第六感觉特准！当时我想都没想，开上单位的车就奔着别墅去了。说实话，第一次抓他们，我是特别想成功。这次在路上我却突然害怕了，如果这次我再成功，就等于我彻底失败了。

"到了别墅，我连车都没下，就坐在车里，看着通向别墅的竹林小道，我拿不定主意过去还是不过去……就在这时，我听到一阵高跟鞋的声音，咔咔咔，紧接着两个人就挎着胳膊出来了。他们同时也发现了我。我啥也没说，开车就走。

"我到家的时候，他已经坐在沙发上等我了。这一次，他不但没跟我道歉，没有一个像样的解释，反而问我为啥要跟踪他。我们吵了起来。他嚷得比我还凶：'这都什么年代了，我不就是玩玩吗，而且还是免费的，怎么啦？'我说：'得！我不管你免费不免费，你不说就是玩玩吗？我还想玩呢！咱们自个儿玩自个儿的，你说怎么着吧？'你们猜，他是怎么说的？他想都没想地说：'那肯定不行！'我说：'那好，咱他妈谁也甭废话了，离！'"

我插话说："这说明他对你是有感情的。"

方悦把烟头戳进烟灰缸里，慢慢捻灭。

她说："也许吧，男人可以爱着一个人而去和别人睡觉，但女人不行。当她想用同样的方式去报复对方的时候，她的爱情就已经不存在了。"

7

离婚后，方悦开始拼命工作。用她自己的话说，这么多年，她一直过着养尊处优的生活，没理想，甚至没有幻想，只把张弈胜当成她的全部生活，当成她的整个世界。工作上马马虎虎，无论是同事还是邻居，甚至连个知心的朋友都没有。离婚后，她只好用工作的方式擦亮心情，为自己疗伤。她开始带团出国，经常在东南亚一带转来转去，少则一周，多则十几天。

夏天，她去新马泰之前到我们餐馆来过一次。看上去，她显得比原来还整齐，漂亮，皮肤黑了点，精神不错。那次她取走了我们两个月的房租，给我留下了一把她家的钥匙，她说她养了两盆花，麻烦我隔几天去替她浇一次水。能为方悦做点什么，让我感到高兴。我只是告诉她，必须把家里钱和存折藏起来。方悦咯咯直笑，她嗔怪地说："什么人这是！"

方悦还是住在安定门外的那套房子里。据方悦说，那原本是张弈胜婚前买的房子，但郊外那座别墅却属于他们婚后的共同财产。离婚时，当她提出要这座房子的时候，张弈胜因为心虚理亏，便像补偿自己过失似的，表示无论方悦提出什么样的要求，他都会无条件地接受。

第一次给方悦浇花，是我和妻子一块儿去的。屋子里收拾得很干净，一切都像原来那么柔软、高贵。只是床头上方的结婚照不见了，取而代之的是安格尔的那幅著名的油画《泉》。我静静地望着那幅画，不知道方悦想以此寓意什么。

我妻子小心翼翼地把客厅和卧室看了一遍，并为此产生了一种深刻的惆怅，她感慨地说："有房子的没家，有家的没房子……这个世界到哪儿说理去啊。"

方悦养的是两盆兰花，不知什么品种，一黄一紫，都开得好看。后来她告诉我，那叫"胡姬花"，是从新加坡带回的。我想，难怪她如此精心。

后来，我又去给方悦浇过几次花，记不清了。她每次从国外回来，我都会向她交一次钥匙，而她却总是说："过几天还得走，就放你那儿吧。"

我说："你什么时候走再给我。"

她说："你这人怎么这么麻烦呀？这事儿我就赖上你啦，怎么着吧！"

我不可能怎么着。恰恰相反，能把一个女人家的钥匙挂在自己的腰带上——无论从哪个角度说，这种感觉都挺好的。

直到现在，我仍然认为方悦是我们在北京最信赖我们的房东，也是我们最好的房东。遗憾的是，好景不长。那年秋天，情况发生了变化。像上次一样，我们所住的那条胡同也要拆迁了。而且说拆就拆，一时间闹得整条胡同

鸡飞狗跳。作为一户临时的房客，我们不得不去寻找新的住处。只是想到我们和房主的关系处得不错，离开那间房子的时候，我和妻子都多少有一点留恋和伤感。

终止了房东与房客的关系之后，我们和方悦的交往差不多持续了一年。这期间，她偶尔会到我的餐馆吃一次小炒牛蛙；在她带团出国的时候，我还像原来一样，去给她的两盆胡姬花浇一次水。

有天傍晚，方悦打来电话，想请我和妻子吃饭。

其实，这之前她已经请过我们两次了。一次是她家附近新开张了一家餐馆，她说有几道菜做得非常棒，让我们去品尝品尝，借鉴一下。还有一次是她亲自做了几个菜，让我们去祝福她三十八岁生日。这一次她"特想找人喝点酒"，又不愿意动弹，便邀请我们到她家附近的餐馆去换换口味儿。

我知道，方悦是个喜欢热闹的人，离异后一直过着孤单、寂寞的生活，她请我们吃饭，无非是想请我们去说说话，聊聊天。不巧的是，我妻子两天前回了老家，我便实话实说，告诉方悦以后再说吧。

方悦却非常执拗："什么叫以后再说呀，有一个算一个，你自己过来还怕我吃了你？"

我答应了她。我想，如果我坚持不去，一来让方悦失望，二来也有点不识抬举了。与此同时，和一位漂亮的女人单独对饮，可能也是一种不错的体验。

在地坛西门的一家餐馆里，我和方悦面对面地坐下。熟悉的场面，不一样的感觉。我说过，我对方悦的印象绝对不坏。柔和的灯光下，她显得比平时还漂亮，看着她认认真真点菜的样子，一时间，眼前的一切恍若梦境，让人立刻泛起一种缱绻的心绪和一种类似于怀旧般的温馨。我暗暗调整情绪，努力寻找平时和方悦吃饭时的状态。

我平静地看着她，问她为什么今天"特想喝点酒"。

方悦迟疑了一下："说出来你肯定会笑。"

我说："说说看。"

她说："今天是我捉奸一周年的日子……"

我的确想笑，但我没笑。我不知道方悦为什么会把这样一个日子记得这么清楚。后来，我曾特意百度过"捉奸"这两个字，网上是这么说的：

捉奸基本上算是一件损人不利己的事，它等于是主动把对方造成的伤害和侮辱最大程度地固定在自己的脸面和心灵上，也等于是把自己和配偶的尊严同时折杀殆尽，并把彼此推到了无可挽回的绝境上。

　　对于这件事，我不知道方悦是怎么想的，也不知道她对自己的行为是不是产生过后悔。我单是知道，离婚后方悦一直不忌讳关于前夫的话题。有一次，说到张弈胜如何干净，又如何会做菜的时候，她的眼睛还能发亮。事后我和妻子推断，两个人复婚的可能性非常大。为此，我妻子还劝过方悦："事儿都过去了，押上一段时间，让他知道知道锅是铁打的，就行了，该复婚就复婚吧。"

　　对此，方悦的态度似乎不是很积极，她笑了笑，含糊其辞地说："听天由命吧。"

　　我们沉默了半天。然后，我问她和张弈胜还有没有联系。

　　方悦摇头："他结婚之后就没联系了。"

　　我诧异地说："他结婚啦？"

　　方悦用一只手指拨弄着桌上的打火机，平静地说："有几个月了。"

　　"是和那个外地女孩吗？"

　　"不是。北京的，也是个二十几岁的女孩。我真是纳闷了，现在的女孩咋这么犯贱……"

　　"我还以为你们能复婚呢，"我不无遗憾，"既然这样，那你……也该早作打算才是。"

　　"这不是早打算就能解决了的事儿。"方悦说。这时候，我意外地发现方悦的眼窝湿了。沉默了一会儿，她突然无奈地一笑："人这玩意儿真是不可思议。"

　　我不知道她要表达什么，附和着说："是啊，高级动物嘛。"

　　"你还记得我哥吧？"

　　"你说方大哥呀？我当然记得。"

　　方悦说："知道吗？当我知道他找了个傍家儿的时候，我只担心他把自己的身体作坏了，别的，我还真没有多想。比方说，如果因为这事儿我嫂子和他纠缠起来，我肯定会替我哥说话，去开导我嫂子。可是，事情突然落到

我自己头上的时候，我咋就接受不了呢？"

我想了想说："人都是这样。"

方悦依然困惑着表情："说实话，张弈胜对我一直不错，平时我要什么他给什么，即使我要个星星，他也会有办法不让我失望。我就是不明白，他这么宠着我，为啥还会去跟别的女孩睡觉。"

我记得好像是哪个作家说过，性是一种充满了无理性的东西。我想了想说："也许是一时冲动，也许是为了寻找刺激，有时候还是一种凑巧而来的机会吧。"

"和爱情没有关系？"

"有时候有，有时候没有。"

"比如？"

"比如……说得具体点吧，张弈胜和那个女孩他们不是没结婚吗？"

方悦说："他可是想结，是人家那个女孩不干！"

我沉吟着说："这样啊……在小说里，一般都是城里的男人玩够了乡下的女孩，然后再把她们甩掉。"

她看着我："生活比你们作家编的故事更复杂吧？"

我说："那肯定是。"

她突然想起似的："哎，对了，你可别把我的事儿写到小说里去啊……"

我笑着说，"不会的，至少现在我还没想过。"

"算了，写就写吧，我都这样了还怕啥呀？我啥都不怕了！来，喝酒！"

那天我们喝的是方悦带的一瓶洋酒，什么酒我忘了，只记得是一种大肚子酒瓶，七百毫升。方悦在我们的杯子里分别加了冰块，入口的感觉有点苦。

我们边喝边聊。说新加坡的夜间野生动物园，说日本的人体盛宴，说美国大片，说伊朗的《小鞋子》。有一阵，不知怎么的，我们的话题又回到了原点，竟讨论了半天世界上有没有真正的爱情。其实这是一个既简单而又复杂的问题，也只有那些纯情的少女和在婚姻上失败的女人才会提出这样的问题吧。这一次我倒是来了直言不讳，反正不涉及自己的灵魂，瞎说呗。所谓有没有真正的爱情，十有八九的人，肯定都会说有，泛泛而谈，还可以古今中外，旁征博引。但在我看来，那毕竟都是别人的事——用别人的事例来说明有没有真正的爱情，就像讨论这个世界有没有鬼一样，与自己没有太大的关系。说到底，爱情不过是一种完全自我的感觉而已。记得当时我是这么说的："你认为有，那肯定是有；你认为没有，即使真有，对你又有什么用？"

方悦眯着眼睛，出神地想了一会儿我的话，然后，她隔着桌子把胳膊伸过来，神经质似的和我握了握手，半天才松开。

我们又继续喝酒。

开始，我感觉那瓶洋酒没什么劲儿，当我们把那瓶酒差不多要喝完的时候，才觉得这酒后劲挺大，有点上头。看方悦的眼神儿发飘，有些神思恍惚（以前我从没见她喝到这样），我建议不要再喝了。方悦不肯，非要把瓶里的酒喝完。结果我们又喝了一小杯，她便捂着嘴，摇摇晃晃地去了洗手间。我赶紧跟过去，却无奈被一个"女"字的标志挡在了门外。我爱莫能助地站在那里，听见她在里边不停地呕起来，好像吐得搜肠刮肚……我暗想，吐吧，再吐一次，吐出来就好了。

可是没好。回到座位上，方悦用双手撑着额头，长时间一动不动。过了一会儿，我问她能不能走。她话都软了："哥啊，不行，我头晕，你先走吧，我得呆一会儿……"

我能先走吗？又坐了一会儿，我问她怎么样，要不要我送她回家。她摇了摇头，说着"不好意思"，却软绵无力地站起来，同时把一只手递给了我。

8

时值秋末，天上竟然落着零星的雨点，稀疏的雨丝在路灯下闪闪发光。此时晚高峰早已经过去了，但路上的车流却仍然很大，流速也快，红黄两色的车灯如同两条交错而过的河流，发出潮水般呜呜的响声。

方悦的家距离餐馆很近，过了马路天桥，走进一条小街，不到两百米就是她居住的小区。方悦走得绵软无力，我揽着她的胳膊，和她并肩而行，我能够隐隐约约地嗅到她头发上洗发香波的味道。一路上，我们谁也没有说话。在进入电梯的一刹那，方悦无力地向后一靠，我右臂本能地一揽，我的手碰到了她的乳房。也许是因为酒精的作用，我突然做了一件让我自己都感到惊诧的事，竟在那高耸柔软的部位上轻轻地捏了一下，一种血流加快的感觉立刻涌遍全身。与此同时，方悦低下头，一把抓住我的手……但她并没有把我的手立刻抢开，而是死死按住我的手背，令我的手一动不动。

电梯准确地停在了十层。

进家后，我把方悦扶到沙发上。而我却突然有一种想去卫生间的欲望……

这是一个独身女人的卫生间。透明的玻璃淋浴房，零零碎碎的各种化妆品。黑乳罩，小小的红色三角裤，高筒袜子……女人全部隐私用品差不多都陈列在这里。我的目光在每件物品上停留了五秒钟。

回到客厅时，我看见方悦在沙发上换了个姿势，她苦笑一下："今天出丑了。"我说："这算啥呀，很正常。"此后我们谁也不说话。方悦疲惫地闭着眼睛，那神态就像坐在候车室里无奈地等待一列晚点的火车。

过了一会儿，我问她要不要喝水。

"不喝，你喝就自己倒吧。"

"我也不喝。"

更深的沉默笼罩了房间。我们谁也不说话，似乎在倾听自己心律的跳动。我担心这么坐下去她可能会睡着，便试探着说："看你挺难受的，要不到床上去休息吧。"方悦犹豫了一下，又点了点头，却没有行动的意思。我只好走过去，搀起她一直送到卧室，方悦柔软着身体一连说了好几句"不好意思"，刚搀到床边便斜着身体躺了下去。我站在地上，正不知道该怎么安排自己，就在这时，我的手机令人诅咒地响了起来。

我来到客厅，在沙发上的外衣口袋里找出手机。是我妻子打来的，她问我怎么没在餐馆。我撒谎说，我正在去餐馆的路上。话一出口，我就懊悔得想给自己一个耳光。她说："行了，一会儿我往餐馆里打吧。"还没等我说啥，她就把电话挂了。

我一下子呆立在那里，不知如何是好，这就是撒谎的代价——你说了一句谎言，就必须得再用十句谎言去掩盖它……总之，就是这么一个电话，把我当时的情绪一下子搞得面目全非。

我回到卧室的时候，方悦微笑地看着我。

"大姐在查你的岗。"

"不是……你感觉好点了吗？"

方悦点点头，含意不明地笑了笑。

我说："……那你休息吧。"

说完，为了有一个体贴性的过渡，我还像个绅士似的，主动去给她拉上窗帘，又去客厅倒了一杯水，放在方悦旁边的床头柜上（事后，每当想起这事儿的时候，我觉得我特猥琐，特像个小丑）。然后，我又关切地问了一句："没事吧？"

方悦侧卧在床上，轻轻地摇摇头，一声不响地看着我。

这时候，我又听见自己在说："那……你休息吧，我走了。"

我真的走了。出来的时候，我还用我的那把钥匙，给方悦锁上了门。我知道这种门锁的属性，明天早晨，方悦会在里边用她的钥匙把门打开。

回来的路上，我一直想着应该编织什么理由进行自救。回到餐馆，我问了一下伙计，奇怪的是，我妻子并没有把电话打到餐馆。我禁不住自嘲地想，无需自救了，妻子已经救了我。

那天晚上，我很久都睡不着觉。

躺在床上，回忆着整个晚上我和方悦独处时的每一个细节。有一会儿，我还是抑制不住地想给方悦打个电话，看她是不是醒酒了。拿起手机，我发现上面有方悦发来的短信，打开一看：

我以为世界上只有两种男人，一种是好色的，一种是非常好色的。现在我才发现还有另外一种男人……

我体味良久。明知道我自己就是谜底，但还是给方悦回了一条短信：

愿闻其详。

方悦没有回复。

9

此后我就再没见过方悦。北京很大，主要是各自都活得很忙。应该说，在每个人的交际圈子里，一年两年不见面、不通话的朋友多得是，很正常。更主要的是，那天喝酒的事儿我一直记着，我担心见了面，被方悦直接捅出来，或者一不小心说漏了嘴，让我妻子知道我曾单独把方悦送回过她的家里，事情就复杂了。因此，有好几次我妻子念叨起方悦的时候，我都没怎么打扰。

大约几个月之后，我妻子突然告诉我说，她梦见方悦到我们餐馆来了，刚一坐下，便要了一份小炒牛蛙……我妻子用一种非常怀旧的口气说："你打个电话问问，她现在怎么不来了？是不是咱们哪地方做得不对，她生气啦？"

没想到，一打电话才知道，方悦的手机和家里的电话全都停机。我说："这是怎么回事呢？"

这时候，我妻子想起了方悦的哥哥，她说："你给方长贵打电话，问问他不就知道了。"

我一连打了几个电话，终于找到了方长贵。还是那种喉咙很粗的京腔京韵，他说："怎么啦，您说。"

一问，才知道方悦结婚了，而且已经移居日本。

"怎么着，您找她什么事儿？"

我说："没事儿，很长时间没联系了，问问。"

放下电话，我在想，人们无论是在生活里忙忙碌碌，还是在大地上行色匆匆，其实都是在不断地寻找归宿。当乡下人不断地涌入城市的时候，许多城里人已经开始把国外当作他们生活的大舞台了。

方悦杳然一去，再无消息。

时间大约过了一年，就在我差不多已经把她忘了的时候，方悦却突然在日本给我打来了电话。

当时我非常惊讶。

方悦也是。

她说："嘿，大作家，你真的不换号码呀？"

记得我跟方悦说过"一生两不换"，其中之一，就是我的手机号码。当我把这句话重复给她的时候，电话里传来一种久违的、银铃似的笑声，她说："什么人这是。"

她收住笑声，告诉我说她在一家中文书店里买了我一本小说，现在就拿在她手上，她说："真棒！哎，你知道吗？我特激动！"

我说："写得不好。"

对方"喊"了一声："别谦虚了，不好能出书吗？还卖到了日本！"

像很久没有联系的朋友一样，我们聊了半天家常。方悦告诉我，她的老公是华裔日本人，也是二婚。他们同在一个旅行社做事儿。他老公带团，她不带，她做的是文案。老公出国后，她一个人在家没事儿就乱看书，还老是想写点东西，又怕自己不是那块料，愣是不敢写。

"哎，我问你，你们作家是不是对人和人的一些事儿特有感觉呀？"

我想了想说："是啊，你说得特别对！"

"真的啊！"方悦的声音亮丽起来，"我跟你说，在国内的时候，我对什么都稀里糊涂；到了日本，我怎么对啥都特有感觉呢？最奇怪的是，有时候呆着呆着就想哭，那叫一个脆弱！"

当时我对方悦的话还不是很理解。这几年，沾了"作家"这一身份的光，我曾先后去过几个国家，通过和当地一些华人的接触与交流，才知道他们许多人想重新回到国内生活，却由于各种原因不能如愿。有一次去土耳其（那是个美丽的国家，那里有蓝色清真寺，有蓝色的地中海和爱琴海，有蓝色的瓷砖拼成的古老建筑），在美丽的伊斯坦布尔，我们遇上过一位北京姑娘——准确地说，她已经不是姑娘了——两年前，她与一个在北京语言大学留学的土耳其小伙子一见钟情，不顾家人反对，毅然与小伙子结婚并加入了土耳其国籍。仅仅过了一年，由于文化上的差异，互不适应，只好离婚。她本想回国，又觉得面子上过不去，便留在那里给国内的一家公司代理销售中国大理石。那天晚上，在伊斯坦布尔的一家酒吧里，她用略带沙哑的嗓音唱的那首忧伤的歌曲，感人至深，至今我还能记得住几句歌词：

还贪恋着你的风情
诱惑着你的神秘
埋葬我的爱情
忧郁蓝色的土耳其
紧跟随着我的稚气
逃避着我的宿命
徘徊在
你的淡淡哀愁灰色眼眸里
……

我不知道方悦在日本的生活究竟怎样。她只是在电话里告诉我，她天天写日记。我在想，一个对生活没有感觉的人，肯定不会天天写日记的吧。

那次，方悦还要去了我的电子信箱，她说她不会把她的日记发给我看，那都是流水账和个人隐私。如果能写出点别的什么，她会发给我，让我指导指导。

但三年过去了，我没收到方悦一个字。

10

三年不是个短时间。不知不觉中，世事发生了多少变化啊。这期间，我开的餐馆早已拆迁，又开了一家，没多久，也拆了。我们居住的地方，也是被开发商撵来撵去。感觉上总是在不断地搬家。俗话说"一搬三穷"，重要的是这种居无定所的生活，总让我们有一种挥之不去的颠沛流离之感。那年秋天，我和妻子一咬牙，用按揭的方式买了一套商品房，从而把自己的身份由房客变成了城里人所说的"业主"，终于有了一个比较稳定的归宿。

此后四季轮回，又是春天。

北京的春天，向来是个很好的季节，温风和煦，柳绿桃红。有一天下午，我正在我们居住的小区公园里散步，突然接到了一条短信：

我已回到北京。今晚如有时间，能否一块儿吃个饭？方悦。

我立在那里长时间不动，盯着手机屏上的这行小字反复看了三遍。我注意到方悦是用北京的手机号码发的短信，她是什么时候回来的？是探亲还是工作？是独自回国还是两个人同行？是暂时停留还是不再离开？这些问题在我脑子里一一滑过，往坏处想，我甚至想到了方悦在国外是不是发生了婚变……但是，为了让我们的见面有点神秘的期待，我把一切都作为暂时的悬念，不去碰它。

我只问了她见面的时间和地点。方悦很快回复：

六点，地坛西门，老地方。

我记得方悦那次在日本给我打电话时说过，出国前她就把安定门的房子卖了。不知道她为啥要把这次见面的地点定在"老地方"。是她住在了附近？还是特意去怀旧？当然，怀旧也是一种人之常情吧。几年前，就因为我和方悦在那里有过一餐之缘，有一次路过那家餐馆的时候，我曾特意进去吃过一次饭。只是物是人非，老板、服务员，甚至店名、门脸、餐桌、菜品，全都变了。是的，在这个不断重新组合的世界上，除了时间是永恒的，还有什么是不变的呢？从这种意义上说，方悦所说的"老地方"，其实已经不存在了。

从家里出发的时候，我已经想好，这次一定由我做东。同时，有一样东西我要还给方悦——我早知道它已经没用了，但在一种有意与无意的情形之下，这么多年它却一直在我的腰上挂着——那是方悦家的钥匙。

作者简介

荆永鸣，中国作家协会会员现为北京市作家协会合同制作家。著有短篇小说集《外地人》、中短篇小说集《创可贴》、长篇小说《陡峭的草帽》《我们的老家》等。作品曾多次被《新华文摘》《小说选刊》《小说月报》《作品与争鸣》《中华文学选刊》《中篇小说选刊》等期刊转载，同时被收入五十余种作品集。曾先后荣获《人民文学》奖、《小说选刊》奖、《十月》文学奖、《北京文学》奖、《中篇小说选刊》奖、全国煤矿文学乌金奖、内蒙古自治区文学创作"索龙嘎奖"，中篇小说《大声呼吸》获第四届老舍文学奖。

和一个人结婚，就是和他的一家子结婚了，无尽关系如藤蔓衍生。只是这关系不仅仅是由婚姻而交织的人跟家庭的关系，还有人跟故乡、过去的关系，人跟眼前、现实的关系，人跟梦想、远方的关系。

致无尽关系

孙惠芬

一

拉下电门总闸，关掉自来水总开关、煤气总阀，插紧所有窗户的插销，锁了门，把一个热咕隆咚的家锁在身后，回老家过年的征程就从楼梯里开始了。

楼梯里冷飕飕的，因为是早上，被驱逐在门外的隆冬的凉意一遇了人，就像一个长期流落街头的弃儿突然遇到亲人，冰冷的小手迅速抚擦过来，脸颊和鼻尖顿时冰凉一片。脸颊和鼻尖凉，浑身上下却一点都不凉，因为在此之前，我、丈夫、儿子、侄子，我们在楼道里已经上上下下搬运好几个来回了。我们不知道这栋楼里谁还是乡下人，谁还会和我们一样，要这么民工似的大包小裹地回老家过年，在这一趟又一趟的搬运中，我们没有碰到一个人。那清冷的感觉，好像年只属于我们，好像回家过年，只是我和丈夫、儿子我们三个人的事。

年货把面包车的后备箱挤得满满，白酒、果酒、啤酒、饮料、火腿、各种熟食品，这些东西小镇上都有，可小镇上东西终归没有大城市质量可靠、上档次，你是城里人，总得上点档次。当然重要的是有专车，侄子开面包车专程从乡下来，你总不能让车空着。盖后备箱盖时，侄子一边呼呼喘着一边开玩笑说："还有没有，要有还能装下。"

侄子只小我三岁，大嫂生他时那一头黑乎乎湿漉漉的头发曾吓得我趴在母亲怀里号啕大哭。我们一起长大，却有着完全不同的人生。他因为酷爱机械修理，一直留在大哥开在小镇的修配厂里，最终也就成了关键时刻联系我和乡下家族的使者；我因为酷爱读书，一程程从乡村走出，如今成了媒体记者定居大连，最终也就成了每逢过年都需隆重对待的城里人。

说隆重，是说侄子头天晚上就得赶到。从老家到大连不足三百里，并不算远，可因为我们返回的日子是年三十的前一天，这一天家家户户都忙着贴对联挂宗谱，侄子必须在有阳光的正午赶回家里。提前上门等待出发，这等待的时光，不由得就有些隆重了。因为这个晚上，大哥会一遍遍打来电话，一会儿叮嘱侄子夜里早点睡，不能在路上打瞌睡，一会儿又叮嘱侄子再检一遍车，说上了高速发现隐患可就麻烦了，把侄子折腾得反而睡不着坐起来抽烟。点燃的烟头透过客厅的玻璃一星一星闪烁时，我仿佛看到大哥正热盼盼等待的目光，仿佛看到远在三百里外整个一个家族都在热盼盼等待的目光。

大哥大我二十多岁，他一直扮演父亲角色，父亲去世后更是如此。十年前的冬天，他承包的汽车修配厂经营红火，买了面包车，提车的当天晚上就打来电话，"贞子，这回好了，来家过年有专车了"。那坚决而自豪的口气，仿佛他买车就为了过年时专程接我。

为了这隆重的专车，我和丈夫大庆一迈进腊月就开始了隆重的置办，给母亲、大嫂、公公、婆婆买衣服，为娘家和婆家办年货，为大哥、二哥、三哥、公公、大姑、姐夫买拜年酒。我们先是列个单子，写上要买物品的名字，算好要买物品的数量，定好要买物品的价格。娘家和婆家同在一个乡镇，办年货一式两份，列单子并不难，难就难在衣服和拜年酒上。大嫂的腰围一年一变，去年还是二尺九今年就变成了三尺一。公公的喜好很难把握，本来还说喜欢灰色，可你买了灰色他又说太旧，常常要提前打好几个电话。自从婚后第一年拜年，每家四瓶白酒两瓶果酒就成了铁定的规矩，每每想到改革，最终又因为种种不可言说的原因恢复照旧。按着记忆中的亲戚依次写来，往往写着写着就乱了套，因为亲戚有远有近，同是六瓶酒，价格档次总不能一样。调整、更改，毁了几次才写好单子，终于捏在手里，雄赳赳涌入闹哄哄的人流，可临了才发现，一切全不管用。因为你写的价格和货架上的价格大不一样，去年还是四十六块钱一瓶的老牌子酒，今年一下子就涨到了七十六，巨大的价差映在眼前，握在手里的单子一下子就被汗洇湿了。要是此时再有人把你挤来搡去，不是踩了脚尖就是撞了肩膀，你的心突然就烦了，你不但心烦了，还忍不住一遍遍发问，年，到底是个什么东西。

年，实在不是个什么东西，对于我们这些在外的人而言，它不过是一张网的纲绳，纲举目张，它轻轻一拽，一张巨大的亲情之网立即就浮出水面。

这张网其实从来都没消失过，它们潜在日子深处，藏在神经最敏感的区域，一有风吹草动，哪怕一个电话，都会让你惊慌失措。如果有谁身体不适怀疑得了重病，进城检查住到家里，你更是乱了方寸。只是很多时候，你努力忽视它忘掉它，你有太多属于自己的事情，职称晋级，孩子升学，房子搬迁，或者，你因为有太多属于自己的事情，不知不觉就忽视了它忘掉了它。可只要进了腊月，这张网就网进了大鱼似的，立即活跃起来鼓胀起来，一根根网绳在神经里绷紧抻直时，你不知不觉就成了撑网人。你成了撑网人，收获的却不是鱼，你没有鱼收获，自己却变成一条鱼被年收获，因为你必须为年准备巨大的开支。

说到底，真正的纲绳不是年，而是身后的根系，是奶奶父亲母亲以及由他们延伸出来的血脉。你是血脉上的一个支流，回乡祭祖拜亲，不过是你的本分，可是这正常的不能再正常的本分之事，每做起来，都有一种说不出的烦乱和苦恼，都觉得自己活得太累太委屈。你烦乱，是说你奋斗挣扎了二十多年，双鬓已经有了明显的白发，却也没有把自己变成富翁，还要为几瓶酒钱算计；你委屈，是说你奋斗挣扎了二十多年，都由一个乡下人变成城里人了，餐桌上都有了蔬菜沙拉这简单的西餐了，最终还要为这烦琐的乡俗礼节费心劳神。

侄子永远不会知道我们的感受，他一上了车就打开音响，播放新版邓丽君的歌曲，《欢欢喜喜过大年》。侄子当然是欢喜的，他一年到头起早贪黑从来捞不着休息，只有过年才可以喝酒打牌睡大觉。实际上，只要坐上侄子的专车，我也一点点有了欢喜的心情，这似乎和歌曲无关，而和车的速度有关。只要接了我们，侄子对这个城市就了无牵挂，出了小区直奔立交桥，密密麻麻的楼房在桥下倾斜时，你觉得有什么东西被你抛弃了，你觉得你对这个城市也了无牵挂了。

这条路一年之中总要走上几回，平均两个月不到，就要回家看一回母亲，可平时走和现在走，感觉是不一样的。平时走，大多都是我一个人。丈夫在广告公司工作，很少节假日，儿子刚从初中进入高中，节假日都在外面上课；我借采访的机会独自坐上大客，跟许多不相识的人行在路上，心是散漫的，要么把注意力放到某个有趣的旅客身上，要么就静静地看着窗外，看车如何一程程告别城市驶入开阔的原野。但不管怎样，你都不用说话。现在不行，一个小小的车体把四个人装到一起，四个人的世界于是就有了一个

场，一个不说话就显得不对了的场。儿子建建自然不会说话，他只要离开课本，耳朵立即就塞进 MP3，进入一个虚妄的和公式方程完全无关的世界。大庆自来话少，跟我这边的亲人，尤其如此。他好像从没加入过我这个家族，当我以我们家族待人接物严格的礼教要求他的时候，他越发放纵自己在我们家族面前的无礼无教，比如上了车，决不跟侄子有半句客套。好在侄子早已习惯，可以完全忽视他的存在。他往往会说"姑最近又跑哪啦"而不是"姑夫最近忙什么啦"。

一路不停地和侄子说话，就像拜年酒必须每家六瓶一样已经成了铁定的规矩。我们一同在大家庭里生活了近二十年，小时为了逃避地里的活路，一个站岗放哨一个和蛐蛐斗架有过多年默契的配合，虽然各自已经结婚多年，虽然一年三百六十五天很少见面，但只要见面，一个眼神，就可把你带到亲切又熟悉的往事之中。于是每年从城里往老家行进的道路，都是通向我和侄子童年的欢畅之旅，我们把一个个藏在草垛空里、庄稼地里、河套边上的故事翻找出来，之后长时间笑个不停。偶尔的，在某个地方，也会翻出忧伤，比如有一个黄昏，我和侄子、奶奶（侄子的老奶奶）去村里看电影，侄子走着走着突然不见了，我正慌张寻找，八十多岁的奶奶扑通一声跪到井沿，没一会儿，一只鸭爪一样的小手拽在奶奶手中。当我以为奶奶拽了一只鸭子时，侄子已被水淋淋拖上井台。谁也想不到，从深井里出来的侄子刚吐出一口水，就大张着嘴哭咧咧说："俺还能不能看电影啊？"侄子的又一次生命是奶奶给的，这井里的故事于是就有了忧伤的意味，奶奶一九八五年去世时九十六岁，侄媳当时怀孕五个月，只差一点就看到第五代了。忧伤一点也没有什么不好，这会使我们寻着奶奶这个根须，翻到更多枝蔓上的故事，二大爷家的，四叔家的，二哥家的，三哥家的。其实一些年来，我们路上谈论最多的，还是身边这些亲人的现状。比如四叔家的征安移民加拿大，二哥家的远程正在闹离婚。我们因为辈分不同，动不动就叫错了称呼，有时我叫二大爷他也跟着叫二大爷，有时他叫三叔我也跟着叫三叔，仿佛我们是两个顽皮的一遇了好事就你追我抢的孩子，但恰因为如此，心会贴得更近，会更加珍惜眼前的一切——姑侄同车回家过年的旅程。

有一种感觉，没有跟任何人说过，我一年一年和丈夫、儿子生活在一起，就在昨天、前天，还和丈夫为办年货同进同出，还臭是一窝烂是一块地为民工一样的忙碌烦乱委屈，可是只要上了侄子的专车，只要和侄子在申家的枝蔓上有了一次古往今来欢畅的翻找，我的感情立即向侄子倾斜。说倾斜，是说某个瞬间，我会不知不觉把自己从丈夫和儿子那里分离出来，会觉得我压根不是程家人，而是申家人。我会突然惊讶地发现，原来我已经嫁给了程家，我一个申家人，为什么要嫁给程家？

可以说，每年，都会有这样一种东西在我心里慢慢浮出，就像年使亲情的网络慢慢从水下浮出一样。它浮出来，却并不像网绳那样越绷越紧越抻越直，而是在经历了瞬间的警觉之后，某根绳索突然绷断，拽我的，或者我拽的，只剩下一根，申家的这一根。那一时刻，我觉得我和身后的丈夫、儿子没有任何关系，他们好像只是一个搭车者，互不相识的路人，因为在我们翻找攀爬的故事里，看不到他们任何踪影。可奇怪的是，我和丈夫、儿子成了路人，却一点都不伤感，不但不伤感，反而有一种挣脱了某种枷锁的轻松，仿佛又回到无忧无虑的少年时代。

冬日的阳光在高速路两旁静静地铺洒，一座拱桥下面，两道隆起的河岸上，枯干的蒿草摇曳着瘦弱的身姿，它们和身边河床冰层里几块突起的沙丘遥遥相望时，为我平添了几许梦幻般的感觉。曾几何时，河床是我们冬天里最好的去处，我们掠夺蒿草，将它们拦腰斩断，之后编织厚厚的冰车在冰层上滑翔，在那样的时候，我们的目标在很远的海里，侄子往往会说，咱一直滑到海。

幻觉自然没有多久就消失了，那时我们下了大连至庄河的高速路，上了庄河至歇马镇的乡级公路，再有二十几分钟就要到家了，侄子说："姑，中午上哪？是一起上俺妈那儿，还是直接给你们送到姑夫家？"我突然惊醒，是啊，在这里，我有两个家，娘家和婆家，我该去哪一家？

我惊醒，好长时间做不出回答，依我的心愿，自然是回到母亲身边，我有一个多月没有看到母亲了。可是这时，一路上一直没有说话的大庆突然说话："把这边的东西卸下来，先把我们送回家。"

大庆说的这边，是指我的娘家，而他说的我们，包括了我，他希望把属于娘家的东西卸下后，我跟他一同回到婆家。大庆的语气是霸道的，不容置疑的，了解我心情的侄子在后视镜里看了看我，没有说话。

只要你结了婚，你就是婆家人，你和丈夫孩子就牢牢地捆在了一起，这是不可抗拒的现实。也正是了解这一现实，侄子才要这么问一句。被这样的现实压迫，车转了弯，下了路，一点点驶进大哥的修配厂时，我的心像塞了

163

麻团，一种每年都要温习的郁闷使我大喘一口粗气。

　　大哥早已等在厂子门口了，夜里感觉的整个家族都在热盼盼地等待其实是不存在的，大哥的厂子已经放假，给大哥打工的三哥、两个侄女侄子已经回到自己的小家，二哥的厂子，却在街后的另一条胡同。见到车，大哥笑吟吟迎出来，胡子拉碴的脸上布满了等待的倦意。因为后备箱里的东西需要凭记忆分配，我没有时间跟大哥多说什么。和大庆一起陷入一件件识别区分的忙碌时，大哥和侄子站在车旁，故意大声说些车胎和路况的事，以遮蔽我和大庆因为识别错误而有可能造成的争执。还好，大庆已经霸道地表达了态度，在小节上开始让步，比如在我把给公公的酒记错了拿下来时，他会小声说："不对，这是给爸的。"

　　对于大哥，这是一个必不可少的仪式，他几乎年年如此，在厂子工人都放假之后，一个人空荡荡地等在这里，等着这父亲般的意愿得以实现的一刻。可是大哥和侄子一样，从不因为亲情的需要强留我们，当听侄子说他的姑夫着急回自己的家，二话没说，立即逼我们上车。只是在抹车时他大声跟了句："后天早上早一点回来。"

二

　　婆家就住在歇马镇东边，一块坡地上最新建起的一幢小楼的六楼。和城市不断向郊区延伸扩张一样，小镇也一日日把曾经耕种的野地揽入囊中。公婆之所以情愿变成小镇的囊中之物，并不是开发商占用土地之后的回迁，而是从供销社系统退休回家的公公和邻居经常打架的结果。邻居的马钻进了公公门口的菜地，公公就用铁锨让马的后背见红，到邻居大白天进了公公的家掀了一家正吃饭的桌子，公公就把电话打给远在城里的儿子，声言决不在农村住了，抻断腰筋也要进镇，也要上楼。被开发商占了地盘的老辈人，动迁时还要哭叫着不愿意，公公住在小镇八竿子打不到的乡下，却哭叫着要求上楼。抻断腰筋的自然不是公公，而是在城里工作的大庆，他跟与公公住在一起的弟弟弟媳商量，卖掉海边的瓦房，不足的钱由他补贴。但事实是，你告别烦恼是有代价的，从此没了房前屋后的菜地种了，一日三餐一张嘴就得掏腰包，日子一下子就不是日子，而是一个深不可测的无底洞。用公公一点退休金打发无底洞，过日子的从容从此便不再有了。有一回婆婆在电话里说，上冬以来，才买了一百斤大白菜，大庆一听急了，连夜回家送钱。在这样一个特殊的"年"里回家，我们的专车真是要多重要有多重要了，因为它是一家人打发新年的全部指望，大到五十四响的礼炮，小到一盒火柴，大庆全都备足了，把电话打过去，告诉就要到了，除了婆婆，公公、弟弟二庆、弟媳回菊，他们的女儿小栓，全都等在楼下。

一下了车就被小栓紧紧拥住了："大娘，怎么才回来，想死俺了。"看着小栓干巴巴的小脸儿，郁闷之气不由得就贼似的溜走了。都当了人家大娘了，还有脸郁闷！于是拽住小栓的小手，虚情假意地说："大娘也想你啊。"

大庆的决定其实是对的，与其让一家人眼巴巴地盼着，不如早一些让他们如愿以偿。公公往楼上搬东西时，不时地东张西望，似乎特别希望被人看见。他并不是一个虚荣的老人，都因为和邻居打仗，得罪人太多，心里就多了些邻居的眼神儿。大嫂说，她上市场买菜经常见到我的公公，他穿得干干净净，背着手，挺着胸，什么不买也要在集市上转悠，给谁看似的。

不管有没有人看见，那些被我们算过无数次，一遍遍写进单子，一件件从超市搬进城市的家里，又一件件从城市运回的东西，终于心安理得上楼了。说心安理得，是说关了门，公公高音大嗓地发布命令："都来家了，吃饭！"

大庆的成就感显而易见，第一个操起筷子，夹一块切好的猪肝，夸张地大嚼起来，似乎最有资格吃饭的是他。其实我知道，他是有意向家里表示自己的底气，公司效益好，分了上万块钱奖金，他腰包里，还有为父母备好的六千块钱压岁钱呢。我没有上桌，因为婆婆还没上桌。自我们进家，婆婆一直在厨房里忙活，孙子过去叫她，她抖着瘦瘦的肩膀直喊："你们先吃俺还早着哪。"其实我知道，婆婆这是故意，她不上桌我们当媳妇的就不能上桌，她并不是不愿意媳妇上桌，而是都上了桌子太挤，她愿意一拨一拨分着吃。可是她的想法从未得到公公理解，公公立即竖眉瞪眼，冲着厨房："你什么毛病，你不上桌儿媳能上桌？都回来了，不就是图个团圆。"

如果说打怵回家过年，那么最打怵的事儿就是吃饭了，因为要团圆，一家人必须挤在一张桌子上，大家膀挨膀地挤着，无数双筷子在桌子上翻飞，你觉得根本不是吃饭，而是受罪。因为你常常不知道筷子该往哪伸，要是婆婆动不动端一盘菜让来让去，一不小心撞倒一只酒杯，你恨不能变成那只酒杯里的酒，顺桌缝赶紧溜掉。

婆婆从不敢违背公公，她带着五岁的大姑姐姐改嫁程家，就像一条走错

门的狗，公公从没给过好脸子。一些年来，公公在外，扔她一个人在家拉扯孩子种地过日子，死去的前夫的兄弟过来帮忙，公公的疑心就乌云一样在家庭的上空翻滚。据大庆讲，每年回家过年，他都借酒发疯，搅得家里鸡犬不宁，退休之后更是变本加厉。他跟邻居打架，是不能看见邻居凑在一起，一看见凑在一起就以为人家在议论他，于是故意借牲畜找碴儿冲人家发火。种了一辈子地的婆婆之所以忍心扔了地，抻断腰筋也要上楼，就因为受不住公公的折磨。

婆婆顺从，这回家的第一个午餐就有了团圆的模样。我挨着弟媳回菊，回菊挨着婆婆，我们三个女人几乎是侧着身。只要都上了桌，团团圆圆围在一起，公公就大功告成，就摆出一副一家之主的姿态，酒杯在唇边咂得直响。这种时候，第一个退席的总是大庆，就像刚才夸张地嚼猪肝一样，他夸张地把筷子伸这伸那，没一会儿就放下筷子，伸腰腆肚站起来，说饱了。我扒几口饭也放下筷子，说根本不饿。其实早就饿了，一早从家走就慌着没吃好。二庆见我们离席，不解地说："唉，还是城里人肚里有油水啊，刚上桌就饱了。"婆婆狠狠剜他一眼，之后把目光移过来，不安地看了看我。

为了不让婆婆不安，为了让一冬连大白菜都不舍得买的家人吃一顿好饭，我说："妈，爸，你们慢吃，我这会儿回去一趟，回去看看母亲和大嫂。"

婆婆立即松口气，挤满皱褶的眉头顿时一亮："去吧去吧，你老妈不知怎么想了呢，不用着急回来，住楼了家里也没什么活儿。"

下了六楼，来到街上，一股生冷的风扑怀而来，心情一下子轻松多了。我轻松，不仅仅因为终于可以回自己娘家，而是我再也不用去想大庆吃饱没吃饱了，再也不用去听公公响亮的咂唇声了，再也不用和婆婆一起为二庆的不懂事紧张了。大庆吃不饱，心里还是有些不好受；公公餐桌上从不跟儿子交流，这样的氛围我不习惯；而在这个家里，二庆的存在就像一颗定时炸弹的导火索，不定什么时候，就把公公引爆，公公一直以为他就是婆婆对他不忠的产物，他们因此从不搭话，同在一个屋檐下，却谁也不肯正眼看谁。

只要年不过，小镇上总有人在忙碌，三轮车摩托车不时地擦肩而过。从街东到街西，不过二里地，可这二里地的短街可是十里八村的商业中心，店铺一家挨着一家，卖烟酒的，卖服装的，拍婚纱照的，美发的。日子总是需要出口和入口，就像人总是需要吃喝拉撒，正是为了满足十里八村人们吃喝拉撒的需要，脑瓜灵活的人们就迅速成了这需要的主宰者，这主宰者汇聚的地方就迅速成了小镇。婆家不是主宰者，可它攀高枝似的挂在小镇的一头，以实际行动印证着报纸上说的农村集镇化建设的进程，实在是方便了我。要是原先，婆家住在镇南十里以外的苇子埔，即使再想远离婆家的餐桌也是做不到的。

我的娘家其实就在修配厂后院，拐出厂子侧门胡同一转弯就上了楼。午前回来，如果不是大庆着急，上楼跟母亲大嫂报个到也是很方便的。所谓娘家，就是大哥大嫂家，母亲年老之后，一直跟他们生活在一起。因为侍候老人，可以说大哥大嫂就是我们的芯子，就像一支蜡烛的芯子，他们以对老人长久的热情烛照着申家这支人的日子。在乡下，只要有两个以上子女，只要不是儿女不孝让老人单过，似乎每个家族都有这样的芯子，他们天长地久侍候着老人，他们因侍候老人而在年、节到来之际，成为所有儿女们的中心。他们最初成为芯子，要么因为儿子孝顺又有威风，媳妇再差都能被镇住，要么就是因为媳妇贤惠，所谓好儿不如好媳妇。大哥大嫂既属于前者，又属于后者。大哥孝顺，大嫂贤惠，可是什么事都架不住天长地久，一日三餐盘来碗去，一年四季洗洗涮涮，再好的脾气也会受到挑战，再有耐心也会在不知不觉中被磨损，尤其大嫂侍候了两代老人。八十年代中期，我们十八口人的大家庭解体，父亲母亲选择跟大嫂时还带着奶奶。尤其那时我们家还没有搬到小镇，联产承包后还分到一大家子人的土地。侍候奶奶活到九十六岁，送走瘫痪三年的父亲，一边种地，一边侍候包括我在内的一大家子人吃吃喝喝，大嫂这棵芯子磨损的已经不是脾气和耐心，而是身体。她一日日口干舌燥，得了那时的人们闻所未闻的糖尿病，可谓一代人的先锋。当大嫂以孱弱的身体摇曳着她微弱的烛光，过年，已经是大嫂最最恐惧的事情了。午前，之所以没有坚持上楼先跟母亲报个到，就因为那时临近吃饭时光，留我们吃饭大嫂会打怵，不留，又觉得说不过去。

为我开门的是大哥，见我这么快又回来了他有些意外，立即冲里屋喊："贞子回来了。"

大哥这么喊，显然是为了告诉母亲和大嫂。母亲听不见，大嫂却应了一声后，挺着被大红毛衣裹着的浮肿的身体，慢腾腾走了出来。

大嫂糖尿病已经有了并发症，视力减弱，末梢神经麻痹，肾脏损坏，心血管老化，每餐前都要往腿上扎胰岛素。拖着这样的身体，打扫屋子里的卫生，洗床单被单，打发大哥厂子里工人送来的鸡和猪肉，准备供桌上的供品，每到年根，大嫂都注定大病一场。可面对大嫂，我说不出任何安慰的话，因为我知道，如果不能把年从日子中剜去，如果不能把母亲永远接走，任何安慰对大嫂都不管用。曾劝大嫂用个保姆，大嫂大动肝火："俺这女人就废了吗？"从此再不敢提。我唯一能做的，就是每年把母亲接城里住几个月，再就是像现在这样，走近大嫂，紧紧握住她的手，问她身体最近怎么样。

大嫂没说好，也没说不好，只知趣地推开我的手，朝南屋指了指："妈在窗上望你呢。"

冲母亲走过去，她根本没有听见。她盘着腿，端坐窗边，直直地朝外看着。为了母亲的习惯，大哥在楼里为她盘了炕，把暖气片装在下面。坐在炕上向外望，可以说是母亲每一天的功课，在窗的外面，在她视线所到之处，能看见大哥厂房的院子，能看见大哥的身影、三哥的身影以及侄子侄女的身影。大哥厂子放假，望不见他们身影，她望的自然就是我了。拍一拍母亲的肩膀，她慢慢转过脸来，被盼望熬红了的眼仁突然蹿出火苗，仿佛在说："你怎么才回来？"

母亲目光热烈，却没有语言，因为耳背而长期陷入孤独中的母亲已经不习惯运用语言。可她的眼神常常比语言要复杂一百倍，在那火苗蹿出的瞬间，忧伤、无奈、虚空，种种难以说清的情绪都云雾一样弥漫出来，我的心一下子就疼了。

过日子过的就是女人，大嫂身体出了问题，没人制造热闹的氛围，这年三十的前一天，芯子里的家真的是要多冷清有多冷清了。大嫂的身体出了问题，侄媳们本该提前回来忙活，可是侄子一年到头在修配厂上班，三天两头回家蹭饭，大嫂已厌倦他们提前出现。这正是母亲忧伤和无奈的根本，也是大哥每到年根都通过电话一遍遍向我传递家里隆重等待的原因，是他明知道这个家的热闹不在，才故意渲染它的热闹，就像大嫂自知青春不在，却反而要穿大红衣裳一样。问题是，大哥家确实热闹过，那时还在乡下，大哥还只是工厂里一名技术工人，可那时一到过年，不用说年三十的前一天，提前好多天大嫂家就有了客人了，奶奶的儿子闺女从北京沈阳回来，母亲的舅舅从海城回来，不但把申氏家族的人引来，把整个村里的人引来，还要把母亲娘家的人引来。一腊月一正月上桌接着下桌，大嫂扎着围裙，把一个家搅扰得热热闹闹。大哥轴承轴心一样迎来送往，备受夸奖的就是母亲，"你老太太真摊了个好儿媳，真是太有福气了"。于是不管是大哥，还是母亲，脸上都像抹了油，光彩照人。如今可倒好，大哥有一个偌大的厂子，有发达的事业，有足够的钱为年挥霍，却因为没一个健康的女人为他忙活，清冷就像贴在墙上的宗谱，有名有姓，条清缕晰。

为了驱逐家里的冷清，我回转身来到客厅后，真的就去看墙上的宗谱。申家的宗谱上写有七代人的名字，最远的，是爷爷的爷爷的爷爷，最近的，是我的父辈。我们这辈，母亲生了十个孩子死了六个，他们都只活了几个月，我上面的姐姐倒是活到五岁，却因为她是女的，上不了申家的宗谱，只能在供桌旁边单独设个牌位。宗谱两侧，有两联盛开的荷花，巨大的叶子展示着昌翠的面貌，而它的上方，贴有一幅长长的横批：祖豆千秋本支百世永言孝思。千秋，百世，孝思，我属于哪一秋哪一世？我对祖宗有没有孝思？我故意问大哥，爷爷的爷爷到底是谁，是申桐还是申芸。大哥终于找到制造热闹的机会似的，立即走过来，夸张着认真："是申桐，就他是国子监太学士，回来时还在咱家前边的岭岗子盖过一座三进三出的房子，那房前廊柱下的石鼓现在还在。"

一些年来，守护着被掩埋在地下一百七十多年的荣誉，大哥活得空洞而充实。说空洞，是说他从没为家务繁重的大嫂做一丁点事，哪怕是盛一碗饭；说充实，是说他因为家族曾经的繁荣，很小就人在小镇胸怀世界了。中国和哪个国家建交，以色列和哪个国家不和，仿佛那才是有过国子监祖宗的后人最该关心的事情。从乡村搬到小镇那年，他领着二哥三哥和侄子，去老家前边的岭岗子，把两个石鼓拉回家，放在院子门口。从那时起，大哥动不动就跟人谈起祖宗的国子监，听不懂的人还以为我们的祖宗蹲过监狱。每当这时，大嫂都嘴一撇，没有好气地说："屁，讲那些虚的有什么用，有本事帮老婆干点活好不好，只顾祖宗不顾老婆，这种人怎么就叫俺摊上了！"

本是为了家里热闹，却想不到触到了大嫂敏感的话题，我脸忽地一热，立即扭转方向，转向大嫂，漫不经心地说："可真的大嫂，我怎么忘了，给你买的衣裳试过吗？"

大嫂坐在沙发上，懒洋洋地斜过一眼，有气无力地说："胳膊腿都硬橛橛的试什么试。"

要不是为了躲避自设的禁区，我是不肯自寻尴尬的。有一首歌曾这么唱道：即使你给我一个明媚的春天，我也不会觉得拥有花朵。这是一个被爱掏空了的人的感叹，大嫂不一定会唱这首歌，但我相信面对我们申家，她一定

就是这种感觉，跟她一年三百六十五天的付出相比，即使给一件镶金边的衣裳又能怎样！

本是为了躲避狼窝，最后却掉进了虎口。我笑吟吟地看着大嫂，心里却突突突慌跳不停，因为大嫂极有可能再跟一句："别像五叔似的，来家头三天甜言蜜语，过几天就不是那样了。"

和我一样，五叔也是从乡下走出去在外的人，五十年代他考入鲁迅美术学院时，在辽南这片土地曾传为佳话，他是在考场用石膏塑像被现场录取的。我们拖着脚步离开了故乡，走出长长的道路，却把母亲亲人永远撇在了乡下。于是和我一样，奶奶活着的时候，循着这长长的道路，他每年过年都要回家。每一次回家开头几天，都对大嫂百般地好，说尽了感激的话，就差给大嫂跪下了，可是三天不到，当他在二大爷和四叔家转够了，听到一些有关大嫂跟奶奶说话声音和表情不怎么好的话，立即变了样，掌握了证据似的回来跟大嫂讲理："侄媳妇，你怎么能跟你奶奶扔脸子！"大嫂身在局内，不能辩解过日子哪来那么些好脸子，大嫂又要强，不能去找二大爷和四叔对质，就只有打掉牙往肚子里咽。大嫂的冷漠，也是因为尝够了这样的苦果。

五叔简单好冲动，永远不知道一个在外的人跟"家"是什么关系，当你把赡养父母的责任转给了别人，你也就不再拥有讲理的资格，尤其侍候你母亲的是跟母亲的血缘毫无关联的人。但这并不意味我不理解叔叔，当听说你日夜思念的老母在承受衰老的同时还要承受别人的脸色，心自然就疼了，比如刚才看到母亲趴在窗口的刹那。母亲一天天往外看，看他厂子里的儿孙是真，也因为疾病缠身的大嫂没有好脸色。

事实上，在我这个小姑子面前，大嫂还从未说过难听的话，不管多么委屈。我紧张，都因为对大嫂过于在乎，不希望她有丝毫的不快。倒是后来，大哥突然想起我买的衣服和所有年货还在楼下，下楼去拿时，大嫂说话了："贞子，俺实在不爱动，妈的头还没洗，你给洗洗吧。"

终于可以和母亲独处一室了，这是我和母亲最最幸福的一刻，它本来可以早一点到来，比如午前进院的时候，比如刚才进门之后，可是为了丈夫舒服，为了侍候母亲的嫂子舒服，还是将它推迟了。不过这对母亲，并没有什么不好，关上卫生间的屋门时，她笑吟吟地看着我，小声说："这就对了，你回来主要是看你嫂子，不能先看我。"

听完母亲的话，一股热热的东西止不住就涌上了喉咙。母亲永远是这样做人做事，当不能把别人的心情安抚好时，她就无论如何都不会有好的心情。可是，就在把母亲头发弄湿，准备抹洗发精时，母亲突然抬起头，瞪着陷进深处的小眼睛说："你，你怎么没给你嫂子买东西？"母亲小心翼翼，生怕一不留心把买的东西吓跑的样子。我深深地冲她点点头，我的意思是告诉她买了，之后故意大声说："咱们快点洗吧，等会儿出去给你和大嫂试衣服。"

不仅仅是衣服，各种酒，饮料，各种肉肠鱼肠，各种皮冻，干果全部拿上来了，大哥居然让门卫帮他往上搬。大哥的想法我能猜到，是想让大嫂高兴，因为一些熟食品根本不宜往屋子里放。当我从其中的一个包裹里找出给母亲和大嫂买的衣裳，母亲顿时喜上眉梢，仿佛我终于用实际行动为大嫂一年的付出做了补偿。

虽然大嫂早就不觉得这是补偿，但有和没有还是不一样的，这也是为什么大嫂的生活中物质超出一般的丰富，回家过年却还是不能空着手的缘故。你表达的是一份心情。那件肥大的紫色羊绒外套，使大嫂肿胖的脸反而有了一丝华贵之气，对着镜子的大嫂嘴角有了笑意，"还是贞子会买衣裳，要不俺这老样子简直不能看了"。

大嫂对我这方面的信任我是知道的，只不过让大嫂表达出这样的信任需要漫长的过程，你不能一进门就拿出衣服，你得漫不经心，你得让大嫂觉得一件衣服并不算什么，重要的是大嫂的身体；你得在对大嫂的身体有了充分的在乎之后，再自然而然拿出衣裳，就像现在。我的鼓舞是显而易见的，如果说回家过年有什么是最重要的，那么最重要的一点就是让大嫂高兴，大嫂高兴母亲就高兴。大嫂高兴了这个芯子上的光才有可能明亮。见大嫂脸上有了明亮的表情，母亲立即说："别在家磨蹭了，赶紧回去吧，一年一年在外面，过个年，还不得帮婆婆干点活。"

母亲撵我走，预示着我已经大功告成了。从大嫂家出来，听身后的门被母亲慢慢关上，我有一种说不出的成就感，就像做了一件多么了不起的事情。

三

冬天日短，从娘家出来，西下的太阳已经把小镇罩了一层昏暗的面纱，见天色已晚，我真的有些着急了，大庆最在乎我在公婆面前的表现，他的

想法和母亲一样，一年年在外面，过个年，怎么说也得帮婆婆干点活。当然也都是我这种从封建大家庭里出来的女人给婆家人养成的习惯，刚结婚那几年，我可是太卖力了，包着头巾，蹲在灰尘飞扬的灶坑里往锅底填柴，与山村妇女一无二致。这几年年纪大了，热情锐减，大庆的想法却从不改变。可越是着急就越是有事，在一家小卖店门口，我居然遇到了三哥，他正在往家买啤酒。

三哥看见我高兴得什么似的："远见什么时候把你们接回来的？"

"中午，十一点多钟吧。"这么告诉三哥，本是再正常不过，他放了假，我没有在第一时间在修配厂里看见他，可是不知为什么，心里有一种隐隐的歉意，好像没在第一时间告诉三哥是不应该的。

想一想，有这种感觉，都因为跟三哥感情太深了，或者说三哥对我太在乎了。在母亲生的十个孩子中，他是离我最近的一个，但小时候我们并不亲，他十几岁胡作非为时从不带我，要说亲还是我有了儿子之后。他没有儿子，只有一个女孩，每次开货车进城都来看我儿子，儿子惦记舅舅也一点点深化了我们之间的惦记，尤其后来他不开货车，进了大哥的厂子给大哥打工，每天都能看到大哥流水一样进钱，自己却挣有数的月工资，对他每日都在经历的不平衡感便有了深刻的惦记。

三哥面容憔悴，干生生的脸上没有一点肌肤应有的光泽，他笑呵呵地看着我，眼睛里有一丝类似母亲看我时才有的热烈，"我挺好的，大哥昨天格外给了我两千块钱"。

由于知道我的惦记，不等我问，三哥就自动说出。兄弟之间有了巨大差别三哥也许能够消化，毕竟能力不同。三哥最崇拜的人就是大哥，他十几岁时，大哥在我们家的家庭会上用过一个词，"话又说回来"，是为了表示更复杂的意思，三哥第二天就学了去，多么简单的事他都要把"话又说回来"。我是说，比任何别人都忠心耿耿为大哥操心，却并没得到比任何别人都多的工资，三哥受到了煎熬。三嫂把他的煎熬告诉我，我唯一能做的事就是劝三哥，让他想明白他现在只是一个工人，而不是大哥的弟弟，不要投入更多的感情，你不投入，也就不想回报。可三哥是人而不是机器，尤其他生性厚道，对大哥有一种愚忠。于是，他做不到不投入，他投入了又得不到应有的回报时，我这个妹妹就特别想掏自己腰包。

从包里拿出五百块钱，三哥坚决不要，连说我怎么能要你的钱。和大嫂一样，他对厂子的热爱和付出，就是给他一个明媚的春天，他都不会觉得拥有花朵。但只要你献出花朵，三哥眉宇之间，立即就有了春天般的光亮，他的脸甚至闪出一缕热腾腾的红，连连摆手说："快往家走吧，初一早点回来。"

大庆确实生了我的气，他往手机上发了好几个短信，见我不回，就打电话，手机在他身边响起时，才知道我根本没带手机。于是，没有通过手机说出去的话就在暗中扭曲了他的脸，推门进屋，他看我一眼，立即转身，给我一个愤怒的后背。

我脱了外衣，赶紧钻到婆婆和回菊忙活晚餐的厨房里。厨房太小，站不开三个人，婆婆坚决不让我进，说："可别沾手啦，饭菜就好，一会儿就吃饭。"我只有站在厨房外面的方桌旁，用夸张的声音向婆婆汇报大嫂的身体，母亲的等待，与三哥的相遇。我的汇报无疑达到一箭双雕的效果，既不让婆婆觉得我在跟大庆怄气，又让她知道我回来晚确有原因。其实婆婆的收获还远不止此，当听我说大嫂家特别冷清时，她啧啧啧直咂舌头，一边叹息一边说："嗨，真是的，光有钱有什么用，过日子还是过的人。"似乎她对家里的热闹非常知足。

不觉间又要吃饭了，本来就打怵吃饭，再加上没有亲自下厨，心理更是多了障碍。从某种意义上说，大庆也是对的，你能在家里抢上下厨的机会，等于为自己能够放松地吃饭开辟一条道路。这样的机会失去，就只有另辟蹊径，比如擦桌子摆椅子拿筷子，比如嘱咐儿子给老祖宗上香。公公家早先从不供宗谱，我结婚时曾暗示过他，他却异常激动，好像想不到我一个读书人会如此愚昧，并发誓说："我程有汪信科学就不信鬼神，邓小平都说科技是第一生产力。"后来，邓小平去世那一年，他突然请回宗谱，并让婆婆到我的母亲那学习做供饭，插供花。不知道是老和邻居打架，日子在暗中有了对手，在自己力量不支的时候，终于需要鬼神的帮助，还是对婆婆的怀疑没有随年老而减弱，反而越来越重，希望有什么外力让他从痛苦中解脱，反正他一反常态，烧香磕头十分虔诚。仿佛邓小平去世，鬼神就变成了第一生产力了。

可是，我为自己另辟蹊径的举动不但没有帮自己，反而使道路更加拥塞，因为挂了宗谱，还要请"年"，所谓请"年"，就是上坟地把祖宗从地下请回来，而现在，才是年三十的前一天，请"年"的仪式还没有启动，挂在

墙上的宗谱只是一个虚设，上香祖宗也不知道。儿子好奇地在供桌前点燃一炷香时，公公突然就从里屋冲出来："'年'还没请回来谁叫你上香。"弄得我十分尴尬。好在听说是我，公公收回就要发作的情绪，悻悻地回了屋。

努力反而制造了反作用力，接下来的时光，我彻底打消了参与到婆家过年气氛中的积极性，无论是吃饭还是看电视，无论公婆看我还是不看我，我都只淡淡地笑着不说话。我的情绪迅速就被大庆捕捉到，刚才还是紧绷着的脸立即放松开来，处处寻找机会搭我的目光，我不给目光，就偷偷戳我的肩膀，并故意大声说道："贞子，你把衣服拿出来给爸妈试一试呀！"

大庆的表现，使我想起下午我在大嫂面前的表现，为了这过年的气氛，我们谨小慎微，神经兮兮，我们的样子就像"年"是个什么易碎的物体，一不小心就会把它弄坏。触及这一点，我立即做了调整，站起来，朝沙发后边的一堆包裹走去。

衣服翻出来自然是一家人最兴奋的时候，弟媳回菊也拿出了自己为公婆买的衣服。娘家和婆家还是不同，娘家物质丰足，一直活在物质里的大嫂需要的是精神而不是物质，婆家精神丰足，为了满足精神宁可抻断腰筋也要上楼的公婆需要的是物质而不是精神。婆婆把一套套新衣穿到身上，满脸的褶子都开了。公公虽然没在我们面前试，但站在婆婆对面，端量来端量去，说了一句让儿女听了都有些脸红的话："像老年模特。"

当然，娘家和婆家最大的不同还在于，我的母亲已经九十岁，虽是大嫂的婆婆，却已多年不当家了，权力自三个儿子分家那天就移交给了大嫂。大庆的母亲才七十岁，虽是我和回菊的婆婆，可这个家因为没有分，也因为婆婆身手灵活，过日子的权力依然在婆婆那里。这意味着，同为一家的芯子，在娘家，燃烧的是大嫂，在婆家，燃烧的是婆婆。虽然暗里，婆婆常受公公的气，可明里，婆婆高兴了，或者说婆婆漂亮了，公公还是高兴，公公高兴了，一直因为漂亮而受压抑的婆婆更加高兴，婆婆瘦削的脸颊布满少有的红晕时，整个屋子都有了温暖的色调。

有高兴做底，有回家这一天身心的劳累做底，我睡了一个少有的好觉，我、大庆、建建，我们一家三口占据了弟媳一家三口的屋子，换了地方，本是很难睡好的。有一个好觉做底，大年三十的第一缕阳光照进窗棂的瞬间，还是有了和儿子一样的美妙心情。儿子为了除夕熬夜，夜里早早就上了床，当警觉我也醒了，他带着因深睡而干涩的嗓音说："妈妈，今儿个就过年了，我太兴奋了。"

　　所有的一切都为了这一刻，所有的忙碌、准备都为了这一刻，我不知道我和大庆有没有盼过，公婆一定是盼过，因为只有这时儿女才会团聚，回菊二庆一定是盼过，因为只有团聚，公公才不至于因为不喜欢二庆而愁眉苦脸，我的儿子建建和弟媳的女儿小栓更是盼过，因为只有这时，他们才可以不纠缠在枯燥的书本里。说句心里话，看身边人高兴，你的心也不由得就被感染，觉得有一个巨大而隆重的好事正款款地向你走来。

　　那巨大而隆重的好事，不过是放鞭炮，穿新衣，吃年饭，包饺子，请"年"，看春晚。那巨大而隆重的好事，来到时既不巨大又不隆重，一早二庆把一只二踢脚从窗口扔出去，爆响时声音在空旷的外面孤单地下滑，让你反而有一种空荡感。建建和小栓穿了新衣，下楼跑了一趟，回来时异口同声道："真没意思，外面一个人也没有。"忙活了一上午年饭，倒是抢进了厨房，可临吃时，膀挨膀地挤在一起，重复了以往的局面，不等吃，脑门就出了汗。午饭后安静下来，某些人酒足饭饱，比如公公、大庆、二庆，回屋里小睡；某些人酒不足饭也不饱，比如婆婆、我、回菊，但要忙着烧水洗头洗脚，这也是老家的一个规矩，女人们只有午饭后才能洗头洗脚。把一上午的油烟气洗去，顶着一头洗发香波的清香准备晚上的饺子，以为好事还在后边，可是，煮了饺子，公公、大庆、二庆、建建，这个家里的男人到十字路口望着坟地方向把"年"请回家，点了供桌上的蜡烛、香，给老祖宗磕了头，这些仪式一样样做下来，一切就像小时候过家家，再平常不过。倒是三代男人冲墙上的宗谱跪下时，心里某个部位慌跳了一下，但恰因为慌跳，让你觉得某些隆重的时刻已经过去，它们已经随供桌上飘散的香气，弥漫在屋子的每个空间。这时，身边手机短信的铃声响了，是那些心急的朋友来自远方的祝福。看上去，所有的祝福都是冲着就要开始的新的时光，可你稍稍留心，就会觉察到那躲在祝福后边的哀婉，因为这样的短信一个跟着一个：光阴已逝辞旧岁，万象更新过大年。

　　所谓隆重而巨大的好事，其实只在等待和盼望里，或者说，在你等待和盼望时，好事就已经发生了。好事充斥在每一寸正在流动的时光里，时光流动正是好事流动。它随着晚会一个又一个节目流逝，随手机里一个又一个短信升空，挽不住留不下，到除夕的钟声进入倒计时，饺子下了锅，公婆从屋子里出来，大庆掏出给父母的六千块钱压岁钱，掏出给建建和小栓每人二百的压岁钱，这似乎是这个年中能够留住的唯一的好事了。

然而，就在这一刻，就在我们给公婆问了好，大庆把六千块钱交到公公手上这一刻，意想不到的事情发生了——公公站在大厅中央，握着手里的钱，指着还在大口小口吃饺子的二庆，厉声叫道："老二你给我听着，你要是再不往家交伙食费你就给我滚蛋，你一天天在家晃悠，叫你做买卖不行，叫你进冷库扒虾头还不行，你混吃喝混到老子头上，没门儿。"

二庆决不吃硬，把筷子往桌子上重重一放，大声道："你以为俺爱待在笼子一样的楼里啊，俺才不稀罕！"

见引爆父亲的是自己而不是二庆，大庆赶紧上前推他的爸爸，边推边说："大过年的你这是干什么？！"

我则拽着二庆，一直把他拽到他们的小屋，在他想大声说什么却被我用手堵住时，他呜呜地哭了起来，肩一抽一抽的样子要多委屈有多委屈。

要说委屈他也真是委屈，从出生就没被父亲喜欢过，都三十多岁了，孩子都念初中了，上了桌子还不敢大胆伸筷吃饭。跟老人在一起，本来就亏嘴，再加上被怀疑不是程家人，再加上自己挣不回钱，几乎就是一个可怜虫。每次回来，因为了解这一点，要是有机会在厨房切熟肉，都偷偷拿一大块塞到他的嘴里。可是，难道公公就不委屈吗？他一辈子在外工作，从没过过烦琐的家庭生活，老了老了，回到烦琐中，本来就不适应，却又要时时面对自己的失败，虽然那失败是"误以为"，但只要以为，失败就存在。怀揣失败感，回到浸透了婆婆脚印的院子，本来就容易触景生情，被疑为失败的证据的二庆再一事无成，一天天在家里晃，就等于每天都在扒拉自己伤疤给自己看了。

二庆在这边哭，婆婆早在那边泪水涟涟了，要说委屈，谁也没有婆婆委屈，她曾跟我讲过，她从来就没对公公不忠，那前夫的兄弟确实在一个雨夜来过她的家，他对她好，是为了死去的哥哥，他来她家，是帮她盖粮仓子。谁知第二天公公就回来了，公公看到院子里的脚印质问她，她原告实述，可倒好，从此，她的小辫子就被公公抓在手里。

"爸，我跟你说，你再要是这么不讲理，我们就不回来了。"为了捍卫母亲，大庆终于愤怒起来，动了他的杀手锏。要说公公还有什么怕头，他最怕的就是大儿子大儿媳不再回来。至此，这个年，真的是要多隆重有多隆重了，隆重得都有些庄严了，因为屋子里顿时寂静无声，所有的人都愣愣地站在那里。

四

睡了少少一点觉，天就亮了，第一缕阳光照进窗棂，心情自然很不美妙。我不美妙，并不是担心公公继续找碴儿，有了大庆的愤怒，我相信他会做些相应的调整，可即使他不找碴儿，这个家里的空气一定是不会好了。对这个家而言，初一这天的空气好不好可是太重要了——这一天苇子埔的同族人要来拜年，大庆和二庆，还要到苇子埔拜年。如果说公公，包括婆婆，还有一点虚荣，希望向村人展示自己日子的美好，那么一年当中，这一天便是最佳时机了。不赶上过年，谁来爬你的六楼，不赶上过年，记者的儿子作家的媳妇怎么能在家里闲着。或许正因为这一点，一早起来，公公向一家人发出了和平的信号，他在供桌前点燃一炷香，冲身后的建建喊："孙子，来，帮爷爷把这香插到香炉里。"

公公不亏当过公家人，知火候识大局，知道什么对自己最重要，可是建建呼应他，二庆并不呼应，一早大庆逼他一起回村拜年，他脑袋甩得像个货郎鼓，坚决不去。要不是他崇拜的哥哥冲他把眉头竖起来，很难说他会不会动身。

回村子拜年，大庆也不愿意，一程程从农村出来，和我一样，我们经历了太多的挣脱和建立，我们是在不断地挣脱了跟乡村的关系之后，才一点点建立了跟城市的关系，也正是这一点，几年来，除夕夜我们不停地捏着手机键发短信，公婆的脸上都显出得意，似乎他们看到，有一个巨大的关系网络正包围着他的儿子和儿媳。其实大庆挣脱乡村是被动的，是跟着我，想法也非常单纯，只为了改善小家和大家的生活，从没想为祖上争什么光。关键是你工作这么多年，还没有一辆车，还要骑着一辆破自行车拜年，你有什么光？可是，就像每年我们都下决心留在城里过年，再也不回老家经受烦心的忙碌，最终不但回来了，却还要大包小裹民工似的回来一样，每年，大庆都下决心再也不回苇子埔拜年了，可到了初一早上，你不由得就上了贼船，不但自己上，还要逼着弟弟上。

说到底，还是一个根系在一点点复活，就像一进了腊月亲情的网络在我们意识里的复活，它们不在前方，而在后方，在你还在城里时，它们还被深深埋藏着，它们不是亲情，却在一端上连接着亲情，是亲情往纵深处幽暗处

延伸的部分，只有当你回到火热的亲情里，回到亘古不变的拜年风俗里，它才会一点点显现，你才会不知不觉就成了一个活跃在根系上的细胞，游走在根系上的分子，就像一尾钻进池塘的鱼。

大庆和二庆往苇子埔游走时，苇子埔族上的人已经敲开了家门。我从来认不准他们都是程姓人家的谁和谁，哪一个是大爷家的儿子哪一个是叔叔家的儿子，因为一年只见一面，又是在最短的时间里以最大的面积接触。也是怪了，只要有拜年的人来，公婆立即退居边缘位置，把我让到中心，比如客人坐在沙发上，他们非让我坐客人对面，每当这时，我都如坐针毡，因为我实在不知该跟他们说什么，我虽嫁了程家，可我的记忆里没有他们，没有共同的人事可供回忆，而为了寻找话题，他们一遍遍夸我是程家最了不起的儿媳，将来说不定有什么事，还得找我帮忙，我会因为一种说不清的恐惧而思想溜号，我在想，我跟你们有什么关系吗？

有些关系，在你并不自知的时候就已经发生了，虽然它们需要借助想象，如同男人把从女人身体里掉下来的孩子视为自己的需要想象，但想象出来的关系往往是最真实的关系，比如把最后一拨拜年的客人——公公叔叔的儿子送走，婆婆跟我讲起，她跟公公结婚时，她的叔公公歧视她是二婚女人，见面从不跟她说话，那时她就发狠，将来一定生个好儿子给他看看，现在怎么样，终于争了这口气，不但儿子有出息，儿媳也有出息。这时，你知道，你跟这八竿子打不到的婆婆叔公公之间的关系，早在婆婆结婚时就已经发生了。

有高高的楼房和平地上矮矮的草房比着，有城里的儿子儿媳和泥地里土坷垃的庄稼人比着，有婆婆记忆中誓言和现实的结果比着，大庆和二庆拜年回来时，公公坐在沙发中央，居然心平气和地问两个儿子："没上邻居家去拜拜吗？"那语气之泰然，那泰然语气后边透露出的胸怀之开阔，仿佛拜年是他的药，短暂的上午已经让他吸收了无限的药量，把那血淋淋的伤口治愈。哥俩愣愣地伫立在那，偷偷对视之后，大庆把目光移向我，我不知该如何表达我这复杂的感受，只有借机赶紧说："看什么看，吃了饭，咱们得去给建建姥姥拜年，你回来都没上去一趟。"

新的建议阻挡了公公的问题，他不但没生气，反而提供了一个让他更加开阔的机会似的，"就是嘛，快弄饭吃，去拜拜你岳母和舅哥儿"。

拜了婆家，接着就是娘家。大年初一就回娘家，也是对老祖宗留下规矩的一个突破。在那个规矩里，嫁出去的闺女，就是泼出去的水，你泼出去了，就不得看见娘家的祖宗，就得把祖宗送走才能回家。而把请回家来的祖宗送走，得初三晚上，所谓送"年"，闺女女婿回娘家拜年只能等到初四。可是我们初四就要回城了，为了解决这一问题，十几年前，大嫂就代我们对着宗谱做了祷告，说："老祖宗你别挑理，贞子和贞子女婿是在外的人，给公家做事，必得提前回来，他们是老程家人，给老程家争光，可贞子是咱家人。你可千万不能挑理。"

听说上姥姥家，建建兴奋得一高跳起来，他兴奋，并不是想姥姥，三十的下午，他下楼学骑自行车已经去过姥姥家和三舅家了，主要是他终于盼来一次学会骑自行车以来最实际最有意义的旅行。乡村在他心里的长度，只有从奶奶家到姥姥家那么长，能在这个长度上获得驾驭的快感，大概是年对他最有意义的馈赠了。也就是说，在他的年里边，除了二百块压岁钱，自行车可能是和他最有关系的事物。因为在姥姥家楼下等到我们，他撇着嘴说："要是没有这车子，可就憋死我了。"

和前一天不一样，大哥家有些热闹的意思了，侄子侄媳和他们的孩子都回来了，母亲的娘家亲戚也来了一大帮。因为有客人，午餐还没结束，一张桌子杯盘狼藉，两个侄媳正在往餐厅撤席，另一张桌上，大哥正在和表哥们举杯喝酒，母亲则坐在大厅的沙发上。我们进来，远见第一个问好："姑姑姑夫好！"其声音之大之洪亮，好像接了我们，他就是家人中和我们最亲近的人。拜了母亲，便去拜大嫂。大嫂躺在北屋床上，一脸痛苦的表情，有气无力地说："好，好，都好，你们都好。"接受了侄子侄媳妇们的对拜，给了侄孙们压岁钱，我和大庆就来到桌子旁一一拜客人。大表哥二表哥三表哥四表哥，还有两个表姐夫。不知是酒喝多了，还是大嫂家暖气太热，他们统统开着怀，黝黑的脸上冒着湿漉漉的热气。这是一场持续了近四十年的酒宴，参加者永远是母亲娘家亲戚。自我记事，每年正月初一，他们都带着并不厚重的礼来庄重地拜见姑姑。说并不厚重，是说他们无论生活怎么改善，拜年的礼物永远是两瓶罐头两瓶果酒；说庄重，是说不管在乡下还是在小镇，在平房还是进楼房，他们雷打不动风雨不误，且只要来了，就一定要留下吃饭，全不顾大嫂身体不好，拜年习俗已经改革，大家只拜年不吃饭。他们不但要吃饭，还要把自己喝得脸红脖子粗，还要借着酒劲，大夸他们的姑姑如何有德行，申家这支人如何有本事，他们如何摊了门好亲戚。他们攀高枝的

目光就像挂在枝头的果子，亮得真实又坦荡。他们确因摊了门好亲戚而改善了生活。二表哥的儿子和表姐夫的儿子都被大哥收编，以为是亲戚，大哥让他们学钣金学喷漆，可他们学成手立即背叛大哥，另开修理点与大哥竞争。他们一年一年恭维大哥不厌其烦，也许包含了歉疚，可大哥从不计较也从不厌倦，不但不厌倦，还不无得意："是啊，在这小镇上，你大哥可算霸主了。"

或许，大哥就是要让他们看到他这高枝儿的气度，可是大嫂厌倦了，母亲厌倦了。坐在沙发上的母亲，脸颊紧紧地抽着，眉头上竖着深深一个川字。

母亲厌倦，当然来自大嫂的厌倦。大嫂虽然不说厌倦，但她病歪歪躺在床上的样子已经胜过所有语言。倒是家有了热闹的气象，母亲再也不像头一天那样逼我和大嫂亲近了，不但如此，还毫不掩饰地盯着我，急切地把我拉到她的身边，就像我是一只终于可以放飞在她身边的蝴蝶，不快点抓住，就有飞走的危险。

母亲问程家的年过得怎么样，杀了几只鸡，年夜饺子搁没搁虾仁。这是她每年都要关心的事，在她的意识里，年的意义永远跟吃连在一起。母亲自然得不到真实的答案，我不能让她在因为娘家侄子的到来而感伤时，再因为我而感伤，要是我实话实说，告诉她程家只杀了一只鸡，几天来没有一顿饭能吃好，她就不是感伤，而是心疼了。我说："挺好的，他爷他奶挺高兴。"

屋子太喧闹，母亲听不见我在说什么。后来，她看了看她的侄子们，缓缓站起来，挪着小脚回了她的屋子。这是没有语言的暗示，我立即跟她进了里屋，并在往里屋迈步时，做好了粉饰婆家一切的准备。

然而，当母亲坐到炕上，小眼睛在深深下陷的眼眶里闪出光亮，我的心一下子就慌了，那里边已经有了亮晶晶的泪水。

"妈，你怎么了？"

母亲朝门的方向看了看，我于是转身去关门。回身时，母亲已深深低下了头，两只枯瘦的手抚在瘦削的脸上。"你大嫂和你大哥早上吵嘴了，俺听不清，好像为了你三哥。你大哥不知给了你三哥多少钱，你嫂子嫌给她妹夫少了。"

提起三哥，我不由得想起昨天路上的情景，一定是大哥给三哥两千块钱大嫂知道了。可是还不等我做出反应，身后的门吱一声打开，大嫂撑着沉重的身子从外面走进来。见大嫂进来，母亲立即把脸冲向窗外，故意说："今年的正月一点都不冷。"

母亲的小把戏一下子就被大嫂揭穿："什么冷不冷，肯定是告你媳妇的状。贞子你评评理，你说你哥能不能那么做，都在一个厂子，他兄弟奖金两千，俺妹夫就一千。"

我没有马上接话，因为我无法战胜自己内心的感受。大嫂把三哥说成"他兄弟"时，就忘了我也是他妹妹，这语气有些生分，当然关键不在这，据我所知，三哥和大嫂的妹夫工种是不一样的，三哥替大哥接待来往车辆，是二层管理，大嫂的妹夫只是个徒工。我不能说什么，就只有安慰道："大哥是不该那么做，不过你也别太生气，大过年的。"

"俺不生气，俺和你哥争讲完了也就完了，俺怕妈跟你讲了你生气。俺知道你是开明人，不至于。"大嫂说完，给出一个稍纵即逝的笑，立即又离开屋子，紧紧地关上了门。

虽然和门外的世界隔开，可是，很长一段时间，母亲都没有说话，仿佛只要说话，就是对大嫂的不恭。我拽过母亲的手，抚着她的手背，手指在青色的血管上轻轻摁着，我的意思是说，我了解你的心情，你什么都不用说。可是停了一会儿，母亲还是说话了："这几年不知怎么了，你大嫂就是觉得屈，厂子都快成她娘家的了，还觉得屈，咱这边，不就你三哥一个吗。"

要说屈，大嫂当然屈，她十八岁嫁到申家，还是刚从山沟里选到海上客轮的服务员，从一个农民变成走南闯北的公家人，她家那一带山里人都说她家祖坟冒了青烟。可是连她自己都想不到，遇到大哥，她竟自动放弃船上工作，回到上有老下有小的申家，做了大儿媳妇。大哥对大嫂的吸引力，也许是他过硬的修车技术，是他乐于将一个家族的责任揽于一身的大男子气派，可是大嫂不知道，你嫁了一个有责任的人，就意味你和这个人身后所有责任绑在一起。大哥的身后，有大爷和叔叔都无力抚养的奶奶，有二哥和三哥家都不愿意去的父亲母亲，要是你再要强，想做个贤惠儿媳孙媳，重新点燃祖坟上的青烟，那几乎就等于把自己送上祭坛。大嫂的觉醒，是在她得病之后，那之后她动不动就说："俺要是不嫁你哥何至于！"

大嫂要是不嫁大哥会是什么样子，会不会得病，都是未知，但就因为得了病，大嫂开始在乎她在大哥心目中的地位，在乎她娘家人在大哥心目中的地位，仿佛这是补偿自己命运的唯一方式。在大哥买下厂子产权之后，她

想方设法把她穷山沟的兄弟姊妹弄出来，大哥最终接受，或许正出于对大嫂为申家所做的一切，可当她身后一条根系上的网络在母亲的眼皮底下一点点建立，受到威胁和挑战的自然就是母亲了。要知道，大哥是母亲的儿子，大哥创造的世界理该是母亲的世界，虽然她的娘家亲戚瓦解过大哥的世界，可眼前的现实是，这个世界差不多全被大嫂娘家人占领，她有六个妹子两个兄弟，她还有两个表妹和两个姑舅兄弟，在眼前的现实里。大哥给三哥奖金不是多了，而是少了，因为母亲用的是简单的加法，申家这边，除了大哥的儿女，就三哥一个人，而大嫂娘家那边，一层层加起来十好几个，十好几个和一个比，你怎么能觉得屈呢！

我不知道该说什么，就只有陪着母亲黯然神伤。恰在这时，屋外有了轰隆隆搬椅子声音，是酒宴已经结束。开门出去，表哥们正往身上套衣服，他们一个个醉醺醺的，身子都有些摇晃了，他们身子摇晃，神志却清醒，大表哥看见我，立即冲过来，冲到母亲房间，抖动着因喝酒而发板的嘴唇，大声喊着："大姑，你，你老有福啊，你这茬人，数你有福啦，儿女都有本事！"

母亲应和道："俺有福，俺知道俺有福。"

五

送走母亲娘家亲戚，屋子里立即空荡了，看侄子侄媳，立即觉得他们离你近了。这近，不是距离上的近，而是他们嵌在身后的生活浮现了出来，比如看见远见媳妇，会想起她最近开了超市，看见远明七岁的儿子，会想起他学习一直班级第一。他们是大哥这个家的主体，是大哥大嫂这棵芯子向上延伸的部分。表哥们也是延伸，方向却正好相反，表哥的延伸是向下，向着陈腐、陈旧，就像树梢相对于树根，就像苇子埔相对于公公；侄子们的延伸却是向上，向着明亮，就像树梢向着蓝天，就像窗口向着风景。我是说，人的存在是带着信息的，当表哥们把陈腐、陈旧的信息带走，侄子们的生活浮现出来，屋子里顿时就有了盎然的气象。远见媳妇汇报她超市一天的盈余，所有人都感到惊讶，而远明说他的儿子不但是全班第一，这回考试，全校排名第二，大哥大嫂脸上顿时溢出灿烂。而我，被这灿烂感染，有了回家以来最明媚的心情。

姑侄通着心，这是不可抗拒的感觉，就像爱的不可抗拒，可是时间总会将爱磨损。很难想象，有那么一天，我也会和母亲一样，心再也不会为侄子所动，心的缝隙里，填进另一些不为人知的苦恼。

清除了某种信息，大哥和我似也近了。我询问了侄子的生活之后，大哥又开始询问我的生活，是不是还跑卫生战线，大庆的公司效益怎么样。说起来，这还是大哥隆重接我们回来后第一次正式的叙谈。大哥和侄子不同，明知道大庆融不进申氏家族，说话时却还要照顾他。但有了简单的开场白之后，大哥迅速奔他的主题："你说大庆，贝·布托这个家族，是不是叫人佩服，儿子十九岁就有了政治志向。"

大庆懵懵懂懂，他在广告公司一天天忙碌，很少有时间看新闻，我赶紧接过话："是啊，他儿子是英国牛津大学的学生。"

大嫂一向反感大哥关心八竿子打不到的事，早上又为三哥的事和大哥吵过，立即挖苦道："没去问问那什么托是不是国子监吗？"

侄子们在一旁哄堂大笑，但大哥旁若无人。在这个家里，我是大哥唯一的知音，只要我在场，只要我们有更多的时间说话，大哥就忘了身边的一切，就走到要多广大有多广大的世界。那广大的世界，是中东，伊拉克，约旦，是东南亚，朝鲜，印尼，是美国，英国，俄罗斯。有时，我们跟着恐怖分子炸弹的声音，有时，就循着各国最高元首访问的路线。那时，你觉得大哥根本不是乡下人，也不相信他一辈子没离开小镇，因为他如数家珍的样子就像他刚刚从外国访问回来。那时，你觉得他和乡村、小镇，和修配厂以及身边这个家，没有任何关系，唯一有关系的，就是我了，因为在他周游世界时，唯我跟在他的身后。为此，我一直觉得，一进了腊月，大哥就一遍遍电话约定回家时间，除了试图弄出一种虚假的热闹，为的就是这一刻。

可是，这一刻那么短暂，没一会儿，大嫂娘家一群兄弟姐妹就汹涌而入了。他们被母亲娘家人阻隔到下午，已经有些急不可待了，一进门就大呼小叫姐姐姐夫好啊！然而，你绝不要以为，周游世界的一刻消失，大哥会遗憾会痛苦，根本没有！当看见他的小舅子连襟簇拥进来，他立即转换角色，从沙发上站起来，一个深受公民拥戴的国家元首似的，一一跟大家握手。

我曾经以为，大哥关心国家的事世界的事，是因为家族使命感所致，比如祖上曾出过国子监太学士申桐，父辈曾出过鲁美毕业，最后成为《人民画报》美术设计师的五叔，是因为有了重振家族雄风的使命，才使他不满足于自己人生狭小的疆土，才每每要让思想超拔出去。可是现在，当看见大哥闪在脑门上少有的幸福之光，我知道我错了。问题是，我知道我错了，却又不

知错在哪里。大哥无数次把自己超拔出去，难道正是想从更宽广的疆土来印证自己的成就，比如当看见贝·布托家族不断有领袖出现，他会想到自己，从而更充分地享受在家族中的领袖地位？我不知道。我只知道，接下来，他说了一句让我非常惊讶的话："你姐夫要是像贝·布托那样有人想暗杀，你们当中有谁能站起来为我保镖？"

虽然不会有谁知道贝·布托，但保镖的意思还是被大家听懂了，于是呼应声此起彼伏。不知是新的拜年者带来的信息阻隔了我和大哥之间的距离，还是别的什么，我和大庆对视了一下，立即做出撤退的打算。

然而，我怎么也没想到，从大哥家出来，大庆居然冲我火了起来。他火了，不是跟我吵，而是一个人噜噜噜蹿走到前边，等也不等。我们接下来还要上二哥三哥家，在大哥厂子的门卫那，还放着二哥三哥的拜年酒，可是他根本不管，出了楼道就没影了。

当我和儿子拎着酒来到街上，只见他横眉冷对站在路边，脑门上的发丝站立着，脸阴沉得就像抹满水泥的墙壁，一点缝隙都没有。他为什么火，我似乎能猜到一些，他进门之后，没人逼他上酒桌喝酒，他不喜欢喝酒，但他在乎他在申家的地位，他一直觉得他这个女婿在申家没有地位。你舅哥不重视身边的妹夫，却去管什么贝·布托，他当然不高兴。因为知道他为什么火，我更加火了，我说："你回家去吧，我不用你跟我拜年。"

建建还当成好话，赶紧响应："那好，我和爸爸回家了。"

大庆没动，但当我错过他时，他走上来，接过我手中的酒，没好气地说："你说我不该生气吗，大哥借我们的钱都三年了，都要雇保镖了，提都不提，你给儿媳办超市，我们就不能给二庆办超市吗？"

我没有接话。仅一个中午，大庆就捕捉了这么多信息，真可谓说者无心听者留意。三年前，大哥上设备借我们五万元时是说一年就还，可是大哥没还对我是有交代的，第一年要买吊车，第二年又要上"四轮定位"流水线，今年，大哥告诉说，远见媳妇闲在家里总打麻将，远见看不惯，两口子老打架，就寻思帮她在镇上弄个超市。每次，大哥都让我告诉大庆按银行利息一分不差，我没告诉，没有别的意思，仅仅是忘了，不然，听侄媳谈超市，也不能没感觉。这件事失误在我，我本该道歉，可是事情的走向往往不按惯常的逻辑，现在的逻辑是，大庆发火时眉头扭曲的样子，让我一下子想起昨天冲二庆发火的公公，他们的表情太像了，这让我莫名其妙就有了抵触情绪，就想我跟你们程家有什么关系，凭什么要看你们脸色。情绪是一种奇怪的物体，像龙卷风，刚刚生起在草垛空儿时还只能掀动一片草叶，可一瞬间鼓舞起来，席卷的就不是草叶，而是房屋树木，土粒沙石，比如这么一程想着，自然就想到给公婆买的楼房，我嫁你程家，得不到家里一丝一毫的帮助，却还要给买房子；借给大哥的钱还有利息，给你爹妈投资无本无息。这么想着，就把嫁给大庆之后所有的艰难都想起来了，就觉得委屈得不得了，为给他找工作，求亲访友，因为没有城市户口和专业技术，工作换一家又一家，往往刚刚稳定又得折腾，送礼摸不到家门时在大街上不知走了多少个来回……后来，我都有些眼泪汪汪了。

事情小得不能再小，也许不用解释，一个体谅的眼神就解决了，可是，我不但没有体谅，还拉着脸，还眼泪汪汪，大庆就吃不住了："怎么？你掉眼泪啦？我怎么你啦？"

我不吱声，但我气哼哼雄赳赳往前走的样子，绝对就是挨了欺负，大庆这下真的火了，把拜年酒往地上一摔："我不去了，谁爱去谁去。"说罢，扭头就走，留下我和建建相互看着。

谁爱去？我也不爱去，我都四十五六岁的人了，过个年不能坐在母亲炕头闲着，还要大包小裹东奔西忙。可是不去行吗，大哥是哥，二哥三哥就不是哥？大嫂是嫂子，二嫂三嫂就不是嫂子？她们尽管没有侍候母亲，可就因为这一点，她们更在乎我这做小姑子的态度，她们没有侍候母亲，我可以想什么态度就什么态度，可是，我对她们的态度往往要影响她们对哥哥的态度，我不能因为礼节不到，让哥哥受了委屈。

和建建拎着十二瓶酒往前走着，眼睛湿了又湿，因为走在这条街上，不由得就想到自己最初的恋爱。当初，和大庆恋爱时，这条街曾寄托了我们无限的情思。他的单位在上街，我的单位在下街，我们因为一个莫名的眼神，掀动了青春的草叶，就像一丝风掀动草垛空的草叶，从此就被卷进一场爱情风暴中。我们在这条街上眉目传情，当朦胧的思念随当时对青年最具影响的《马克思传》的传递，我们彼此就毫无道理地嵌入了对方的生命。说毫无道理，是说我们把发生在自己身上的爱情看成是马克思和燕妮的爱情，伟大而崇高，忠贞地相守一生。如今，我们也像他们那样守着，不知怎么就守出了一堆鸡毛蒜皮，全没了想象中的伟大和崇高。我们像一个挖自己墙脚的小丑，心甘情愿把自己卷进一场青春的风暴里，到最终，又脆弱到仅一根草叶

的掀动，就会席卷掉我们的一生。因为往二嫂家走去时，我不断地问建建："妈妈为什么要嫁你爸爸？"

二哥家在镇子后边一个胡同里，在大哥买了企业产权时，二哥所在的小镇机械厂也在拍卖，那时二哥只是车间主任，没有买断的想法，也没有办厂的雄心，当机械厂被厂长买去，二哥由一个公家人变成一个私有企业的打工者，突然受不了，就在毫无能力和准备的情况下，借钱买了几台机床，租了几间老纸箱厂的旧房，小打小闹干了起来。把家也从乡下搬到厂子里。

为了不让二哥二嫂看出什么，在胡同门口，我停下来，从衣兜里掏出纸巾揉了揉眼睛，然而就在这时，我听见有人喊我，"姑"。

一定神，发现二哥的三儿子从胡同口跑出来，他没穿外衣，毛衣的袖口还高高挽在胳膊上，一看就知道是突然发现我们才迎出来的。把一提酒瓶交给侄子，一股暖融融的感觉还是让我心情有了调整，可是正要往屋里走，却被侄子截住，侄子站在我的对面，背对胡同，神经兮兮地说："姑，不稀进吧，俺哥跑了没回来，俺爸俺妈正哄俺嫂子打扑克，你要进了，不提俺哥不好，提了，全家都难受。"

我愣住了，似乎明白了一些缘由。元旦刚过，二哥就打来电话，说在县里做买卖的大侄子，因为侄媳有外遇气跑了，跟一个朋友去了上海。我给侄子打电话，他一直关机，想不到他年都没回来过。

我只有悻悻地转身。

"妈妈，二舅家的三哥说他哥跑了，他哥是谁，我该叫什么？"

我向来不指望建建能搞明白他和我身后这一大家子人的关系，可他三哥的哥哥他该叫什么分辨不出，却让我惊讶，于是没好气地说："我也不知道。"

从胡同口离开，我的心情更加坏了，我心情坏了，不是心疼二哥二嫂，而是心疼侄子，大过年的，他一个人上哪去呢。在跟他联系不上时，曾跟身边的朋友说起，朋友没好气地批评我："你这人真怪，侄子的事你也管。"朋友觉得怪，我才知道，在很多人那里，姑侄并没有我们这么深的感情。我比这个侄子大六岁，从六岁到九岁，我哄了他三年，直到大嫂的第三个孩子出生。我细弱的胳膊因为没力气，常常背着背着手就撸了扣，就把他掉到地上，因此他跌哭时的样子就成了永远抹不去的影像。我下意识掏出手机，拨出侄子号码，我知道没有希望，因为这个号码拨过无数次了，从没开通过。

然而，几乎刚刚拨完号，侄子熟悉的声音就传了出来："姑姑过年好啊！一直想跟你打电话都不敢打，我挺好的。"

很显然，他因想家终于开了机。"你在哪里？为什么不回来？"

"姑，我在西部，西部大开发，我跟朋友过来干，这里机会太多了，出来一个月，顶在家里一辈子。"

我说不出话来，嗓子眼有些哽咽。侄子的声音特别高亢，让你感到他火热的人生正在开始，可我激动的不是这个，而是从他嘴里吐出的"西部"，你无法想象，那媒体上耳熟能详的西部大开发会跟你的亲人发生联系，当你感觉到他们的联系，就像你的血管通了国家血管，一瞬间有一种超拔感，尤其当你站在故乡的街头，踩着一地鸡毛蒜皮。

也正是因此，去三哥家，看到三哥三嫂寂寞地守着电视，听三嫂唠叨对大哥的不满："原来说挣了钱怎么都不能忘了自家兄弟，现在只给两千块钱，却花一万给自个儿媳办超市。"我一直走神，恨不能赶紧远离这烦琐的一切，也像侄子那样飞到西部。

六

人在现实里边，总要生出远离现实的梦想，它也可以是西部，也可以是南部，是东部，是北部，总之它在远方，就像此时此刻，我所在的小镇也成了侄子的远方和梦想一样。通完电话后，他发来好几个短信，说他非常想家，一想到家人团聚的热闹就恨不能马上飞回。每个人，都无法感知他人的此刻，比如，思乡的侄子就无法感知我的此刻。我的此刻，人虽在家，却有一种无家可归的感觉，我的此刻，不但不热闹，且十分孤寂，婆家那边，大庆正在跟我赌气，娘家这边，大嫂家，拥满了她的姊妹，二嫂家，纸包火一样包裹一堆烦恼不让进，三嫂家倒是让进，你却不愿意被说不清的烦恼包裹。

转到天黑，回到婆家，大庆早已经消了气，从不在公婆面前表示出对我好的他，居然为我倒了一杯热水，并说："明天上歇马山庄拜年，我准备跟踪拍摄。"

只有我知道，这句话包含了多深的殷勤。两年前，因为想自己做广告，他买了一台专用摄像机，每年回家，都说要跟踪我回老家歇马山庄拜年，可是每每临了，都以在家陪父母为由，不去践行。事情就是这样，你如果不能

在风掀草叶时控制事态，那么你就只有事后屈尊殷勤。这个下午，大庆一定为自己转身离去的行为很是后悔了，他后悔，不是觉得他错了，而是他认为即使没错，也不该跟我咬尖，一旦我因此不回婆家，他父母的年，可就怎么都过不好了。而我，之所以自知有错，却还要理直气壮，也都因为有这个杀手锏。我没把这个杀手锏派上用场，不是不想用，而是在街上流浪时才发现，那杀手锏并不存在，我要是不回婆家，叫母亲知道我和大庆闹别扭，母亲的年也过不好啊。所以，当大庆向我出示了拍摄计划，感激涕零的不是他而是我了，尤其先回来的建建偷偷告诉我，"爸爸扛机器出去好几趟了，他说要去拍你，可走出去又回来了"。

不经风雨，怎么能见到彩虹。正月初一这天晚上，我的心情里有了彩虹。那彩虹升起来，不过是一个跟踪拍摄的计划，他拍摄不过是玩玩，也上不了电视，可我知道我的家人，尤其是大哥会在乎。为了这计划，大庆提前在家人面前演练，录了婆婆又录回菊，录了建建又录小栓，公公和二庆在一旁助威。他是一个燃点极低的人，因为总难唤起热情，他屡屡把摄像机拿回来，又屡屡原封不动拿回去。当一家人都成了镜头里的人物，有了嘎嘎嘎的笑声，夜晚再也不是夜晚，而是布满霞光的白日。

在侄媳的金玛超市集合时，冬日的朝霞已经褪去，被淡淡升空的日光取代。超市，不过是比小卖店大一点的商店而已，它是大哥家的新生事物，大哥安排在这里聚集，也许仅仅因为它在小镇商业街的正中，是我们、二哥、三哥和大哥聚集最方便的地方。可大哥不知道，在这个年里，这个新生事物已经伤害了好几个人的感情了，比如三哥三嫂，比如大庆。三嫂根本没进超市，只冷冷地站在门口，大庆倒是进了，染着黄头发的侄媳满腔热情迎出来，一迭声地喊姑夫，他不能不进，但他并没像我希望的那样，把机器打开，录点什么。

二哥二嫂从胡同拐过来，离超市还有几米远就停下了。他们倒不一定对超市有意见，但跑到西部的儿子破坏了他们的心情。我迎过去，只见二哥一张脸灰涂涂的，而二嫂，眼圈像挂了葡萄，乌紫乌紫。与我对视，泪光顿时盈满眼眶。

听说有摄像跟着，大哥从面包车上下来，俨然就是一个出访的国家元首了，只不过国家元首出访只带夫人，大哥出访还带了母亲。看见我和二哥二嫂，朝车上指着说："妈九十岁了，难得回去一趟，让她回去看看。"

初二回歇马山庄拜年，是三个哥哥搬到小镇一直都在奉行的礼数，看起来是一种礼数，实际上是向村人展示申家风光。文革时，父亲、四叔、二大爷都在村里挨过整，在二哥看来，去拜他们等于忘了杀父之仇，可大哥绝不这么看，大哥认为，就因为当年挨过整，如今过得好了，才要送给他们看看，这是另一种复仇。实际上还是性格的差别，觉得过得好了是自己的事，是讲究实际，觉得过得好了必得送给别人看，是追求虚荣。二哥讲究实际，可多年来，他一直影子一样追随大哥呵护大哥，对大哥的想法从无二话。

最初，只三个哥哥，后来，又加入了我，再后来，又加入了三个嫂子。在大哥看来，要说申家风光，那么我肯定是这风光的一部分。当然，我积极参与不全为了大哥，而是为了自己，出生地的乡村常让我想念，最重要的是，在婆家待着太没意思。这几年，大哥厂子越来越红火，大嫂加入了，见大嫂加入了，二嫂也不甘示弱，二嫂的厂子并不红火，连年亏损，但二嫂是孤儿，一小就没有爹妈，一个没有爹妈的人能出息成厂长夫人，自然要送给那些有爹妈的人看看。见二嫂加入，三嫂也加入了，三嫂没有厂子，也不是孤儿，但三嫂是城里下乡知青，十几年前还没搬出来时，三哥开大货车拉她一趟趟进城，进进出出穿些时髦衣服，曾是村里人最羡慕的人物。如今日子没落了，可越是没落了越不能让人看低，关键是，日子没落了，身材却反而好，她有比大嫂二嫂苗条一百倍的身材，即使没有时髦衣服让人羡慕还有腰条儿。所以，这看上去是向村人展示申家风光，实际上更是妯娌之间的一种较劲了。

每年拜年，都是三哥开车，大哥坐在副驾驶的位置上。可是因为母亲去，必须坐在前边，三哥就自动把车让给大哥开。做任何事情，三哥都不放弃突出大哥的地位，在修配厂，有修车的来，本来一百块钱的活，三哥故意要一百五，把那五十的面子留给大哥，因常常扮演黑脸，许多司机都在说大哥好话时骂三哥狠，这也正是三嫂不平衡的地方，弟弟愚忠，把哥哥的厂子当成自己的，你就该对愚忠的弟弟有所回报。可是往往性格即命运，愚忠是三哥的性格，常了也就不被人在意，比如现在，他把车让给大哥，自己钻到最后一排的最里边，没有任何人就此说什么。

从小镇到歇马山庄，十里路不到。这条并不宽敞的沙土路，小时走过无数次，那时小镇在我心里还是远方，还是梦一样的地方，就像侄子所在的西部。在礼教严格的大家庭里被母亲打了骂了，就顺这条路，一次次把自己放

逐到小镇前边的大海。那里有成群的海鸥无边的海水。其实不仅仅是我，申家好几代人都在这条路上无数次地走过，五叔活着时有一年夏天回来，领我走这条路，走着走着就蹲下了，捧着一捧热热的沙子，忧伤地说："你们还认得我吗，你们中的哪一粒被我踩过？"我们一代代人踩过的沙子，也许早就被雨水冲走了，即使不冲走，也有了另外的命运，被碾在橡胶轮胎下面，而不是踩在胶鞋布鞋下面，可恰恰如此，我的忧伤一点也不亚于叔叔。叔叔时代，踩着沙路回到奶奶炕头，从窗口，还能看着小时候玩过的窗台和庭院，野地和河套，故乡还是一个单纯的物体，故土还是真实的存在。如今，母亲的炕头屡屡搬迁，窗口对着的地方嘈杂又陌生，熟悉的路被甩在身后，心也就像被甩出来的路，除了被现代交通工具碾压，孤寂而飘零。

歇马山庄坐落在一个小山包的下边，是一块洼地之中的村庄，它既无山的依傍，又无林的环抱，前后左右都光秃秃的。恰因为没山没林，一个土岗就成了童年的山，一片河岸的草丛就成了童年的林。长大出来，看见了那么多名山大川，高楼大厦，再回这里，就觉得这是小孩过家家玩的地方。房子矮趴趴地簇拥着，以草垛为界；河谷静静地逶迤着，以孤独为岸；赤裸裸的地垄匍匐在房与河之间，仿佛一条条冻僵的蛇。你人在远方想故乡，觉得它在黄海北岸，如今人在黄海北岸看故乡，你不由得就想，这里跟你有什么关系吗？

有关系，当然有关系，大哥的车刚刚停到屯街，就有人过来打招呼，老由家三爷，老周家二哥，老于家小久子。只要你从车上下来，一个小世界突然就变大了，一个埋藏并不深远的关系迅速就苏醒了。虽都有变化，可一眼就认出来了，他们也一下子就喊出了你的小名。他们都穿得新锃锃，老于家小久子居然穿一件皮夹克，脖子上还围了一条墨绿色围巾，可是与乡亲握手，问好，不知怎么就觉得是在一个崭新的屏幕上放映旧世界影像。因为你脑子里闪回的，都是这些人的过去，比如那年侄子掉到井里被奶奶捞出，第一个冲到井沿的就是小久子，他冲到井沿不是帮助奶奶，而是和侄子一起号啕大哭，边哭边喊："还能不能和俺做伴看电影啊？"

脑袋里放映的是旧世界影像，大庆机器里拍摄的却是新世纪镜头。大哥神采飞扬，因为身材太魁梧，需微微含着胸才可走进低矮的屋子，可这似乎更突出了他的高大。大嫂搀着母亲，她身体不好，搀母亲的本该是我或者三嫂，可大庆的摄像头一直跟着母亲，大嫂当仁不让，她侍候的母亲，她最有资格。有母亲、大哥大嫂在前边，我、二哥三哥二嫂三嫂，自然就成了陪同。不过，这一点也没什么不好，一大帮人闹闹哄哄，倒有一种相互借势的快感。

我们一家家串着，有的人家，只进去打声招呼，比如那些我们已不大认识的小年轻的家，有的人家，却要停下来说几句话，比如那些有老人的人家，或者像已经卧床不起的李玉胜家。

李玉胜是当年打父亲最猖狂的一个，他十年前死于肝硬化，扔下病歪歪的老婆和儿子住在一起。年是年轻人的节日，儿子儿媳不知拜谁去了，脏兮兮的屋子里只有一个被我们叫着二嫂的女人。见我们来，二嫂有些慌乱，明知道爬不起来，却还是要爬："妈呀就知道你们能来。"

她慌乱，也许没想到九十岁的母亲会来，李玉胜打父亲时，母亲曾拿鸡蛋去求过她，结果这成了父亲又一罪状。落入今天这步田地，一定不愿意让任何人看到，可她偎着被子的身子颤巍巍的，掉进深洞的眼睛顿时湿润，仿佛我们能来搅扰，她太感激，仿佛我们的到来已是她的节日。实际上，都是我们的锲而不舍把复仇的现实变成了历史，把女人的历史变成了现实。女人的历史，是她没嫁一个好男人，她心灵手巧人又漂亮，当初追求者多得推不出门，李玉胜靠他三寸不烂之舌勾走她的心，曾自以为是女人中最幸福的一个，可怎么也想不到他的不烂之舌竟成了咬破她幸福生活的罪魁祸首，除了耍嘴皮子，好吃懒做一无所能，不但如此，还一喝了酒就打老婆。问题是，跟了这么个男人，又生了个和老子一模一样的儿子，好吃懒做一无所能又脾气暴躁，所以她就有了儿子不孝媳妇也不孝的命运。女人的现实，是这一天，她要借夸申家婆婆媳妇如何命好的时机，痛痛快快骂一骂她那不孝的儿子媳妇，彻彻底底抱怨一回自己怎么就瞎了眼，嫁给李玉胜这个老死鬼。女人最终把不幸归结到命运时，都要把目标指向嫁人那一刻。她却不知道，即使在她眼里太有福气的大嫂也这么想过。

自己想和别人想，当然很不一样，自己想，是往深井里掉，别人想，是看着别人往深井里掉，你自然就有了往上升的感觉，就像同时进站却开往相反方向的火车，一个动了，坐在没动的那一个车上就以为是自己在动。问题是，这个时候，往上升了的一面，也绝不让对方继续往井里掉，当李玉胜女人用羡慕的目光看着母亲，看着三个嫂子，三个嫂子顿时捅了马蜂窝似的七言八语，大嫂说自己的糖尿病，二嫂说自己厂子的亏损，三嫂说自己花钱的

紧缺，反正都是自己的不易。如此一来，拜年就不仅仅是妯娌间的较量，还是彼此的鼓劲、抚慰；就不是一家人向另一家人的示威，而是两家人真切的支持、加油。因为要不是这个场合，三个嫂子是从不交流的；而李玉胜女人，也不会在散发着臭烘烘酸溜溜气味的屋子里，留母亲和嫂子坐一会儿再坐一会儿。

然而，这样的抚慰并没持续多久，在另外一家，却遇到了麻烦。

那还是去拜老队长的时候。当年，二哥三哥被大哥弄到小镇干临时工时，因为出身不好，老队长一直刁难，大哥踏破了门槛看够了脸色才磨出批条。可时光是个奇怪的物体，它在慢慢的迁移中，一点点磨掉了老队长的脸色，只留下他的功德。因为对申家有功，每年拜他他都分外高兴，龇着黄黄的牙齿呵呵地笑着。虽对申家有功，但他决不白白接受你的拜，当着我们，非讲一通世事的变迁。他大字不识一个，可心里装着那么多外面的信息、故事，所有的信息和故事都跟腐败有关。他的儿子跟一个做塑钢生意的朋友干，那朋友信任他，给管城建的送大礼都不背他，送一回都是十万八万。他表弟的儿子大学毕业，光找工作就拿出去三万。讲也不要紧，他往往讲着讲着就骂起来，一骂就一脸怒气，仿佛腐败的不是别人而是我们。为此，刚走到门口，二哥就打了怵："下年就不拜了吧，老这一套，也没什么意思。"

可二哥再打怵，也想不到，老队长把我们迎进屋，闲扯一会儿，会突然把目光移到二哥这里，慢条斯理说："老二，你这几年弄得不怎么样啊，怎么听说儿媳跟了一个腐败分子，儿子气跑了？"

关于远程的出走，到目前为止，在申家除了二哥一家人，只有我知道。二哥二嫂一直封闭信息。见有新闻，大庆赶紧把机器对准了二哥二嫂，大哥大嫂也把目光转过来。

这还是进村以来，二哥二嫂第一次变成主角。二哥的脖子噌地一下就紫了，他看看镜头，看看老队长，语无伦次："啊，不是跑了，他上西部了，去搞大开发。"

老队长不依不饶："还开发，糊弄二鬼子啊，你问怹哥，那可能吗？"

大哥愣了一下，想了一会儿接话道："不大可能，是不是叫人骗了，我天天看电视，去西部的都是大学生，都是组织安排，还没听说哪个个人。"

大哥当场质疑，是老队长把目标转向他，也是突然听到这个消息的本能反应，因为他后边还跟了句，"怪不得这一腊月一直没看见远程"，可是就因为大哥当场质疑，二哥二嫂变了脸。他们变了脸，不是顶撞大哥，而是从老队长家出来，坚决不跟大哥拜了。在屯街上，二哥对着手机大呼小叫："刘师傅吗，马上过来，我在歇马山庄，过来接我一下。"

我怎么都想不到，影子也有厌倦的时候，问题是，二哥此时的举动，不是当不当影子，而是他想成为一棵树，因为他放下电话，冲着站在一旁的三哥说："走吧，没什么意思。"

三哥迟疑了一会儿，还是上了车，可三嫂没上，三嫂立即跟二嫂站到一起："俺也不去了，俺家里有事。"

大哥就是大哥，不亏看多了国家的事世界的事，懂得世界联盟分分合合的局面，他上车后，异常平静地说："你二哥可能家里真的有事。"

大哥平静，大庆却不平静了，一遍遍侧过脸看我。大庆看我，我莫名其妙，以为他跟够了要打退堂鼓，当他把一直扛在肩上的摄像机放到膝盖，我突然警醒，原来都是摄像机惹的祸。老队长是不该那么说，大哥也不该去证实老队长的正确，可要是没有摄像机跟着，二哥也许不会如此激动。

我表面平静，心里却再也不能平静了。因为在我们接下来的拜访中，大嫂的变化可是太明显了，进了别人家门，她高音大嗓，喜笑颜开，一些时候，大庆把镜头对准她，还有意往大哥跟前凑，还有意配合大哥，比如当有人问："老二两口子怎么没来？"她轻描淡写地说："家里有急事走了。"可只要离开人群，上了自家的车，立即闭了嘴，绷住脸，使车里的空气顿时紧张。为了缓解气氛，大哥有意议论一下刚才的见闻，说某某人老了，头发都掉光了，大嫂没好气地说："算了吧你，就你不老？你为申家操碎了心，不看看你头上那几撮毛！"如此一来，不平静的就不是我了，还有三哥，还有母亲。母亲听不见大嫂的话，但她会察言观色，她似乎从二哥二嫂走，就觉得有什么不对，动不动就痴痴地看着我。

终于把该拜的拜下来，大哥把车开到了老房子前边。这是每年拜年必有的程序，不管时间是否充裕，我们都要过来扫一眼，看一看我们的出生地。它不是三个嫂子的出生地，可她们嫁人之后最年轻的时光都在这里度过，现在，二嫂走了，三嫂走了，可九十岁的母亲来了，扛着摄像机的大庆来了，尽管一路上留下不快，但大哥知道什么才是大局。

曾经人丁兴旺的申家大院，如今已相当破败了，后边六间草房房梁已经坍塌，屋檐上的苦草耷拉着沮丧的脑袋，呼应着院子里横七竖八的木棒、草

秸。我们搬走之后，卖给一个刘姓人家，可这个曾经发旺了申家的庭院，却败亡了刘家，他的一个儿子搬来不久遇到车祸，另一个儿子第二年得了类风湿，做父亲的却在三年之后患了胃癌，于是房子和院子就被废弃。

三哥搀着母亲，跟着走在前边的大哥。因为再也不必在人前表演，大嫂没有下车，三哥于是有了走进镜头的机会。大哥边走边讲解，哪哪是原来井的位置，哪哪是原来粮仓的位置，三哥在后边殷勤呼应，憨憨的脸上还涌出气愤，大声道："都让他们卖了废铁！"仿佛要是不卖废铁，就会被大庆永记史册。看上去，大哥是对着三哥，实际是对着大庆的镜头，看上去，寻找的是井和粮仓，实际上寻找的是他曾经的业绩，因为我们家的井不是一般的井，而是一压就出水的压水井，那粮仓也不是一般的粮仓，而是铁板焊接的带着防雨篷的粮仓，现在这种东西在乡下比比皆是，在当时，大哥可谓领导了乡村新潮流。我不知道，二哥他们要是不走，此刻大哥会怎么样，会不会比现在要自然，反正看着大哥夸张的动作，听着三哥夸张的呼应，我说不出是什么滋味。

就在这时，我的手机响了，是二哥，他的声音呼隆呼隆，一听就知道带着情绪："贞子，俺年年跟大哥，跟了他这么多年，他怎么能不帮自家兄弟说话呢？再说，他也不能把兄弟一碗凉水看到底了呀。"

我没跟二哥说什么，但放下电话，再看大哥，心像有沙石掠过，一下子疼了起来。因为此时，大哥正扬着脖子，抻直腰板够房檐，这是父亲常有的动作。为了显示自己的个子，小时候常见到父亲扬着脖子够房檐。

大哥、二哥、三哥、我，我们都生在这个院子里，可是大哥的命运和我们却完全不同。大哥出生时，家里来了个算命先生，说大哥命硬，主着父亲早亡，十八岁之前，不能让他喊父亲爹，只能叫大叔。大哥懂事后，曾多次哭着问妈妈，别人都有爹为什么我没有爹，母亲做不出可信的回答，他就疯了一样跑到野地里撒野。母亲每讲一次这个故事，我都止不住泪流满面。我那时哭，仅仅以一个孩子心情揣度爹就在身边而不能喊爹的难过，可现在不同了，现在，我突然觉得，他一小就拥有家族责任感，十五岁就跟远房舅舅上小镇学徒，他不断地折腾让申家改变，是不是就因为没有爹才很早就学会承担呢？在他的兄妹都有爹他没有爹的时候，他是不是暗中一直和父亲较量着，比试着，一直不放弃在家庭中树立自己的权威呢？他不断地在并不广大的领域里挑起征服的喧嚣，希望尽可能地集结更多的人，是不是他一出生就感觉自己是孤身一人，从而希望获得集体的力量呢？

我不知道。

对于出生地，大哥也许有比我们复杂一百倍的感受，可是他感受再复杂，也比不得母亲。母亲从史家沟嫁过来才十九岁，她在做着村保长姥爷的大小姐时，姥爷把聚赌时和自己勾搭的庄家女人领进家，成了我的小姥姥。姥姥的媳妇大妗子从此有了同盟，和小姥姥勾结，不到两年，年仅四十的姥姥就被气死，母亲就被逼嫁人。母亲嫁父亲，是姥爷情急之中托人做的媒，也就是说，如果没有姥爷跟小姥姥的关系，就没有母亲跟父亲的关系，也就没有我们这一些父母的后人。在这个院子里，母亲经历了那么多骨肉的生和死。我那只活到五岁的姐姐，因为吞了一只鞋卡子，还不等便出来就跌了一跤，把肠子卡断，在炕上爬了三天三夜咽气。她死后妈妈才要的我。没有姐姐的死，就没有我的生，生死缘于宿命。母亲之所以都四十多岁了还要要我，是有僧人告诉她的姥姥，从她往下三代只有一个女的，母亲就是第三代。在这个院子里不断经历死，经历生，她扎煞着小脚，把所有的苦乐都踩在了一方狭小的地盘，重返这个地盘，母亲刚刚进院就不再往前走了，呆呆地立在一个石罅旁，仿佛这里埋藏着地雷、炸弹。有好长一段时间，她都把目光对准西墙边一截曾是我们家猪圈的残壁，面无表情。

回老家拜年，她一上午都没说话，她听不清别人的话，也是早已习惯把主角让给大嫂，可是在老家的院子里，呆呆地看着那截残壁，看着看着，她说话了。母亲说话，不是她看到了旧物，翻动了埋在这里的历史，想诉一诉在这里吃下的苦头，就像李玉胜女人遇到我们，而是说："俺要是能说了算，说什么也不搬走啊，要是不搬走，哪能有这一天？"

这一天怎么了？这一天难道不比她的过去更好吗？她生儿育女，一天天盼着的难道不是儿女有出息的这一天吗？母亲的话，也许不过是对抛撒在院子里某些时光的怀念，在那时光里，她像一个做窝的老母鸡，虽不能完好地护住她的小鸡，可毕竟她年轻，能干活。老来之后，母亲常说，要是还能干活该多好啊。可这句话多么深地刺疼了大哥只有我知道，在回来的路上，他一遍遍重复说："恁二哥家肯定有什么事了，要不他不能早走。"在大哥那里，母亲指的这一天，就是二哥对他权威进行了挑战的今天，而他，决不想把这样的挑战看成是事实。

七

展示申家风光的拜年之旅，居然成了虎头蛇尾的败兴之旅。从歇马山庄回来的路上，谁都不再说话。然而坏事也是好事的前因，有了二哥的挑战，大哥大嫂坚决要求我、大庆还有三哥去家里吃饭。大嫂有病之后，这已经是好多年不曾有过的事了。这年头，谁也不在乎一顿饭，但大庆在乎，我也在乎。我在乎主要因为大庆在乎。年里不去打扰大嫂，最初还是大庆提出的倡议，可是这样的倡议得到实施，受益的是大嫂，受伤的却是大庆。不去大哥家吃饭，就没法去二哥三哥家吃饭，都是嫂子，得一视同仁。可长期不去舅哥家吃饭，和舅哥感情越来越生了，当然只要和老婆不生，和别人生就生了，问题是，你作为申家女婿，过个年都没人叫你吃一顿饭，在父母那里，就显得太没面子，大庆动辄就以开玩笑的口吻说："不能求求大嫂请咱吃顿饭吗？"

大嫂终于请了，大庆高兴，我也高兴。说心里话，几天来我一直处于饥饿状态，肚子里哗啦啦叫的时候，常常要不停地咽口水。见我们兴高采烈答应，大哥更高兴，要是依大哥的想法，恨不能天天有人热闹。当然，在这些人当中，最高兴的要数母亲，她愿意我们在她身边环绕，就像小鸡在老母鸡身边环绕，关键这环绕的人里有三哥。在大嫂做了好吃的，杀了鸡或包了包子，把自己的儿女叫到楼上吃的时候，最难受的就是母亲了。这个家是大嫂的，她就无权往家叫三哥。三哥等于每一天都在以实际行动向母亲提醒她的苍老、无权。母亲觉得不搬出来好，或许就因为这个。可是，这一顿让所有人都高兴的午餐，却让大庆搅了，他在往家里打电话通报不回去时，那边公公命令，必须回去，他的两个女儿回来了。

婆婆家早已是一派热闹景象了，大姑姐和大姑姐夫，小姑子和小姑妹夫，还有他们的孩子全都回来了。这是另一棵树上的枝杈，以往，为了能和我们见一面，他们都是初三回来，公公家不讲究送年不送年。这次之所以提前，是公公一早给他们打了电话，说大庆带了摄像机，早一点回来热闹热闹。

小姑子一见我就把我搂了去，甜兮兮地说："嫂子俺太想你了。"她一向嘴甜，会说话，可因为她心眼好思想简单，你觉得她怎么说都不麻人。大姑姐姐生性忧郁，话少，但她有一个特别好的习惯，向你表达感情时，她愿意摸你耳朵，每次，耳唇捏在她手里，你都会生出一种奇怪的感觉，想把她的手拿下来贴在自己脸上。

我明知道，我是外姓人，是她们娘家的媳妇，虽然我没有日夜守在公婆身边侍候他们，但从某种意义上，在程家，我就是申家大嫂的角色，是未来的芯子，因为不管怎么说，未来老人生计的责任，全都在我们身上。她们亲近我，就像我亲近大嫂，有感情在，但更多的是技术行为。可是，她们这么热火热燎地抱你摸你，浑身痒酥酥的同时，不知怎么就有一种飘浮感，心再也不像在娘家那么沉了。你心不沉了，突然就觉得有什么东西乘虚而入了——你不能辜负她们。

这也是老天的安排，让你有了做小姑子的沉重后，再给你一点做嫂子的轻松，你就在这少许的、一次又一次的轻松中，被和平演变了，一点点就有了对于另一个家庭的责任感了。小姑子也是一样，她是程家的闺女，却是她婆家唯一的媳妇，没有小姑子小叔子，婆婆跟她在一起，回家打溜须的是姨婆婆家的女儿，她说她会烫发，一腊月给她换了三次发型。在婚姻这个迷宫一样的回廊尽头，你永远不知道有多少微妙的关系在悄悄缔结。然而就在这轻松刚刚到来不久，大哥那面打来电话，说移民加拿大的堂弟回来了，要我和大庆马上回去。

热闹，就像快乐一样，是可遇不可求的，不能预期。公公蓄谋制造热闹，都因为大庆昨晚为了感动我拿出摄像机，让他体会了多年来不曾预期的热闹。可是他怎么也不会想到，我和大庆，会因为有不能预期的客人从天而降，让他预期的热闹迅速消散。

大庆不想去，和姐妹一年才见一次，关键是我们结婚时四叔平反，全家早从歇马山庄迁回沈阳，他和堂弟不认识，也不觉得有什么关系，可是他不知道，一早上把摄像机拿回娘家，就已经有了关系，大哥在电话里说："叫大庆回来拍拍，安征五年没回来了。"

有五年和一年比，当然五年重要。从家里出来，大庆拍拍摄像机，有些沮丧地说："都是自找的麻烦，饿死我了。"

进门才知道，堂弟在我们还没从歇马山庄回来时就已经来了，他朋友开的车。见大哥不在家，他先去前炉舅舅那边走了一趟。按原计划，他是准备和四婶一起回来，正月十五去老家坟地看四叔的。可单位那边有急事，就提前了。

和大哥一样，堂弟高大、魁梧，宽宽的肩膀方方的下颏，一看就是申家的后人。他是申家后人，如今却有了外国身份，你看他时，不知怎么就有了怪怪的感觉，让你想起小时家里丢了的一只鸭子，它三个月后从外面回来，分明还是那只鸭子，你却觉得已经不全是了，好像它身上已经有了说不清的什么东西。堂弟无论见谁，都要拥抱，两只长长的胳膊环抱你是那么的轻，传达的亲热却那么浓烈："大姐，太想家了。"

我早就知道他对家的想念，在他那里，家是个复杂的所在，它既是国土，又是沈阳的母亲姐妹，又是出生地的乡村、小镇。2005 年随一个采访团去加拿大，走了好几个城市，就是没去蒙特利尔，夜里跟他通话，说我在多伦多，明天一早离开，他激动得语无伦次："大姐，你，你为什么不早告诉我啊，你还是咱家来加拿大的第一个人呢，早告诉我就飞过去看你了，我太想家里人了啊。"那次电话，堂弟和我唠了整整四个小时，说他为什么出国，出国后经历了哪些磨难。沾市长舅哥的光，出国前他的生活太安逸了，除了偶尔出趟国，大多时间都是在机关里喝茶水看报纸，节假日，家里围着一圈姐妹打麻将，外面围着一圈狐朋狗友喝大酒，一天天重复，他早早就看到了人生尽头。他不想纠缠在世俗的关系里，不想早早就看到人生尽头，就在舅哥帮助下踏出国门。可是在大西洋最东边的城市纽芬兰挣扎五年，奋斗成如今多伦多市政厅的一名职员，成为移民中少有的幸运者，老婆孩子都接过去，他的人生居然又看到了尽头。倒是他一辈子也不会纠缠在世俗的关系里了，可恰恰如此，让他恐惧又忧伤。他说一到周末没事，就开车拉着全家去城郊，坐在野外望着遥远的西方。那时，他无比的惶惑，问自己为什么要来这里，他挖空心思建立跟这里的关系，到头来却发现和自己有深切关系的只有大洋彼岸的亲人、家，无法让他们分享自己的一切，人生的意义究竟在哪里？

意义似乎只在摄像机拍下的内容里，坐下没一会儿，他就把压好的碟播给大家看。孩子上学的学校，家里新买的房子，他上班的市政厅，乡村一样被树林包围的城市，童话传说一样的尖顶教堂。这一切一点都不新鲜，在电影电视里都能看到，唯一新鲜的就是偶尔堂弟的媳妇在镜头里出现，还有他的孩子，他们在冲家人说："过年好！"

这两个人，对于我们，都是陌生的，堂弟结婚后从没往家领过，要不是他说他们是他的妻儿，你根本不觉得他们与你有什么关系，尤其他的媳妇。

就连堂弟也说："她和咱农村人不一样，没有家族意识，她从来不知道家族意味着什么。"那意思好像在说，她冲大家问好，都是他逼的。

对国外的一切，最有感觉的，就是大哥了，他天天看世界新闻，蒙特利尔这个城市并不陌生，由于堂弟在那里，有时还特意关注来自那里的消息，于是不时发言，一会儿冲远见说："你小叔就比你大一岁，你到现在还没有独创门面。"一会儿冲他正捣乱的孙子说："快看看，那里有世界一流的大学，你将来要是能上那念书，爷爷可就烧高香了。"

说起来，大哥和堂弟还真太像了，都不安于现状，都一门心思征服世界，只不过堂弟摊了一个好舅哥，有一个奋斗的阶梯，大哥没有好舅哥却是别人的好舅哥，是别人的阶梯，于是命运就有了巨大的反差，堂弟从此远离家族、国家，孤军奋战在地球的那一边，大哥一直在家族人群的包围当中，领袖一样独霸一方。

没一会儿，大哥就把二哥三哥都找来了。要不是我们被半道叫走，和三哥早在大哥家里吃上饭了，宿命的东西无时不在，大到一个人的一生，小到一顿饭。然而，在大嫂家宿命般地逃不过一顿饭的忙碌时，我和大庆竟然宿命般地被蔽在饭桌外面。我们的宿命，都因为二哥来了。听说堂弟回来，二哥毫不迟疑就来了，见二哥来，大哥像丢失已久的宝物失而复得，立即把注意力调到二哥那里，在把餐桌上重要位置让给二哥的同时，只例行公事似的冲我和大庆说："再上来吃点？"

大哥以为我们吃了，我们也只有说自己吃了。我们说自己吃了，当然也因为饭桌太挤，因为大庆要现场拍摄。和大庆失望地被排除在饭桌外边时，我只有上大嫂的糖盒里抓一把糖塞到大庆衣兜。

二哥精神头和一早大不一样，一张苦抽着的脸有了笑纹不说，曾经的情绪也不见了，和堂弟说话气量非常足："远程早就跟俺说你正月回来，但没想会这么早。"说罢，把堂弟推远，梗着脖子盯住他："哈，外国佬，和守在家门口的人就是不一样。"

堂弟立即想起什么似的："对啊，远程在网上跟我联系，说去了西部，说大男人志在四方，要向我学习。到底怎么回事？"

"就是想到外面锻炼锻炼呗，锻炼好了，不就像你一样，给咱申家争气了吗！咱申家下一辈儿，还没有一个离开家门的呢。"这时，二哥赶紧打开手机，拨号后交给堂弟说："通了，是远程，你跟他说。"

堂弟懵懵懂懂接过电话，"喂，远程，啊我是你小叔，你好好干，听你爸说你挺好的，好好干。"

在堂弟面前不避讳谈远程，我立即捕捉到二哥的用意，也捕捉到他为什么精神抖擞，他不想做大哥的影子，原来有一个远程在暗中支持，而那个远程，一个人在外孤独无援时，把他加拿大的堂叔当成了榜样，把一个遥远的本来扯不上的关系扯上了。可大哥对此还是怀疑："能行吗？可不是那么容易，比不得安征，人家有个好舅哥。"

大哥对侄子的走一直不明真相，怀疑是真实的，不含任何他意，可二哥却激动起来，指着堂弟："让安征说说，他去了国外舅哥还能帮上吗，都得靠自个儿！"

堂弟点头，于是就讲起了他的奋斗历程。二哥于是一脸的喜悦，仿佛在讲他的远程，仿佛堂弟的现在就是远程的将来，因为当堂弟让大庆把自带的家用摄像机打开，要录一录在场的亲人们给远在加拿大的妻儿看，二哥冲着镜头说："等着吧弟妹，你侄子早晚会去看你。"

堂弟的到来，对二哥无疑是一场及时雨，它在浇淋了大哥的同时，使二哥一点点滋润起来。吃午饭的时候，简直就成了二哥和堂弟专场访谈，大哥怎么想我不知道，我可是很不舒服了。

在我心里，最疼的是二哥而不是大哥和三哥，他生性懦弱，依赖性强，母亲说他先天身体不好，一小从不出门，一直拽着母亲衣襟。结婚后在大家庭里，他像一匹听话的马，以勤快能干俯贴在大家身边，大哥三哥下班闲逛去了，他下班放下自行车，就背起网包去了野地搂烧，依赖着勤快而获得的夸奖，他愉快地生活了好些年。1985年分家，他的勤快无人分享，丢了魂一样，一再当着母亲说："妈，怎么就觉得不能过了！"母亲心酸，我也心酸，因此常常生出同情，偷偷买些洗衣粉之类日用品以表抚慰。可是你很难想到，一个人在你的心灵格局上一旦定位，稍有越位，就觉得不对了，比如现在。他旁若无人地侃侃而谈，完全无视大哥的存在，你恨不能上前堵住他的嘴。

后来，他的嘴终于被堵住了，只不过堵他嘴的不是我，而是堂弟。堂弟堵住他的嘴，不是用手，而是用一把思乡的眼泪。堂弟吃了饭，喝了酒，去歇马山庄走了一趟后，要去祖坟，于是一干人陪他去了西大荒坟地。来到坟地，他跪到四叔坟前，呜噜呜噜就哭了起来，边哭边说："想家啊，爸，太想了，我常常开车上郊外往西望，想沈阳的妈妈，想咱小镇，想咱歇马山庄，想咱家里亲人。"二哥于是再也忍不住，山洪暴发一样号啕大哭，任大嫂怎么劝都劝不住。

二哥撑着，不过是不想面对身后的虚空，对于他这样一个实际又懦弱的人，儿子的远离其实是最大的打击，尤其远离是为了逃婚。然而，那虚空转瞬之间泄露出来，最受感染的居然是大嫂，她拍着二哥肩膀，一遍遍喊着："二兄弟想开点，咱出去也是为了给申家争气，想开点。"听上去是重复二哥的话，却一点也没有讽刺的意思。

堂弟和二哥都哭够了，一直很冷静的大哥开始说话了，大哥说话，不是站在父亲坟前，而是站在奶奶坟前，他人站在奶奶坟前，语气却是对着大家："奶奶，咱家人从国内到国外，从乡村到城市，全都有了，咱在乡下，也不落后，咱家现在也有超市，给远见媳妇开了超市，就是想为祖上争光，世界各地都有超市，沃尔玛已经有四十多年历史，咱不叫沃尔玛，叫金玛，也是连锁，咱从现在开始也不算晚，咱人在家门口，可咱一点不落后。"

关于超市，我从不知道大哥开办它基于这样的想法。大嫂赶紧接上："老奶奶把远见从井里拽上来，不能丢了老奶奶的脸，他是申家长孙。"

坟地一片肃静，一丝风旋动了坟头的草叶，仿佛在做着某种呼应。然而这时，堂弟从四叔坟前缓缓站起，移到五叔坟前，慢慢跪下，拖着哭韵说："五叔，侄子不孝，等不到十五来给您上坟了，侄子什么事都没有，可就是想走，侄子受不了这一天天混吃混喝，在沈阳一场接着一场，太累了，您一定会理解的五叔。"

看着堂弟弓下去的后背，我不由得泪眼蒙蒙。在外的人，当被裹挟在巨大的思念里的时候，以为长时间在家居住会缓解思念，会储存起一些东西在心灵的仓库，可供未来离家的日子一点点享用，以为在家的日子越多，储存的东西就越多，而回家才知道，根本不是这么回事。当搅扰在烦琐的家务事里，当无所事事又忙忙碌碌地打发每一天，不到三五天，就急得不行，就怀念起离家在外的日子，就怀念起曾经有过的对家的思念。事实证明，你与家的关系，只在想念里，而不在现实里。五叔当年，每次写信都发誓住满半个月休假，可每次，住不上一周，就赶紧离开。我居住的城市离家较近，一两个月回家一次，可每次总打算住满周末两天，结果总是睡一宿觉第二天就返回。

知道堂弟不是因为公务，而是自己要走，大家交换着惊奇的眼神，仿佛刚才说过的想家都是假的，受了蒙骗，大嫂在我身边小声说："看来外国还是好。"

八

堂弟的车一股烟一样就消失在小镇前边的土道上了，一个远在海外的申家的后人的一举一动一瞬间就变成了回忆。送行的人站在道边，孤零零地相互看着，面面相觑。我们本是一大群，其中还多了二大爷家的堂哥和堂姐，他们听说堂弟回来，也从歇马山庄赶过来。可当大家共同的目标消失，人群立即散落，呈现了每个人都是独自的孤零零的面目。虽然大哥还以追忆的形式挽留着这一切，"安征真是长大了，记不记得小时候和远见争吃黄瓜，把远见手指都咬出血"，没有任何人响应。堂哥堂姐们站了一会儿，说大哥大嫂，俺家里还有客，就不上楼了，转身上了自行车。二哥有些发傻，久久地望着远方，一动不动，仿佛堂弟在不经意间带走了他的一切。三哥多年来第一次在大哥家喝酒，有些醉意，眼睛里布满红红的血丝，他痴痴地看着我，看着大庆，之后小声说："你三嫂跟俺闹别扭，想跟你们一起回大连，你们什么时候走？"

大庆也警觉地看我一眼，走过来说："能不能跟大哥商量一下，今晚送了年，就让远见送我们回去，就别再住了。"

大庆的想法，正是我的想法，要不是怕公婆不高兴，我早就想走了。而在大哥那里，我的想法就是不容推托的责任，大哥立即答应，命令远见赶紧把车油加满。

因为中午草草一见没有尽兴，公公把大姑姐、小姑子两口子都留了下来，是不是希望把热闹重新找回我不知道，反正我们进屋，所有人都欢呼雀跃。然而任何东西过了也就过了，是找不回的，你重复上演，即使地点和人员一切都没变，可时间变了，所谓世界上没有一条相同的河流，是以时间为参数。比如现在，人还是这些人，大庆摄像机也一直开着，可是当我不得不告诉公婆我们晚上就要离开，大家一下子就陷入慌乱之中。回菊和婆婆紧着包送年饺子，初三晚上送年是要包饺子的。大姑姐和小姑子紧着帮我们收拾东西，我们把换下来的内衣外衣散落在好几个地方，还有我和大庆的充电器，建建的 CD 盘，一大堆《灌篮》杂志，公公一遍遍催促二庆，赶紧把送年的鞭炮找出来放到暖气上烘一烘。

热闹没有找回，公公有些怅然，因为一通忙碌之后，他的闺女女婿也都走了，他们也要回家包饺子送年。一大帮人带着我们送给他们的酒离去，屋子里顿时空荡下来，二庆的存在顿时显现出来。这一天里，他夹在一大堆人里，你都快把他忘了。他显现出来，屋子里顿时就有了紧张的气氛。尤其公公要求他把鞭炮放在暖气上，他偏偏放到窗台上，你就觉得，不定什么时候，公公会像炮仗一样，被二庆点燃。

这一刻终于来到了，送了年，一家人膀挨膀围在桌子上吃饺子，饥饿的我和大庆刚刚伸筷，公公就看了看大庆和二庆，之后郑重其事说："你俩听着，俺有一个想法，俺和你妈死了，决不回苇子埠祖坟，你们要是孝顺，就上县里买个公墓。"

桌前一片安静，大过年的，相信谁也没有这个准备，去谈活着的人死后的归宿。问题是，公婆身体好好的，离那一天还太远了。

见我们都不吱声，公公又说："你姐今天回来俺问了，一万块钱就下来了，俺和你妈没有别的要求，就这点要求。"

我顿时有些明白，这只是公公的想法，程家坟地在村子里，他不想让活着的人指指戳戳，更不想让地下祖宗脸上无光。

如果此时二庆不吱声，再稍等一会儿，我就会应承下来，我应承了，大庆就会大包大揽，就像为公婆买楼房那样，就一切都不会发生。可是不等我说话，二庆等不及了："不是孝不孝，咱家坟地是好坟地，为什么不能去，要是不好，俺哥能进城？俺不同意！"

公公立即火了，筷子在桌子上飞了起来，粗话也飞了起来："你这个王八犊子你算老几？你哥没发话你算老几？"

"老几？老二！俺是这个家的老二！在村里住得好好的，要求上楼，上楼住得好好的，又要死后进县城，你这不是折腾儿女。"

二庆话这么说，可我似乎也明白他气愤的来由，如果同意，就意味着向村里人证明，他真的不是老子的儿子，老子连坟地都不敢回了。

这一次，大庆没有冲公公发火，我也没有拉二庆，不是我们厌倦了，而是这时，婆婆手里的筷子哐啷一声掉到地上，随之，身子一歪，和椅子一同倒了下去，直僵僵委在身后的沙发旁。

"妈妈——妈妈——"我和大庆嗷嗷叫着，一阵手足无措之后，才想起

拍打婆婆肩膀，掐婆婆的人中，这时，建建和小栓大哭起来，回菊也在哭，屋子里顿时被哭声填满。公公和二庆声息全无。

一通喊叫之后，婆婆从那个世界醒了过来，她慢慢睁开双眼，看了看大庆，之后把目光移向我，泪眼婆婆地说："大庆媳妇，俺不想去苇子埔坟地，俺爹妈没给俺找个好婆家，俺不去他家坟地。"

我立即点头，哭着说："妈你放心，俺同意买公墓。"

我这么说着，心里却有些胆怯，因为婆婆明显和公公不是一个意思，公公不回坟地，是怕丢脸，婆婆不回坟地，是不愿意承认她是程家人。这太容易惹恼公公了。然而就在我这么想的时候，公公真就恼了。他恼了，冲的不是婆婆，也不是二庆，而是我。他从窗前转过身，往沙发前挪了几步，嗓音沙哑地说："大庆媳妇，俺不想掖着藏着，俺想跟你讲，俺对你有意见。"

我愣住，静静地看着一脸阴沉的公公，他不但脸阴沉，浑浊的目光里，有一种怨怒在蹿动。我想他是嫌我答应晚了，要是早答应，他和二庆就不会吵起来，婆婆也不会这样。

"俺觉得你从来没瞧起程家人，俺是无能，和你们申家比是不行，可俺也是见过世面的人，俺在县城上过班，你说是不是？！"公公一字一顿地说。

我顿时蒙了，脸腾的一阵就烧了起来。

"你回来过个年，心根本不在这个家里。是，你娘家有外面人回来，可你是咱程家媳妇呀，你心里根本没有程家！"

我垂下眼睑，感觉有一股气在往胸脯顶，我在想，即使我有错，这和买不买公墓有什么关系呢。

"不去老坟地，俺是想，想从根上拔出来，俺想从俺这一辈，从死了那天起，重新做人，做你大哥那样有本事的人，到那会儿，你回来就不惦记娘家了。你说是不是？！"

我彻底低下头，眼泪刷地一下就淌了出来。一种比委屈更复杂的东西洪水一般旋在身体里，使我怎么都控制不住。

见我哭，刚刚好了一点的婆婆又抽搐起来，一抖一抖说："老死鬼俺才瞎了眼了，俺怎么就找了这么个婆家啊？"

见婆婆抽搐，我立即咬紧嘴唇，努力控制住自己，可我分明听见，我心里也响着这样的声音：怎么就找了这么个婆家？

我们最初嫁人，根本没想找婆家，可我们嫁了男人，就有了婆家，就有了和婆家人剪不断理还乱的关系。我们有了剪不断理还乱的关系，可到最终，却觉得自己是孤身一人。因为当我问自己，婆婆死了不想去程家坟地，作为程家媳妇，你想吗？

回答是肯定的：不！

正胡乱想着，手机响了，是侄子在楼下催促我们。我握住婆婆的手，冲她再次点了点头，我的意思是，她的要求没有问题。可婆婆并没接这个茬，她只是心疼地看着我，哆嗦着嘴唇说："一年到头回来过个年，年年都过不好。"

我说："没事妈妈，没事。"

大庆和建建都凑过来时，我离开婆婆，站起来，把目光移向公公。可此时的公公，和刚才判若两人，眼睛里那丝蹿动的怨怒，像被筷子搅碎的蛋黄，彻底散了，取而代之的，是一种凄楚和无助，如同一个惹了祸的孩子不知该如何收拾眼前的局面。我原本也没想跟他说什么，只想道个别，说爸，我们走了。可是看着他可怜兮兮的样子，居然连这句话也说不出了。

直到下了楼，上了侄子车，我也一直没跟公公说句什么，可是在我们的车就要开动时，他突然扑到车窗前，眼泪汪汪地冲我们喊："再回来啊！"我的眼泪一瞬间又旋了出来。

因为眼里有泪，回家跟母亲告别时，一直不敢看她。我不看母亲，母亲却要拉住我的手，紧紧盯住我："怎么啦？怎么刚送了年就要走？"

我扬了扬下颏，漫不经心地说："我明天有采访，今儿来电话啦。"

直到就要上车的时候，我才敢和送行的人对视，因为此时夜色已经完全模糊了视线。他们是大哥，三哥，是大哥和二哥家的侄子侄媳。三哥说三嫂不跟我们走了。想必走，不过是一时情绪所致，她不走，也没有照面。二哥二嫂都没来，可他们居然让远程媳妇来了，仿佛要以此向大家证明正在西部为申家争光的远程的存在。可她并不理解她的公婆，只是缩在一角，远远地打着招呼。

车门关上了，车子启动了，亲人、小镇都退到身后的夜色里了。送年的鞭炮声渐渐远去，亲人们的"再见"声也渐渐远去，车里一瞬间陷入无边的空荡和寂静。侄子把车开动，一直没有和我说话，其实每年都是如此，回程的路上我们无话，仿佛年把我们之间的什么东西带走了。

把什么带走了？不知道。但随着某种东西的走，另一种东西却势不可挡地来了。它来自喉管，来自食道，来自胸腔的下边，它其实一直就蛇一样蜷伏在年的几天里，蜷伏在身体的某个角落，只不过我没有时间顾及而已。现在，当终于告别身后沉重的现实，当我们终于静下来，飞一样行驶在寂静的黑暗中，它居然随着身体里看不见的网络轰轰烈烈地来了。我没问大庆，但我相信我们的感受是一样的，因为此时，他的一只手正从我的肩头伸过来，我接过时，发现是一把糖。

作者简介

孙惠芬，1961年生于辽宁庄河。曾当过农民、工人、编辑，现为辽宁文学院专业作家，中国作家协会全委会委员，辽宁省作家协会副主席。出版小说集《孙惠芬的世界》《伤痛城市》《城乡之间》《民工》《歇马山庄的两个女人》《岸边的蜻蜓》《歌者》，长篇散文《街与道的宗教》，长篇小说《歇马山庄》《上塘书》《吉宽的马车》等。曾荣获多种文学奖励。2002年，获第三届冯牧文学奖"文学新人奖"，长篇小说《歇马山庄》获辽宁第四届曹雪芹长篇小说奖，第二届中国女性文学奖，中篇小说《歇马山庄的两个女人》获第三届鲁迅文学奖。

电梯突然停了，一男一女被关在电梯里，惊慌之后平静下来，这两个人之间会发生什么故事呢？恰巧这两个人在多年以前是一对情人，他们为什么分手？又为什么同时进了这一部电梯？

电　梯　间

付　娟

1

　　伴着一阵"吱！咔嚓"的齿轮摩擦声，电梯突然间停了下来，接着是一片沉寂。宋磊看了看电梯控制面板，上面显示九层和十层的指示灯都亮着。他摁了一下按钮，电梯没有反应，他又快速地接连摁了几下，电梯门依然紧闭——像撬不动的铁牙。

　　宋磊把头扭向薛晶，电梯里的另外一个乘客。

　　他眼神中充满着期待，他想从薛晶那儿证实眼前的一切。

　　"电梯有问题了？咱们被困了？"薛晶眼中突降一团迷雾。

　　"是的，电梯坏了。真是不走运，这事怎么让咱们给碰上了。再上一层就到我的办公室了。昨天隔壁公司的林总还抱怨，说电梯运行的声音不正常。我当时没有在意，他倒是准备打电话给……"

　　宋磊还没有把话说完，猛然间想起什么，他抓起挂在电梯一侧的电话，然后又一脸苦相地放下。

　　"这该死的破玩意，一点声音也没有。"宋磊叹了一口气。

　　薛晶不相信宋磊的话，她一把从宋磊手里夺过听筒，最后也无奈地放下听筒。

　　这是初秋的晚上，电梯间不热，可薛晶额头上沁出了细密的汗珠。

　　"现在几点了？"薛晶问。

　　"糟糕，手机刚才落在车里了。"宋磊习惯性地摸着裤兜。

　　"我的在你的办公室里。这下可真是孤立无援了！"薛晶一脸的沮丧。

　　"咱俩必须想办法出去，宋磊，太晚了，家人会急疯的。"

宋磊两眼望着天花板，竭力想让自己平静下来。他将了将西装的袖子——他也出汗了。

"这座楼难道就剩咱俩了？也不知道现在几点了？"

"估计有十点了，不说整座楼，就说这个电梯间所属的单元，应该没有什么人了。我一向是最晚走的一个。"宋磊皱了一下眉头，"值班的保安应该会出来巡逻的。不过，这也难说，今天是周末，说不定这会儿正在值班室里看电视呢。"

"噢，天哪，我可不愿意一晚上待在这里。"薛晶的话里有了哭腔。

宋磊开始一边用拳头敲打电梯门，一边喊："有人吗？有人吗？我们被困在电梯里了！让我们出去！"

他的声音在电梯间发出了回声，但却听不到外面有一点动静。

"等等吧，宋磊，平静一会儿，说不定一会儿就有人来了。哎，都怪我，不该那么粗心，把手机忘在你的办公室里。"

"谁能料到电梯会出故障呢，不要责怪自己了。"

电梯间顶部橘黄色的灯光射向薛晶，使她的周身包裹上一层柔和的暖色。她玲珑苗条的身体在光影的作用下起伏有致。薛晶因紧张而闭合的嘴唇此时微微开启，饱满而性感。宋磊看着她，羽毛一样的东西撩拨着他的心：如果说少女时代的薛晶是块未被打磨的玉，那二十年过去了，这块碧玉纯度没变，只是被岁月雕琢出了成熟、润泽和高贵。

薛晶低下头，看着自己的鞋尖。耷拉在她的额前一缕刘海，低垂的眼睑，被翻卷的睫毛覆盖着的眼睛，宽阔的前额，脑后高高绾起的发髻，琥珀色的发卡和乌黑的头发交映出的光泽，这一切都在宋磊的眼里。他的喉咙发干，他轻轻地咳了两声，他动了动两腿，笑着对薛晶说："这难道不是一个聊天的好机会吗？薛晶，我回国后，咱们在同学聚会上见了几次面，但每次都是闹哄哄的，根本没法单独说话。这也许是上帝给我们的一次机会。"宋磊眨眨眼，透出了诡秘。

"是啊，"薛晶抬头看着宋磊，笑了，"这确实是个聊天的好机会。这么说，我们要感谢巩丽了。她呀，还像小时候，干什么事情都磨磨蹭蹭。咱们和刘凯在你办公室等她吃饭，足足等了一个小时，要不是我打电话催她，还不知要等多久。唉，也就是因为给她打电话，才把手机忘在了茶几上。不然也不会困……在这儿。"说完这些，薛晶的脸上突然泛起了红晕，她像被人发现了秘密一样，闭口不再讲话。而此时的宋磊，困在电梯间的现实被他抛在了一边。他的心像春天的花儿，瞬间绽放起来。

2

宋磊两年前从英国回到商都，成立了一家以生产 LED 显示屏为主打产品的电子公司。依靠先进的技术和雄厚的资金，公司运行良好。但打理这样一个公司，耗去了宋磊所有的时间。他不得不像机器一样不停地运转，他甚至不知道薛晶两年前也来到了商都。

一天傍晚，忙碌一天的宋磊刚想坐下来喝口咖啡，突然想起今天是凯瑟琳的生日。他拿起电话，往伦敦的家里打过去。电话那头传来了凯瑟琳的一声 hello。宋磊正想向妻子表达生日的祝福，一个男声在电话那头突然响起，又陡然结束。一分钟的沉默。凯瑟琳最后说："Sorry, Let me turn off the TV."（对不起，我去把电视关掉。）宋磊赶紧接她的话："No, take your time."（不用了，你接着看吧。）说罢挂断了电话。

宋磊坐在那里愣了很长时间，直到手机响起。刘凯打来的。刘凯是他从小光着膀子一起长大的同学。刘凯邀请宋磊晚上去洗浴中心，宋磊婉言谢绝了。他想今晚一个人待着。刘凯也没有勉强他。最后刘凯说，刚才我写了电邮给你，你上次说要到网易的同学录里，我把地址发到你邮箱里了，你现在就去看看吧，热闹着呢。

宋磊打开笔记本，照着刘凯的提示进入了他们八七届五班的同学录。刘凯在线，他批准宋磊加入班级。这样，宋磊就能浏览整个班级留言了。看到好多让他既熟悉又陌生的名字，他开始高兴起来。当薛晶的名字映入眼帘，特别是看了薛晶的个人相册，他开始兴奋起来。他一张一张地点击她的照片，放大，再放大。让他气恼的是，越是放大就越是看不清楚。薛晶很幽默，在同学录上讲了许多的故事，大多是些典故。她把典故里的主人公换成了班里同学的名字。有趣的是，这些同学的个性确实与故事中的人物相似。这样做的结果，是惹来大家的一致讨伐——同学录被她搅和得鸡犬不宁。宋磊读着读着笑了起来……

从椅子上站起来，宋磊缓慢地踱到窗前，十楼可以很好地鸟瞰整个城市。

此时，夜色渐浓，远处的夕阳褪去所有的铅华，天空中只剩下水彩般写意的大片乌云。前方的建筑，高高低低，错落有致。钢筋混凝土构建的几何体，如果没有星星点点的灯光点缀，就是一个个沉闷的古堡。因着这万家灯火，眼前的一切笼罩在了神秘之中，沉重，厚实。宋磊的思绪开始飘浮，飘忽在云朵里，交织在过去和现在的时空中，最终凝固成黑黑的一块，和眼前的景物融合在一起。

这么多年过去了，薛晶过得好吗？

3

"你的工作忙吗？"宋磊让身体靠向电梯的内壁——他想让自己舒服一些。

薛晶把身子靠向电梯内壁的另一侧。"还行，一周十个课时，虽然有些累，但也充实。"

"讲讲你这么多年的经历好吗？就从我们分手……噢，分手，这个词用得不太合适，我们好像都没有说分手就……"宋磊耸耸肩膀，似乎想要把困惑暂时从肩上抖落。

"分手，分手难道还需要一个仪式吗？"薛晶的话里有股咄咄逼人的气势。

两人沉默。电梯间的空气流通不畅了。

电梯里很静。为了不使自己显得无所事事，薛晶低头摆弄自己毛衫上的胸针。这是一个树叶状，线条十分流畅的浅粉色的胸针。它的顶端镶有紫色的水晶。胸针别在紫色的低领毛衫上。浅黄色薄毛裙很好地勾勒出薛晶动人的臀部线条。深咖啡色的高跟鞋呼应着相同质地和颜色的小坤包。

宋磊的眼光重新聚焦在薛晶脸上，他关切地问："累了吧，你？我们要么坐下来？"电梯里的空气也因为这句话又流动起来。

宋磊从裤兜里掏出一包餐巾纸。他蹲下，抽出一张，二张，三张，还嫌不够，继续抽出更多的纸巾。电梯间的地毯上有了雪白的一片。

"来吧，坐在这上面，应该很干净了。"

薛晶在纸巾上坐稳，宋磊很随意地坐在了她的对面。薛晶对宋磊莞尔一笑："为了今天的饭局，我特意妆扮了一番，可这身打扮不太随意。我平时上课是不穿高跟鞋的。"

"那干脆把鞋子脱掉算了。"宋磊建议。

薛晶顺从地脱掉鞋子，把它们扔到了角落里。

薛晶把自己的两腿平放在地板上，又把裙子往下拽了拽。这时的她全身放松了许多。宋磊也把外套脱了，把它和薛晶的包和鞋子放在一起。当宋磊低头做这些的时候，薛晶看到了宋磊隆起的胸大肌，还有他粗壮的脖子。它们从宋磊敞开的领口闯入薛晶的眼里。还有他的肩膀，宽阔平直似乎蕴含着无穷的能量。薛晶的脑子有些发热，令她一阵阵地眩晕。

这个男人，曾经的那个男孩，在他身上，承载了她少女时代多少甜蜜和梦想啊。她曾经熟悉他的一切，嘴唇、肩膀、胸膛、臂弯，还有他的味道。他的身体是她曾经的栖息地，避风港，温柔巷。他没有变，至少他眼神中的善良、真诚与热忱没变。只是昨日的削瘦变成了今日的健壮，昨日的拘谨与羞涩变成了今日的随意与洒脱，还有……薛晶的眼睛透出倦意，恍惚迷离中，她把头轻轻地靠在电梯内壁上……

4

初三的时候，薛晶就发现上学的路上，有一个羞涩的男孩总是不离她左右。有时她走在前，他则跟在后，不紧不慢，没有打算超过她的意思；有时他走在前面，薛晶则在后面注视他的一举一动。他们两家挨得很近，一个家属院，一个前院一个后院。

学校离他们的家不远。他们上学的途中要经过一个大坑。那个坑有一个篮球场大，坑的低洼处常年留存着污浊的积水。

一个夏天的清晨，薛晶刚踏出家门不远，天空就乌云密布，雷声大作。这天是她值日。尽管她的小脚姥姥在后面喊她带雨伞，但她头也不回，只顾急匆匆往前赶。

下到坑边的时候，雨开始呈倾盆状。坑底的浊水在雨的敲击下，冒出一片片紧密的水泡。

薛晶不得不放慢脚步，可心里更急了。一定不能迟到，更何况自己是个班干部呢！

她的脸上、身上被雨水浇个透，坑里的小路也开始滑腻起来。成股的雨水从坑边汇向坑底，她退也不是，进也不是。她小心地往坑底挪动，她想也就是再走四五米的样子，就能走出大坑。可雨越下越大，薛晶最终滑倒了——顺着水流的方向滑向坑底。雨水打得她睁不开眼睛，她的内心充满了恐惧。这时，她的胳膊被人紧紧地攥住，雨水在这一瞬间也止住了。宋磊，是宋磊，他看见宋磊一手抓住她，一手在她的头上撑起了伞。

少男少女的心是两个青苹果，甜蜜中夹杂着涩涩的味道。

5

"薛晶，你真的是累了，要不要把我的衣服铺平，你躺在上面？"宋磊的一句话让薛晶清醒起来。

"我刚才想起了我们小时候的事情。你还记得那次下暴雨，你在坑里救我的情形吗？"

"怎么会不记得？你当时像个小落汤鸡。我抓住你胳膊的时候，你还在发抖呢。岁月真是不饶人啊，一转眼的工夫，那个扎小辫的姑娘都成孩子的妈妈了。"

"你不一样吗！英国可没有什么计划生育，你想要几个都行啊。"

"是没有计划生育这一说，但我妻子的想法和大多数中国人不同。我们没有孩子。"

"我听同学说过你，跨国婚姻，一定很浪漫。你年纪也不小了，应该要个孩子。"

"是啊，我也想要。还是你明智，年纪轻轻地就把自己给嫁掉了。"宋磊的这句话在薛晶听来很是别扭。

"我哪有你出息？大学一毕业就慌着出国了，又是硕士又是博士地念了那么多年。哪像我，怕将来没人要，只得趁早把自己嫁掉。"薛晶略带自嘲地说。

话不投机。宋磊无聊地从地上站起来——他想活动一下身体。"听同学说你两年前调到这里的，我也是才回来两年，我们几乎同时。"宋磊说。

"是的，商都五中需要英语老师，我是应聘过来的。"

"那先生和孩子也过来了？"

"他暂时没有。我，孩子和母亲在这里。"

"那你们真不容易，两地分居。"

"你们不一样吗？分得更远，一个国内，一个国外。"

宋磊轻轻地笑了一下，刚想说什么，但意识到自己站着，而薛晶坐着——谈话的双方有种距离感。宋磊又重新坐下来，他盯着薛晶问道："小薛，我……我……有句话憋在我心里很长时间了。当然，事情过了很多年，"

宋磊停顿了一下，"出国前我找过你，你为什么不见我？不要告诉我你不记得这事。你肯定像我一样，记得我们之间的事情。"

薛晶没有接话，他继续说道："我从津北大学毕业那年的九月份，也就是我出国前，我去你家找你。你妈说你不在家，去了你乡下的姥姥家。我问她你什么时候回来，你妈妈说你要在那儿住上一段。我很失望，或者说是很焦急。你知道，我马上就要出国，再说，那时我们全家要随父亲的调动迁往商都。那次见不到你，我不知道什么时候再见你。走出你家门，你妹妹小婷正在院子里玩，她说你在家呢。我硬着头皮再去敲你家的门，可你们干脆不理会。这么多年，我一直搞不明白，你为什么这样对我？你当初是鼓励我留学的呀！等我第二年春天回来探亲的时候，你已经结婚了。这，更让我不能接受，什么事情都应该有始有终，但我们之间好像……好像……你想象不到我当时的感受……"宋磊的语气由快至慢，最后干脆停了下来。

薛晶听完宋磊的一番话，她感觉有些突然。但他所说的这些，无需让她的大脑费力地去检索，那一幕她无论如何也不会忘记的。她封存了那一幕，封在一座房子里，她的心房——被她荒弃了许多年。如果不是宋磊提起，她从不去开启房门。

是的，宋磊来她家的时候，她就在家里。她听到了他和妈妈的对话。她躲在窗帘下，透过窗户她看见了他的背影——失望和困惑的背影。他是在她泪眼的凝视下渐渐消失的，而那时，她的心也随着他的远去撕裂……

6

高三那年，高考复习如火如荼地进行着。宋磊的成绩在班里，甚至在年级里都是一路领先。那年的暑假，宋磊接到了津北大学的录取通知书，而薛晶勉强考上了清城师范学校外语系。

宋磊到津北之后的第一个星期，就寄给薛晶一封长长的挂号信。信中装满了一个少年对一个少女多年的爱恋之情。他说，他努力了这么多年，就为了这一天。薛晶含泪读完了宋磊的情书，她何尝不是这样呢？只是感觉自己和宋磊有了距离，她是多么渴望也能走出清城，考上更好的大学。

两个青梅竹马的年轻人开始热恋了。那时信件往返一次需要七八天的时间，他们往往等不到回信，就开始写下一封。炙热的感情火苗一样烘烤着信纸和他们的心。他们相互鼓励，规划憧憬着未来。宋磊告诉薛晶不要因为这次高考失利而丧失信心，他说人生的路还长着呢。希望和幸福长了翅膀，在薛晶眼前晃动。

薛晶师范毕业的那个暑假，宋磊也放假回来了。他在一个凉爽的傍晚来到薛晶家。薛晶的母亲激动得一会儿拿西瓜，一会儿又去拿冰棍。此时宋磊更加健壮和帅气了。白皙的皮肤，一开口说话就笑的神态，得体礼貌的问候，都让薛妈妈看到眼里，喜在心上。

吃过晚饭，两个人不约而同向颖河边走去。河边很热闹，一些纳凉的人们在河边聊天，挖沙子的铁船静静地泊在水边，而孩子们则在水里打水仗——嬉笑声混杂着水声飘荡在夏日的风中。

宋磊和薛晶一直朝西走，走到天彻底黑下来时，正好来到河边的一片小树林。找块大石头，两个人坐下来。宋磊和薛晶谁也没有说话。在信中，他们有说不完的话，谈论的东西涉及方方面面，可真到了只有两个人的时候，反而都成了哑巴。宋磊两眼望着河水，咳了两声。转过头来与薛晶黑亮的眸子撞在一起，触电一样，他急急地抓住薛晶的手，颤声地说，晶，我很想你。薛晶羞涩地低下了头。宋磊侧转身子，把薛晶拉向自己的怀里。两个人停顿了几秒，就把彼此滚热的唇递给了对方。他们都是第一次用肢体语言表达感情，有些笨拙，有些迟疑，有些犹豫。舌头搅动着他们身体的每一个细胞，而每一个细胞因激情而鼓胀，因鼓胀而破裂。这个吻很长，长到世界只剩下两个人——其余一切不复存在。

这个暑假，对于两个热恋中的男女来讲，太短暂了。他们还没有来得及品尝——在小树林，在隐蔽的小山上，在公园的假山里——留存的甘甜，就不得不分开了。

暑假过后，薛晶分配到了清城四中当了一名外语老师。她的日子因为装满爱情而快乐。

转眼到了宋磊上大学的第四个年头。毕业之前的那个月，宋磊告诉薛晶，他的姑姑正给他办去英国的留学手续，现在已经有些眉目了。宋磊的姑姑在新中国成立的那年随姑夫去了台湾，然后由台湾去了英国。

薛晶读完这封信，心里十分复杂。她没有像往常那样按时回信给宋磊。这下宋磊坐不住了，一封接着一封地写给薛晶。薛晶经过几个不眠之夜后，才把她那封充满理性思考的信发了出去。她说她完全赞同宋磊继续深造，并且写下了许多美好的祝愿。宋磊随即回信安慰薛晶，并且希望薛晶能来津北，然后两个人一道去北京旅行。他还说，为了积攒路费，他做了很长一段时间家教。最后叮嘱薛晶，出行前一定要征得她父母的同意。

薛晶从来没有出过远门，外面的世界只在她丰富的想象中。当她把想去津北的想法告诉父母时，他们大为吃惊。宋磊这个孩子，他们是一百个喜欢。只是担心薛晶的安全，因为薛晶从没有走出过这个城市。薛晶说，宋磊是个细心的男孩，他会把可能出现的情况都考虑进去的。爱女心切的他们，最终同意了女儿的远行。

清城市没有直达津北的火车。薛晶必须先乘汽车到省会商都，然后由商都乘火车到达津北。

临行前的一个星期，薛晶写信告诉宋磊自己抵达津北的确切日子。

7

薛晶还沉浸在过去的点点滴滴中，此时的宋磊苦笑一声：今天是怎么啦？要不是被困在这里，他可能永远不愿意提起过去那一幕。他站起身来，将两只胳膊举过头顶，用左手握住右手，开始伸展，一次、二次、三次。看着他衬衣下面露出的肌肉，薛晶的小腹一阵阵地震颤。

"现在颖河水还是那么清吗？我有许多年没有回清城了。听他们说，河的两旁修建了带状的花园。"宋磊一边继续做着伸展运动，一边问道。

"现在的河水被污染了，找不到原来的样子了。"

"真可惜。津北也有一条河，叫九河，与咱们家乡的颖河很像，它横穿津北大学。我喜欢在那儿读书、散步，也常常让我想起我们在颖河边的情形。那次要不是急着去北京接我姑姑，我本来打算带你到九河边玩玩，那感觉就像在我们清城的颖河边。"

薛晶顺着宋磊的话，脑中映出了颖河两岸醉人的景色。那里有他们依偎的身影和呢喃的情话，还有……

"不对，宋磊，刚才你说什么？去北京接你姑姑？你姑姑不是一直在英国吗？你说的是哪一年的事情？"薛晶像在春日午后的课堂上打瞌睡，被老师点名惊醒一样，她坐直了身子。

"是啊，我姑姑，你知道的，在英国，在我毕业的那一年，她回来了。一是为我爷爷奔丧，二是为我留学的事情。本来说好你来津北，我们一起旅行的。"

薛晶坐不住了。她站了起来，和宋磊面对面地站着。

"这么说，你不知道我去津北找你了？这怎么可能呢？你甚至知道我到津北的确切时间。我的天哪，这到底……这到底是怎么回事啊？"薛晶很激动，她抓住宋磊的胳膊，眼神里有股火焰在燃烧。宋磊看见了这火焰，他的情绪一下子被灼热了。

"什么，你来津北了，可我回信告诉你，让你暂且不要来的呀，我怕你接不到信，我又发一个加急电报，你难道没有收到吗？"

"我去了津北，去了你们宿舍，你们全走光了。都毕业了，怎么还会有人呢？我没有收到……什么也没有……什么也没有，信件……电报……统统没有……"薛晶的筋骨一下子被抽去了，她软软地顺着宋磊的身体往下滑落，落在地板上。紧接着，她的身体剧烈地抖动起来——她在无声地啜泣。

"这怎么可能？"宋磊惊异地蹲下身子，两手扳平薛晶的肩膀，直声问道。

"这是真的，宋磊，我去你们宿舍找你了，管理宿舍的老大爷说你们都走得差不多了。"

宋磊缓缓地抬起薛晶的头，他看到的是薛晶潋潋的泪脸。宋磊被什么东西揪住了，这东西攥住了他的心，使他的呼吸变得困难。他爱怜地抱起薛晶，让她整个地倒在他的怀里。他在地板上坐稳了，让薛晶的头倚靠在他的臂膀上。他用自己的唇舔她脸上的泪，从眼睛到面颊，直到薛晶饱满的唇。他的呼吸加快了，他体内火焰达到了燃点。他不停地梦魇般说个不停："宝贝，怎么会这样？我做梦也没有想到会是这样！原来我们误会了这么多年。这太不公平了，对你，对我。你不知道，我越是怨恨你，就越是想你。那几年，在国外，我不知道我是怎么熬过来的。晚上，对，特别是在晚上，我整夜整夜都在想你啊……想你……这就是你不见我的理由吗？薛晶，你不应该呀，你怎么这么糊涂，这么糊涂呀，你为什么不听我解释呢，为什么？只是为了你那可怜的自尊吗？"

伴随着宋磊热烈的亲吻，眼泪在薛晶的脸颊和鼻腔里恣意地流淌。泪水模糊了她的视线。陡然的急转弯让她一时适应不了，于是她拼命地顺着原路返回……

8

宋磊像是自言自语，又像是向薛晶发问："不对，不是一直都能收到我的信吗，为什么单单就那一次，信件和电报都没有收到呢？这不奇怪吗？难道是谁把信拿走了？"

说完这些，他把薛晶的身子往自己身上挪了挪，看着薛晶的眼睛继续问道："你来的消息，除了你家人，还有谁知道？"

"小婷和你妹妹小霞天天在一起玩，小霞肯定知道，那你家人也应该知道。"

宋磊听薛晶这么说，心里画了一个问号，难道是母亲……

当时两家住在一个院子里，进出都要经过传达室，而信件就放在传达室的窗台上。

是母亲拿走了信？当初母亲是极力反对自己和薛晶处朋友的。母亲瞧不起薛晶的父母。他们两家大人虽然同在一个建筑公司，但地位却迥然不同。薛晶的父亲是个工人，而宋磊的父亲是设计师出身，一路直上，最后登上了清城建委主任兼党委书记的宝座。母亲妇随夫贵，趾高气昂。自己大学毕业那年，母亲更是频频地写信警告他和老薛家的闺女断绝关系。

想到这些，宋磊不再说话。追究这事已毫无意义，告诉薛晶自己的猜测更没意思。

他不晓得这样坐了多久，不过薛晶最终不再流泪了。薛晶被宋磊搂得喘不过气来，她从宋磊的两腿间滑下，坐在宋磊的一侧。

"坐了汽车，又坐火车，到了津北又没有见到我，能想象出你是多么的失望。时光不能倒流，薛晶，我不知道如何去弥补这一切？"宋磊把下额抵到薛晶的头顶上，无限感慨地说。

"时光不能倒流，宋磊。谁能把握一切呢？"

"时光是不能倒流，但我们可以把握现在。你看，现在我们生活在一个城市里，我们又有一段不同寻常的过去。我完全有能力好好地关照你。只要你需要，薛晶，我随时都会出现在你身边。请相信我。"

"都有各自的生活，偶尔见见面，说说话是可以的。我们毕竟是同学和朋友嘛。"

"我们不止是好朋友，薛晶，我们是相爱的一对啊。他对你好吗？"

"挺好的。"

"那你为什么一个人来商都，你们准备长期分开吗？"

"都是暂时的。"

"薛晶，你没有告诉我实话，听同学们说，你之所以来商都，是因为……"

薛晶挺了挺身子："那是别人的胡猜乱想，有些人就喜欢议论别人的私生活。"

"我没有别的意思，只是希望你过得幸福。如果你过得不幸福，我感觉自己愧对你。如果当年不出意外的话，我们……唉，不说这些了。"

薛晶侧转过头，看一眼宋磊，再次扭转头时，眼睛已噙满了泪水。

"不出意外"，他只知道没有见面这个"意外"，他不知道"意外"之中还有一个"意外"，而这个"意外"才真正地将她抛向旋涡……

9

去津北没有找到宋磊，薛晶无心观赏北国的风光。来时装满的期盼、兴奋和欣喜，统统被无绪纷乱的想法、猜测和怨恨所代替。所有的情绪化成一股力量，这种力量驱使她尽早离开这里，她仅有一个念头，那就是回家。

清晨她到津北，晚上她就坐上了唯一一趟开往商都的火车。在火车上，她脑子空空的，她甚至感觉不到饥渴。

从津北到商都的火车次日清晨三点到站。她下车后在候车室里待了一个多小时。她不时地抬眼环顾候车室，这里的一切都是灰的。她想一步到家，锁上门，痛快地哭一场。她因思虑过多，开始烦躁起来，从座位上站起，坐下，又站起，又坐下，再站起，就不再坐下。最后，她拎起行李走出候车大厅，直奔汽车站，企望赶最早一班回清城的长途汽车。

商都汽车站距离火车站不远，中间要穿过全省最大的服装批发中心——商都服装市场。白天这里凌乱、喧嚣、无序，但此时却寂静无声。无数的简易商铺像巨型火柴盒一样排列，阴森且冷漠。天还是蒙蒙的一片。

当她穿过火柴盒时，心里的胆怯促使她加快脚步。快了，快了，穿过这一片商铺，就到汽车站了，她这样想着。越走越疾，脚步声也越来越大，可突然脚步声失去了和谐，变得杂乱起来。她本能地回转头，可就在她回头的那一刻，她的头部被什么东西猛击一下，她顿时失去了知觉……

10

　　薛晶望着电梯，她在想，其实命运是人生命中一切必然性和偶然性的总和。什么是生命的必然性？你出生在地球的哪个地方，属于哪个国家，哪个人种，什么样家庭背景，是男是女，这些都是你生来附带的，不可更改的东西，也就是必然性。而生命的偶然性则是不可捉摸的。

　　小时候一次高烧让你成了聋哑人。读中学打球时你摔断了腿。你捉襟见肘，不承想中了一次头彩，你成了阔人。你苦苦寻觅，找不到意中人，而错发的一个短信却让你找到了生命的另一半。对于自己来说，早年被强暴的痛苦经历是偶然，而眼前和宋磊困在电梯里，也是偶然。生命的荒谬与偶然在生活中随处可见，由此构成了一个人生命的轨迹。

　　知道了生命的偶然性，也就有了对突发事情的风险意识。可年轻的时候，自己是那么的软弱和幼稚，生命中偶然的突发事件能左右你，蒙蔽你，让你迷失，让你无从选择，自由地决定自己的取舍。这样，人们就被困了，困在狭小的空间里，就像被困在电梯间里。物理上的被困并不可怕，就像在电梯间里，无论多久，困在里面的人知道早晚会有人来救他们。最可怕的是困住了心灵。被捆绑的心灵是看不到希望的。人们慌成一团，人们自暴自弃，人们怨天尤人，人们不能自由地介入，自由地选择。人们有的只是恐慌和不安。

　　自己当初无法接受被强暴的现实。是仇恨和羞辱断送了她的勇气，她追求美好生活的勇气。她记得自己回到家里时，就如同僵尸一样。见到母亲，她一句话也不说，只是扑向母亲的怀里号啕大哭。她一路积存下来的愤怒与怨恨冲垮她的大堤，泪水像洪水一样，一泻千里。哭累了，哭完了，她去冲凉，她不知冲了多久，她用力地搓洗自己光洁的身子，直到她母亲疑惑地闯进来，大声质问她和宋磊到底发生什么了。

　　以后的很长一段时间，她把自己关在屋里。她告诉妈妈，宋磊如果来了，她不想见他，让他走吧，他要出国了，分手的滋味不好受，母亲竟然相信了她的话。

　　暑假过了，秋天来了。在颍河边，面对滚滚东去的河水和纷纷飘零的树叶，她决定彻底地埋葬自己的过去。她的爱情，她用她青春的金线编织的爱情一夜之间飘零凋谢。张东海，她上师范时的同学，对她热烈的追求者，在一个黄昏的傍晚，她答应了他的求婚。

她以为自己可以逃避一切，重新开始新的生活。可新婚之夜她的哭泣，东海的惊异，以及婚后两个人性格的迥异，都证明她错了。不争不吵的婚姻表层下暗含的却是壮阔的波澜。从女儿出世后，她和东海的婚姻就成了无性婚姻。但他们的婚姻竟也维持许久。孩子是一个原因，还有就是像千千万万的貌合神离的夫妻一样，他们缺乏的是勇气，缺乏打破惯性生活的勇气。要不是一次偶然，她可能永远就这样生活下去。两年前她去清城参加了优秀教师观摩课。商都五中的校长听完她的课，了解了情况后，极力劝说她调到商都，并答应给她许多的优惠条件。这次她把握了自己的命运，她选择了离开清城，离开东海。

经历了众多的磨难，她成熟了许多，心里也坦然和安全了许多。她知道，每个人的内心都是软弱的，因为软弱而延续惯性，因延续惯性而困在原地，因困在原地而失去氧气，从而失去内心的鲜活，这无异于死亡。只有当内心有了定力，你才能改变被禁锢的现状，你才可以坦然面对生命中的偶然和荒谬，从而理智地作出选择。那你就是一个自由的人，你就可以超越荒谬与偶然，成为自由王国里的主人。有了一个宁静的港湾，你的船随时可以自由地靠岸。

只是在夜晚的时候，她身体里会有一种渴望，这种渴望吞噬着她，让她坠入虚幻的世界。在那里，她与她所爱的男人来来往往。

11

"晶，亲爱的，你在想什么？"薛晶的思维被宋磊的问话打断。

"没什么，我只是想起了过去的一些事情。"薛晶轻描淡写地说出这话的时候，她觉得自己对于过去竟出奇地冷静。她在想，如果把那件事告诉宋磊，他将会是什么样的反应。他会抱着她痛哭失声吗？他会信誓旦旦说永远善待她吗？

"不要老是在过去的事情中纠缠，人，只能活在现在。晶，我们可以重新开始的。"

重新开始？他的意思是什么？是和妻子离婚与她拥抱未来吗？她摇摇头。

"来，亲爱的，在我身上躺一会儿。"宋磊在薛晶耳边柔声说道。他呼出的气息湿润、温暖，轻轻地掠过她的耳际。宋磊轻咬着薛晶的耳朵，把她搂紧了。薛晶被他的柔情撩拨起来。她饥渴的身体抗拒着她刚才清醒的灵魂。她脑子里有一片粉色的空间。在粉色房间里铺着粉色的床单上，有两个影子交映在一起。她与他，鱼和水一样地粘连，藤和蔓一样地纠缠。他们从一片葱郁的山坡向上攀，他唤着她，她回应着。她的喘息是他舞动的鼓点，而他舞动的鼓点是她喘息的节拍。他们大汗淋漓，他们疲惫不堪。他们到了，终于到了，他们来到山顶，被云雾笼罩的山顶，那是神仙的宫殿。玫瑰的香甜，婉转的鸟鸣，飞舞的彩蝶，清澈的泉水，还有洁白的织锦构成的飘逸曲线。

薛晶的小腹下有阵阵的温泉悄然滑过。

他们热烈地吻了起来。像二十多年前一样，把彼此的舌头伸向对方。宋磊一边吻，一边用手摸向薛晶的胸部。薛晶在他的揉摸下发出一丝丝呻吟。宋磊在她呻吟声的鼓励下，掀起她的毛衫，低头去含那两座乳峰……

电梯开始运行了，缓慢地上升着，可他们谁也没有意识到，直到听见外面有人在说话，他们才慌乱地站起来。

电梯门开了，外面站着两个人。其中一个是宋磊面熟的保安。

"让你们久等了，我们巡逻的时候发现电梯坏了，打电话给电梯公司，谁知电梯公司的人员很久才过来。"

宋磊还沉浸在刚才的激情中，他向这两个人挥挥手，示意自己没有什么。

宋磊和薛晶走出电梯，而那两个人向前跨了两步，走进电梯下楼了。

宋磊就搂着薛晶，疾步走向自己的办公室，打开门，拧开灯，然后再关上门。

穿过员工的办公区，里面还有一个套间，那是宋磊的办公室。办公室宽敞、整齐，门口摆放着长沙发。

宋磊迫不及待地拉着薛晶倒向沙发，两个饥饿的人开始寻觅，寻觅能解决饥渴的办法。薛晶的毛衫、胸罩都被扯下。宋磊压在薛晶的身上，一只手开始移向薛晶的裙子……

这时手机响了，薛晶像被惊吓的小鹿，她伸手去够旁边茶几上的手机。手机在黑暗中闪着亮光，映出女儿纯真的笑容。她推开宋磊，忽地坐了起来……

作者简介

　　付娟，女，中学教师，文学习作者。曾有散文见诸《周口日报》《东京文学》《女子世界》《大河报》等刊物。2006年开始小说及剧本的创作。本篇系其小说处女作。

一个是三十多岁仍未婚的妇科女医生，一个是患上妇科病的著名女主播，她们之间的微妙情感令人动容。剩女、婚外恋、侵袭了身体的病毒，都在困扰着女性的身心。

花　蕊

阿　满

一

又是一个上面漂亮、下面不漂亮的女病人，妇产科医生刘利一边操作一边嘀咕。嘀咕了一会儿，刘利扑哧笑了。缺德鬼，她骂自己一句。缺德鬼是口头禅，她以此收拢自己的注意力，医生最忌讳的就是看病不专心，想些乱七八糟的事情。

其实，上面漂亮下面不漂亮是句玩笑话，由妇产科那帮多嘴巴堂客归纳总结的。那天，刘利走进办公室，听见她们正在议论，说某个香港女演员，长得如何漂亮，电影演得如何好，但年纪轻轻患子宫颈癌死掉了。女人啦，上面漂亮的下面不漂亮。

轰，办公室的人都被这句话逗笑了。这帮堂客故作含蓄，把女人的两个部位说成上面和下面，而且居然将大家沤在心里嘴巴又讲不出的东西，用一句简单的话表述出来了，真是太好笑了。大家笑得那么舒展，好像有痒痒被人挠着了，挠过了，熨帖了，放下了。

周围人都笑的时候，刘利不笑，那帮堂客闲话多，业务上无进取，刘利瞧不起她们。她瞥她们一眼，翻值班记录去了。

过了一会儿，大家散去了，那个玩笑不肯去。刘利搜索记忆，她想找一两张熟悉的脸来看看究竟，但找了好久，没有找到。这就奇怪了，刘利从事妇产科工作二十多年，经她捣鼓的女病人，排起来应该是一支长长的队伍，为什么没有一张很清晰的脸呢？

刘利疑惑了。

接下来，刘利再去给病人做检查时，注意力分散了。刘利左右顾及，眼

睛不由自主在病人的上面和下面划来划去，像木匠在木板上划墨线一样。

一贯古板的人忽然有了孩童的顽皮，刘利想笑，结果那根职业的弦松了，一贯的神圣被瓦解了。不过，刘利会很快反应过来，骂句缺德鬼，然后重新回到工作中。

刘利调整回来了，脾气却变坏了，她说出的每个字都像用脚后跟踹人家。比如，眼前这个女病人，刘利没好气地说，躺了。女病人便老老实实地躺了。刘利戴上橡皮手套，从盆里捞起了一把鸭嘴钳，像一个屠夫似的走到床跟前来了。

刘利用鸭嘴钳把女病人打开，将食指和中指捏成利剑的样子，然后毫不迟疑地插入。沿着隧道走进去，经过山川与河流，绕过暗礁和悬崖，她左边探，右边按，两个手指像走高跷那样缓缓前行，全部感觉都在手指的螺纹圈里。这时候，刘利的眼睛是眯着的，那是工作的专注和沉着。

这里还算柔软，这里肥大了，这里有积液，这里不容易探到，必须探到底才行，因为许多隐患会隐藏在这里。作为医生，刘利必须看到它，如果肉眼看不到就用感觉看，感觉看不到，刘利就通过女病人的反应看。

刘利观察女病人了，这时刘利笑了，整个人飘了起来，目光散了，两个指头失去了知觉，整个人不知身处何地了。

刘利深吸口气，把眼睛重新眯起，回来了，指头恢复敏感了，她觉得自己这样在女病人体内游走，女病人该喊疼了。果然女病人的腮鼓起来了，牙齿打架了，口里还不停地吸气。刘利见到这情景，继续用食指去确认，拨、压、顶，直到女病人呻吟起来，刘利才舒了一口气。她终于如愿以偿地看到了。

上面漂亮下面不漂亮。刘利做了一个与医学无关的鉴定之后，抽出手来，扔来了结束语，起来。

刘利洗手的时候格外仔细认真，打了一遍肥皂，还把手举到阳光里照了照，那样子好像有虫子钻到指甲缝里去了，又好像是一块印迹沾在皮肤上很难洗。洗完了，刘利回到桌子边。

刘利看了一下病历本，乔艺云，二十八岁。刘利在那个名字上停顿了一小会儿。

叫乔艺云的女病人穿好衣服，走到刘利面前用好听的普通话问，刘主任，我要不要紧呀？

刘利垂着眼皮，半天扔出一句，我是医生，我当然说要紧。

那我到底得的是什么病？

要抹个片才知道，明天再来做一个 B 超，看看子宫内膜。

很严重？女病人倒吸了一口气。

刘利不再作声，眼皮垂下来了。写完病历后，她将本子朝病人面前一推，头一扭，上卫生间去了。

刘利从卫生间回来，女病人已经走了。走廊上，安静像水一样流淌着。刘利看看时间，还有半个小时才下班，想到昨天培养的那个标本，她决定再去琢磨一下。

窗户的桌子上有一架显微镜，旁边有红水绿水陪着。刘利搬了把椅子坐下来，屁股往前挪挪，一只眼睛悬在显微镜上面，人杵在那里不动了。

这是一个学习研究的姿态。刘利喜欢研究虫子一类的东西。刘利把显微镜里的活物统称为虫子，并把它们当趣味。刘利把这种趣味储存到一个练习本上，大家发现后，便说那是研究成果。鉴于现在很多人不在工作中寻找趣味，刘利坚持了，医院将她树为典型，在一个公开举手的场合，把为数不多的职称和荣誉给了她。主任医师、三八红旗手、劳动模范等等。医院还在门口树了一块宣传牌，把刘利和十几名医生的肖像悬挂在那里。那牌子气派堂皇得跟大商场里的名牌柜一样。刘利是这个医院的名牌。

其实，刘利对显微镜感兴趣是因为她没有其他爱好。她不会唱歌，也不喜欢跳舞和逛街。今年都三十八岁了，仍旧没有结婚。她不善交际，觉得见了熟人没必要寒暄，见了不熟的人更没必要寒暄。好人缘的同事见了主动喊她，刘医生您好，吃了没有哇？刘利听到招呼，看看表，分明不是吃饭时间，问吃了没有，毛病。她嘴角一扯过去了。这时，一个男医生过来了，笑眯眯地说，刘医生，我发现你越来越年轻了。刘利停住脚步，转过头来看他，人怎么可能越活越年轻？分明讲假话。她嘴角一扯，那人缩缩脖子，哈哈一笑走掉了。时间一长，刘利没有女朋友自然了，没有男朋友也自然了。慢慢地，刘利只能在显微镜里自娱自乐了。

刘利坐下后，将一块指头宽的玻璃片放置在显微镜下。很快，一块蛋白色水渍被放大了。水渍来自一个人的简化方程式，姓名是一个编号。一个指头大的视界，是一个宇宙放在那里，一个舞台搭在那里，一个游乐场建在那里。

观察了一会儿，刘利用心说话了。她说给自己听，不管谁来到这里，都

要一律被简化，漂亮也好，不漂亮也好，所有的女人都将变成虫子。女人的虫子又分好虫子和坏虫子，好虫子是卵泡，黄体素，雌激素，胚胎等等。坏虫子是霉菌，滴虫，阿米巴虫，绿脓杆菌诸如此类。在生命的大千世界，太阳催生着万物，女人的花蕊像玫瑰那样开放，开放的花蕊每天运送千军万马的虫子，它们从所谓的爱情站出发，搭上一趟趟时代的快车，沿着生命的轨迹前行，冲破层层的封锁，最终抵达繁衍的神话，结果不可避免地滋生了自身的腐败。

事实就是如此，刘利说。

以这样的思路，刘利眯起眼睛看病有解释了，那是一只虫子的通道。刘利为什么记不住女病人的脸也有解释了，既然所有的女人都是虫子，又有什么必要关注她们的脸呢？

接下来，刘利有大发现，虫子们很活跃，有的在五线谱上跳舞，有的用锣鼓敲打京剧的节奏，有的像电吉他手那样搞怪。原来虫子也有歌咏会和擂台赛，它们还会念莎士比亚的台词，制造红磨坊的热闹。

刘利正开心着，诊室里的电话响了。

这个时候来电话，多半是妹妹刘敏打的。

果然是刘敏。

刘利就两姊妹，关系不错。刘敏自从结婚后就不喊刘利做姐姐了，也许她是认为结了婚的人总比没结婚的人大。

刘利呀，你今天早点下班，跟我一起去吃饭。

刘利问刘敏吃什么饭，和谁，是男的还是女的。

刘敏说，你管他是男的女的，你吃你的饭。

刘利不耐烦地说，我晚上要写论文，不去。

刘敏更不耐烦，她说，写论文写论文，你想老妈发病是不是？

刘敏话里有话，老妈有心脏病，不能生气。

刘利想了想只好说，那好吧，在哪个馆子啊？

刘敏甩过来一句，到时候我开车来接你。

缺德，刘利嘟噜一句，放下电话，脑子里有几秒空白。

没心情做研究了，刘利决定收拾一下回家。

夕阳把最后一缕光收回，那个病历本上叫乔艺云而实际生活中叫乔曼的女病人，还在街上溜达。她脑子里有两个问题不停地打圈圈。

我是不是要死了?

不知道刘利医生认出我了没有?

清风拂面,满天的鸭嘴钳、大口罩、搁腿的铁架子。乔曼觉得自己的身体被刘利医生撑开后一直没有合拢。风,在体内穿梭,从喉管到下面,再从下面到喉管,人成了空心物体。

乔曼这时候明白了,那件事情,那个东西,原来一直潜伏在身体里。如果不小心,它时刻会跳出来。当然,人活得高兴时,总觉得那个东西是别人的,与自己无关。还常常用快乐的借口来搪塞,让自己活在遗忘中。

乔曼不怕那件事,人人都逃不过的结局。但作为女人,一个爱美的女人,乔曼更怕变丑的现实。疼的过程很可怕,一路上没有人陪伴,没有玫瑰花,没有里程碑,谁也帮不了你。这个世界能共同分担的很多,唯独身体的疼痛不能分担。所以,很多个夜晚,乔曼一个人行走在黑暗中时,常会听到玻璃碴捅破皮肤的声音,看到火柴被打火机点燃后的肆烈。

第二天早晨,乔曼在镜子里看到了那个东西的影子。头发是散乱的,光亮丧失如草,脸色苍白,眼角上挂着一颗眼屎,腮像刀削,果子般的乳房干瘪了,腹部皮肤打皱了,上面还有一道道梯田纹。那条妈妈给她的弓箭,从胸口乳沟直至腹部三角地带,由黑绒毛编织的长箭头荡然无存了,稀疏的毛发像零星的冰雪覆盖坡地,生命之弓再也不能张起。

乔曼想去医院,但她怕。自己是未婚女青年,患上了已婚女人的病,同事们知道了怎么解释?还有,自己是电视台播音员,作为一个公众人物,她的绯闻本来就很多,现在偷偷摸摸跑到妇产科来看病,小报记者知道了怎么办?然而,在她犹疑的时候,报纸上说那个香港女演员死了,子宫颈癌。于是一切都无关紧要了。

乔曼来医院前,花了好长时间装扮,弄来弄去,干脆彻底裸露,用最真实的面容,来虚假平时的公众形象。她选择了快下班的时候,机警得像一个克格勃。她没告诉任何人,化名乔艺云,甚至包括他,她都没让他知道自己上医院看病。

据说,本市有三分之一的女病人都接受过刘利医生的诊治。来到医院门口,乔曼看见宣传牌上的刘利医生像一尊白衣圣母。

见了面,乔曼有点失望,刘利医生不像宣传牌上的样子。白大褂,白帽子,白口罩,只有一双眼睛在外面,半闭着。乔曼没办法,只好从她的眼睫

毛上看动静，刘利眼睫毛跳了，乔曼知道她看到自己了。

诊室里面像刑具房，一张铁床是灰白色的，上面铺着粉红色的橡皮垫。床尾放有两只撑架，撑架焊接着两个半圆形的铁环，铁环开口向上，如两个横躺的 C 字（后来乔曼才知道它是搁腿用的）。床底下，塑料盆里泡着十几只不锈钢钳，钳子龇牙咧嘴，让乔曼想起了酒店门口的揽客招牌，生猛海鲜。躺上去后，大腿根血管一跳一跳，鼻子里是铁的酸味和来苏水的苦味。

刘利来做检查了，乔曼浑身毛孔收缩，刘利的口罩变成银幕，她在上面看到了两个暗示和隐喻。

一个是虚惊一场。

一个是遗嘱。

乔曼期望刘利医生检查完毕后对她说，没事，只是一点炎症而已，吃点药打点针就会好的。但还有一种可能，那就是检查单上写有几个赫然的字母，CINI（子宫颈上皮内瘤样病变），如果是，那乔曼就该写遗嘱了。

乔曼的遗嘱是写给父母的，她是独生女儿，从小到大没让父母操心过。具体到遗嘱的内容，乔曼打算分三个层次来写：第一是请求父母原谅，白发人送黑发人属不得已。第二是交代后事，自己还有一部分存款，密码抄在记事本上，父母不要舍不得花，清水河的房子是他给她买的，房产证正在办。想到这个他，乔曼作难了，要不要告诉父母他的姓名，且慢，这个问题……还是搁一搁。第三是交代父母不要对别人说自己的病，因为那会引发绯闻的。

遗嘱写好了就是告别，乔曼为自己设计了两个告别的场景。第一个场景是电影里的镜头。自己只剩下最后一口气了，一抬头，看见他不顾一切地来了。他一边走一边连声说，来迟了。看到乔曼病入膏肓，他哭了，紧紧攥着她的手说，亲爱的，别离开我。

听到这样的话，乔曼舒了口长气，幸福地死而后已了。

乔曼把自己的眼泪当蜜汁，一点点喝着。接着，她开始设计第二个告别场景。其实，第二个场景没什么好设计的，但最有可能被乔曼采用，那就是她一个人静静地躺在清水河里，不惊动任何人地死去。

想完了两个结局，天黑了。乔曼朝家走去，今天星期五，他们约会的日子。手机连响带振动，乔曼掏出一看，他发的信息。半个小时到，他说。乔曼嘴巴一撇，想哭却笑着，思路一下跳到了厨房和冰箱里。鱼头炖豆腐，他最喜欢吃。

那么，等下见了面，要不要告诉他自己生病了呢？作为女人，能撒娇是一种幸福。但告诉他，会不会影响自己在他心中的形象呢？她在他面前那么的完美，用他的话说，她是女人中的杰出代表，那方面也是。

那方面，他们把这看成是一种能力，既然乔曼是完美的，那方面也应该完美。一旦知道她生病了，他肯定会呵护她，呵护时会有顾虑，顾虑时不能尽兴，不能尽兴，过一段时间两个人都会觉得没意思。乔曼不能接受不完美。再说，告诉他了，让他帮你疼吗？

事实上，他们在一起的时候，乔曼已经力不从心了。做完后，他走了，乔曼躺在床上休息。身体空了，他的笑声还在身体里回响，他的体温还在里面涌动，他的力量还在里面弯弯拐拐地绕。她觉得疼，磨损的疼，被掀翻的疼，凌乱的疼。小解时，火辣辣的。站起来，一股热流从下面朝心窝涌，四肢的关节因为被抽空而酸胀，脑子因为胀满而眩晕。

但是，这一切与乔曼的幸福比起来，都是微不足道的。她幸福地不舒服着。等下一个星期五再来时，依旧将肉体当桥梁，往幸福走去。

想到两个人即将见面，乔曼快乐了。但又担心另外一件事来，不知道刘利医生认出我没有。

认出就认出吧，反正病治好了，再也不见她了。

二

回家的刘利像一块漂浮在喧嚣大海上的木块。上了公共汽车，置身于这个城市的动荡，刘利的身体被热浪推来推去。那些男人太讨厌了，骨头那么硬，好多次硌疼她。为了护卫自己，刘利全身绷得梆紧，胳膊撑得像一根木棒，无奈那些男骨头是钢钎，在她回顶别人的时候，更多地硌疼了自己。

进门第一件事是开电视，像开启一个瓶塞子，很多东西释放出来，包括对男骨头的恨。脱衣、洗头、洗澡，与之相伴的是某个国家的森林大灾，某个地方的地震，国际原油涨价，股票暴跌和台独猖獗，等等。

完后，刘利懒懒地陷在沙发里，等着刘敏来接自己。

这时，电视里一个女播音员报道一条狗如何救人。

刘利对潮流和时尚有自己的看法，她不解播音员这个行当为什么会成为热门，也不解为什么有那么多壮阳药和鬼鬼祟祟的性用品店。但她知道女播音员是一个模子里出来的，发饰装扮口齿神态全都一模一样。

她觉得这个讲狗故事的播音员与其他播音员有点不一样。过一会儿，她发现一张脸慢慢地在脑海里浮现出来了，再过一会儿，她认出了那张脸，哪怕她化了彩妆，刘利都认出了她。

这不就是下午来看病的那个女人吗？有几秒钟，什么东西朝刘利劈头盖下来。刘利眨眨眼睛，是的，是那个女病人。

难怪那么漂亮，声音那么好听，原来她是一个播音员。

刘利有点惊诧，她想，奇怪了，别的女病人记不住，却能记住乔艺云，是那个玩笑起作用了？

是那个玩笑，刘利判定她就是那种上面漂亮下面不漂亮的女病人。

刘利饶有兴味地听乔艺云讲故事。听着看着，她发现乔艺云不仅躺着好看，站着（也许是坐着）也好看。

她是一个躺着和站着都一样好看的女病人。

这就有意思了，因为根据刘利多年的观察，一个人躺着看和站着看是不一样的。

作为一个妇产科医生，刘利会比一般医生多出很多观察方面的问题。

十七岁那年，刘利从卫校毕业分配到医院做护士。开始干的活儿不轻也不重，在门诊部摘一摘病历本，配合医生问病人情况，再就是医生做检查时，站在旁边递一递鸭嘴钳。

妇产科人进进出出，一个病人来了，一个病人走了，如工厂里的传输带。粉红的橡皮垫子像放幻灯片似的，曲折有之，悬疑有之，惊险有之。刘利立在旁边，成年累月地看。看多了，看乏了，她在嘴里喃喃念经，我的工作就是一辈子与一个器官打交道；我的工作就是把全世界公认的隐私，变成像鼻子耳朵胳膊腿一样的东西；我的工作就等于是为花蕊除虫浇水灭害。

年轻人，很少有耐得住寂寞的，刘利想法子在工作中找乐子。妇产科是医院最热闹的地方，女病人有城里的，乡下的，从服饰上可以看出她们的身份，从脸上可以看出她们的心情。刘利好奇地去研究女病人，看哪些人是城里的，哪些人是乡下的，看哪些人是坦坦荡荡地来的，哪些人是心怀鬼胎来的。

不久，刘利发现女病人在不同的时候有不同的脸，她们一会儿漂亮，一会儿不漂亮，丰富的表情后面是气象万千的内心。脸的好看不好看，与色泽度、细胞活跃度、气韵走向以及血管的膨胀程度有密切关系。

刘利像拼积木似的拆分和组装她们的脸，像撕纸片那样撕碎她们的脸。游戏中，她渐渐发现，原来人躺着看和站着看是不一样的。有的人站着好看，躺着又不好看了；有的人躺着好看，站起来又不好看了。刘利以前没发现，现在发现了，疑惑了。

有一句俗话叫人贵有自知之明，刘利认为不对，因为她从来没有对自己明白过。女病人是教科书，刘利通过女病人了解自己。了解后，刘利很气馁。回到家里，把衣服脱掉，仔细观看，发现事实就是事实。刘利很长时间为女人无奈，加上她发现百分之九十以上的女人都要患妇科病，就更畏惧了。为了让自己脱离现状，刘利千方百计地拖，把自己做女孩的时间拉长，一直长到三十八岁。现在，橡皮筋拉到极限了，妈妈患心脏病了，刘敏马上就要接自己去吃饭了。

上帝创造的东西没办法改变。有一点刘利却做到了，那就是她当医生后，操起鸭嘴钳，动作格外轻柔小心。她不让病人叫唤，病人叫的时候，她浑身打哆嗦。但有一天，诊室里来了几个涂指甲油的女患者，于是，一切都改变了。

这是一群浓妆艳抹，染黄头发的人。她们患有同一种病，上了铁床，开的不是玫瑰而是花椰菜。烂菠萝皮似的黏膜叫人不忍观看。刘利那天没戴口罩，打开后，一股异味扑鼻而来，刘利差一点背过气去。

呛着了。刘利发火了，怎么会有这么不顾自己的人？刘利在诊室里摔东西，用鸭嘴钳时，刘利直想听她们叫唤。但那些人就不喊叫。她们不喊叫，刘利更生气，鸭嘴钳横着咬，竖着捣。心里咬牙，嘴里喃喃，我看你叫不叫。

检查完了，那群人畏缩在角落里等待刘利宣判。刘利长时间不宣判，却给她们上卫生课。遗憾的是那些女人听不懂，以为医生找麻烦，不耐烦后，混世泼相出来了。刘利指着她们的鼻子说，已经像粪坑了知道吗？话音刚落，有一个人给了她一记耳光。刘利木了，半天没反应过来。待反应过来，那些人已经溜了。刘利摸了摸脸颊，把鸭嘴钳朝地上一掼说，这工作没干头。跑了。

刘利跑了还得回来。那年代不光提倡孺子牛，还开始讲究敬业精神。刘利说归说，到底还是坚持了下来。不过，她对患者再也柔软不起来了，而且再也懒得朝她们的脸看了。

乔艺云，刘利念叨着这个名字，思路又回到了下午的诊断上。她在想，据说有一种综合疗法对妇科病很有效，应该试一试。想着，刘利爬起来去翻资料，翻了一会儿，刘敏来了。

刘敏跟刘利长得很相像，也是大高个，白皮肤，浓眉大眼。只是刘敏因为生了孩子，身材略为粗壮。为了迎合潮流，刘敏还纹眼线。刘利不喜欢眼线，但发生在刘敏身上，另当别论。血缘关系可以打破一切规则，甚至可以包括对刘利的随意调遣。

刘利不喜欢跟刘敏出去吃饭，但她喜欢跟刘敏在一起，因为她们从小就在一起，彼此有太多的关照。小时候是刘利照顾刘敏，现在是刘敏照顾刘利。刘敏在政府机关工作，她相信自己有能力照顾刘利。照顾的方法就是给她买衣服，再就是利用吃饭的机会，带刘利见男人。在刘敏看来，刘利之所以到现在还没结婚，主要是工作环境造成的。妇产科几十号人，清一色的女性，加上来看病的也全是女性，刘利哪有机会接触男性。

刘利当然明白刘敏的良苦用心。不领情，拒绝吧，刘敏拿妈妈的心脏病要挟她。刘利只好自己被男骨头硌疼，也不让父母心里疼。

刘敏进来后，从一个大纸袋里拿出了一条鲜红的呢料裙。

刘利，这是我专门给你买的，今年特别流行红裙子。

花钱干什么，我有衣服穿。

刘利嘴里虽然这么说，但脸上有了笑意。她喜欢刘敏对她好，也喜欢漂亮的东西，只是自己不喜欢上街。

刘敏开始给刘利打扮，先是把她的头发松开，披在肩膀上，刘海用摩丝捏了个弯，然后要刘利把红裙子穿上，再套一件黑色的紧身毛衣。完了，刘敏把刘利拉到镜子前，指着镜子里的人说，怎么样，还不错吧，这就叫女人味，懂不懂？

刘利眨眼睛，眨了一会儿，咧着嘴笑了。大凡女人都希望自己年轻漂亮，刘利也不例外。

这不就是一个杂志上的封面女郎么，红呢裙有很多褶子，配一件紧身黑毛衣，乳房突起，头发披在肩膀上，衬得脸好精致。

刘利咯咯笑，刘敏也咯咯笑，两姊妹肩膀和肩膀靠在一起。刘利边笑边想，怪不得一些女人都喜欢照镜子，原来是想看自己的女人味。看了又怎么样，也许，能激发荷尔蒙吧，因为照镜子的女人，眼睛总是沾满露水。自己也是。

看，你打扮了比谁都好看，刘敏感叹着。

刘利在镜子里左右扭头。

刘敏开始唠叨了，你清高，你有事业，你不错，但你总赶不上为医终身未婚的妇产科医生林巧稚吧？既然你不是林巧稚，那么你就是普通人。父母的担忧你就要理解。

刘利还在镜子里扭头，她任刘敏讲，忠言不逆耳，无所谓。

吃饭的地方是个茶楼，走进卡座，刘利看见客人果然是一个男性。

刘敏介绍说这是彭教授，刘利很自然地点点头，说彭教授好。

刘利自然是因为这不是第一次了。刘敏张罗过几次，热心同事张罗过几次。但每次吃过饭后，张罗的人问刘敏印象如何。刘利说，可以。张罗的人说，那就交往一下嘛。刘利应允说，好的。但应允了，没下文了。刘敏问缘由，刘利说，一两句说不清。刘敏只好再张罗，决心很大，执拗极了。刘利讥讽刘敏说，你读书的时候要有这种执着，肯定考上北大清华了，到头来还是个电大毕业生，要不是老爸帮你走关系，你莫想进得了政府机关。

接下来的场景是任何一个茶楼里都可以见到的。吃饭喝茶扯谈，扯谈的时候眼睛穿梭。生活在这里毫无新意，刘利为了刘敏的面子，做着自己该做的一切。

既然来了，了解还是得有的。刘利跟彭教授扯了几句，便把他与其他男性区别开来。因为刘利以职业眼光看去，发现彭教授是一个爱惜身体的人。他身材保持得好，面色红润，眼睛清澈，皮肤上没有一丁点斑点，看来心血管功能很好。像他这个年龄很多人患了高血压，高血脂，高血黏度病。他不高，说明生活习惯好，是善于自我约束的人。另外，彭教授说话口气清新，说明他肝胆胃正常，没有湿热滞阻。现在男性很少有没有口臭的，他们很多隔老远喷酒气、烟气、汗气、食物发酵气，有的当着刘利的面打嗝。刘利在公共汽车上不仅见识过他们的硬骨头，也充分领略过他们的废气。

刘利对姓彭的教授印象不错。如果别的男性是黑白照片，彭教授就是彩色的。刘敏跟每一次一样，对见面抱有极大的希望。散场了，刘敏问刘利对彭教授印象如何。刘利说，可以。交往一下嘛。好的。

但几天过了，又没下文了。刘敏问什么原因，是不是没看上。刘利说，

一两句说不清。刘敏有点生气，粗喉大嗓地说，说不清说不清，我看是你有毛病。

有毛病就有毛病，刘利不跟刘敏吵，无所谓。过了一会儿，她分析刘敏的话，觉得自己还是没有毛病，如果彭教授能让自己产生想象力，或许可以交往一下。刘利忽然想起一个男性来，这个男性是神经内科医生，那时候，他经常给刘利打电话（男医生来妇产科串门不方便）。刘利开始不想接他的电话，后来听同事说他一下班就跑去打篮球，还喜欢到大排档吃夜宵，打赤膊，喝小酒，不怕损面子。刘利有想象力了，觉得有趣了，接他的电话了。但刘利电话接了，却不摘口罩，嘴里含热萝卜似的，男医生听不清不听了，搁下后，打给别的女医生了。为此，刘利有一段时间很不舒服。当然，这已经过去很久了。

两个人将积攒了一个星期的爱意，变成一整夜的精华液，把双方体内一个个空匣子全部填满了。之后，乔曼平躺在床上，看他穿衣服。

音响正放着当下的世界名曲，配有色彩鲜艳的画面，巴黎广场上的和平鸽，希腊海边的悬崖城堡，白色教堂的黑色修女，广袤农场的滚滚麦浪。

乔曼今天有两个不寻常的体会。第一，平躺的姿势最舒服。网上说女人喜欢七十二种姿势，乔曼发现那是彻头彻尾的谎言。她相信所有女人都是喜欢平躺的，因为上帝造人的时候肯定是按这个姿势造的。她想不通的是所有女人都喜欢平躺，却都不对七十二种谎言予以驳斥。不知道她们是对自己不相信还是对男性过于相信。反正女人们对伊甸园传说深信不疑，以为自己真是他们身上的一根肋骨。现在乔曼确信自己不是他的肋骨了，因为她疼，他不疼，他甚至不知道她在疼。第二，自己经常呼吸他的废气，很不利于健康。告别时，他俯身吻她，一股气息喷来，乔曼本能地头一歪，第一次躲过了他的气息。

他走了，乔曼思考着明天到底要不要去医院做检查。打开电脑，点击健康，在众多的医疗网站选择了三九，再点击妇科。到了妇科，里面的产品琳琅满目，乔曼像进入了超市一样，看着看着，把那些症状全部看到了自己身上。像试穿衣服鞋子一样，很多都蛮合适。

原来没有的，现在想想就有了。原来没有现在也没有的，那上面还有一句话管总：平时可能没有什么明显的症状。

条条道路通罗马，这句话说得太精辟，太透彻了。是的，任何一个症状都可以导致 CINI。

乔曼被一只巨大的手狠狠地甩在河面上了，空心的身躯像一条无人操纵的船，不知漂往哪儿去。

空了就想填补。这时，乔曼想要很多东西，哪怕把整个世界塞进去都填不满。她的空洞像宇宙那样大，他们说那叫黑洞，真是一个巨大的黑的心洞。

乔曼忽然想打电话了，摸出手机翻号码，翻了一会儿，觉得最想的还是父母。打过去，妈妈接了。妈妈很高兴，握着电话不肯松手。爸爸捞不上对话，就在旁边说自己很好，没事不要打电话，要努力工作学习。乔曼只好挂了，再给别人打。拨了一个号码，是台里的女同事，女同事后来告诉乔曼有人背后搞鬼，乔曼兴味索然。放了电话，乔曼忽然想要拿金话筒奖什么了，还想拍一部人体写真集，还想办一场演唱会，虽然唱得不专业，但有人都说她嗓音像蔡明。

奇怪，想到了，就好像得到了。乔曼想了这么多，心里慢慢平复了。忽然，她发现自己纯粹是在胡思乱想，怎么可能严重到那个地步。据说癌的比例还不到万分之一，怎么自己偏偏就摊上了？

第二天上午，乔曼按照刘利医生开的处方，做了一系列的检查，检查结果是乔曼既没到写遗嘱的地步，也不是虚惊一场，她是第三种状况。用刘利医生的话说，千万不可掉以轻心。

刘利看见乔艺云来医院做检查很高兴，医生喜欢听话的病人。但刘利放不下医生的架子，也是女性跟女性接触受抗生素制约，她依旧翘着下巴，半闭着眼睛，把眼睫毛当帘子。

乔曼盯着刘利的眼睫毛看，看见刘利抖动了，赶忙提示刘利医生说自己昨天来过了，检查的情况写在本子上。刘利没吭声，接着开检查单去了。

刘利对每个病人都是认真负责的，如果她对哪一个格外倾注，那是由于患者配合医生的缘故。刘利对每一个病人都有一份计划，之所以后来泡汤，是因为病人没有按计划来。刘利决定给乔曼实施综合新疗法，妇科病复发率很高，交叉感染的多，即使是普通的炎症，治疗起来也相当麻烦。刘利打算用三个星期将乔艺云彻底治愈，前提就是病人能够配合。刘利不怕病情复

杂，只怕病人不配合治疗。现在的病人思想复杂，对医生缺乏信任，对医院没好感，这是当今治疗之大障碍。

果然，两个星期一过，乔曼就不来了。刘利用眼睛在走廊扫了一遍，没见着，气馁了。没想到她也是这样的人，原来还以为她与众不同呐。

找不到，不找了。由此刘利感叹自己的世界又小又大，小是虫子们在显微镜里天天见面，大是有的女病人见一次面不会见第二次。当然，刘利希望乔艺云痊愈了。痊愈了就行，身体好比什么都好，刘利衷心为她祝福。但如果三心二意，有什么情况不及时来问医生，拖延了病情，就成坏事了。刘利知道很多病人不懂得看病需要系统性，今天找这个医生看，明天找那个医生看。东跑西跑，浪费钱不说，还把病情搞复杂了。另外，刘利还知道现在病人很少感谢医生，就算你治好她了，她也会怪你药开多了，药卖贵了，然后送你一个"白衣屠夫"的称号。

算了，刘利挥挥手，拂去了一片云彩。

回到诊室，刘利接到了一个陌生人打来的电话。

你是谁？刘利问。

那人说姓彭，几天前吃过饭的。

刘利眯起眼睛，把一沓照片拿出来翻，终于找出了那张彩色的。

你怎么知道我号码？刘利疑惑地问。

刘敏同志告诉我的，彭教授说。

你有什么事吗？刘利问。

我想请教一下，那个运动功能萎缩的卢伽雷病。

刘利松了一口气，你问这个干吗？

彭教授说自己最近在写一篇关于创造性思维的文章，想了解一下霍金与卢伽雷病的关系。有人说生病时会有另类思维，天才有时候就是这么诞生的。为此，西方有些艺术家故意把自己搞成精神病。霍金能够创造出著名的黑洞理论，不知道与他的病有没有关系。

刘利便跟他解释运动功能萎缩的卢伽雷病怎么回事。完了，她觉得自己的病人还没有出现天才。

以前，也有吃过饭的人找借口打电话来，刘利挥挥手，拂去了。不过，这回的结束语是一场辩论。

彭教授说，得病不见得是坏事。

她说，得病肯定不是好事。

彭教授说，从另一个角度来看，病中有奇思。

她说，病痛会要人命，命没了哪有天才。

乔曼治疗了两个星期，发现自己完全好了，肚子不疼了，内裤上的斑渍没有了，跟他在一起时不舒服的感觉没有了。于是，一切又美好起来了。这个世界很多东西可以轻而易举地忘记，疼痛是其中之一。乔曼转向工作，每天忙得不亦乐乎，也是通过生病，生活的重心沉淀出来了。能工作的人最美丽。

半年过去以后，乔曼想起刘利医生讲的千万不可掉以轻心之类的话，觉得好好笑。路过医院，看见高高的大楼，白云在顶端飘来飘去，乔曼对白衣天使有了新的认识。嗒，现在看病的都是仪器，而不是医生，白衣天使因为有了这些仪器，才像云彩那样自由自在。

不过，乔曼会经常想起刘利那硬邦邦的样子，觉得自己老在她的眼睫毛上荡秋千。有一天晚上，她甚至做了一个梦，梦见自己一丝不挂地在雪地里行走，到了一幢白屋子门口，她看见刘利医生半睡半醒地守在门前。

你来了，刘利睃了一眼说。

来了。

该来不来，不该来又来。

什么意思？

没有意思。刘利说完消失了。

乔曼醒了。梦里刘利医生身上穿的不是白大褂，而是侍童的黄马甲。这是什么含义？乔曼想不明白了。早晨起来听见外面有人唱歌：一朵花儿开，就有一朵花儿败，好好地等待，等你玫瑰开……乔曼怀疑是不是唱给她听的。

乔曼到单位上班，发现好消息接踵而至。学习进修，参加金话筒比赛，提拔当副台长，应邀参加各种商业活动等等。

乔曼应接不暇。三年后，乔曼成了名主持人。这样一来，她每星期有三分之一时间在飞机上度过。一会儿这个台，一会儿那个台，一会儿这个节目，一会儿那个节目。红火着。编制还在原来单位，人却基本不在台里待了。她不再固守一处，星期五约会没办法实施了。幸好他早有准备，在乔曼起飞之际，已经把调动办好了。他在省里某个部门任职，官再大了一级。情人体制实行的是惊喜制度，也好，相见时难别亦难，小别胜新婚。到一起，情更浓，火更烈。像玫瑰长在枝头，突然遇到一场及时雨。

<h2 style="text-align:center">三</h2>

电视把女人弄成一种秀，刘利一如既往沉浸在自己的观看中。有一次，她发现一个赭色的梅花形虫子，其裂变过程很像电视上一个广告画面。颗粒状的土壤像一个大马蜂窝。一根草摇晃，风来了，土壤颗粒颤抖了一下。颜色变深了，雨来了，一滴，两滴……土壤慢慢被侵蚀，哗哗啦，水漫出来流走了。

刘利估算了一下，梅花形虫子的变异时间大约为三年或者五年。如果发生在一个人身上，是一段可以活下来也可以死去的时间。

刘利有过几次重要的观看。第一次是在很小的时候，她和父母妹妹生活在一个小镇上。小镇有剧团，剧团有一个花旦，一甩袖一吟唱，就将懵懂无知的刘利的心思全部占领。镇东和镇西分别搭有唱戏舞台，花旦这边演了那边演，刘利拉大锯似的来回跑，目的是想看花旦卸妆后的样子。第二次观看是刘利上小学以后，当时一家人搬到了县城，隔壁住着一个新媳妇，新媳妇像小人书里的田螺姑娘，刘利经常在板壁缝里观看她如何变……

三年后的一个冬天，刘利所在的城市下了一场罕见的大雪。马路像一块块不规则的镜子，医院众多的手术刀，似乎通通悬挂到屋檐上了，寒光闪闪，令人浮想联翩。走廊上，看病的人熙熙攘攘，病历本夹在墙上的铁丝上，被暖气吹得哗哗作响。人们在怀疑一切的时候，就把身体交给医院，像把钱存进银行那样放心。

今天，刘利走进诊室发现有点异样，正嘀咕着，只见一个戴金丝眼镜、穿黑色裘皮衣的女病人朝她走过来了。

刘主任，您认不出我了吧，我是您的粉丝，老病号。

刘利定定地看着，慢慢地，一张脸在脑海里浮现出来了，再过一会儿，她捡了个名字安上。

你是乔艺云吧？

哈哈。乔艺云很兴奋刘利医生认出了自己。

乔艺云马上解释自己有两个名字，过去叫乔艺云，现在叫乔曼。

刘利没有笑，她直言不讳地说，很多病人在医生面前用假名，认为得妇科病见不得人，错误观念嘛。

乔曼告诉刘利自己没有那种思想，主要是工作太忙顾不上，实在没办法才找刘利医生。当初，她一次治好了自己的病。

我最相信您了。

这话悦耳，刘利脸上有了笑意，她仔细看了看乔艺云，乔曼。

你怎么还是那么漂亮？老是老了点。

乔曼哈哈大笑了，我今年都三十二岁，哪有不老的。

三十二岁不算老，刘利说。

刘利问怎么不见她到医院来做检查。

乔曼把自己的情况大致讲了一下。

哦，怪不得看不见你，原来你成名人了。

乔曼说，连你都不知道，我算啥名人。

刘利说，我是一个两耳不闻窗外事的人。

呵呵。

言归正传，刘利问乔曼究竟哪里不舒服。

乔曼说最近一年多时间，下面经常会有一种像巧克力样的分泌物出现，去了几个医院，没检查出名堂来，她很担心会得怪病。

躺了。

刘利又扔脚后跟了，平时说得最多的就是这两个字，习惯成自然。

橡皮垫、鸭嘴钳、C形铁环，这里永远是以不变应万变。

刘利在乔曼体内游走，经过山川与河流，绕过暗礁和悬崖，两个手指像风一样抚过山丘，像梦一样荡漾田野。过了一会儿，刘利以一堆虫子做背景，拼接了一个若隐若现的男性。男性在乔曼体内寄存得那么好，那么心安理得，刘利仔细一看，发现他有电影《爱德华大夫》男主角那样的面相，有神经内科男医生的体型，甚至还有彭教授那样的创造性思维。

就像一个成功的男人背后有一个伟大的女人一样，一个得病的女人背后有一个与刘利作对的男人。

你老公做什么工作？刘利问。

噢，我男朋友是圈外的，做行政工作，他在外地。乔曼称男朋友而不是老公。

刘利明白男朋友的含义，未婚同居，第三者插足，情人，等等，社会对这种关系有微辞。不过，在刘利这里只有虫子，好虫子坏虫子都以医学的名义命名，不仅有名分，而且一个好虫子对应一个坏虫子。

刘利决定给乔曼上卫生课，她觉得应该让她明白一点界限的道理。

她说，身体的任何一种反应都是有理由的，它们的语言要用心听。例假前后三天要引起重视，不能随心所欲，很多问题就出自那几天。疼痛是一种免疫，不疼容易忽视。很多病与基因有关，一切取决于及早发现。

你给我看了，我就放心了，乔曼咯咯笑着。这时，她忽然明白那个梦是怎么回事了。刘利之所以不穿白大褂而穿黄马甲，是因为她在阎王殿门前当侍卫。

我是什么病呀？乔曼问刘利。

刘利一边洗手一边说，嗯，名人综合征吧。

嘻嘻，乔曼认定刘利医生是在开玩笑。

刘利交代乔曼定期检查，按疗程服药。

乔曼嘻嘻哈哈，拿了药走了。

走了，又好长时间看不到人，像一片雪花属于天空，到了刘利这里便化了。但从另一个方面，她留下了，留在刘利的显微镜里，跟随众多虫子，上演莎士比亚悲剧，制造红磨坊的热闹。刘利观看完了，以为乔曼会在春天里来，但春天到了，乔曼并没有来。

刘利惦记乔曼了，对她充满想象，她最近到哪里了，忙什么，怎么这么久不来检查呢。

一个病人被医生惦记是好事也是坏事。一方面，刘利会对这个病人定期观察，任何蛛丝马迹都不放过。另一方面，医生的嗅觉可能就是直觉，这多少有点不妙。

刘利觉得如今细胞变异让仪器局限了，有的病早期根本无法发现，等仪器发现了，那已是变异决定后的事了。仪器无法观看变异的瞬间，显微镜是化了妆的戏台。雨来之前先兆是云，云来之前先兆是风，风来之前是什么呢？肉眼观看不到，刘利借助仪器看，仪器看不到，刘利要凭借心灵去看。

刘利是一个用心灵看病的医生，但心灵是个放大镜，放大病灶时，把敏感也放大了。医生的敏感会混淆理性，刘利很多时候会犹疑不定，特别是对乔曼，对这个无论躺着还是站着都一样好看的女病人，刘利更多小心谨慎。

不喜欢去医院是人之常情，乔曼不来医院，但电话还是有的。她打电话没有规律，有时候在候机室打，有时候在半夜的宾馆打，有时候一天打两个，有时候两个月不打一个。

有一次，乔曼千里迢迢打电话来，问刘利有什么推迟经期的药没有。刘利说，你干吗？乔曼说和男朋友约好了来看海，但例假要来了，自己和男朋友都是身不由己的人，特别是他，好不容易抽出时间了，不想破坏这千金一刻。真是春宵一刻，海，那么远，豆腐弄成肉价钱。刘利摇摇头，无法理解。

刘大夫——乔曼把声音拉长，蜜糖很黏稠，后面的笑像一颗颗金弹子。

刘利脑海里出现了蔚蓝的天空，碧绿的海水，椰子树的场景。真是个好玩的地方呢。刘利没办法，人都去了，告诉她算了。

下不为例，刘利说。

又一次，乔曼在某个宾馆里打电话来了。她告诉刘利自己有点困惑，刘利问什么困惑。乔曼咯咯笑了一会儿，网上说那个事可以有七十二种姿势，到底符不符合身体功能。

一个医生如果用医学知识回答病人，那她还是病人，如果用生活知识回答，那是把她当朋友。经过一段时间的接触，刘利现在既不想用医学知识回答乔曼，也无法用生活知识回答乔曼。最后她选择了哲学语言，说，因人而异，顺其自然，这是我的观点。

乔曼对刘利越来越坦率，也许因为刘利是医生，病人习惯于在医生面前讲真话；也许因为刘利本身就是她隐秘的一部分；也许乔曼需要刘利医生理解的同时，还想让她分享自己的快乐。女人一旦打算发展友谊了，就会把自己的秘密贡献给对方。

乔曼说他了，说他的时候，像一朵玫瑰盛满情感的露珠。

他最会逗人开心，上楼像小孩子那样跑到前面躲着，等乔曼到跟前后，突然跑出来做鬼脸。他还很会唱歌，把浴室当歌厅，一边洗澡一边唱，有时唱通俗歌，有时唱民歌。他进门的样子好像一张艺术照，在门口夸张地一笑，衬衣是白色的，休闲裤是黑色的，牙齿是白色的，眼珠子是黑色的，他还有一身密实的肌肉，窄而平坦的小腹像一块块德芙巧克力。

乔曼说的时候，刘利看见那个有爱德华大夫的面相、有神经内科男医生的体型、有彭教授那样创造性思维的人，用发泡海绵制造出了白云萦绕的

天宫，牛痘疤在左臂上闪着光，一个泡沫在他额前的发尖上闪着五颜六色的光，耳垂上还挂着一个。他冲乔曼笑，乔曼便把毛巾递过去，等他擦出了一枚干净饱满的果仁后，乔曼把睡袍递去，果仁放进了丝绸里。

刘利摇摇头，好像要甩掉什么。

刘主任，我觉得自己一辈子获得了几辈子的快乐。我不在乎别人怎么看我们的关系，我觉得幸福满足就行了，乔曼说。

刘利说不出话，她眯起眼睛使劲想，一个病人有权利在医生面前说这些话吗？最后，她想通了，得出一句可以记在练习本上的话。

一个女人，你的花蕊过于贪恋情感之露，必将有生命不能承受之损。

但刘利喜欢乔曼永远都是兴高采烈的样子，正因为她笑，成为了一个无论躺着还是站着都一样好看的女人。

乔曼让刘利发挥了最大的想象力，刘利对她不能做到一视同仁。

事实上，刘利对病人既是一视同仁，又不是一视同仁。病人在她眼里有两种。一种病人在门诊，她们从生活中来，到生活中去。另一种在病房，她们也从生活中来，但有的再也回不到生活中去了。在门诊，刘利研究她们，用心观看，给她们上卫生课，不厌其烦地增强她们的自我保护能力。在病房，刘利遵循人道主义原则，一切听天由命。

病房像仓库，那些病人穿着条纹衫，顶着光溜的头，皮肤上有高温灼出的疤痕，看见刘利来了，她们眼睛里充满了乞讨的神情，像狼那样追着刘利。刘利本能地逃离，人道主义这时候溃不成军，怜悯也无济于事。遇到晚上护士打电话请示刘利给不给病人打止疼药，刘利往往会火气冲天地说，叫叫，让她叫。

刘利把鼻子拉长，对乔曼的关注从身体延伸到行踪，从大脑转向电视机。乔曼说在上海，刘利那几天会去看东方卫视的节目。乔曼说在厦门，刘利会跟着去看厦门台。现在好了，有发达的传媒系统，不用像小时候那样，从镇东到镇西拉大锯似的来回跑。通过电视画面，刘利知道了超级女声和快乐男声，知道了古典武林与现代舞林，还知道了歌星红了就成了影星。刘利还学会使用流行语句，科里那帮多嘴巴堂客再说笑话时，刘利往往会插一句，哇，你们蛮有才嘛。

那个彭教授论文发表了，向刘利表示感谢。

谢谢你跟我讲了那么多医学知识，开阔了我的视野，启发了我的思路。

刘利说，不客气。

有一天晚上，姓彭的教授突然又打电话找刘利，说他脑袋疼，身上冷，不知道吃什么药。

病痛，让刘利的身体突然流动起来了。她问彭教授家里有什么现成的药。彭教授说有重感灵。刘利说就吃重感灵吧，吃六到八粒，多喝点开水。她怕彭教授没有听清楚，摘下口罩复述了一遍。

刘利就这样不知不觉摘了口罩，除了给病人检查的时候，一般情况都敞开嘴巴说话了。

更奇怪的是彭教授用电话在刘利脑子里划了几道痕迹后，这个人就不是彩照了。他从纸上站到了地上。刘利身体流动起来后，发现自己思路有点混乱了，她忘记第一次见面的感觉了。刘利很疑惑，脑子里两种念头使劲碰撞，生理和现实，到底哪一面才真实？

乔曼这一段时间不给刘利打电话，是因为她发现自己陷入了一种两难的境地。不见刘利乔曼觉得身体有问题，见了刘利乔曼感到精神有压力。想听刘利讲知识，反过来知识又让她紧张——好久没听刘利讲知识了，乔曼又会对自己的身体疑神疑鬼起来。

这是怎么一回事？

乔曼不打电话，刘利却主动打电话来了，这从来没有过。以往，都是乔曼打过去。

乔曼拿起电话很高兴，她想起刘利在医院门口宣传牌上的样子，感到阳光照进心里了。

你在哪里呀？刘利问。

我在北京呐，乔曼说。

带点果脯回来吃。

好，没问题。

注意休息，回来见。刘利交代着。

知道了，回来见。

电话在手里黏住了，乔曼有点茫然，琢磨着刘利的话，大腿根莫名其妙地跳。刘利打电话难道仅仅为了吃果脯？不，她一定有什么想说没有说的话。

乔曼的巧克力现象一直不曾消失，吃药了，它没了，药一停，它又来了。乔曼蛮烦，看见巧克力的广告都害怕。她脑子一转念，想，或许，换一种治疗方法会不会奏效呢？不是说自己的身体自己最知道吗？说不定也是自己精神压力太大，太劳累，导致内分泌失调了。

这样一想，乔曼决定换一种方法试试。找一个精神分析专家谈谈看。

精神分析专家很赞同乔曼的观念，说有的病可以尝试用精神战胜法治一治。精神分析专家把这叫作遗忘法，无意识疗法，放松快乐法，目的是让整个机体的好细胞都活跃起来，最后靠自身的免疫力消灭坏细胞。她还说，人在听优美音乐的时候，人体的细胞排列组合规整有序，人体平衡和谐，呈健康态。而在嘈杂混乱的环境中，人体细胞排列紧张凌乱，人体便失衡，失衡多了，病灾来了。

乔曼听了非常受启发，心情豁然开朗，不过，她仍有点不放心，决定在实施精神疗法之前，还是到名牌医院去确诊一下。

乔曼到了名牌医院，面对专家的时候，她不停地叙述自己的病症，告诉专家自己肯定是内分泌失调了。那个专家被乔曼的声音打动了，跟乔曼探讨了一会儿共鸣腔的问题。最后，专家同意乔曼是内分泌失调了。

既然专家说乔曼是内分泌失调，乔曼就确认自己是内分泌失调了。专家和乔曼达成共识以后，乔曼轻松了。

四

乔曼回来见刘利是在五月。跟刘利医生打电话，邀她到茶楼喝茶。

那是一个美丽的下午，阳光在绿树下懒懒地躺着，茶座靠窗，藤萝垂帘，街的一角像一幅水粉画挂着一样。画里有换上了夏装的女人，她们一个比一个漂亮，在飘着玉兰花香味的柏油路上穿梭。

刘利看见乔曼第一眼是觉得她憔悴了，但精神很好，身上穿一件金属亮片的衣服，像一颗挂满了礼品的树。刘利跟乔曼已经很熟了，但这么面对面地喝茶，还是第一次。这里没有医生和病人，只有人和人。

乔曼在回顾，她说，你知道我第一次治疗为什么只去了两个星期就不去了吗？刘利说不知道。

我懒得听你上课，你上课不注意病人的自尊心，还说什么要自尊自爱，多注意个人卫生，口气难听死了。

是吗？那我没注意，我讲惯了，刘利说。

乔曼望着刘利咯咯笑起来。

你笑什么？刘利疑惑了。

笑你，乔曼说。

笑我干什么？我有什么好笑的？刘利不解。

跟你们这些当医生的交朋友，非得做一个特殊材料制成的人才行。

怎么讲？

累人呗。

嘿嘿。

过了一会儿，乔曼把自己在北京做检查的情况讲给刘利听，意思是刘利也应该懂一点精神治疗法，不要动不动就上纲上线，搞得人紧张兮兮的。

刘利低头想了一下。这会儿，她有点讨厌职业敏感症了。乔曼讲得有道理，现在科学那么发达，人的潜力不断被发掘，精神的力量不可忽视。

可以探讨一下这方面的作用，刘利表态说。

乔曼又咯咯笑了，她没想到自己把刘利也说服了，精神的力量真是无处不在。

刘利没有说出自己的感觉，她底气不足，一个医生不能凭感觉治病。再说，北京那么多尖端仪器，那么多经验丰富的专家，她刘利算什么？

这一次会面印象深刻，是刘利与乔曼的第一次，也是最后一次。不久，刘利发现乔曼的电话打不通了，电视上也看不到她的身影了。电视上看不到不奇怪，很多主持人说不见就不见，说隐退就隐退。正常。但乔曼的电话打不通这点很奇怪。当然，很可能忙，或者出国什么的，还有一种可能，就是正如她自己讲的，跟医生交朋友累，她不想跟刘利接触了。如果是这一点，刘利认为也很正常。

轻松是营养身心的东西，比任何情感都来得实际，刘利深有体会。

现在，那个彭教授隔一段时间会打个电话，扯扯闲话，开一开玩笑。

小刘主任好。

小什么小，老都老了，什么事呀？

呵呵，你在干什么？

我在上班，你在干什么？

我在足浴。

别人都讲洗脚，彭教授讲足浴，刘利觉得他在摆弄文字，故意问，足浴是什么？

足浴就是杀猪，彭教授一本正经。

你喜欢看杀猪？刘利决定继续装下去。

一年多之后，在刘利以为跟乔曼断了联系，再也不会得到她的消息的时候，忽然收到了她发来的一条短信：刘，如果一个女人找不到她的男人了，这个男人是不喜欢她这个人了，还是不喜欢她的身体了？

刘利面前立即浮现出一个人影来，它应当有着爱德华大夫的面相，神经内科男医生的体型，还有彭教授那样创造性思维的。没错，就是它，但这一次，它只是一个影子，模糊的具有男性特征的影子。而且，刘利一挥手，它就像风一样消失了。

刘利没有回短信，她烦，莫名其妙地烦。短信太暧昧，她不喜欢暧昧，刘利直接就拨了乔曼的电话。

你在哪里？刘利硬邦邦地问。

在省城一家宾馆里，乔曼声音沙哑，听上去像她又不像她。

你才晓得他喜欢的是什么了吧？刘利的火腾一下起来了。

我没想到，他会跟我玩人间蒸发……手机关机……我也留意了，没有发现他被双规的消息……你说，我该怎么办？

你想怎么办？

电话那头的乔曼哽咽了，我没想怎么办，我不知道，我脑子里一锅粥……我只想见他，时不时地见他。见他一面，我就会得到一段时间的快乐。可现在他突然没有了，我还能怎么办啊？

刘利的心慢慢冷成一把铁锉子。原来乔曼几辈子的快乐，是用几辈子的痛苦换来的，否则，她不会难过成那样子。

你还打算住在那里等？好吧好吧，让我来告诉你怎么办！

刘利问清了乔曼的具体住址，还有房间号，然后，怒气冲冲地跑去给她买了一件礼物，再然后，让快递公司送给她。并且，她在包裹上给乔曼写了一句话。

那个礼物就是她的办法、她的态度，还有她的世界观人生观价值观等等等等说得清与说不清的东西。

礼物一寄走，刘利就平静下来了。她感到自己把那个从没谋面的人扇了一巴掌，十分痛快。该扇！刘利一直认为，显微镜下那些奇形怪状的小虫子，就是那些躲在女人身后的男人带来的。或者说，他们本人就是虫子，是他们将花蕊咬得千疮百孔的。刘利又想，乔曼收到礼物可能会吓一跳，然后，可能会笑出眼泪来的。

这么一想，刘利自己也哑然失笑了。

本来，这一天刘敏为刘利和彭教授安排了一次郊游，刘利也曾答应了的。两姊妹甚至还讨论过在山上住一晚的可能性。可乔曼的短信改变了一切。当彭教授的电话如约而至时，刘利以身体不舒服为由婉拒了。并且，刘利顺便就删除了他的号码。刘利觉得，对这个人的婉拒是送给自己的礼物。

她也该送给自己一个礼物了。

在省城那家富丽堂皇的宾馆里，乔曼收到了刘利的礼物。她显然是没有什么思想准备的，把包装拆开，如刘利所料，当即吓了一大跳。她浑身一颤，手中的东西像个活物似的跳了出来，落到了地上。

乔曼是知道这个叫健慰器的玩意的，但她没料到，现代科技可以将它做得如此活灵活现，惟妙惟肖，除了没有体温，仿佛是刚从某个男人身上切下来的！

她迟疑了半天，才小心翼翼地将它捡起来，好像怕它咬似的，试探性地触摸了一下它。然后，又如刘利所料，她禁不住笑起来。

乔曼拨通了刘利的手机，嘻嘻，刘利，你真想得出来！

刘利也嘻嘻笑了，我是医生嘛，有什么想不出来的？

乔曼说，你就没想到给自己要一个吗？

刘利爽快地说，有啊，需要的时候我就要一个。

刘利又说，哎，我还给你写了句话的，看到没？

乔曼说，哪啊？

刘利说，你没细看啊，在包装盒上不是贴着包裹单么？写在那上面。

乔曼忙去找包装盒，去找那句话。

她找到了，刘利龙飞凤舞地写道：这个更可靠、更安全。

言简意赅。

真是至理名言啊！真有你的刘主任！

乔曼用播音员特有的嗓门称赞起来，嗔笑起来。刘利也受了感染，跟着笑。两人远隔千里，却以同样的频率在同一时刻嘻嘻哈哈。笑着笑着，她们都没了声音。她们感受到了不同部位的隐疼，一种同样的悲凉，同时袭上了她们的心。

作者简介

阿满，女，湖南省作家协会会员，八十年代开始发表作品，出版有小说集《雪韵》。近年在《民族文学》《芳草》《解放军文艺》《芙蓉》等刊发表作品。现在湖南省常德市委机关党委工作。